在阅读中展开，人生的可能

CONTENT
肯特文化

聚光灯下，请微笑

茹若 —— 著
RURUO
Works

北岳文艺出版社
BEIYUE LITERATURE & ART PUBLISHING HOUSE

图书在版编目(CIP)数据

聚光灯下,请微笑 / 茹若著.—太原:北岳文艺出版社,
2017.9
ISBN 978-7-5378-5225-8

Ⅰ.①聚… Ⅱ.①茹… Ⅲ.①长篇小说—中国—当代
Ⅳ.①I247.5

中国版本图书馆CIP数据核字(2017)第118814号

书　名:聚光灯下,请微笑　　责任编辑:王朝军
著　者:茹　若　　　　　　　书籍设计:枝　桠

出版发行　山西出版传媒集团·北岳文艺出版社
地　　址　山西省太原市并州南路57号
邮　　编　030012
电　　话　0351-5628696(发行部)
　　　　　0351-5628688(总编室)
　　　　　0351-5628691(产品开发部)
传　　真　0351-5628680
网　　址　http://www.bywy.com
E－mail　bywycbs@163.com
经 销 商　新华书店
印刷装订　北京市平谷县早立印刷厂

开　　本　880mm×1230mm 1/32
字　　数　295千字
印　　张　10
版　　次　2017年9月第1版
印　　次　2017年9月北京第1次印刷
书　　号　ISBN 978-7-5378-5225-8
定　　价　29.80元

目录
CONTENS

楔　子

冬日的清晨，明媚的阳光透过巨大的落地玻璃窗和乳白色的蕾丝窗帘，洒满了整个房间。

一切都是明晃晃的。

沙发上，VW红色礼服长裙被随意扔在那里，裙摆拖到了地上。

银色的高跟鞋，胡乱地倒在地毯上。

饱睡了一晚的布偶猫Milky从柔软的被窝里起身，伸了个懒腰，走到主人的脑袋边上，开始温柔的"叫早"服务。

"唔……Milky，别闹……"骆明薇挥了挥手，把脑袋缩进被窝里。

昨晚她参加了星光盛典。

星光盛典向来是娱乐圈年底的第一件大事。

这一晚，几乎是大半个娱乐圈都聚集在此，星光盛典是属于整个娱乐圈的盛事，囊括影视歌三界，以回顾过去一年为名，在灯光下，在摄像机前，提供给娱乐圈的明星们一个争妍斗艳的最佳舞台。

当然，领奖这种事轮不到她，她只是去凑个热闹，就当是参加个圈里的派对而已。通常这种活动之后都有一场鸡尾酒会，骆明薇酒量差却不自知，喝了不少，现在脑袋还有些昏沉沉的。

Milky 主子龙心不悦，拿起爪子刚要拍下去——

"砰"的一声，门被撞开。

Milky"喵"地一声惨叫，跳起来飞速蹿到了沙发后面。等看清来人的时候，她怒目圆睁，跳上沙发对着那条 VW 礼服裙就是一顿练爪。

阿莫风一般地冲进房间，掀开骆明薇裹在脑袋上的被子——

"你还有心情睡！"

骆明薇迷迷糊糊："Milky……"顺手摘下眼罩，眨了眨眼。

视线渐渐清晰，等看到眼前阿莫那张坑坑洼洼如地球表面的脸，骆明薇险些一个酒嗝上来，胃里一阵翻涌。

"是你啊。"她顺手把手里的眼罩砸了出去，可惜宿醉无力，眼罩在距离阿莫鼻尖还有大半路程的时候，"啪嗒"掉在了床上。

骆明薇翻了个身："今天不是没通告吗？别吵我睡觉，我头疼……"声音渐渐轻下去。

阿莫脸色很黑，伸手把那只"醉猫"从被窝里拉出来："我的大小姐，你还有心情睡觉？帝国主义的炮火已经轰到你家门口了！"

骆明薇眯着眼，眉头皱成了一个死结："到底怎么了？"一大早摆出一副送丧的表情。天塌下来，不还有屋顶顶着吗？"你知道我昨晚几点睡的吗，我——"她忽然停住。

难不成她昨晚喝醉了，对他做了什么不该做的事？

骆明薇爱喝酒，但酒量奇差，每次几杯酒下肚都要闹点小话，而作为她身边最亲密的人之一，阿莫总是倒霉的那个。

比如她十八岁生日那天，第一次被允许喝酒，她喝了个酩酊大醉，非要阿莫穿上她的生日礼物，一条定制的 VW 礼服长裙，然后拉着他到沙滩上大唱《爱拼才会赢》。

比如那年圣诞节，她说要在家搞一个圣诞派对，作为除了 Milky 之外唯一被邀请的嘉宾，他的脸被强迫画上了王菲的晒伤妆，拍了视频发在她的微博上。

这样的事实在太多，她不得不怀疑自己昨晚又干了什么"好事"。

"嗯，该不会，我对你……"骆明薇被自己的想法吓得不轻，不会吧，即便喝醉了，她的品位也不至于这么差吧？

阿莫的表情开始扭曲。

骆明薇有点心虚："你不要这样，如果真的……呃，我一定会对你负责的……"

虽然讲出这话的时候，语气不是很坚定。

阿莫觉得自己的头开始剧烈地疼："什么跟什么啊！你不会连昨晚是谁送你回来的都忘了吧？"

嗯？昨晚？

骆明薇忽然有了点印象。

昨晚，在酒会上她喝了点酒，然后沈亦枫过来了。沈亦枫是如今线上的当红小生，昨晚的星光盛典，他还拿了最佳人气奖。前段时间两人刚刚合作完一部电视剧，她演他的妹妹，因此有点交情。

再然后，沈亦枫说可以送她回家。

"呃，难道我……"如果是沈亦枫的话，她还算赚了吧？

毕竟也是迷倒万千少女的当红小鲜肉啊！

"沈亦枫神秘女友曝光""因戏生情，沈亦枫骆明薇上演兄妹恋"，这样的新闻标题，听起来也是蛮不错的呢！

阿莫终于彻底绝望，无力地扶额："你看一下微博。"

微博？

骆明薇莫名其妙，拿起床头的手机。她的微博粉丝不多，平常也就那么零星几个陌生人和她互动而已。

骆明薇打开手机才发现，阿莫一早上打了十几个电话给她，可她开了静音，睡得浑然不知。她心里有些忐忑，有什么事情，紧急到了这个地步？直到她刷开微博——

骆明薇吓得差点丢掉手机。

八千多条评论，两万多条转发，怎么回事？

难道她，一夜成名了？

她疑惑。

"谢谢亦枫送我回家，半个小时顺利抵达，不愧是老司机。[赞][赞]"下方配了一张图，是骆明薇坐在沈亦枫副驾驶座上两人的合影。

昨晚沈亦枫送她回家，一路上两人相谈甚欢，气氛挺好的。到家的时候，两人还自拍了一张合影，骆明薇发到了微博上，配上了上面那句文字。

然后，她回家，上楼，洗澡，睡觉。一直到刚刚阿莫把她叫醒。

然而现在，骆明薇点开微博下面的转发和评论——

"这女人什么意思？说我们枫枫是老司机？"

"Wuli 枫枫很单纯的，开玩笑也要有个限度啊！"

"这女人是谁啊，丑翻了，工作人员吗？"

"一脸浓妆的样子真恶心，[微笑]一看就不是什么好东西。我看你才是老司机吧，别往我们枫枫身边凑，OK？"

"又一个想借枫枫炒作的 low 货。[鄙视]"

"枫枫这孩子，就是太友善，不好意思拒绝人！什么妖艳贱货都看准他这点欺负他，真让人操心！"

骆明薇有点蒙。

"这什么情况啊？"她皱了皱眉，不是很懂到底发生了什么。

阿莫揉着太阳穴："因为你说沈亦枫是老司机。"

"老司机怎么了？"骆明薇有点纳闷："不是吗？沈亦枫自己跟我说，从小就爱玩遥控赛车，十八岁就考了驾照，都快十年驾龄了，难道不是老司机？"

阿莫无语："没知识也要有常识，没常识就拜托你多看看电视，现在'老司机'是这个意思吗？"他掏出手机翻出百度百科，"你看看，你自己看看！"

骆明薇莫名其妙："什么啊……'网络名词。意为行业老手，对各种规则、内容以及技术、玩法经验老到的人。可以理解成对行业规则"轻车熟路"。'"

她有点尴尬："原来老司机是这个意思？"

阿莫觉得自己已经处在崩溃的边缘，"是。所以不管怎样，现在这种情况，我和晴姐商量过了，你先发个微博，公开解释一下，安抚一下粉丝的情绪，然后……"

骆明薇立刻拒绝："不要，我为什么要解释，我又没错！"她为什么要听那个女人的话？再说了，行业老手也没什么大不了的嘛，即便她用错了词语，但"老司机"也算不上骂人的话，用得着跟一群被捣了窝的马蜂一样一哄而上攻击她吗？

"他们这是网络暴力！你知道每年有多少明星因为网络暴力得抑郁症吗？我骆明薇是不会向他们妥协低头的！"一番话说得言之凿凿理直气壮，险些连阿莫都信了。总而言之——

"我，是不会道歉的！"她斩钉截铁，扔下这句话的时候，正站在窗边。明晃晃的阳光落在她身上，镀了一层白色的光芒。骆明薇忽然觉得，自己还挺像电视剧里那些奋勇反抗帝国主义压迫的无产阶级战士呢。

Chapter 01 / 她连开头都没猜中

紫霞仙子说，我的如意郎君是位盖世英雄，有一天他会踩着七色的云彩来娶我。我猜中了开头，可我猜不着这结局。

可是和叶晟熙的相遇，骆明薇连开头都没有猜中。

清晨 7 点，永远是这个城市最拥堵的时间之一。

往常这个时候，骆明薇应该还在她那张柔软舒适的大床上搂着 Milky 睡觉。睡到日上三竿，起床，泡个舒服的热水澡，然后窝在沙发里看综艺节目或者偶像剧，对着屏幕"哈哈哈"或者潸然泪下。

阿莫总说，如果她在演戏的时候表情能有她看偶像剧时一半的灵动，那拿下星光盛典的玻璃小人简直易如反掌。

当时骆明薇心情正低落呢，懒得跟他争辩，顺口接了一句："那下次拍戏，你就在后面给我播电视剧，要哭戏你就找煽情的片段播，要深情你就找甜蜜的片段播。对了，沙发，把沙发也给我带上！"

阿莫险些气绝身亡。

而今天，她却已经盛装华服，在猎猎的北风中，站在青藤学院的大门口。

两个月前的"老司机"事件最后越闹越大。

原本沈亦枫的粉丝们在气头上，骂几句也就过去了，反正娱乐圈的新闻日新月异，没人有空揪着一个半红不紫的小明星不放。可偏有一小撮人把泄愤上升到人身攻击的地步，在评论里大骂骆明薇长得丑，整容脸，还翻出骆明薇在一次酒会上站在父亲身边的合影，大骂她口味重伴大款，这么老的男人也不放过。

骆明薇气炸了。她从小和父亲关系不亲密，那张照片上两人也只是并肩站着，连手都没挽一下。别说那是她父亲，就算真的是哪家电影公司的老板，这样一张合影哪个女明星没有个十张八张？

她点开那些微博，翻了翻对方的相册，眼看着一个个歪瓜裂枣都能攻击她长得丑，居然还说她跟她父亲是"那种关系"。

一个气不过，回复了一条："拜托，你也先看看自己的长相吧！给你一百万去整容都傍不到大款。长得丑不要紧，偏偏你心灵更丑，有钱也救不了你！"

这下更糟，他沈亦枫的粉丝们集体炸开了锅，他们的逻辑很简单也很粗暴，总之只许他们骂你祖宗十八代，不许你回复反击一个字。于是个个摇旗呐喊，大有为那个被回复的姑娘鸣鼓申冤之势，攻击一波接一波，"骆明薇整容被老男人包养"的话题很快被刷上了热搜榜。

偏偏这时候，一帮看热闹不嫌事大的记者在骆家门口堵住了骆明薇："粉丝们都说你是故意勾引沈亦枫，你有什么看法？"

骆明薇自然没好气："只能说他们的想象力太丰富，我跟沈亦枫只是很普通的朋友关系，和琪琪也是好朋友，我怎么可能对沈亦枫有想法？"

记者敏锐地察觉到绯闻的味道："琪琪是谁？"

也怪她自己没脑子，一时口快："张子琪啊，沈亦枫的女朋友——你们，不知道？"

话音未落，她知道自己闯祸了。

然而话已出口收不回，当晚，沈亦枫和电台女主播张子琪私下交往的新闻就被爆得铺天盖地。

骆明薇对此心怀愧疚，毕竟是她不小心把这件事捅了出来。可是，谁也没有告诉过她沈亦枫和张子琪的恋情还是个秘密啊！

这真的不能全怪她……吧？

很快沈亦枫出面接受记者采访，澄清绯闻。

"我和张子琪小姐只是普通朋友，不是很熟，更非情侣关系。"

"那骆明薇说张子琪是你女朋友？"

"可能是骆小姐误会了，或者，"镜头里的沈亦枫面露难色，欲言又止，"我跟她也不是很熟，就是合作过而已。我交朋友有自己的原则，喜欢善良单纯、背景简单干净的女孩子。"言外之意，骆明薇不善良不单纯，背景复杂。

在电视机前看新闻的骆明薇简直目瞪口呆。

紧接着她从前演过的电视剧电影都被翻出来。

网友们忽然意外地发现，原来在他们眼里只不过是娱乐圈一个半红不紫、没什么存在感的小明星，居然演过这么多的电影电视剧，而且和她搭档的演员阵容可谓相当强大，单独拎出来，个个都是票房保证的那种。可偏偏只有和骆明薇搭档的作品，都是反响平平，打了个没声响的水花。

原因很简单，骆明薇的演技并不好，这是事实。

骆明薇漂亮，但在娱乐圈里只能算中上。她热爱演戏，可似乎偏偏没有演戏的天分，"跟谁搭戏都让人看得一脸尴尬，完全没有 CP 感"，这是网络上的网友们对她比较客气的评价之一。

幸运的是骆明薇有一个身家几百亿的父亲。她母亲早逝，父亲忙于工作，无暇照顾女儿，投点钱，当作是给女儿打发时间。

骆明薇的思想很单纯，她拍戏花的是自家的钱，就算亏也亏的是自家，又不拖欠剧组和演员工资，关别人什么事？

可网友们却集体高潮了。

试想想，一个女星，演技不好，却偏偏总是和大牌明星大牌导演合作，每次合作的结果，收视票房都是惨淡收场，可偏偏还能在这圈子里混这么多年，而且居然还有戏拍，最新作品的搭档又是当红小鲜肉沈亦枫，这不能不叫人浮想联翩。

难怪沈亦枫说她"不善良不单纯，背景复杂"！

《扶不起的骆明薇，票房毒药身后了不起的干爹》——最后新闻出来，是这样的标题。

更恶劣的，翻出她和同剧组男演员的照片，不过是两人在片场坐在一起聊天而已，偏要牵强附会说她勾引男演员有前科。最后越传越离谱，居然有人言之凿凿，说自己曾经参加过骆明薇召集的某种派对，其语言描绘之低俗下流，不堪入目。

最严重的时候，骆明薇甚至不敢出门。

事情闹得太大，最后一向不干涉女儿的骆亚宁也忍不住出手，勒令骆明薇退出娱乐圈。"你就不是吃这碗饭的料。马上准备准备，我帮你联系了英国的学校，去国外读完书再回来。"骆亚宁这样说。

骆明薇当然不肯，跟父亲大吵了一架，坚持要留在娱乐圈。可姜毕竟是老的辣，骆亚宁在商场上混了这么多年，人脉关系岂是她这朵温室里长大的小花够想象。随便放出话去，半个多月下来，她一件工作都接不到。

僵到最后，双方各让了一步，骆明薇要求骆亚宁帮自己转校到青藤学院。而她则答应，如果这两年她的演技没有提高，她不能靠自己的能力在娱乐圈立足，就乖乖听话，去英国留学。

于是今天，她站在了青藤学院的大门前。

在普通人的眼里，这所学院或许并非十分有名，远远比不上北大清华复旦，甚至可能有些人根本没有听过这所学校，可是对于娱乐圈，甚至是所有艺术专业的学生们，它几乎就是圣殿一般的存在。

从连续三届拿了影帝的卓继尧到当下正当红的几位小鲜肉小花旦，无不是毕业于青藤学院；从影视圈到音乐界，无不存在着青藤学院学生的身影。

都说青藤毕业的学生是实力与外表兼具的偶像实力派。尤其近几年，甚至可以说进了青藤的大门，几乎等于半只脚踏进了娱乐圈，即使将来未必大红大紫，也绝对不会是寂寂无名的小角色。

这就是骆明薇选择青藤的原因。

她要红，要凭借自己的能力，狠狠还那些所有嘲笑过她的人一个耳光！

然而她的壮志雄心在来到青藤学院门口的第一秒开始，就遭受了打击。

"我？一个人？搬六个箱子？穿这么高的高跟鞋？"当听到自己需要独自将六个大行李箱运到宿舍时——理由是青藤学院注重学生隐私，不允许任何闲杂人等进入——骆明薇险些要晕过去。

"这是校规。青藤学院校规森严，不允许外人随便进出，除非你自己开车——哦，对了，我忘了你没有驾照——当然，你不乐意的话也可以选择现在就回家或打包去英国。这样，我也不用再收拾你的烂摊子，乐得轻松。"说话的正是被阿莫称作"晴姐"的女人，此时她正坐在骆明薇保姆车的后座，说话的时候，眼睛还没有离开膝盖上那份文件。

王晴是骆氏集团的财务总监，也是骆亚宁身边最得力的助手。可能因为她是女的，所以骆亚宁托她照顾骆明薇，可是阿莫明显地感觉到，骆明薇不喜欢这个女人，甚至可以说是极其厌恶。

这是阿莫一直很费解的事。

骆明薇从小没有母亲，父亲又无暇管教，她是被长辈们宠着长大的，标准的大小姐脾气，性格刁蛮，仿佛全天下都要顺着她的意。

刚开始做骆明薇助理的第一个月，阿莫几百次想过辞职不干。

可后来他也发现了，骆明薇脾气差，嘴不甜，可心不坏，虽然常常发脾气骂人，但转头也就忘了。有一次陪骆明薇在片场拍广告，恰巧遇见当年挖了他墙角的"好哥儿们"是那天负责拍照的摄影师，他看到阿莫，还嘲笑他大学毕业居然给一个小女生打杂。骆明薇看在眼里，撂了一句："有他没我。"对方公司只能换掉摄影师。

后来他私底下道谢，骆明薇眉毛一竖："谢我干吗？瞧你那哆哆嗦嗦的样子，尽给我丢人。哼，当着那么多人的面骂我骆明薇的人，当我是死的？"

语气是凶巴巴的，可阿莫的心里却是暖的。

后来他就慢慢发现，骆明薇对家里的保姆、厨师都是这样，原子弹的嘴巴棉花糖的心。

可她对王晴，却完全不是这么回事。

凡是王晴说一，她非要说二；王晴往左，她绝对要往右。可惜骆明薇这只张牙舞爪的小狮子，哪斗得过王晴这只修炼千年的狐狸精，王晴就是看准了她这个脾气，屡屡使出激将法，百试不爽。

这次亦不例外。

骆明薇就是要赌这么一口气，独自拖着六个大箱子进了青藤学院的大门。

因此，骆明薇第一次遇见叶晟熙是在她的人生最倒霉最落魄的时候。

原本为了给新同学留下一个闪亮登场的形象，特意早起一个小时，让专业化妆师给自己精心化好妆，力争到每一个毛孔都能隐形不见，呈现一种白煮蛋一般细致光滑毫无瑕疵的妆容，可现在却几乎斑驳了大半。

认真细致到一根发丝的位置都仔细调整过，用她的话说就是"要营造一种慵懒感，好像只是起床时随便抓了抓头发的那种随意和散漫感"的半丸子头，而现在，无数凌乱的细毛在脑袋上炸开。

六个大大的箱子横七竖八躺在地上。

因为出汗，那件精心挑选过的，搭配她今天妆容的"朴实无华的低调中又透出一种掩饰不住的贵气"的 VW 大衣的扣子也被她解开了，完全失去了原有的美感。

全亚洲限量、每个码数只有一双的 CL 高级定制高跟鞋，一只还穿在她被磨得起了水泡的左脚上。

而另一只，就在刚刚一秒钟以前，飞过骆明薇眼前的广告牌，狠狠地砸在对方的脑袋上之后，"啪嗒"一声，落在地上。

那个被一只从天而降的高跟鞋砸中的倒霉鬼缓缓转过身来。

玻璃鞋让王子找到了辛迪瑞拉，而 CL 的高跟鞋让骆明薇砸到了叶晟熙。

只是当时的骆明薇很不明白，为什么辛迪瑞拉用一只水晶鞋换来的是一个王子，而她，用那镶满细碎水晶的全球限量版 CL，只能砸到一个倒霉鬼。

童话和现实之间，总是隔着一座珠穆朗玛峰的差距。

骆明薇赶紧道歉："对不起啊，哈哈哈……可是，谁叫你自己从广告牌后面钻出来呢？"她也不是故意要砸他的，这完全是误伤，误伤啊。说话间，她看清楚了被自己砸到的倒霉鬼的脸。

怎么说呢，青藤学院不愧是亚洲第一的培育偶像实力派明星的摇篮啊，随便砸到一个都长得这么好看。

五官俊美如画，就算现在揉着脑袋，一脸愠色的模样，都那么好看。

可是对方的脸色就如他身上那件墨色羽绒服一样黑。

骆明薇心虚，决定不等对方开口先发制人。"骆氏兵法"第一条就是，敌弱我强，敌强我要更强。于是她清了清嗓子，挺直腰杆："你别这么看我，我并没有想扔你，我只是想要砸沈亦枫而已。"她朝着那个广告牌扬了扬下巴。

那是一个 Mr.Bean 咖啡店最新推出的桃花摩卡的广告。作为 Mr.Bean 的代言人，沈亦枫那张经过 PS 修饰、360 度无死角的脸，正在冲着两人露出迷人的笑容。

一个令骆明薇恨得咬牙切齿，恨不得冲上去撕烂的笑容。

虽然"老司机"这件事算是她自己惹祸上身，怪不得沈亦枫；虽然事情发生的第一时间王晴就联系了沈亦枫的公司，希望沈亦枫出面为骆明薇讲句话，安抚一下她的情绪；可是对方怕得罪粉丝，拒绝了请求。

这一切她都觉得理所应当，毕竟人家确实没有义务为她的失误买单。

沈亦枫撒谎否认恋情，把锅都推给她背，她也可以理解，毕竟张子琪是他女朋友，他要保护她也在情理之中。可话里话外暗示她不善良不单纯，背景复杂，这伤透了她的心。

她曾天真地以为，他们算得上是朋友。

所以，在她咬着牙蹬着三寸高的高跟鞋，吭哧吭哧地搬运着六个大行李箱的时候，还让她看见广告牌上沈亦枫那张虚伪的脸，她才一时怒火中烧，忍不住脱了鞋砸过去。

即便砸不到真人，砸个广告牌出出气也好。

她怎么料得到自己的手法居然这么不精准，那鞋子从广告牌上方飞过去，砸在了正好路过的那个倒霉鬼的脑袋上。

一切纯属天意，怪不得她啊！

叶晟熙看了一眼广告牌，再看一眼骆明薇，眉头一皱，仿佛想起了什么——事实上，最近只要稍微关注娱乐圈的人看到沈亦枫，都很容易联想到骆明薇。

他看了看眼前的女人，一身名牌，头发妆容都乱七八糟，衣服披散着，一只脚穿着高跟鞋一只脚光着，就这样站在冰冷的地面，虽然狼狈不堪，但他还是轻而易举地把她和娱乐报道里那个形象重合在了一起。

他在心里长长地吐了一口气，试图平复自己的情绪。即便怒火已经顶到嗓子眼，他也实在不想去为难一个女孩子。

算了，就当他流年不利，再和她纠缠下去就要迟到了。

想到迟到，叶晟熙抬手想看一看表，可骆明薇大概误以为他要动手打她，"呼啦"一下跳开半米远："而且而且！我这双鞋可是全亚洲限量的CL，CL两大顶级设计师联名设计款，你刚刚可是被它砸了一下脑袋，你不觉得超值的吗？你知道有多少女明星想要摸一下这双鞋都摸不到吗？别说被它砸一下，就算被它砸死，她们都有可能是心甘情愿的！所以，总的来说，你今天还是赚了。"

骆明薇忽然特别佩服自己一本正经地胡说八道的能力，说得好有道理，险些连她自己都信了呢！

叶晟熙的表情显然是山雨欲来风满楼，"我说……"他开口打算解释一下自己并不打算跟她计较，可骆明薇又一次抢在他的前面："当然，本着人道主义，我还是会对刚刚砸你那一下负责的。"说着，她捡起地上的包，翻出钱包抽了一叠红色毛爷爷，"喏，医药费，拿去吧。"

"……"叶晟熙彻底无语——居然会有这么厚颜无耻的女人！从前他看新闻，觉得一群网友舆论一边倒地围攻一个女孩子不太道德，可现在看来，苍蝇不叮没缝的蛋，古话总是有它的道理。

骆明薇却把叶晟熙的震惊当成了犹豫，小手一挥十分豪迈："不用不好意思啊，我不会觉得你是碰瓷的！你觉得太多是吗？没关系，钱我有的是！"边说边还把钱往他口袋里塞，"拿去找家好的医院仔细检查一下，不要落下什么后遗症。现在我们人财两清，以后如果你不幸有什么后遗症，也不能找我麻烦了，OK？"

叶晟熙终于忍无可忍，寒着一张脸掏出口袋里那一叠钱，刚要开口——

远处钟楼里突然响起了钟声。

他皱眉，这是上课的预备铃声。

"喔？这是要上课了吗？"骆明薇的注意力被钟声吸引过去，不是很明白钟声的含义，"你是这里的学生吗？"

她问。

叶晟熙长长地出了一口气，忍住那些不受控制拼命往上蹿的怒火，随手把钱塞回到骆明薇手里就走。青藤的校规严格，迟到是要被罚的，而且今天的第一节课是班主任的课——一个新来的男老师，摸不清脾气之前，即便是叶晟熙也不敢在他的课上迟到。

骆明薇看着那个远去的背影，弯腰捡起鞋子，在他身后嘀咕："钟声一响你就要走，你以为自己是辛迪瑞拉啊！"

她穿好鞋子，转身，再次面对倒在地上的六个大箱子，有点为难。

不知道学生宿舍还有多远，她一个人要把这六个大箱子运进去，实在太难了！这破学校，也没有个推车什么的，这高跟鞋又难穿，这么走到宿舍，两只脚非要磨得血肉模糊不可。

必须得找个人帮忙，骆明薇的目光落在了叶晟熙的背影上。

"喂！"她追上叶晟熙，"同学，你是青藤的学生吗？我是新来的转校生，我叫骆明薇。那个——发挥一下同学爱吧，帮我把行李箱搬到宿舍去。"

叶晟熙连眼角余光都没有瞄她，快步往前走。

"帮帮忙嘛，都是一个学校的校友。喂，你这个人怎么这么不团结友爱啊？"叶晟熙的步子很大，骆明薇穿着高跟鞋，追得相当辛苦。

"我可以给钱的呀！"骆明薇拽住他的衣袖，"我给劳务费，一个箱子要多少？二百？五百？"不会吧，五百还嫌少？

叶晟熙停下脚步，没有说话。他目光冷然，看着揪住自己衣袖的那只手。

"一……千？"骆明薇还在开价，手却不由自主地松开。

这个女人的脸皮真是厚得令他大开眼界。叶晟熙自问自己不是一个易喜易怒的人，连他最好的朋友周汝嘉都说他，整天冷冰冰的没什么情绪，就跟校门口的雕塑一样。可即便如此，这个厚脸皮的女人都能轻易三言两语挑起他的火气。

他简直要佩服她。

叶晟熙瞄了一眼被主人丢弃在地上的一堆行李箱，再看了一眼骆明薇脚上三寸高的高跟鞋，忽然嘴角一勾，眼睛里全是嘲讽。

"你笑什么？"骆明薇瞪眼，却不自觉地往后退了一小步。

"虽然这不关我的事，不过出于人道主义，"他学着刚才骆明薇的语气，"我还是想奉劝你一句，骆小姐，如果有时间，你还是自己去考本驾照，这样不仅你今天能够自己把车开进学校，而且——"

他的目光意味深长："那天晚上，你也就不用搭老司机的车回家了。"

说完，头也不回离开。

骆明薇嘴角抽搐——少年，你最好祈祷有生之年不会跟我狭路相逢！

让骆明薇想不到的是，狭路相逢竟然来得让她如此措手不及。

她费尽九牛二虎之力分批次把六个行李箱搬到女生宿舍楼下，已经是半个多小时之后的事情了。双脚被那双价值不菲的高跟鞋磨破了皮，惨不忍睹不说，再多走一步都是钻心的疼。

偏偏宿管阿姨说自己没有接到后勤中心的指示，不知道把骆明薇安置在哪个房间，也拒绝她进入宿舍大楼。骆明薇打电话给阿莫，可阿莫说入学的事是王晴一手包办的，他也不清楚。

骆明薇自然不可能向王晴低头，打电话向她求助，只能自己一番折腾，最后后勤中心那位戴着眼镜的中年妇女主任扔给她一张表格："拿去找你班主任签个字再回来。"

"那，他在哪儿？"骆明薇问。

中年妇女表情冷漠："不知道。"

骆明薇气得险些要甩手走人。要知道这之前，不论是在家里还是在剧组，她都是众星捧月一般的待遇，从来都是她给别人脸色看，哪里轮得到别人给她碰钉子？

然而今时不同往日。青藤校规森严，建校十几年来从未收过插班生。父亲为了能让她转校进来可谓是打尽了人情牌，并且向学校董事会保证，骆明薇一定会遵守校规，如有违反，一切按校规处置。

青藤校规第一条：尊师重道。

骆明薇竭力深呼吸，安抚自己：成大事者，能屈能伸。

最后，她终于辗转让阿莫向王晴要来了班主任的电话，得知班主任正在上课，她连整理仪表都没顾上，脚上还踩着那双高跟鞋，几乎是飞也般地赶到教室。可想而知，这样一副狼狈不堪的模样敲开教室大门出现在众人眼前的骆明薇，很显然成功地营造了"轰隆一声巨响"的登场效果。

全班十几双眼睛齐齐地朝门口看来，等到看清来人模样的时候，都有些蒙。

面对着满教室俊男美女一张张讶异的脸，骆明薇有些郁闷。今天早上她6点钟就起床洗漱敷面膜化妆做造型，为的就是在今天营造一种"轰隆一声巨响，老子闪亮登场"的效果，可今天早上经历的这些把这一点小算盘毁得一干二净。

这真是骆明薇人生史上继"老司机"事件之后最刻骨铭心的悲惨一幕。

站在讲台上的年轻男人长得还不错，阿莫早就给她看过照片，班主任叫温瑾瑜，和她一样，都是这个学校的新人。

当时骆明薇抱着照片一阵感叹："不愧是青藤学院啊，就连班主任都透着一股偶像气质！"如今看到真人，又忍不住由衷感叹了一把。

"有事吗？"温瑾瑜问。

骆明薇自报了家门："老师好，我是骆明薇，新来的转校生。后勤中心说需要您在我的表格上签字，才能给我安排宿舍。"

还不等温瑾瑜回答——

"老师，为什么忽然会有插班生？学校好像从来不接收插班生的吧？"一个尖细的声音，仿佛捏着嗓子讲话，没来由地就让人讨厌。

骆明薇朝那声音看去，一个长得相当漂亮的女生，大眼睛，高鼻梁，锥子脸，长长的卷发，跟网上那些拥有几十万粉丝、只能生活在硬照里的网红们几乎是一个模子里印出来的。

温瑾瑜脸色自若："这是学校的安排，陈丽丽同学。"

陈丽丽并没有接受老师的这番说辞，斜着眼将骆明薇从头到脚打量了个遍："我们都是通过学校每年的招生考试进来的，她作为转校生，是怎么确定录取资格的？"

教室里响起轻微的议论声。

陈丽丽说得没错，青藤学院建校以来从来不接受转校插班生。每年5月，青藤学院会面向全国自主招生，每年前来应考的学生上万，可最后能通过考试的只有32个人。一个年级分A、B两个班，每个班16人，而且是宁缺毋滥，也曾有过几届只招收了20余人的。

青藤的招生原则就是尽量把培养出巨星的概率提到最高，潜质稍差的直接在招生阶段就淘汰。

可以说，骆明薇这个转校生是前无古人。

骆明薇之前没想过这个问题。从小到大，她也转过几次校，每次遇到的同学老师都友爱热情。可如今面对着十几双不友善的目光，她忽然想起，青藤学院有它自己独特的规矩。

与普通高校的学生必须读完四年的课程才会迎来毕业典礼不同，在青藤学院，学生们在大二就会迎来他们的毕业盛典。

那是一场不亚于星光盛典的盛会，它不仅仅属于青藤学院，还属于整个娱乐圈。届时，所有曾毕业于青藤学院的当红艺人都会收到邀请，返校参加盛典。

从青藤学院毕业出去的大牌太多，所以几乎是半个娱乐圈的一线二线都会出现在这里，那叫一个星光璀璨。近年来网络直播盛行，青藤学院紧随潮流，开始在网络上向全世界的观众直播毕业盛典，就如一场巨大的娱乐盛会。

仅仅第一年，其收视率就打破了同类节目的纪录。

而在盛典上，学生们的演出将会被视为他们踏进娱乐圈的首次亮相。因此，盛典节目的编排、演出的顺序都是经过精心安排的。

你的实力将会决定你在毕业盛典上所站的位置，而你在毕业盛典上的位置则决定了你在娱乐圈的起跑线。

因此，进入青藤学院并不是竞争的结束，而是一场更激烈的竞争的开始。青藤学院就像一艘驶向星光之巅的飞船，他们拼尽全力才拿到船票，现在却忽然来了一个半路上船的竞争者，换了谁都不服气。

因此，骆明薇忽然有些心虚。

她是怎么进了青藤学院当插班生的，她心里清楚得很，无外乎就是她父亲跟青藤学院校董们都是一起玩高尔夫的好朋友，顺便给青藤学院捐了一个配备豪华的健身房。

其实她没想那么多。

一时冲动，想要证明自己而要求转校到青藤学院，她等不及到青藤的新生招考，也根本没考虑过怎么转以及青藤是否愿意接受转校生这种问题，反正一直以来，所有事情都会有人帮她安排搞定，直到入学前几天，王晴才语带嘲讽地"说漏了嘴"。

她当时有点蒙，可事情到了这个地步，她已经不能退后，更何况，她确实非常希望能够进入青藤。

无论如何，她转校进入青藤学院的方式确实不那么光明正大。

温瑾瑜倒是神色自若："这是学校的安排，不在我的管辖范围内。有问题自己向学校反映。"他拿起笔在骆明薇的表格上签了字，"先坐下来，我在讲本学期注意事项，课后让班长带你把该办的手续办一办。"

说着，温瑾瑜的手往第一排一个最里面的角落里一指。

骆明薇朝着那角落看去，一个白白净净、娃娃脸的高个子男生正冲她露出一个憨厚的笑，只可惜那笑容才扯开一半就在周围杀人的目光中收了回去。

就这样，骆明薇认识了除了陈丽丽之外这个班级的第二位同学，班长黄靖轩。

准确地说，应该是第三个。

因为，当骆明薇在座位上坐下的时候，她环顾四周，本打算向身边的人抛去一个充满友善的眼神，建立起和平共处的外交关系，可当看到她左边那张冷峻漂亮的禁欲系脸的时候，眼皮一个抽搐，那充满善意的眼神硬生生夭折在半空中——

"你？"

教室的左边是一排玻璃窗。

此时是上午 10 点半，正是春日里阳光最好的时候，窗外灿烂的阳光明晃晃的，那么刺眼，骆明薇歪着头瞪着眼，看着那个挺拔却冷淡的侧影被阳光画出美好的弧度。

后来的后来，骆明薇再想起和叶晟熙的相识，脑子里回忆起来的最初画面竟然是这一刻，美好得令人心生柔软。

只是当时，叶晟熙微微侧过脸，目光轻轻在骆明薇的脸上扫过，虽然什么都没有说，但骆明薇从他的目光里读到了和自己一样的内心 OS：

这个家伙，怎么这么阴魂不散？

这一堂课不是什么正式的课程，而是开学学生报到后按惯例要有的班主任训话。虽然是艺校，可训话的内容和普通学校也差不多。

无非是假期结束，该收心的要收心，接下来的功课还很重之类的套话。

骆明薇不是好学生，对这种无聊又俗套的训话不感兴趣。她扭头，悄声问叶晟熙："喂，你还疼吗？"她指了指自己的脑袋。

叶晟熙拿着铅笔在一张纸上涂涂画画，没有理她。

"你画什么呢？"骆明薇好奇，把脑袋伸过去。

叶晟熙停下笔，扭头看着她，用眼神示意两人之间的距离。

骆明薇有些讪讪的。看来青藤的学生都不怎么友好。吃了闭门羹，她百无聊赖，转头打量教室里的其他人。

阿莫早就帮她把关于青藤能打听到的消息都打听遍了。青藤学院一个班级最多 16 人，男女各占一半，这是建校之初就定死了的规矩，虽然没有明文规定，但在毕业盛典上默认是男女分开选拔的。毕竟将来进了娱乐圈，也是花旦与花旦争，小生同小生比，歌手之间、异性之间也几乎没有竞争可言，因此学校里，同性之间的关系更加紧张。

骆明薇数了一下，不算她，这个班级有 7 个女生。

一个就是刚才抢先对她开炮的陈丽丽，她的身边则坐着一个"黑长直"，背影看起来应该是个美女。

这时候"黑长直"忽然转过头朝骆明薇的方向看了一下。

骆明薇的目光一下子亮了。

如果说陈丽丽是流水线上下来的标准网红脸，那么这个女生就是丛生妖孽里的一股清流。

令人印象深刻的漂亮五官，没有化妆却依然眉目如画，唇红齿白，让人不由想起网络上那些"818-20 世纪香港那些令人惊艳的真正美女"的帖子里浑身上下散发着柔光的大美人们。

真是大美人啊！

大美人对上骆明薇的目光，朝她微微一笑。

倾国倾城也不过如此啊，骆明薇在心里想。"喂，那个大美女是谁啊？"骆明薇再次忍不住，悄声问叶晟熙。

被骚扰得忍无可忍的叶晟熙终于不耐烦，扔了铅笔往座椅上一靠，不轻不重地"啧"了一声。

声音不响，却足以让教室里每一个人都听得清楚，于是几乎是一刹那，所有前排的人一起回头，目光唰地朝这边看来。那画面，让骆明薇的脑子里忽然想起一个关于向日葵掉头的笑话，吓得一哆嗦。

这该死的倒霉鬼！

"对于这所学校，你们比我更熟悉。"台上的温瑾瑜仿佛没有意识到下面的动静，笑道，"所以如果有什么疑问，尽量不要来问我。"

他大概是想调节一下气氛，可是台下却没有一个人买账。连骆明薇都觉得气氛里有一丝尴尬，可他却浑然不觉，心理素质之强大，令骆明薇不得不感叹佩服。

骆明薇瞄了一眼身边的倒霉鬼，他依旧表情冷漠身姿挺拔，手上的铅笔不停地在纸上涂涂画画，可惜阳光太刺眼，她完全看不到纸上的内容。

"哼，一张扑克脸，还想当明星做演员。空有一副臭皮囊，进了圈子也就是个花瓶。"骆明薇嘀咕，"画画画，你以为自己上的是美术学院呢……"

这节课的时间本来就所剩不多，很快下课铃声响起。

"好了，今天的班会就开到这里。"讲台上的温瑾瑜拍了拍手，"课程表会发在班级的微信群里。下课！"

话音刚落，已经有同学陆陆续续站起来。

叶晟熙也收起了自己的铅笔。

骆明薇抬头看了看，大班长已经在教室前面朝她的方向张望，准备带她去把"该办的手续办一办"了。

就在她打算起身的时候，一个手机被扔到她桌上。

陈丽丽站在她的面前，半靠在前面的桌子上，一看就是来找茬挑衅的样子："这个是你吧？"

骆明薇看了看手机，一条大大的新闻标题《扶不起的骆明薇，票房毒药身后了不起的干爹》。

又是这条。

为了这条新闻，骆明薇在家里窝了半个月，被人骂了多少难听的话，简直就是比沈亦枫还要阴影的阴影。其实这件事情后来很快被澄清：同她合影的那个是她父亲。可惜"造谣动动嘴，辟谣跑断腿"，有一部分人选择性失明而已。可陈丽丽这时候还把这个新闻翻出来讲，其用心可见一斑。

周围还没来得及走的同学都停下动作，抱着八卦的态度看这场好戏。

骆明薇懒得理她，站起来就走。毕竟她可是连宿舍都还没安顿好，没空跟这种在宫斗剧里活不过第二集的角色纠缠。

可惜陈丽丽半步不肯让，见她起身要走，直接挡在她面前："怎么，干爹这次又砸了多少钱让你转到青藤？"

这话讲得赤裸，骆明薇当场就冷了脸，才想开口反击，那个漂亮的大美人儿过来拉住陈丽丽："丽丽，别闹了。"转头又对骆明薇说，"抱歉，新同学。丽丽个性直，比较冲动。她不知道这个事情已经澄清，所以还对你有误会呢，真不好意思。"

美人人美话甜，骆明薇就拉不下脸来生气了。英雄难过美人关，谁说不是呢，就连她这个直女都过不了美人关呢。

"算了。"她摆摆手，表示自己懒得计较。

于是那美人儿甜甜一笑："我叫林可柔，欢迎你来青藤学院。"

啊，林可柔。骆明薇忽然有了点印象。去年青藤学院招生的时候，记者曾经报道过——《最美青藤考生》，好像就是她。新闻里说她是青藤近五年来招收的女学生里面最美的，说她"艳压师姐严欢欢"。

严欢欢是上一届毕业的"青藤之花"，当时骆明薇正在一个节目后台准备，严欢欢也在，看到这个新闻被气个半死，甩了剧本把正在给她化妆的化妆师骂了个狗血淋头。因此骆明薇印象特别深刻。

当时的骆明薇怎么也没想到，自己居然会和这位"最美青藤考生"成为同学。

既然对方态度友善，骆明薇也落落大方："谢谢，我是骆明薇。"她转过去，面向全班，"我是什么人，什么身份，想必过去的这一个月大家都看过新闻了，希望——"她略一停顿，目光在教室里扫视了一圈，"以后能和大家好好相处。"

骆明薇的个子高，阿莫曾说过她拿着腔调说话的时候还是颇有女王气场的。这一番话说出来，周围一片静默无声，一时无人反驳。

确实，在如今这种全民狗仔的年代，过去的两个月，网上已经把关于骆明薇能扒出来的过去都扒了个底朝天。两个月前，他们这一群也曾围在一起津津有味地讨论着这个八卦，只是那时候谁也没想到，八卦的女主角会在两个月之后成为他们的同班同学。

听说她有个身家几百亿的父亲，听说她有一个十几个人的团队为她打点经纪事务，听说她已经和娱乐圈里的大哥大姐们都合作了个遍，听说……

这是一群以娱乐圈为梦的追梦者，而如今，从那个梦里走出来的人活生生站在他们的面前。

他们的心情是复杂的。

有人率先站起来，"你好，我是周汝嘉。"对方伸出手，对她微微一笑。

骆明薇向来不拒绝别人主动的善意。

"你好。"她握住对方的手，一阵暖意从周汝嘉的掌心传来，还有一股淡淡清甜的蜜桃芒果茶的香味。

两人相视一笑。

片刻的沉默之后——

"我叫杜灵彬，欢迎。"一个留着短发、有着甜美笑容的女孩子向她伸出手。

"我是许梦飞。"一个白净干净的男生。

"简文。"

……

仿佛破冰，骆明薇一一跟同学们打了招呼，转身向可柔投去一个感激的眼神。如果不是她带头先释放善意，这些人或许没有这么快接受她。

可柔亦向她报以微笑。

"太好了！"看到骆明薇得到同学们的接受和认可，黄靖轩开心道。这时候大家才注意到，他不知道什么时候掏出一个 DV，躲在一边拍摄。

"你干吗？"陈丽丽皱眉，不客气地问。

"这是我新买的 DV。"黄靖轩说，"我想把我们大家平常相处的点滴都拍下来，这样毕业的时候再拿出来看，会非常感动的。等以后我们开同学会，也会是很难得的珍贵回忆！"

"……"几个人面面相觑，最后几乎是异口同声，"无聊！"

"别拍我，我今天没化妆！"杜灵彬喊。

于是乎，黄靖轩的毕业视频还未开拍，就被同学们扼杀在摇篮中。

在黄大班长带她去后勤中心办手续的路上，骆明薇把班级里同学们的情况都了解了个大概，也知道了那个冷冰冰的家伙叫叶晟熙，青藤榜上的TOP1。

"青藤榜？"这是什么东西，听起来好像……有点中二的样子。

黄大班长哈哈一笑："那都是同学们闹着玩的。"

前段时间，一部《琅琊榜》大火，青藤学院里也不知道是谁无聊，有口无心地说了一句："我们也可以排个青藤榜啊。"

虽然只是一句玩笑话，最终没有人真的排出这个排行榜来，但毫无疑问，叶晟熙算得上是青藤榜首。

先不说在去年5月青藤的招生考试上他拿了93分，破了青藤招生史上的纪录，入校半年多以来多次在各门课程上展现出连老师们都心服口服的实力，只说他的高考成绩居然还能超出普通高考重点分数线一大截，就让青藤学院的学生们自愧不如了。

要知道，文化课一向是艺术生的弱项，可叶晟熙强就强在他好像根本没有弱项。

几乎没有学生把叶晟熙视作自己的竞争对象，因为他已经站到了他们无法企及的高度。因此叶晟熙虽然为人冷漠话不多，却意外地有好人缘。

骆明薇听得一愣一愣的，那个一脸晦气的倒霉鬼居然还这么有来头？

"晟熙和汝嘉，他们两个是青藤两大校草，一动一静，一冷一热。"黄大班长热心地介绍着。

"一阴一阳。"骆明薇小声地嘀咕着，扭头对上黄靖轩的镜头，"话说回来，你可以不拍我了吗？"黄大班长从刚才开始就一直端着个DV对着她狂拍，虽然她习惯了面对镜头，可是今天这副狼狈不堪的模样真的不太适合上镜啊。

"嘿嘿。"黄靖轩不好意思地一笑，"配合一下吧……你放心，我会做后期的，不漂亮的片段我会剪掉。"

骆明薇撇撇嘴："这一段你最好剪掉。"可也不再反对。

见她没再抗议，黄靖轩连忙转开话题接着向她介绍，从本班的同学到隔壁班的同学，每个人的性格爱好他都如数家珍，简直有一种小时候看的电视剧《闲人马大姐》里蔡明的既视感。讲完同学之后，又开始介绍老师，热情得让骆明薇险些招架不住。

"哦，对了。"黄靖轩停下脚步，表情认真。

骆明薇看着他的样子，也不由得紧张起来："怎么了？"

"姚素晓老师的课，你一定要认真听。"

黄靖轩说这话的时候，表情认真得仿佛是 7 点半新闻里的主持人，带着不容置疑的权威性，而骆明薇也很快就明白，黄大班长的话是对的。

因为下一节就是姚素晓的课。

青藤对学生的资料保密严格，然而老师的资料却都是挂在学校网站上的。姚素晓是个女老师，在青藤，她是有传说的。

和温瑾瑜不一样，姚素晓本身就是青藤学院毕业。据说她的舞蹈天赋在青藤的学生里面可以排得进 TOP10，在她那一届里算得上是佼佼者。

然而不知道出于什么原因，那一届的毕业盛典她没有上场，后来也没有在娱乐圈出道，而是留在青藤，做了舞蹈老师。

所有进入青藤学院的学生都是以成为明星为目标的，因此姚素晓便成了另类。

而人们总是喜欢给另类的人"制造传说"。这些传说里面最广为流传的一个版本是，姚素晓当年是因为被人陷害而上不了台，最后签不到经纪公司，只能留在学校任教。

"有人说就是因为这样，她特别痛恨我们这些还有机会的学生，在课上折磨我们。"黄靖轩说，"不过我觉得姚老师除了比较严格，人还是挺好的。"

骆明薇对他的后半句话有点怀疑，反正从他刚才一路喋喋不休的介绍来看，在他心里连陈丽丽都是善良友爱的。

而这一点点的怀疑，在姚素晓检查完她身体柔韧性之后黑着脸皱着眉头一言不发地走开，陈丽丽却在不远处得意扬扬地把脸扬到天上去之后，彻底地变成了肯定。

姚素晓上课有自己的风格，用她的话来说，青藤学院就是一个娱乐圈预备战场，在真正的战场上，你的对手不会停下脚步等你进步。

因此她的课从来不会有所谓的一对一指导。"跳得差无外乎两种原因，一是不够努力，二是没有天赋。这两点，我都帮不到你们。"姚素晓说。

每一次教新舞，她只会在课堂上将分解动作演示两次，接下来就会让学生自己练习，下一节课回来交作业——四人一组跳一次，而她从不打分评论。

因为如果对自己达到什么水平都不清楚，那根本没有留在青藤的必要。

可骆明薇怎么可能跟得上其他人的水平？

青藤学院的招生比例可是低达800∶1，能够通过青藤学院的招生考试的，哪一个不是从小练舞练琴，各种大大小小的比赛奖状贴满家里整面墙壁的。

而骆明薇只在小时候纯粹当作兴趣一般上过一段时间的舞蹈课和钢琴课。她母亲在世的时候，还能看着她督促她练习；母亲去世之后，她就彻底成了半个被放养的孩子。

专业和非专业的水平，差了一个太平洋那么宽的距离。

一整节课，骆明薇都在出各种错。老师在分解动作跳的时候，她还能勉强跟上速度，可示范完毕一说自己练习，她整个人就蒙了，只能看着其他同学的动作学习。可他们的水平都已经太高，骆明薇完全跟不上，遇上一些高难度的动作，如下腰，骆明薇险些脑袋朝后砸到地上去。

陈丽丽毫不客气地对她进行了各种花式嘲讽。

上节课结束她还觉得自己最后那一击恰到好处地反击成功，让陈丽丽气得无话可驳，现在胜利的滋味还没尝够，就被大 BOSS 无情 KO，尸体还曝尸荒野，任人践踏。

这滋味，简直如凌迟处死。

最后一节课下来，骆明薇身心俱疲，几乎是贴着墙壁爬出了教室。

该死的黄靖轩居然还不知死活地在她背后狠狠拍了一掌，她脚一软，险些脸朝地亲吻上那锃光瓦亮的大理石地面。

"走啊，明薇，我带你去食堂。"

骆明薇一摸肚子，还真饿了，现在的她简直可以吞下一桌满汉全席。

原本打算去食堂大吃一顿来弥补自己一整天的身心创伤，可一到食堂看见那些菜色整个就傻了眼，骆明薇简直怀疑自己是走进了某家素食餐厅，清一色的蔬菜水果，仅仅可见的一点荤腥除了清蒸还是清蒸。

中华民族上下五千年灿烂的饮食文化在这里完全灭绝了啊！

最后骆明薇从食堂出来的时候，装了满满一肚子的"草"，总觉得胃里空空的——不吃点肉，真的感觉不踏实啊。

"手里呀捧着窝窝头，菜里没有一滴油……"她摸摸肚子，自我嘲笑般学着白展堂的语气唱了一句。

幸好，宿舍里还存着她从家里带来的零食。

昨天在家收拾行李的时候，顺手把桌上几包零食塞了进去，现在想来自己真是太有先见之明了！

她打开堆在地上还没来得及整理的行李箱。

"不在这里……也不是这个……找到了！"在几乎把每个行李箱都翻了个遍后，她终于找到了自己塞在箱子里的那几包零食。

骆明薇撕开一包薯片，津津有味地吃起来。

啊，以前怎么没觉得这个口味的薯片这么好吃……

骆明薇调整了一下自己葛优躺的姿势，大大咧咧地躺在沙发上，一边嚼着薯片一边回想自己惨绝人寰的一天。

所以，当陈昊打开宿舍的门，猝不及防地闻到一阵扑面而来的薯片味，看到地上横七竖八被翻得乱七八糟的行李箱，以及那个在一堆行李中间悠然横在沙发上大口嚼着薯片的骆明薇的时候，她的内心是崩溃的。

她摘下口罩，脸色犹如她身后的夜。

整个寝室里弥漫着尴尬的气氛。

在对方目光的注视下，骆明薇有些不好意思地将那几个翻得乱七八糟的行李箱收了收。

骆明薇顺着陈昊僵硬的目光，又赶紧把陈昊床上堆着的衣服抱回自己的床上。

这一下，她的床上彻底没有了多余的空间。

"都收拾好了，你进来吧。"她转身招呼陈昊，大有一副女主人的架势。

陈昊的脸色依然铁青，站在门口没有动。

往前看，是茶几和沙发。

茶几上密密麻麻地摆满了一堆东西，吹风机、剪刀、一堆乱七八糟的书和化妆品，这些也就算了，居然还有一双舞鞋！

骆明薇心虚，默默走过去捡起舞鞋往床底下一扔，回头摆出一个甜甜的笑脸，那神情仿佛在说：你看，收拾好了。

陈昊彻底被挫败。

她直接就给黄靖轩打了个电话："喂？为什么我的宿舍多了一个莫名其妙的女人？我不管什么转校生……OK，你把班主任电话给我。"

"喂，我不是莫名其妙的女人！"骆明薇抗议，"我叫骆明薇。"

陈昊没有理她，拨通了温瑾瑜的电话。

"老师，你好。我是陈昊。"

"喔，你好。你返校了？"温瑾瑜的声音很愉悦，"找我有事吗？"

"我要求换宿舍。"陈昊言简意赅，"这个女人太邋遢，我有洁癖。"

骆明薇的脸一抽：居然说我邋遢？

"换宿舍？没问题啊。"温瑾瑜轻松回答，"不过我听说目前学校的宿舍是满员的，所以如果你要换宿舍，只能找找看有没有别人愿意跟你换了。"

"……"陈昊无言。

"如果没事的话，那我先挂了。哦，对了，如果找到愿意跟你换宿舍的人，你们自己换了就好，不用跟我打招呼。都是成年人了，这点小问题，老师相信你们能自己解决，再见。"

说完，温瑾瑜直接挂了电话。

陈昊气得险些要砸了手机。

骆明薇坐在沙发上，一脸无辜。

陈丽丽听到声音，敷着面膜晃晃悠悠地走过来，靠在门口："呀，陈昊你回来了——哎哟，你们宿舍，怎么成了个垃圾堆？"声音似笑非笑，却足以四两拨千斤。

骆明薇眨巴眨巴眼睛，仿佛看到陈昊心里有一千万头草泥马呼啸而过。

初春的夜。

青藤的夜晚总是不太安静。

林可柔推开宿舍门，陈丽丽已经回来洗漱完毕，正在电脑前敷着面膜。可柔觉得有些奇怪："丽丽，你在看什么呢？"她放下手中的东西，过去一看，满屏的骆明薇。

"你在查新同学？"可柔讶异。

陈丽丽头也没回地说："知己知彼，百战百胜。"其实骆明薇的资料原来在她围观"老司机"事件的时候，就看着网友们扒了不少，可如今骆明薇成了她的竞争对手，形势又不一样，陈丽丽一下课就回宿舍开了电脑查起资料来，任何一个细小的新闻都不放过。

可柔笑了："你说什么呢，你和她有什么好战的。今天的课上你也看到了，她的基础太差。"

回想一下骆明薇在舞蹈课上手足无措的样子，真有些滑稽。姚老师对她完全是假装失明的态度，好几次她都看见姚老师目光生硬地从骆明薇身上挪开，脸色犹如漆黑的冬夜。

可陈丽丽却不这么想，她扔了鼠标，转过身面对着可柔，神情严肃："你知道她是怎么转校进的青藤吗？要知道，青藤建校十几年，从来不曾收过转学生。"

可柔也好奇："怎么进的？"

"她爸爸骆亚宁，就是那个亚宁集团的老总，"亚宁集团实业起家，知道的人或许不多，可亚宁大厦是这个城市的地标建筑之一，提起来无人不晓，"和学校董事局的人都是生意上的伙伴。"她打开电脑上的一个文件夹，翻出几张新闻照片，都是骆亚宁与青藤校董们的合照。

可柔沉默。

其实陈丽丽说的这些她都知道。有一次她看一个网络访谈节目，正好嘉宾中有骆明薇。那是个时尚类节目，主要是请一些女明星和造型师来教观众穿搭以及化妆。

其实是一个挺无聊空洞的节目，但节目中间插了一个外景 VCR，是骆明薇带着节目组工作人员去参观她的衣帽间。

她至今对骆明薇的衣帽间记忆犹新。

那个房间有她现在所处的这个寝室的三倍大，就像商场里装潢精致的奢侈品店，那些她见过的没见过的、认得的不认得的高档时装和鞋包让人目不暇接。

当时只是看到电视里的骆明薇，除了她那豪华的衣帽间之外，并没有给林可柔留下什么特别的印象。

可今天，她见到了骆明薇本人，才发现骆明薇身上有一种她从未接触过从未见过的气质。她见过的美人有许多，单单是青藤学院里，各种类型的美人儿就看花了眼，比起她们，骆明薇或许称不上是美女，可她身上却有一股傲气，是从小要风得风、要雨得雨养出来的傲气。

让她羡慕的那种傲气。

看着可柔沉默不语，陈丽丽恨铁不成钢："可柔，你还不明白吗？什么校规，在资本面前都得低头。从前没有转校生，不过是因为没有一个像她那么有钱的爸爸拿钱来砸！"

确实，青藤学院虽然号称贵族学院，入校的学生家里个个条件不俗，可真正的富二代想进娱乐圈玩个票是易如反掌的事情，根本不需要青藤学院这张通行证。就像骆明薇，早就砸钱给自己拍了好几部大制作电影。

"既然不收转校生的规矩可以用钱打破，那毕业盛典也一样！"之所以从前校规没有被打破过，只是没有人拿足够的钱来砸。青藤是私立学院，校董们谁会跟钱过不去。"她跟我们不一样，她已经出道十几年，又那么有钱，什么资源用钱砸不到？她进青藤的目的只有一个，她要的是青藤学院金字招牌的加持，让她雪耻！"

网上那些人嘲笑她是票房毒药，而她要用青藤学院的招牌来给自己镀金，就像那些买假文凭的暴发户。

陈丽丽越想越笃定自己的猜测。

"你的意思是，"可柔看着陈丽丽，"她的目的是毕业盛典的 OPS？不会吧……" OPS，即 Opening Show——青藤毕业盛典的开场表演，而它向来是由当届最优秀的一对男女毕业生来完成的。

陈丽丽认真地点了点头。

可柔看着陈丽丽，漂亮的脸上神色未明，半晌，她才慢慢地说："不会的。骆明薇的水平太差，学校即便要给她开后门，也不能太过明显。毕业盛典是现场直播，全国观众的眼睛又不瞎，强行要上 OPS，只不过是更加丢人现眼。除非……"

"除非什么？"陈丽丽看她。

"除非这一年半的时间，她真的进步到足够优秀的水平。"可柔的声音慢慢低下来，"或许不需要太强，只需要勉强过关；或许也未必一定要OPS，毕竟那太显眼……"

陈丽丽的眼睛盯住了墙壁，一眨不眨。

隔壁就是骆明薇的宿舍。

和从小练舞的可柔不一样，陈丽丽的中考成绩不好，没能进重点高中，才决定做艺术生，找了专业的老师来教她跳舞。十五六岁的年纪，早就错过了练舞的最佳时间，好在她天赋不错，乐感也好，又勤奋刻苦，练了三年国标，最终才顺利考上青藤。

能进青藤的，谁都不是泛泛之辈。在这一届的女生之中，除了可柔实力卓越超群，其余的水平都不相上下。要想在青藤的女生榜上争得第二，陈丽丽需要拼尽全力。

可柔的言外之意她明白。骆明薇的水平不高，一味地抢 OPS 很有可能起到反效果，她的团队绝对不傻，那么第二名或许就不会那么引人注目……骆明薇的到来，威胁到的不是可柔，而是她。

想到这些，陈丽丽咬紧了牙。

亚宁大厦。

十一楼。

王晴关了灯，推门出去。外面灯已经暗了大半，只有走廊尽头那间办公室还透出隐隐的灯光。她想了想，走过去敲了敲门。

"进来。"一个低沉的男声。

她推开门。

办公室里只点着一盏昏暗的落地灯，光线很暗，也因此，那面巨大的落地窗外，这个城市繁华的夜景就如巨幕电影一般呈现在她眼前。

她有片刻的恍惚，记起那一年，她才二十三岁，刚刚从大学毕业，就成了骆亚宁的秘书。

人事部通知她来第三轮面试的那天，也是一个这样寂静的夜晚，她心情忐忑，敲开骆亚宁的门。

骆亚宁就坐在这一片繁华中，背对着万家灯火，逆光而来。

他从文件中抬起头来，对她微微一笑。

那一刻，背后的千星万辉都暗了。

然而不同的是，那一年骆亚宁三十岁，正是男人最好的年纪，意气风发，不论遇到什么事情都能从容而对；而如今，他的鬓发已经有些白了。

"下班了？"骆亚宁从文件里抬起头，声音里满是疲惫。

王晴点点头，闻到一阵扑鼻而来的烟味。她犹豫了一下，始终没有劝出口。"还不回家？"她问。

骆亚宁笑了笑，掐灭手中的烟："在哪儿都一样。"

王晴的心仿佛被针蜇了一下。

"温瑾瑜给我打过电话，薇薇在学校里一切都还算顺利。这孩子，这次似乎下了很大的决心。"

骆亚宁点点头："就让她再胡闹一回吧……又让你辛苦了。"

王晴笑了："是我欠她的。那么，我先下班了，明天见。"

　　她退出来，关了门，那满屏的灯火被关在门外。眼前是一片明晃晃的灯光，她一路走出去，顺手关了那些刺眼的灯。

　　手机响了一声，她打开看，是美国的姐姐发来的微信："合约已经发到你的邮箱，尽快给我回复。"

　　她没有回复，锁了屏，走进电梯。

Chapter 02 / 什么都不能使她放弃

清晨 6 点半，天空才微微亮，距离学校第一声铃声响过已经十五分钟。窗外有微弱的晨光，透过窗帘安静地落在骆明薇的脸上。

她翻了个身，搂紧了柔软的枕头。

"Milky……"她低声喃喃。

枕边的手机响起，迷迷糊糊中，她伸手把手机翻了过来，"什么破通告啊，安排得这么早……不去了，取消……"

翻了个身，又沉沉睡去。

陈昊穿上外套，瞄了瞄埋在被子里的骆明薇，忍不住翻了个白眼，自顾自出门去了。

昨晚她可是失眠了整整一宿啊！

她有轻微的洁癖，看见房间乱糟糟的，心里就跟有猫爪子挠似的难受。真不明白，为什么看起来干干净净漂漂亮亮的一个女孩子，居然这么邋遢——她居然把护肤品都堆在了洗手台上！

天知道洗手台那种潮湿的地方会滋生出多少细菌啊。

想到这里，陈昊的脑子里立刻出现了无数高举着魔鬼叉的细菌小人，发出刺耳的奸笑。她忍不住打了个冷噤。

而且更重要的是，这个家伙！居然会说梦话！

冷风吹过来，陈昊缩了缩脖子，下定决心——她一定要换宿舍！

青藤学院清晨的操场永远不会冷清。

当骆明薇以风卷残云之势冲到操场的时候，温瑾瑜已经背着手笑眯眯地在操场入口处等她。看到骆明薇，他微微一笑："骆同学，你又迟到了。"

骆明薇忍不住翻了个白眼。

然而当她看到面前一个方队整整齐齐地排在自己面前的时候，那个白眼险些翻不回来。

怎么忽然有一种不祥的预感？

青藤学院的晨练向来是不带强制性的。但即便如此，每天早上早起一个小时来晨练，依然是绝大多数青藤学生默认的必修课。毕竟在这条逆水行舟的船上，大多数人都没有叶晟熙那样的天分，有时候差距往往就在一个看似平凡无奇的早晨。

但即便大家都自觉自发地来晨练，也是各自练习，各补短板，这样整齐的一个方队等在猎猎寒风中，简直见所未见。

其他班级的学生都纷纷朝这边看来，甚至带些幸灾乐祸。

所以，当温瑾瑜宣布所有人都要因为骆明薇的迟到而被罚跑的时候，遭到了激烈的抗议。

"学校从来没有这种规定。"陈丽丽带头抗议，"老师，我们的时间很宝贵，大家都争分夺秒在补自己的短板和不足，不要浪费我们的时间陪这种人跑步行吗？"

温瑾瑜背着手笑眯眯："不行。"

干脆利落，不留余地。他有自己的打算，这帮从几万名考生中脱颖而出的学生从小就被灌输竞赛思维，胜负心太强，每一个人都完全以自我为中心，铆足了劲跟别人竞争。

娱乐圈是一场不见硝烟的战场，不进则退，这没有错，可娱乐圈同样是一个极其讲究合作和团队意识的地方，不论将来他们成为歌手或者演员，都必须配合他身后的团队工作。

站在聚光灯下的人太容易自我膨胀，他见过太多例子。某个明星成名之后忘乎所以，耍大牌，自以为是，把团队里的人得罪了个遍，最后在圈子里销声匿迹，提起来没有一个人同情。

太强的个人意识最后会让他们在这个圈子吃大亏。

这个理由温瑾瑜当然不会明说，即便说了，也未必有人认同，现在他们的世界里除了竞争别无其他。正好骆明薇迟到，他顺手就让她背了这个锅。

最终没人能顶得过班主任的命令。青藤学院重规矩，师命是第二校规，只要不违背学校原则，学生必须服从。

骆明薇背负着十几双仇视的目光艰难地在跑道上迈着步子，对自己为人背锅这件事浑然不知。

她从来不爱运动，昨天高强度的训练已经完全超过负荷，她是咬牙才坚持下来的。这一觉睡醒，双腿酸痛得连走路都困难，何况是要长跑三千米。

可能她还没跑完这三千米就要猝死了。明天新闻出来，《骆明薇入学青藤第二天，三千米长跑体力不支猝死》，真够丢脸的。

这时候，叶晟熙从她身边跑过。

如果她的脑子还没有因为缺氧而产生混乱的话，这应该已经是叶晟熙第五次从她身边跑过了。

这家伙，身高腿长了不起吗？需要跑得这么快吗？

当下，骆明薇恶从胆边生。

她咬咬牙，甩开腿加快速度跟了上去。叶晟熙跑得太快，这时或许是累了，放慢了脚步，很快她就跟到了他的身后。

从这个角度看，她能看到他宽厚坚实的肩膀、漂亮的后颈部曲线和白皙的皮肤上细细密密的汗水。

还有圆润饱满的耳垂。

这个倒霉的家伙，长得确实挺好看的。骆明薇心里不服气地想。可是好看归好看，她可不是见色忘仇的那种人。

有仇必报，是她做人的原则。

看准时机，骆明薇抬脚，狠狠往叶晟熙的脚后跟上踩了下去。她已经可以想象，叶晟熙被踩掉鞋子绊倒在地龇牙咧嘴的模样。

那场景太过大快人心，骆明薇想得太过入迷，以至于完全没有注意到叶晟熙摆动的手肘就这么毫无防备地甩在了她的脸上。

那真是让她终生难忘的狠狠的一个暴击，准确无误地砸在了她的鼻梁上，当下鼻梁一酸。

"啊——"骆明薇一声尖叫，当场蒙了片刻。紧接着身体失去了平衡，脚下一空，直直地朝后面倒去。

完了完了，这回真是偷鸡不成蚀把米，赔了夫人又折兵。

骆明薇的心里悲愤万分，认命地闭上了眼，等待着后脑勺狠狠地吻上地面，接受第二个暴击。

然而她并没有如期砸在地上。千钧一发之际，叶晟熙抓住了她的手，几乎是下意识的，他一用力，把她拉了回来，

可惜即便天才如叶晟熙，也不能计算到质量与惯性的关系，骆明薇狠狠撞进了叶晟熙的怀里，然后——

齐齐地往相反的方向，狠狠地摔了下去。

倒下去之前，骆明薇看见了初春湛蓝的天空，而她的内心，就和这蓝天一样忧郁。

如果有可以选择的机会，骆明薇宁可自己一脑门子砸死在塑胶跑道上，也不愿意摔倒在叶晟熙的怀里，并且，还把他的手给压断了。

准确地说，叶晟熙的手臂脱臼了。

医务室里静悄悄的。

没有想象中医院的消毒水味道，空气里弥漫着一股淡淡的花香。窗边的小

圆桌上插着一束淡粉色的花，那花的颜色太温柔，让人的心情不由得沉静下来。

可惜骆明薇现在的心情沉静不下来，她紧张地看着医生抓着叶晟熙的手检查，忍不住叮嘱医生："医生，你轻点，别把他胳膊扯下来……"

"肩关节脱臼，"医生简单地检查了之后说，"不太严重，要注射少许麻醉药再复位，主要是复位之后要注意保养，避免二次伤害。"

骆明薇这才松了一口气。

医生给叶晟熙做了手臂麻醉，嘱咐他安静地坐一会儿等到药效发挥，便出去了。

休息室里只剩下叶晟熙和骆明薇两个人。

"咳咳，"她清了清嗓子，"嗯，幸好不严重。"她没话找话地聊天。

叶晟熙眼皮也没抬一下。

骆明薇撇了撇嘴，这家伙，什么态度？算了算了，毕竟是她压断了他的手，她理亏，不和他计较。

"你的手臂是被我压伤的，你放心，我不是不负责任的人。有什么需要你都可以吩咐的。"她拍了拍胸脯，保证道，"只要我能做到的都可以。"

"不必了。"叶晟熙冷冷回绝。认识她第二天，第一次被砸破头，第二次被压断手，这么下去他的小命恐怕都要丢掉。

骆明薇以为他在客气："我认真的。"她可不想欠下他一个人情，"你肚子饿吗？要不要吃东西？我可以去食堂帮你买。"

"不饿。"

连吃了两个闭门羹，骆明薇悻悻地闭上嘴。

很快麻醉药的药效发作，医生将他的肩关节复位，再用绷带绑好。"同学，来帮一下忙。"医生示意骆明薇帮忙扶住叶晟熙的手，好让他将绷带固定到他的脖子上打结，骆明薇连忙握住了叶晟熙的手，把它摆到 90 度角的位置。

叶晟熙微微一抿唇，他抬起头，刻意不去感受手上骆明薇手部皮肤那柔软的触感。可这一抬头，偏偏又对上她的侧脸，从这个角度，恰好可以看见她扑闪扑闪的乌黑色长睫毛。此时骆明薇正伸长了脖子，饶有兴致地看着医生把绷带绕到叶晟熙的脖子后面。

"哎，医生，你的蝴蝶结打得真漂亮。"她夸奖医生的手艺。

叶晟熙忍不住翻了个白眼，这家伙到底会不会抓重点？

他默默扭开脸。

"三个星期之后拆绷带，这段时间要特别注意，不然会留下后遗症的。"医生叮嘱着。

看着叶晟熙的右手被吊在脖子上风度全无的样子，骆明薇忍不住乐了："切，你也不是很强嘛，白长了这一米八的高个子，连个女生都接不稳，还说是什么打破青藤入学成绩纪录的天才。"

叶晟熙抬起头，淡淡地吐了一句："惯性大小和物体的质量成正比。如果我是你，我会先认真检讨一下自己的体重。"

"我的体重怎么了？"宿舍里，骆明薇站在体重秤上，盯着上面的数字，"54公斤，很重吗？"

她在沙发上坐下，顺手给阿莫发了个微信："你觉得我胖吗？"

然而阿莫没有回答。骆明薇百无聊赖，顺手打开微博。

这段日子以来，她的微博已经清静多了，虽然时不时还是有沈亦峰和张子琪的粉丝到她的微博下面骂两句。

"Albert.Y新歌发布？"又是这个Albert.Y，骆明薇顺手点开链接，《风从你来》，这么奇怪的名字？我又不是吹风机也不是电风扇，风怎么从我这里来？

骆明薇嘀咕着。

音乐响起来。一段安静的吉他独奏，轻轻柔柔的音调，闭上眼仿佛可以想象一双修长的手指轻轻地拨动着吉他弦。

一直以来，这个Y都不曾以真面目示人，虽然不断有记者试图挖出他的真实身份，可他保密措施做得太好，一个个都无功而返。从他最初在原创音乐网站上走红到现在已经有两年时间，在这种资讯大爆炸的年代，居然连一张照片都没有流出来，实在让人好奇不已。

听说他现在是各大狗仔团队狙击榜上的一号人物。

关于他身份的猜测一直众说纷纭，外貌也是，Y 却从来不会回应任何说法。他有微博，却没有关注任何人，除了偶尔同步他上传在音乐网站上的原创歌曲之外，没有发过一条微博，也没有回复过任何一个人。

哪怕是有华语流行音乐教父之称的大制作人 Joe 的转发夸赞。

这傲慢的性格，倒是让骆明薇颇为欣赏。

这是一首没有歌词的曲子，Y 只是用随性的吟唱将歌曲的调子哼了出来。

可能正是因为没有歌词限制思绪，才使听歌的人更有想象的余地。

骆明薇安静地躺着，听着这低沉温柔的吟唱。

她的思绪飘得很远，很远。

那时候，她还是个很小很小的孩子，却拥有满满的爱。

有一天，母亲带她去了一个地方，见了一个叔叔，然后带着她进了一个房间。那房间里灯光很亮，有很多叔叔和阿姨围在屋子的四周，中间则有一块巨大的白布。

叔叔给了她一瓶牛奶，让她站在白布的中间喝，她懵懂不知到底发生了什么，只知道那牛奶很好喝，她喝得很开心。

那就是她的第一次试镜，对方很满意，母亲亦很开心。再后来，她接的广告越来越多，慢慢地也开始接一些电视剧，在里面演女主角的孩子，或者女主角小时候。

从前她太小，什么都不懂，只是觉得拍戏很好玩，很开心，而每次她拍完一场戏，母亲比她还开心，于是她就更开心。

后来她渐渐长大，才从长辈们口中知道，其实成为演员一直是母亲的愿望。那个年代，港台娱乐圈刚刚走进普通大众的视线，母亲喜欢唱歌，偶像是邓丽君，也喜欢演戏，最爱看《上海滩》。

但她出身书香门第，再加上那个年代毕竟思想还保守，大家闺秀抛头露脸做明星，家里的长辈是绝不允许的。

后来母亲嫁给了父亲，生下了她。一次意外，母亲发现自己的女儿居然也喜欢唱歌，喜欢演戏，于是她把自己的梦想倾注在了女儿身上，决心把她培养成大明星。

记忆里，那是母女俩都很开心很快乐的一段日子。

她知道，多少人当着面对她阿谀奉承，背后却大肆嘲笑：骆大小姐有钱任性，贪慕虚荣，喜欢做明星那种站在聚光灯下的感觉，十几年来拼命砸钱给自己开戏，可惜演技捉急，怎么都红不了。

可他们不知道的是，那个下着雪的夜晚，小小的她窝在母亲的怀里翻看母亲给她做的相册，母女俩拉钩约定她一定要成为大明星，跟邓丽君、赵雅芝一样的大明星。

然后母女俩哈哈大笑，乱成一团。母亲搂紧了她，还亲了她。

可惜，母亲后来没有能看到她长大。

是车祸。在她七岁那年，母亲和父亲吵完架带着她冲出马路，一辆车迎面驶来，母亲推开了她，而自己没能活下来。

一地血泊。

这么多年，她一直都努力地想要实现母亲的梦想。她真的努力过，只可惜，她或许真的没有什么天分。

骆明薇深深吐了口气，从沙发上翻下来。

没错，什么都不能使她放弃。

可惜这世上的事并非真的有决心就能办到，否则便不会有那么多失败者。

当第二天骆明薇在姚素晓的课上第三次颓然地瘫坐在地上的时候，她的内心有些绝望。

下了课，同学们都走得差不多了，她才缓过劲儿来，拉着镜子前的扶手慢慢站起来，浑身酸痛。

这两天运动量太大，肌肉酸得就跟泡在陈年老醋里一样，可她要好好练舞就得逼自己把每一个动作都做到位。于是她狠狠心，忍着痛把手脚往外甩。可她心越急越做不好，刚刚课上要求四人一组跳一遍，她好几次跟不上节奏。身边那个女孩子不知道是无意还是有心，手一次次毫不留劲儿地砸在她身上，最后还怨她挡了自己的舞步。

她有火也发不出，只能憋着。

温瑾瑜的表演课也让她提不起劲儿来。

青藤学院的表演课程是影视剧方向，学生大多都是进了青藤之后才开始接触专业的表演课程，因此课程设置得比舞蹈和音乐课都简单得多。

骆明薇原本以为自己好歹有十几年的表演经验，在娱乐圈里可能算是演技差的，但在这帮刚刚学了半年的学生里，算不上顶尖，好歹也是中等以上吧。可真的上了课，她才发现自己大错特错。

在一张白纸上作画远比要改一幅被画坏了的画作简单，骆明薇十几年的表演经验反而成了她的累赘，脑子里根深蒂固、自以为正确的那套表演方式变成了定性思维，就像一座牢固的城墙，将温瑾瑜传授的那些表演方式挡在了门外。

她的表演几乎让全班笑倒了一片，尤其是陈丽丽。

更要命的是词曲创作，虽然大多数青藤的学生对这门课都不太感兴趣，可至少不像骆明薇，连基本的乐理常识都不懂。一整节课 90 分钟，其中 5399 秒她整个人都处于迷茫状态，唯一听懂的只有一句——"下课。"

几天的课下来，原本自信满满的骆明薇狼狈不堪。

更惨的是，她根本找不到可以练习的教室。

青藤的课程安排很简单，白天安排几节课就是几节课，剩下的时间交由学生自己安排，绝不多加干涉。因此青藤没有晚自习，在 10 点钟——校方规定的教学区必须熄灯的时间——之前，这里几乎都是灯火通明的。

从早上 8 点到晚上 10 点，只要是不上课的时间，几个音乐教室舞蹈教室从不会空置。

原本林可柔提出骆明薇可以和她共用一个时间段："反正我也是练这支曲子，你跟我一起就可以了。"

当时骆明薇很天真，心想着大美人真是善良，连忙道谢答应。可到了教室，林可柔开了音乐，她就傻了。

林可柔是谁啊，青藤女子榜上的 TOP1。去年的入学考试，虽然她不像叶晟熙一样拿了 93 的高分，惊掉一群人的下巴，可也是女生组的第一名，论舞蹈单科，她甚至不比叶晟熙差。

黄靖轩说，林可柔出生优渥，家里是很低调的贵族，从小就请了顶级舞蹈老师教她跳芭蕾舞，原本是想要把她往顶级芭蕾舞者的方向培养的，可她偏偏放弃了英国皇家芭蕾舞学院的邀请，选择了青藤。

听说为此林可柔一度和家里闹翻，被实行经济封锁。骆明薇在听说了她的背景之后，立刻对她产生了同命相怜的感觉。

所以，虽只是在课上稍稍练习了几次，但林可柔几乎已经能将整支舞曲完整跳下来了。

而骆明薇却僵在第一个八拍，非常尴尬。

于是她婉言谢绝了林可柔的好意。人家已经是会飞的天鹅了，总不能让她收起翅膀陪自己这只丑小鸭学走路吧。

管理员两手一摊："我也无能为力，这里的学生个个都这么拼。要不等到下学期新生进来之前，提前让你先挑个时间吧。"

说完还自以为幽默地哈哈一笑。

骆明薇无语凝噎。

青藤学院是一条通往星光之巅的马拉松赛道，别人都已经跑到半山腰了，可她还站在起跑点上，连条赛道都找不到。

当然这还不算最惨的！最惨的是，好不容易咬牙熬过了一天，还装了一肚子的"草"，回到宿舍也不能好好休息。

她的室友，这个看起来大大咧咧、打扮得像个男孩子的香港姑娘是个最难搞的处女座，她自己有洁癖也就算了，可非要盯着骆明薇收拾。

"把你换下的袜子都拿走洗掉！"

"我明天再洗。"她累都累死了，哪还有力气洗袜子啊！她来青藤可不是为了学习怎么洗袜子的！

"明天？"陈昊仿佛听到了什么不可置信的消息，"你知道脏袜子扔在这里一天会滋生出多少细菌吗？脚掌上总共约有二十五万多个汗腺，一天可以分泌将近 500 毫升的汗水，细菌会大量滋生繁殖……"

"……"骆明薇有点无语，"反正是我的袜子，你操什么心！"

"细菌是会传播的！"陈昊认真地说，"空气传播，接触传播……"她瞪了一眼正在翻白眼的骆明薇，"我可不想管你的闲事，但我们现在同住在一个屋子里，你的卫生习惯会影响到我的，你知道吗？"

她也想换宿舍啊，可偏偏宿舍都住满了，也根本没有人愿意跟她换。学校在郊外，就算要出去住都租不到地方。如果不是外面天寒地冻，她真宁可搬个帐篷出去露营了。

"OK！OK！"骆明薇举手投降，"我现在洗还不行吗？"她抓起袜子扔到阳台上的洗衣池里，拧开水龙头。

老天爷啊，她现在真是比小白菜过得还苦啊！

骆明薇皱着一张脸，几乎是扶着墙才勉强支撑自己走到了走廊尽头的coffee corner（咖啡角）。

青藤的 coffee corner 可以算得上是豪华配置，此时 coffee corner 里已经有不少学生。

林可柔坐在众人中间，几个女生围在她身边，犹如众星捧月。

林可柔这个人挺好的。原本骆明薇以为美人嘛，肯定都是眼高于顶，非常傲慢的，且看那个自以为是美女的陈丽丽端的那副架子就知道了，可几天接触下来，她却发现可柔这个人实在好得不得了。

她善良又美好，就像小时候看的动画片《莎拉公主》里的女主角一样完美，在青藤的人缘也是出奇的好。都说女人善妒，林可柔能美到如此境地却又不让其他女生嫉恨，不能不叫人佩服。

"哇，可柔你真的好厉害，居然能买到 BV 的圣诞限量款。"杜灵彬忽然惊呼。这个杜灵彬浑身上下从妆容到服饰都像是从日剧里走出来的女主角，连讲话都带着日剧那种夸张的强调。

杜灵彬这句话立刻引起了其他女生的注意。

"BV 圣诞限量款？可柔你什么时候买的？"陈丽丽尖叫，一下子凑到林可柔的耳边，去看挂在林可柔耳朵上的那只小鹿。

BV 钻饰去年的圣诞限量款，项链、手镯、脚链、戒指、耳钉，搭配了整整一套，以圣诞元素点缀，耳钉则是两只可爱的小鹿，上面镶嵌了两颗小小的钻石。据说这套圣诞限量款 BV 总共只出了 158 套，以纪念其公司成立 158 周年，因为数量有限，这套限量款只对 VIP 以上会员出售。

换言之，能买到这套 BV 圣诞限量款的，只能是 BV 的 VIP 以上会员。

林可柔被陈丽丽的反应弄得有些尴尬，笑着把她推开："丽丽，你别那么夸张好吗？不过就是一对 BV 的耳饰而已！"

陈丽丽的眼里是满满的羡慕嫉妒恨："什么叫一对 BV 的耳饰而已！这一对要十多万吧……可柔，你什么时候成了 BV 的 VIP 的，怎么都没告诉我？"

可柔被她夸张的样子弄得哭笑不得。

这时候，杜灵彬好像发现了什么："不过，为什么可柔你这只小鹿的两只耳朵好像角度有点不太对……"她皱眉，疑惑着凑上去仔细观察，"杂志上看到的图片，鹿耳朵好像没有这么下垂呢。"

去年 12 月的 *Queen* 杂志介绍过这套圣诞限量款，杜灵彬抱着杂志垂涎了好久。

"杜灵彬，你这话什么意思？"陈丽丽一下子翻了脸，"你是在暗示什么吗？"

杜灵彬原本只是有些奇怪，被陈丽丽这么一呛反而倔了："我没什么意思，只是觉得有些奇怪而已。可柔都没说话，你心虚什么？"

她这话问得话中有话。陈丽丽与林可柔同宿舍，从大一开始两人就亲密无间，可林可柔的光芒太耀眼，于是在旁人眼里，陈丽丽就是林可柔的跟班。上学期有一次，陈丽丽与隔壁班的班花朱亚茜抢练习教室，就被朱亚茜揪住这点狠狠嘲笑了一番。

虽然那次可柔发了火，当着众人的面斥责了朱亚茜，并表示陈丽丽绝对不是自己的跟班，后来也没人再提，但这事儿却成了陈丽丽心里的刺。

于是即刻她就炸了："我有什么好心虚的？我就是见不得你血口喷人。可柔怎么可能用假货？"陈丽丽这声音太响，把原本没注意这边动静的人都吸引了过来。可柔反倒有些急了，她处事向来低调，被陈丽丽这么一宣扬，传出去倒显得她刻意炫耀自己的耳钉似的，于是连忙拉住陈丽丽，息事宁人地说："好了，你们两个别吵了。丽丽，我知道你为我好，灵彬只是随口一说，她没恶意的。"她转身又去安抚杜灵彬。

陈丽丽冷哼一声："狗眼看人低。"

原本杜灵彬的火气已经被林可柔三言两语安抚下去，陈丽丽偏偏来了这么一句，这下她彻底火了："好，我现在就去把那本杂志找出来，看看是谁长了一对狗眼！"她站起来就要走。林可柔看见事情闹成这样，也急了，连忙拉住杜灵彬，劝慰的话还没出口，有人却站了出来。

"那对耳钉是真的。"骆明薇不知道什么时候走了过来。

刚刚还一脸激愤的杜灵彬表情一下子僵住："关你什么事，你凭什么下结论？"她说。可显然已经有些底气不足。

骆明薇撇了撇嘴："就凭我是 BV 的 SVIP（超级会员）。"

周围看热闹的吃瓜群众都默默交换了意味深长的眼神：骆明薇说这话是有分量的。

虽然她们之前并不很关注骆明薇，但她们关注 BV 每年夏天的新品发布会呀。去年 BV 的新品发布会上，当时跟 BV 亚洲区代言人周速坐在一张桌子上看 Show（展示）的，除了另一位亚洲区代言人——日本女星藤原静香，就是骆明薇。

通稿有介绍，她是以 BV 的 SVIP 的身份接受邀请的，而 BV 的 SVIP，全球不超过五十人。

话已至此，自然没有什么好怀疑的了。当众丢了脸的杜灵彬又气又羞，狠狠地瞪了一眼骆明薇，愤然离去。骆明薇看着她的背影，略略有点歉意——毕竟，是自己让她背了这么大一个锅呢。

眼看着没有热闹可看，吃瓜群众纷纷散去。骆明薇趁着没人注意，示意林可柔走到一边的角落里。

可柔满脸感激："谢谢你，明薇，谢谢你站出来替我解围，否则以丽丽那个脾气，两个人还不知道要闹成什么样子。"她叹了口气，笑里也带着无奈。

可骆明薇才不关心什么陈丽丽。她看了看四周，确认没人，压低声音说：

"你这套耳钉不要再戴了。"

可柔微微一怔："为什么？"

"其实我刚刚是撒谎的。可能你被代购之类的骗了，这对耳钉是假的。"要是让 BV 知道她撒了这个谎，估计她要被列入黑名单了。

可柔的脸一下子白了。"不可能，这耳钉……是我姑姑送的。她是珠宝行家，一眼就能看出钻石的真假。这颗钻石明明是真的，假货怎么可能会用真钻石？"她定了定神，笑容已经有些勉强，"明薇，你肯定弄错了。"

骆明薇摇摇头，语气笃定："我不会弄错。"虽然这颗钻石看起来确实很真，可她早就听说过，现在市面上有一种人工钻石，除非用仪器检测，否则再专业的珠宝鉴定师都分辨不出真假。

"你凭什么这么肯定？"可柔还是不肯相信。

骆明薇伸手指了指自己的耳垂背面："从后面的扣子看出来的。BV 去年年初开始就已经更换了旗下所有新出耳钉背扣的款式。这款圣诞限量版用的就是新背扣，而你耳朵上这个却是旧款。"

官网和杂志上介绍耳钉，通常只会从正面或者前侧面拍摄，大多数人也并不会在意一个背后的扣子到底是什么样子，可这对耳钉，偏偏骆明薇自己就有，而且当时还吐槽过新的背扣不如从前的好用，因此留下印象。

林可柔这下彻底蒙了。"怎么可能……"她咬了咬唇，显得有些手足无措，"这不可能！"她低声喃喃，脸上微红，那样子仿佛就要哭出来似的。这一下骆明薇倒有点慌了。

"你不会是要哭吧？不就是买了一对假货，扔了就好了。你放心，我不会告诉别人的。那天你帮过我，今天我还你一个人情。"有恩报恩，有仇报仇，向来是她做人的宗旨。

可柔听着骆明薇的话，忽然一下子想通般笑了："你说得对。我没事，不过一对耳钉而已。只是觉得自己怎么会那么笨……谢谢你，明薇。否则哪天要是遇见懂行的人，我就闹笑话了。"她摘下耳钉，轻轻抓住骆明薇的手道谢。

可柔的十指纤细白皙，可却有一丝凉意。骆明薇并没有想太多，只是看见可柔笑了，便舒了一口气。

于是她也笑了。

然而，在她们视线不曾及的转角处，早春的阳光透过玻璃窗落进来。

靠在窗边的叶晟熙，慢慢地喝了一口咖啡。

刚才骆明薇与林可柔的对话，悉数都落入了他的耳朵里。这个家伙，不仅脸皮厚，撒起谎来也是脸不红心不跳，还自以为是做了一件善解人意的好事。叶晟熙摇摇头，嘴角却浮现出一抹连他自己都未曾察觉的笑意。

"你笑什么？"周汝嘉靠在另一边，刚才的那番对话，他也全都听见了。

"没有。我刚才笑了吗？"

周汝嘉不追问，他了解自己的好朋友惜墨如金的性格。他转过头，看着正在吧台冲咖啡的骆明薇，忽然也笑了："我觉得她挺讲义气的，完全不像之前新闻里说的那个样子。"他笑起来的样子特别灿烂，就像此时他手里那杯蜜桃芒果茶一样，散发着热带阳光的味道。

新闻里说她为了撇清自己，故意爆料沈亦枫的恋情转移新闻焦点。

"这不叫讲义气，这叫是非不分。"叶晟熙眼皮子也没抬一下。

周汝嘉说："我觉得你好像对她有些偏见。"

"还记得开学那天我脑袋上的包吗？"叶晟熙问。

周汝嘉点点头。他当然记得，那天晚上叶晟熙还疼得龇牙咧嘴，去门外装了一捧积雪回来消肿镇痛呢。他也追问过原因，可叶晟熙这家伙的脾气向来是不说他不想说的话，摆出清朝十大酷刑来都不管用，放到战争年代万一被俘，那一准是宁死不屈的革命英雄。

想起那件事，叶晟熙至今觉得自己脑袋上隐隐作痛。"就是她用高跟鞋砸的。"他说。

周汝嘉的表情一下子如彩虹般绚丽多彩，"什么？"

料到周汝嘉会是这个反应，叶晟熙自认倒霉地挑了挑眉毛。

周汝嘉歪过头，看着骆明薇，唇边出现一抹含义不明的笑意："那我倒是很有兴趣去了解一下这个敢拿高跟鞋砸我们的青藤榜首叶晟熙的人间奇才了。"

叶晟熙的目光里有些嫌弃，"我没想到你的品位如此奇特。"

周汝嘉笑笑，却不说话。

其实叶晟熙不知道，不是周汝嘉品位独特，而是这个骆明薇确实可爱。

那天骆明薇第一次去学校食堂吃饭，出来的时候在路上摸着肚子唱了一句"手里呀捧着窝窝头，菜里没有一滴油"的时候，周汝嘉就走在她的身后。

当时他就被她逗乐了。

于是后来就开始特别注意她，上课的时候还会特别关注她的表现。她的水平确实差，尤其是跳舞的时候，手脚僵直的样子分外可爱。第一节声乐课，教授让她唱一段——其实是想让她发几个音来看看音色音准，可她上来就唱了一段张惠妹的《听海》，那投入的样子笑翻了台下一片。

可是，这样很可爱不是吗？最起码，这是他第一次在课堂上听到大家的笑声。

周汝嘉想，青藤的校园生活或许会因为这个特别的插班生而变得不一样吧。

他忽然有些期待。

周末的时候，骆明薇回了一趟家。

骆家在城北寸土寸金的高档别墅区，园林式的建筑风格不招摇也不显眼，是亚宁集团旗下的亚宁光华地产用时十年精心打造的作品，骆家搬到这里也不过短短五年。

这十几年骆家搬了三次，每次都越搬越豪。这也意味着骆亚宁的生意越做越大，他在家的时间则越来越少。家对于骆明薇来说，就是一幢空荡荡的大房子。

没有成长的印记，也没有母亲的痕迹，这样也好。

开了门，偌大的门厅只点着一盏金色的顶灯，越发显得周围空荡荡的。骆明薇回家没有通知任何人，照顾她生活起居的阿姨也请了长假，因此她预料到家里不会有人。她换了鞋直接上楼，迫不及待地想冲到自己的大浴缸里泡个热水澡。

青藤的宿舍还没有她的浴室大，房间狭小又逼仄，浴室装的是透明玻璃门——据说那个叫浴亭，空间小得刚刚够一个人转身。

她简直无法想象，那么小的空间居然还要和别人共用。

即便她不喜欢这个家，也太想念自己那张柔软的大床和舒适的浴缸了。

可走到二楼的时候，她意外地发现，父亲的书房里竟然隐约有灯光。

父亲在家里。

上一次见到父亲还是他们达成交换条件，父亲答应送她去青藤学院的时候，后来父亲就飞赴中东出差，骆明薇的入学手续还是王晴一手包办的。

已经一个多月了。

有时候在电视里看到他，双鬓不知道什么时候已经有了许多白发。她什么都不懂，但王晴偶尔也会在她耳边有意无意地提那么一两句，于是她也知道了，这几年集团越做越大，市场却越来越不景气，而父亲肩膀上扛的是几万人的生计，压力之大可以想象。

她想了想，还是走过去打个招呼吧，只当是一个女儿该做的。

她走过去敲了敲门，门没有关紧，轻轻一推就开了。

屋里的两个人正站在窗边喝红酒，看到骆明薇，显然都有些意外。

王晴最快回过神来，连忙退开一步，刻意同骆亚宁拉开距离，"你回来了？！"

话音未落，骆明薇已经摔门而去。

骆亚宁叹一口气，放下红酒杯就要追出去，王晴急忙拦住："我去吧。"

王晴了解骆亚宁，也了解骆明薇。骆亚宁脾气差易发怒，骆明薇呢，则完全继承了他父亲的性格，这父女俩凑在一起，总是说不到三句就要吵架。她放下酒杯追出去，骆明薇已经跑下了楼。她连忙跟上去，在玄关处一把将骆明薇拉住。

"薇薇，事情不是你想的那样！"

骆明薇狠狠甩开她的手："闭嘴，谁允许你叫我薇薇的！"

王晴无奈："对不起，骆小姐，你真的误会了。我和你父亲只是在谈公事。"今晚和亚宁集团一直有合作的一家公司周年庆，邀请二人出席，宴会结束之后，对方老板又同二人谈了一些合作上的细节，问题比较棘手，回来的路上他们聊了一路还没谈清楚。

骆亚宁的性格急进，就叫她到书房再谈，书房里有红酒，顺手就倒了一杯。

谁料到，骆明薇会在这个时候回来。

骆明薇冷笑："谈公事？十二年前，你也说自己是谈公事。"这句话没说完，眼睛里就有什么涌了上来，骆明薇逼着自己把那些温热的液体都收回去。

她不允许自己在这个女人面前失态。

灯光下，王晴站在那里，及肩的短发利落地拢在脑后。岁月太善待她，快四十岁的年纪，眼角连一条皱纹都没有。

可是她母亲呢？因为这个女人，她死在了三十岁。

回忆立马涌上来。骆明薇盯着王晴——这个像噩梦一样跟在她身边十二年却怎么都甩不掉的女人的脸。"结果呢？结果搞出了个野种！哈，"她冷笑着，声音尖锐，"你以为有了孩子就能逼我妈妈让位，让你坐上骆太太的位置？想得真美，可惜是做梦！……"

有时候母亲带她去公司找父亲，原本应该坐在办公室外秘书位置上的王晴总是在办公室里。那时候，王晴也说自己是在"谈公事"。

母亲是个太单纯的女人，没有发觉有丝毫的不妥。直到后来有一次，母女俩在办公室的门外听到他们的对话——王晴对骆亚宁说："我有了你的孩子，是儿子。"

她当时太慌乱，带着才七岁的女儿慌忙逃离，连车都忘记开，直接冲出了马路……

这话说得太直白，谁听了都受不了。王晴抓住她的手低声说："别说了！"

可骆明薇已经彻底不管不顾。

"我妈都走了十几年了，你还不死心，赖在我爸身边不肯走，还指望着做骆太太吗？"她眼底全是嘲笑。受了刺激，说出来的话恶毒得连自己都不敢信，"你凭什么？十几年前你能生儿子都做不了骆太太，现在你凭什么？"

话音一落，连骆明薇自己都愣了。

这是两人之间长久不曾触及的过往，在今夜猛然被撕开，王晴的心被这么一刺，才知道原来伤口都还在。

王晴松开骆明薇的手，下意识地往后退了一步。刚才匆忙从楼上追下来，梳得一丝不苟的头发有些乱。她下意识地用手指理了理头发，再转身面对骆明薇，脸上依旧是往常那种高高在上的神色，仿佛骆明薇不过是她一个犯了错的下属，"那件事我很抱歉。可你也害我没了孩子，我们谁也不欠谁。"

"那是你活该。"骆明薇被她的话刺到，不想再多谈，转身就推开门。这时候父亲从二楼下来，站在楼梯上吼了她一句："这大半夜的你去哪儿？"

骆明薇再没回头，她走出别墅，隐隐约约听见父亲喊她的声音，可她一点没有犹豫，冲进夜幕里。

骆亚宁还要追出去，王晴拦住了他。

骆亚宁止住脚步，不解地看着王晴。

"这么追出去，追到了她也不会跟你回来。"王晴说，"你的女儿，难道你不比我更了解她？"

骆亚宁知道王晴说得对，他的女儿，他比谁都了解。"可难道就任由她这么跑出去？外面天寒地冻。"

王晴叹了口气："我来处理。"

她站在门口，看着骆明薇从一盏一盏路灯下快步走过去。冷冽的寒风刺骨，她身上只有一件薄衫，瞬间被冻得什么直觉都没有了。什么都是麻木的。

骆明薇在寒冷的晚风里大步走着。

这一片都是别墅，骆明薇顺着路灯走去，越走越快。风刮在脸上，只觉得眼角发干，脑子里一团乱。她不知道自己要去哪里，只是下意识地往小区外面走。

她好像又变成了那个七岁的孩子，刚刚没了母亲，恨透了父亲，冲出家门却不知道去哪儿。

十二年前的记忆忽然就都回来了。

母亲走了之后，小小的骆明薇恨透了这个害死她母亲的女人，可她只是个孩子，能想到的报复手段只是把王晴桌上的文件全部撕烂。王晴恰巧进来，冲过来阻止她。她把手上的碎纸往地上一撒就跑，王晴追过来，她躲进楼梯间，王晴也跟了过来。

事情是怎么发生的骆明薇已经记得不太清楚，她只是想躲开王晴，于是不管不顾地推了她一把，没想到就那么巧，王晴脚下一个不稳，直直从楼梯上滚了下去。

王晴摔在地上的时候还有意识，拼命喊骆明薇去找人。后来的这十几年里，骆明薇不止一次地想过，如果那时候她及时跑去喊了大人来帮忙，或许事情不会闹得那么糟，可她最终还是没有。

一个才七岁的孩子，刚刚因为这个女人失去了母亲，心里充满了仇恨。她当时近乎恶劣地想，这个女人死了才好。

后来王晴的孩子没能保住，并且，因为被发现得太晚，失血过多伤及子宫，她终身不能再育。

她害骆明薇失去了母亲，骆明薇则让她失去了做母亲的权利。

在过去的十二年中，骆明薇不止一次地后悔自己当年的冲动，否则，她就可以理直气壮地恨王晴。后来越长大，她越知道自己当年犯了什么样的错。王晴说得对，她们谁都不欠谁。

一命偿一命，好像什么都扯平了，扯不平的是她生命里"妈妈"那个位置的空缺。

不知走了多久，她到了小区门口，糊里糊涂地不知道跟保安说了什么，很快保安就帮她叫来了车。她上了车，也不知道自己要去哪里，就叫司机先开着。

别墅区在郊外，起初车子一路开得畅快，很快进了城。这时候正是下班高峰期，被堵得半天走不动，她的心里就越发的烦闷，正好一抬眼看见前面是亚宁嘉华酒店。

亚宁嘉华是亚宁集团旗下三大豪华酒店之一。

今晚注定是无家可归了，不如在这儿住一夜。骆明薇这么想着，于是让司机开到酒店前停下。才踏进酒店大门，门童就认出她来，急忙通知了酒店的梁经理出来迎接。

进了酒店，骆明薇的目光无意间扫过前台，一个算不上熟悉却并不陌生的背影在她眼前出现。

Chapter 03 / 一切都不曾过去

当骆明薇看清楚前台站着的那个背影的时候，脑子里的第一个想法是，这个人怎么总是阴魂不散。

十年修得同船渡，百年修得共枕眠。她要修多少年，才修了这么一个冤家路窄？

叶晟熙背对着骆明薇站在那里。

明明才认识不过几天，可那背影她一眼就认出来了。

他似乎在询问什么问题，前台几个女服务员全都挤到了他跟前，脸上虽然是严格训练后礼貌得体的笑容，可眼底闪耀的光芒却掩饰不住——即便是在亚宁嘉华工作，接待过几乎当前线上所有的优质男偶像，可眼前这男子五官的英俊程度仍然足以让她们怦然心动。

"真没见识。"骆明薇在心里嘀咕。

应该让嘉华的经理组织这班前台好好培训一下，多找几个帅哥员工什么的。

"我上去喝杯咖啡，你办好了再找我。"她对梁经理说。

骆明薇爱喝咖啡，几年前骆亚宁斥资买下了来自日本的连锁咖啡品牌Coffee Bunny，旗下酒店都有专门店。骆明薇平常闲来无事，都会来喝一杯。梁经理知道她这个爱好，连忙点头称好。

咖啡吧在七楼，商务楼层。

她的两只脚还没在那柔软的地毯上踩稳，一个身影便从过道里转了出来，看到她，微微一怔："骆明薇？"

当时，骆明薇只觉得耳畔"砰砰"地炸响了两个惊雷，炸得她脑子里一片嗡嗡作响。

几个月不见，沈亦枫依然如电视上那般风度翩翩。

沈亦枫显然也对这次的偶遇有些意外，但尴尬也只有一瞬间。在圈里多年，他早就练就一身随机应变的本事，很快调整好表情。"好久不见，你还好吗？"他问。语气里竟然有兄长般的关怀。

演技确实是好，骆明薇在心里叹道。这样温柔的关怀，她曾经为之感动过，甚至真的把他当作如兄长般的好朋友，可如今想起来只觉得可笑。她深呼吸，竭力让自己的表情看起来毫不在乎，"还可以，谢谢关心。"

可沈亦枫的眼神深沉，甚至骆明薇在他的眼睛里读出了一丝……怜悯的味道？！

她下意识地朝着对面的玻璃墙看了一眼，才发现此时的自己有多狼狈——在学校只顾着训练，累得连洗脸的力气都没有，更别说化妆。她这时候素着一张脸，加上刚才从家里冲出来在冷风里被吹得乱七八糟的发型和哭过发红的眼眶，绝对算不上是"还可以"。

真是倒了八辈子的霉了，就知道遇上姓叶的那个倒霉鬼不会有什么好事！

她心里愤愤。

"事情都过去那么久了，我没想到你……"他欲言又止，那种看乞丐的眼神让骆明薇肝都快爆了。"没什么，我都忘了。你来这里有事？"她转移话题，微微扬起下巴，撑住架势。

骆明薇，这是嘉华酒店，你的主场，输人不输阵！

"我……"

"他来陪我试戏。"一个娇小的身影从一旁闪出来，声音甜甜地说道。

是张子琪。

骆明薇只扫了一眼张子琪，立刻有一种山鸡遇上凤凰之感，刚刚攒出的一丝底气都没了。

眼前的张子琪，脸上化着精致的妆，脚上踩着恨天高的高跟鞋，虽然明明比她矮半个头，可镜子里映出两人的样子时，高低立显。都说美貌是女人最强大的武器，骆明薇忽然就觉得穿着平底鞋、裹着大衣的自己就像个手无寸铁在沙场上冒着枪林弹雨横冲直撞的傻 ×。

仿佛看出骆明薇的窘迫，张子琪又补充了一句："李敬导演的新戏。"

骆明薇有些愣了。

李敬是近几年当红的大导演，擅长拍青春题材，还一拍一个红，捧出了好几对 CP。新戏依然是青春题材，从秋天开始筹备就备受关注。投资商是精诚文化，和亚宁集团关系不错，原本她想试试争取出演女主，还跟张子琪提过这件事。

当时张子琪表示自己对里面一个配角很感兴趣，骆明薇当即就向精诚文化推荐了张子琪，可后来发生了那样的事，她彻底没了接戏的心情。

没想到现在张子琪要来试戏。

"是吗？希望你能成功。"骆明薇点点头，转身就走。

"你呢？"张子琪却没打算让她走，"你也来试戏吗？我们一起进去吧。我第一次见大导演，有点紧张。"她浅笑，两个漂亮的酒窝看起来人畜无害。

骆明薇在心里翻了一百个白眼。饰演这部戏的女主角上个月就宣布了，启用的是一个叫黄婧欢的新生代演员。张子琪这么问摆明了是此地无银，故意羞辱她的。当下，她真有种叫保安来把这两个碍眼的家伙赶出嘉华、终身禁止进入的冲动。

可有句话说得好，你被疯狗咬了，难道还要去咬一口回来？跟这两个人渣斗气，简直拉低她的层次。

"我想拍还用得着试戏？"她端足了架子，"最近对拍戏没什么兴趣，我今天是来喝咖啡的。"

"一个人喝咖啡，太寂寞了吧？要不我让亦枫陪你？喝咖啡而已，总不会再喝醉了。"说出来的话字字正中骆明薇的死穴。骆明薇看着张子琪，她的嘴角上扬，分明是微笑的表情，可眼底却发冷，是掩饰不住的敌意。

骆明薇这才彻底明白，原来张子琪从来不曾把自己当朋友。就如曾经那些找她投资拍戏来圈钱的导演，只不过把她当成一块任人践踏的踏脚石。

她拿出过真心，换来的却是假意。

她不服输，在心里告诉自己要撑住，可面对两个曾经如此信任却给了她终生难忘的教训的"朋友"，她只觉得浑身发冷。她这才发现，自己根本不是一只张牙舞爪的小狮子。

她是一只被人撬开坚硬外壳的笨蜗牛。

她没有一刻像现在这般痛恨自己的软弱。

"叮"的一声，电梯门打开。

刚刚要迈出脚步的叶晟熙皱着眉头，看着堵在电梯口的三个人，有点不明所以。目光略略一扫，就很难不注意到披头散发、狼狈不堪，跟第一天在青藤遇见的时候别无两样的骆明薇。

当骆明薇看见叶晟熙出现在自己眼前的时候，觉得自己整个世界忽然就亮了。

电梯里，金色的灯光从顶上落下来，照在叶晟熙深刻的五官上，俊美的脸搭配他身上墨绿色的线衫，像极了时尚杂志上漂亮到让人直呼上帝不公平的英伦男子，虽然是一个一只手还吊在脖子上的英伦男子。

有那么一秒，她简直想高唱"你是电，你是光，你是唯一的神话"。

当下，她以迅雷不及掩耳之势，迅速把叶晟熙从电梯里"拽"了出来，顺势挽上他的手臂，朝着还来不及反应的两人微微一笑："不用了，我朋友陪我一起来的。"

骆明薇明显感觉到怀里的手臂有打算抽走之势，她抬起头，不动声色地瞪了叶晟熙一眼。

眼睛里分明有警告的意味。

叶晟熙无语。

骆明薇满意地看到张子琪的脸色微微变了。

沈亦枫目光有些疑惑："这位是？"他上下打量叶晟熙。这个男人看起来气度不凡，衣着发型都是精心修饰过的，看起来像是某个新生代男偶像，但这张脸却又从未见过。

当下他脑子里的第一想法是，这男的或许是骆明薇下一部新戏的演员吧？

这几个月骆明薇销声匿迹，大约又是去筹备自己的新戏了，谁叫她有个身家几百亿的父亲骆亚宁。骆亚宁钱多，不在乎拿钱请一些大牌来给女儿做陪衬，可惜几部片子拍下来效果都不好，看来这是要改变策略，请新面孔来衬托骆明薇了。

既然以后都是圈里人，先认识一下总不会有错。

可叶晟熙根本不想搭理这几个人。

沈亦枫算是正当红的偶像小生，张子琪也算是小有名气，他自然都认识，他们跟骆明薇之间的那点小瓜葛他也一清二楚。这场戏虽然没看到上半场，但用头发梢都能想得出来是什么恶俗戏码。

"我……"

"不好意思，我这位朋友的身份需要保密。"骆明薇说着，转头朝叶晟熙使了个眼色。

叶晟熙抿唇。

欲擒故纵，果然有效，沈亦枫和张子琪的脸色更加犹疑不定了。看来果然是骆明薇准备推出来的新人，大约是尚未做好曝光的准备。沈亦枫心里倒吸了一口凉气，这男的长得太好看，将来要是真的出了道，走红几乎是必然的，到时候肯定分去他不少市场。

虽然心里这么想，脸上还是保持着公式化的笑容："你好，我是沈亦枫。"他伸出手去，自信满满。自己在圈子里这么多年，作品不少，近些年的人气也足，对方即使不认得他这个人，也该听说过他的名字。

可对方的脸上仍然没什么变化，只是垂下眼瞥了一眼沈亦枫那只手："对不起，我有洁癖。"

沈亦枫脸上的笑终于有些挂不住。

娱乐圈这个圈子最是论资排辈，即便沈亦枫如今是正当红的流量小生，可见到一些前辈，即便对方咖位比他低得多，当着外人的面还是得客客气气。可眼前这个男人算什么东西，连正式出道都还不算，就在他面前拿架子。

他上上下下打量这个男人，年纪不大，应该和骆明薇差不多；一张脸虽然冷峻，可依然有未脱尽的稚气。沈亦枫比骆明薇大好几岁，在圈里也混了七八年，自然老到许多，可站在这个男人面前，总觉得对方有一种迫人的气势。

一种让他想发火却摸不透对方底牌的气势。

张子琪看着沈亦枫输了气势，顿时觉得脸上挂不住，"这样跟圈里的前辈讲话，好像不太礼貌吧？"

叶晟熙说："如果徒长年纪也算长辈，那我道歉。"

语气里丝毫没有歉意。

骆明薇忍不住在心里鼓掌。原来天才学霸怼起人来也可以这么帅，一句话就把张子琪噎得半死，看着她那张青了又白、白了又青的脸，简直是太爽了！崇拜，简直是太崇拜了！

她给叶晟熙比了个赞。

"走吧。"叶晟熙没有回应她满是崇拜的目光。今天他来嘉华是赴约，现在已经迟到了。

大获全胜，骆明薇心情不错。"好了，我先走了，再见。"她挥手跟沈亦枫道别，也不等对方回应，转身拽着叶晟熙就溜，脚还没迈出去——

"骆明薇，对不起。"沈亦枫忽然说。

抬起的脚又落了回来。骆明薇觉得自己当时的表情一定非常僵硬，因为她从叶晟熙的眼睛里读到了笑意——是嘲笑的笑。

"什么？"她仿佛没听清，追问了一句。

沈亦枫似乎是下了很大的决心，甚至没顾得上女朋友在身边又气又急地给自己使眼色。犹豫之后还是决定把话说清楚："之前那件事，是我对不起你。"

骆明薇愣住。事情过去几个月了，她没想到沈亦枫会在这个时候向她道歉，尤其还当着叶晟熙的面。不知道为什么，骆明薇觉得分外难堪。她的手还搭在叶晟熙的手臂上，隔着软糯的线衫，却觉得灼烧般的发烫。

"可当时那样的情景你也明白，如果不撇清，我和子琪都会很惨。我们和你不一样，你有一个身价几百亿的父亲，可以随便砸钱给你拍戏玩，就算你退出娱乐圈，仍然可以衣食无忧。可我和子琪就完了，我们和公司有经纪约，随时可能被雪藏而找不到工作，连饭都吃不上。"

沈亦枫还在继续说，满脸诚挚。

可这番话却让骆明薇觉得可笑。原来她过去几个月蒙的冤、受的攻击，全都是因为这样一个可笑的理由。

她是有一个有钱的父亲，可以砸钱拍戏让她当女主，请大牌来当配角，可这并不代表她不会受到伤害。她也是人，也有感情，网上那些铺天盖地的污蔑，说她被老男人包养，说她开低俗的主题聚会，什么脏水都往她身上泼……也会让她精神崩溃。

她冷笑了一下。这不是她平常会做的表情，因此觉得分外的别扭。

沈亦枫继续说："除了抱歉，我不知道还能说什么。我不指望你能体谅我们的难处，如果有机会可以弥补的话，我会尽我全力。"他再次道歉，语气诚恳。

刚才那一番话，叶晟熙已经全明白了几个月前那件事情背后的真相。虽然娱乐圈是他未来必定要进入的世界，可叶晟熙对圈里的八卦其实不太感兴趣，但骆明薇这件事，他多少从旁人聊天的内容里听过一些。

他记得那时候张子琪的身份被曝光后，曾公开澄清过自己和沈亦枫只是普通朋友关系。当时有一个新闻标题，好像是"张子琪脸色憔悴现身电视台，希望谣言早日停止"。

原来骆明薇真的是被冤枉的。

沈亦枫讲完了，安静地等待骆明薇的回应。张子琪站在一边，显然不太赞成沈亦枫的行为，然而也没有说话。

心口发凉，浑身都在发凉。

仿佛感受到骆明薇的颤抖，叶晟熙低头看了看她。这么一看，他眉头蹙了起来。骆明薇小巧的面庞发白，她咬着唇，神情里都是倔强。

她的手搭在他的臂弯上，死死地抓紧，仿佛在用尽全身力气逼自己撑住。

原本不想管她的事，能站在这里给她撑撑场面已经是他最大的妥协，可他就这么心软了，连自己都不明白为什么。"够……"可话才开了个头，已经被骆明薇打断。

"道歉？我看不必了。"骆明薇厉声说。

叶晟熙惊讶，迅速看了她一眼。

骆明薇稳住情绪。她应该很生气，照她往常的脾气，就应该早就叫人把沈亦枫扔出嘉华酒店，终身禁止他再出现。但她没有，此时她出奇的平静，仿佛刚刚沈亦枫的那番话如同一盆冷水浇在了她心里的小火苗上，火苗随之就灭了。她抱着手臂，耳朵听见自己在说话："你刚才也说了，我和你们不一样。"她几乎是拼尽了自己所有的演技，才让此刻的自己看起来若无其事，云淡风轻，"踩在大象背上的蚂蚁而已，跟你们计较？我没那么多时间！"

"走吧。"她对叶晟熙说。

直到在走廊尽头拐了个弯，叶晟熙才站了一站，把袖子从骆明薇手里抽回来。

"袖子都给你扯变形了。"他皱眉嫌弃。

"赔给你就是。"骆明薇气哼哼地回了一句，叶晟熙才发现她声音里有哽咽，抬眼一看，原来她红了眼眶。

他不再说话，沉默地看着骆明薇。

骆明薇狠狠揉了揉眼睛："别这样看我，我不需要你的同情。"她高高地扬起脸，"反正我有的是钱，我没有感觉，可以随便被伤害，完了'啪'地往伤口上贴一张人民币，什么伤口都好了。"她越说越狠，眼睛被逼得通红。

这个笨蛋，演技真的很差。

叶晟熙在心里想。

可他知道这时候自己什么都不该说。"既然如此，"他说，"我还有事，先走了。再见。"他深深看了一眼骆明薇，转身朝另一个方向走去。

"反正我才不在乎……"他迈出脚步的时候，听见骆明薇在身后这么轻声地嘀咕。

他脚步一顿，然而最终还是没有转身。

叶晟熙到达约定的包厢的时候，李敬导演已经在里面等他，见他进来，热情地站起来欢迎："没想到 Albert.Y 是这么年轻的一个小伙子。"他说着，不自觉地伸出了手，"你这是？"他看着叶晟熙吊在脖子上的那只手。

"受了点小伤。"叶晟熙从容地和对方握了握手。

叶晟熙的另一个身份，就是原创音乐网站上那个常年盘踞各种榜单的原创歌手——**Albert.Y**。

叶晟熙热爱音乐，很早就开始尝试自己写歌。大约两年前，他在原创音乐网站上注册了账号，发布了自己的第一首歌曲《听星》，便迅速在原创圈子里走红，好几家音乐公司曾通过网站后台向他发出过邀约，都被他一一拒绝。

他知道自己有天分，只是天分亦需要磨炼才能在这条路上走得长久，过早的关注与掌声有时并不是一件好事。

但后来李敬找到了他，并邀请他为自己的电影作曲。

李敬这两年来接连拍了几部叫好又叫座的青春文艺片，在圈子里炙手可热，他的名字就是作品质量的保证。他对自己的作品要求严苛，即便只是片中的一段小小的插曲，也尽心尽力想要挑选到最好。

能得到这样一位导演的欣赏，即便是叶晟熙，也无法拒绝。

正好他也想借此机会验证自己这一年多来的进步，因此他接受了邀约。在通过一段时间的邮件来往，确定了对方的诚意，以及确实有面对面交流的必要的情况下，他答应出来见面。

时间不多，李敬直入主题，与叶晟熙谈起自己的创作理念。青春片的故事和情节不复杂，但时下打着回忆青春的名号拍的片子很多，要做出与众不同的东西，难度不可谓不大。

令李敬惊讶的是，叶晟熙与自己年龄相差了几乎一个半轮，可两人在谈起创作的时候眼神里的火花竟如此的相投。叶晟熙不仅词曲作得好，唱得好，其理论功底亦非常扎实，两人交流起来毫无障碍，他甚至不觉得自己是在跟一个不到二十岁的年轻人交谈。原本看到年纪轻轻的叶晟熙时那心里的一丝犹疑此时也烟消云散，到最后竟然有相见恨晚之感。

"没想到我们的理念这么一致！"李敬说，眼底有难掩的狂热，"一会儿我约了几个演员试戏，不如你留下来一起看看？"

叶晟熙婉言："恐怕不合适吧？"

李敬坚持："你对这个剧本的理解这么透彻，除了我和编剧，恐怕你是最懂这个故事的人。留下来帮我看一看，做个参谋。这部戏是我的，现在也是你的，你总不希望自己的曲子配在气质不符的人身上，对吧？"

最后一句话，说服了叶晟熙。

"女一男一都定了，今天咱们选的是女二。"李敬解释。

叶晟熙对剧本已经有了大概的了解，知道女二是女主角的好朋友，一个性格张扬却单纯善良的女大学生。他点点头，脑子里却忽然闪过一个身影。

很快门开了，进来几个试戏的。叶晟熙已经做好心理准备，没有感到太多意外，倒是张子琪，原本酝酿好的情绪，在她看到叶晟熙的一刹那，险些全部崩溃。她眼睛里闪过一丝慌张，自然没有逃过李敬的目光，但谁都没有点破，示意她开始表演。

叶晟熙认真地看完了几个人的表演。

"怎么样？"李敬问。

叶晟熙的目光冷冷地在张子琪的脸上扫过。

沈亦枫与张子琪挡住了叶晟熙面前的去路，叶晟熙并不意外。

刚才在张子琪面前，他毫不避讳地对李敬导演说，觉得她的气质并不符合女二号。

不管他这句话的作用有多大，总之最后的结果，李敬导演选了另外一名女演员。

"有事吗？"他问。

沈亦枫的语气毫不客气："你这是明知故问。是骆明薇授意你的？还是她那个有钱的老爸？"他说着，一只手伸过来揪住叶晟熙的衣领往墙上一推。

叶晟熙的一只手臂还挂在脖子上，推搡之间，他感到一阵钻心的疼。

叶晟熙满肚子火——骆明薇这个识人不清的白痴，居然还曾和这样的人做朋友？真是活该被人陷害！

他深呼吸，逼自己把怒意都压下去，目光往不远处一扫，表情说不出的森冷，"怎么，你打算明天因为殴打大学生而上头条吗？这好像不太符合你优质男偶像的人设。"

嘉华酒店是明星最爱下榻的酒店之一，平常都会有娱记以客人的身份蹲守。

这句话对沈亦枫十分奏效，他下意识松开了手。

电梯到了，叶晟熙也不想再和这两个人浪费时间，再多看他们一眼都觉得脏了自己的眼睛，于是他径直走进电梯。"我知道如果我说不选你是为了替骆明薇出气，你会好过很多，"临进电梯前，他说，"不过可惜，我不选你纯粹只是你的演技太烂。"

张子琪的脸色如他预料般，彻底黑了。

电梯门关上，叶晟熙从容的神色才慢慢退去，俊美的脸上透着冰冷的怒意。

他也不知道自己在气什么，是为刚才那两个人的傲慢无礼，还是为骆明薇受的攻击和委屈不值？叶晟熙不知道自己此时究竟是什么心情，摁下电梯按钮，进电梯，出电梯，穿过富丽堂皇的大厅，推开那道玻璃旋转门……旋转门的前面一格有一个穿着驼色大衣的背影，他下意识地抿了抿唇，想停住脚步，可玻璃门的惯性迫使他只能往前走去。

他看见骆明薇站在大门前掏出手机翻了许久。他站在她身后，不说话，直到她发现了自己，转过身来。

她显然是在房间里梳洗过了，样子比起刚才要得体很多，可脸色依然不好看。发现叶晟熙就在自己身后的时候，她先是一愣，随即下意识地扭过头去顿了顿，仿佛又觉得自己太过于此地无银，又僵硬地扭回脸来。"这就走了？"她问，有点主人送客的意味。

叶晟熙点点头，也不知道自己为什么要画蛇添足一句："约了汝嘉去看音乐剧。"最近很红的音乐剧《魔法坏女巫》，百老汇最卖座的音乐剧之一，

词曲作者是斯蒂芬 · 施华茨，是他很喜欢的词曲作者。

骆明薇点头，不再说话。

这时候叶晟熙的手机响了，是周汝嘉。他接起，然后眉毛微微一拧。

"怎么？"骆明薇问。

"汝嘉说他有事来不了了。"他收起手机，无意间碰触到了口袋里那两张票发硬的棱角，"你要看吗？"

这话讲完，两人都愣了。

骆明薇站在云起剧院前的时候有些恍惚。

云起剧院是外祖父家的产业，母亲生前一直出任总经理，她小时候常来这里玩。

那已经是多少年前的往事了。那时候这一片城区刚刚开发，如今周围高楼林立，什么都不一样了，只有剧院前的这个小广场还是从前的样子。小广场的正中间有一个旗台。

自从母亲去世，她再也没来过。

可她没料到，今晚叶晟熙居然会带她来这里看音乐剧。

其实骆明薇要在这里看音乐剧哪里需要什么票，可今天她是捏着票走进剧院的。她在心里反复对自己强调了一百次——"我是因为多了一张票，不想浪费才来的。"

她不是想看音乐剧，只是这样的夜晚她无处可去。与其独自一人在酒店房间里喝酒买醉，不如出来散散心。可她站在嘉华酒店外，拿出手机把通讯录翻了个遍，才有些悲伤地发现，原来自己连一个在难过的时候可以约出来谈心的朋友都没有。

都说最容易让人感到心寒和悲哀的是亲人，因为你爱他们；最容易让人感到温暖和惊喜的是陌生人，因为你对他们没有期待。今晚她的心已经太冷太悲哀，只好期待这个不算陌生人的陌生人能暂时给她一个逃避现实的港湾。

等进了场拿了资料册，骆明薇又蒙了。

她记忆里的音乐剧，是很小的时候母亲带她去看的儿童剧，因为面向的都是小孩子，通常都由国内剧团演出，讲的唱的都是普通话。可《魔法坏女巫》，是英文的。

她哪里听得懂英文原版的音乐剧呀！

骆明薇算半个学渣，从小不爱读书再加上花了许多时间在拍戏上，即便读的是国际学校，可英语水平也就到能和人沟通以及保证她在国外走不丢的水平而已，要听得懂看得懂原版的音乐剧，实在有点难度。

"我……"她刚想说自己还是不看了，可一抬眼对上叶晟熙冷冷清清的目光时，她为什么忽然有一种被他看穿自己看不懂英文原版音乐剧的感觉？

刚到嘴边的话又咽了回去。

无论如何不能被叶晟熙看扁！——连骆明薇自己都不明白，为什么会有这种奇怪的倔强想法。

幸好《魔法坏女巫》的剧情并不复杂，即便骆明薇英文不好，结合表演也看懂了大致的内容。在一个魔法的世界里，一个备受同学歧视的绿皮肤女巫 Elphaba 与一个天生如公主一般讨人喜欢的女巫 Glinda 在西兹魔法大学相遇，最初二人互看对方不顺眼，后来却成了至交好友。而故事的最后，虚伪战胜善良，真理选择避让，Elphaba 被自己试图帮助的人们追杀……

一切的一切，又都让骆明薇觉得似曾相识。

Elphaba 刚刚进入西兹魔法大学时备受歧视与厌恶，和她现在的处境几乎一模一样。

最后坏女巫 Elphaba 站在舞台上，缓缓升上舞台半空，决定哪怕成为全民公敌，也不愿妥协，呐喊着"Defying gravity"。即便那些歌词她几乎一个字都没听懂，还是感受到了浑身沸腾的热血。

原来，音乐与表演的融合竟然有如此引人入胜的魅力，令她即便听不懂台词，也能够清楚地感受到剧中人物的情感与情绪。

最后全剧结束，所有演员出来谢场的时候，骆明薇几乎是全场第一个跳起来热烈鼓掌的。

"干杯！"骆明薇高高举起啤酒罐，在叶晟熙的啤酒罐上轻轻一撞，仰起头就咕噜咕噜地喝了一大口。

叶晟熙皱眉，看了看手里的啤酒罐。

喝酒伤嗓子，他很少喝酒。

刚才看完音乐剧，他打算回学校，可骆明薇非说要请他吃夜宵，回报他的那张门票。他没办法，想着尽快吃完，于是选了附近这家便利店。原本想着随便吃点就可以回去了，谁晓得骆明薇不由分说开了啤酒。

他看着骆明薇，此时她脸上满是笑容。

其实他不太懂，看完一场音乐剧，有什么值得庆祝干杯的。

他忽然想起骆明薇第一天来青藤的那个晚上，周汝嘉在宿舍里用电脑搜索骆明薇的名字，一边搜一边同他分享那些新闻，几乎都是负面的消息，大多都是指责她有心机，借着沈亦枫炒作，又故意曝光沈亦枫恋情来给自己博关注度。

周汝嘉问他："可是，我觉得她看起来还挺单纯的，不像城府很深的样子。你觉得呢？"

当时他正埋头改曲子，懒得搭理他，没有回答。可现在看看，可不是吗，多少喜怒哀乐都写在脸上，演技差到什么都掩饰不住。

他这么想着，目光深沉。

便利店里有啤酒促销员在推广新出的啤酒。骆明薇心情好，开口就要了一打。卖啤酒的女孩子很开心，又问可不可以为两人拍一张合影贴在墙上的活动展板上。叶晟熙刚想拒绝，骆明薇已经一口答应。

"不要这样看我。像我们两个这样颜值高的客人不是很容易遇到的，就让她拍张照片，向老板也好有个交代嘛！"今晚的骆明薇显然太开心，又有了几分酒意，对叶晟熙的横眉冷目也能好心情地回应。

"我不喜欢……"

"别说你不喜欢拍照。"骆明薇拿话把他堵回去，"来青藤学院的都是想当明星的，想当明星的人还能不喜欢拍照？那你以后每天都会活得生不如死。"

他无言以对。

女孩子很快从柜台后面拿出拍立得，给两人拍了一张。骆明薇跳下高脚凳跑过去看，果然拍得很好看，就问能不能再拍一张给她带走。女孩子很爽快，一口答应。骆明薇连忙跑回去站在叶晟熙身后，伸出两只手在他脑袋上比了两只兔子耳朵。

女孩子一下子笑了，飞快按下快门。

"真好看，是不是？"骆明薇喝着酒，看着手里的照片，满心欢喜。

"你喝够了吧。"叶晟熙指了指她面前的一堆空罐子，一对漂亮的眉毛拧了起来。

他对酗酒的女生没什么好印象。

骆明薇显然已经有些醉了，双手盖在啤酒罐上，把脸靠在手背上，歪着脑袋看着叶晟熙。

"你别这样看我。"她说。酒意让她双颊绯红，说话也有些不管不顾起来，"我知道你在笑我蠢，被人耍得团团转却没有丝毫反击之力！我是谁啊，骆明薇哎……"

别人都以为她骆明薇财大气粗，怎么可能被人白白欺负？

"可是我当他是朋友。"骆明薇说，眼眶泛红，"曾经，当他是朋友。"她又开了一罐啤酒，咕噜咕噜，一口气全灌下去，"我真是傻透了。"

她低声，仿佛自言自语。

语气里有了哽咽。

叶晟熙深深望着她，没有回答。说实话，他确实觉得她有点傻，甚至是蠢，蠢到他甚至都不忍心告诉她她曾经的那位"朋友"提起她的时候那种不屑的语气。叶晟熙的胸口突然一阵说不出的发闷，拿起啤酒猛灌了一口，险些被呛到。

骆明薇被他逗得大笑。

叶晟熙瞪她一眼。

她笑得更开心，笑完了，忽然没头没脑地问："都好了吗？"

叶晟熙反应了一会儿，才明白她问的是他的手臂。怎么可能都好了，这才过了几天。

"嗯。"他点点头。

骆明薇笑了一下："好了就好。我多怕你留下后遗症……要我负责任。"这句话显然是开玩笑的，说完她自己都忍不住笑了起来。

叶晟熙有些没好气，皱着眉头扔了一句："你想得倒美。"

骆明薇眨了眨眼睛："你干吗皱眉头？现在忧郁小生已经不流行了，那些女粉丝们都喜欢阳光大暖男，周汝嘉那样的。"

她说着，抬起手就去摸他的眉心。

叶晟熙吓了一跳，连忙跳了起来，伸手去挡。

可那只伸过来的手停在了半空，一秒，两秒，然后，就这么软软地垂了下去。

骆明薇睡着了。

叶晟熙有些头疼地看着醉得不省人事的骆明薇，和她面前那一堆啤酒罐。

如果他没记错的话，根据新闻里讲，这个家伙上一次之所以会搭上沈亦枫的车，导致后面一连串事件的发生，就是因为在星光盛典的晚宴上喝多了酒。

真是半点都不知道吸取教训。

叶晟熙看了看墙上的时钟，已经是晚上十点。冬夜寒冷，这里不是住宅区密集的地方，外面的行人已经很少。

他认了命，长出一口气，从骆明薇的外套口袋里掏出手机——解锁需要密码。

"喂，你的密码是多……"半个问题卡在喉咙里。看着那个沉沉睡去甚至打起细微呼噜声的醉鬼，他的眉头锁得更紧了。

真是受够了这个没酒量还爱酗酒的酒鬼！

夜已经很深了。

落地的玻璃窗外，车流渐渐少去，往来如星河般的车灯也渐渐地暗了。

窗外的雪早就停了，天上有一轮很明亮的月。

叶晟熙笔直地坐在那里，而他的身边，是趴在桌子上呼呼大睡的骆明薇。

便利店外是马路，偶尔有汽车开过，刺眼的车灯明晃晃地照在她的眼睛上，她的眉心一蹙一蹙的。叶晟熙没说话，拿几个啤酒罐挡在了她的面前。

他打不开她的手机，没办法帮她联系家人。他的手臂还打着绷带，根本不方便扶她，想把她带离便利店也是不可能的，只能任由她趴在桌子上睡，等她睡醒了再说。

时间一分一秒地过去。

青藤学院有门禁，10点之后学校大门禁止任何人出入。他看了看手表，估计今晚得在外面解决睡觉的问题了。

或许真的是因为大年初一那天无情地拒绝了外婆和妈妈陪她们一起去寺里抢头炷香的关系，今年一开学他就遇上这个倒霉鬼。他憋着一肚子闷气，只能无语地抓抓头发。

不知过了多久，他无意识地侧过脸，目光落在骆明薇的身上。她背对着他，这个角度只能看到一头乌黑浓密的头发，此刻却是乱糟糟的，像只鬃毛凌乱的小狮子。

他想起今晚自己在嘉华酒店外遇到她时的情景。

其实在骆明薇反应过来发现他的时候，他已经站在她身后足足半分钟了。

那半分钟里，他有三十秒的时间可以趁她没发现转身离开，可他没有。那时候天上刚刚下起细雪，她一个人站在酒店大门前，背对着身后那一片炫目的灯光。她翻着手机，然后又轻声地叹息，紧接着她发现了他，那一刹那，眼睛里分明有惊讶，还有——

来不及收回的泪水。

叶晟熙不知道自己在想什么，只是盯着那头乱发忽然就出了神。

"我觉得自己跟 Elphaba 真像。"小狮子忽然轻声地说。

原来她已经醒了。

不等叶晟熙回答，骆明薇自顾自地说下去："我没有妈妈，Elphaba 也没有妈妈。"深夜的便利店静悄悄，只有她因为醉酒而略微沙哑的声音。

原来她没有母亲，可是她至少有一个身价几百亿的父亲能够给她投钱，拍一部又一部不卖座的电影。不是吗？比起许多人，她得到的已经太多。

"Elphaba 的父亲不知道她的存在，想要除掉她，可我的父亲呢……"背叛了她的母亲，在母亲去世之后对她不闻不问，还把她扔给那个女人来照顾。

"没有家人，没有朋友，所有人都讨厌我，没有人喜欢我。" 她从来都知道，自己不是 Glinda 那种甜美可爱、能让所有人喜欢的女孩子。

在学校里，同学们讨厌她；在娱乐圈里，也没有人喜欢她。她在这个圈子里十几年，合作过的艺人数都数不过来，每个人和她的关系似乎都很不错，可每年她生日的时候，只要她不先发微博说，似乎就没有一个人记得给她祝福。

有一年，王晴找了一个香港知名导演帮她拍一部新戏。当着她和王晴的面，那位导演一脸兴奋，说自己对这个故事非常感兴趣，说自己看过骆明薇的戏，觉得她非常有潜力，期待同她的合作。可后来骆明薇去厕所，却听到他的女助理在厕所里和人讲电话：

"什么有潜力有天赋啊，她那个演技，别说导演，我都看不下去。哎，有什么办法呢，这年头市场不景气，没人愿意拍那种没人看的纪录片了。可那片子，导演筹备了那么多年……这个女的家里有钱，拍完她这部片子，资金就都有了……"

当时她躲在厕所的隔间里，这些话一字不漏都听进耳朵，心里不知道是什么滋味。

从那时候起她就知道了，原来这个圈子的人最擅长为自己的利益曲意逢迎。那些表面上与她关系好的艺人们，不过是习惯了左右逢源。可惜，她学不会。

现在想来，或许那时候沈亦枫接近她讨好她，也不过是为了她的钱和资源。

她真是太傻了。

"不过没关系。不是有首歌这么唱的吗？'我不怕千万人阻挡，只怕自己投降'。"骆明薇直起身子，"Elphaba 能做到的，我也能做到。"就像 Elphaba 最后站在舞台上空向全世界呐喊出她的决心一样，未来的有一天，她也一定能够站在星光之巅，将过去所有嘲笑过她的人踩在脚下！

就在骆明薇发表着自己的雄心壮志的时候，一直沉默的叶晟熙忽然开口了："不，你和 Elphaba 不一样。"

骆明薇怔了一下。

俗话说，没吃过猪肉，还能没看过猪跑？虽然骆明薇没谈过恋爱，可毕竟也演过好几部大制作电影，和好几个男偶像演过对手戏，言情小说看了没一千也有八百。

按照电影和小说里的套路，在女主角如此深刻地自我剖析加否定之后，接下来男主角的台词必定是这样的——

"不，你不是那样的人。即便别人都误会你，但是在我心里，你善良美丽单纯美好努力积极阳光……"

想到这里，骆明薇忽然觉得自己的耳根有点发烫。"哪，哪里不一样？"说话都有些饶舌了。

叶晟熙淡淡地看着骆明薇："Elphaba 有天赋，而你没有。"

"那个家伙，他是什么东西？居然说我没天赋！我没天赋……又怎么了？他是天才就可以看不起没天赋靠自己努力的人了吗？"

"说得你好像很努力似的……"阿莫开着车，小声吐槽。这大概是骆明薇入学一个星期里面至少第二十次提起那个叶晟熙了。

可怜的阿莫天真地以为骆明薇进了青藤，自己就可以放一个轻松的长假。可这五天里，他起码每天接两个、每次接半小时以上的电话，他的耳朵简直是在接受惨无人道的摧残。

"你说什么？"骆明薇威胁着抬起手，正要往阿莫的脖子上掐下去。

"喂喂喂，不要影响司机开车。安全第一！"阿莫连忙求饶。

骆明薇懒得搭理他，躺回座椅里调整好一个舒服的姿势，突然想起另一个更重要的问题："对了，你还没有说怎么会知道我离家出走了的。"

刚才，就在叶晟熙面无表情地扔下那句"Elphaba 有天赋"之后，她眼前一黑，气血攻心，险些就要大开杀戒。

幸好这时候阿莫出现在便利店门口，及时阻止了一场"凶案"的发生。

"是晴姐打电话给我的。"阿莫说。

原来王晴和小区保安部早就打过招呼，骆明薇傍晚坐出租车一路离开时，就有小区派出的保安开车尾随在后，一直跟到嘉华酒店。此后骆明薇更是在王晴的掌控之下，甚至离开嘉华到云起剧院都有工作人员跟在身后，而她却浑然不知。

工作人员向王晴报告骆明薇好像在便利店喝醉了，王晴便给阿莫打了电话，让他来接骆明薇回去。

骆明薇顿时胸闷气短，忍不住嘲讽："嘀，不愧是寸土寸金的高档小区，物业的服务真够周到的。"

负面的情绪又一下子包围了她。

这十二年来，她被这个女人捏得死死的。

母亲走了之后，最初的半年，她是住在外祖父家里的。可那时候因为母亲的死，父亲已经和外祖父家闹翻，很快他就把骆明薇接走了。他是父亲，是法律上的监护人，他要带走骆明薇，没有人能阻止。

可一个大男人，工作又忙，怎么能照顾了一个小女孩呢？何况还是一个处于叛逆状态，事事都要跟他对着干的小女孩。

然后王晴再次出现在她的面前。

骆明薇至今都不明白，为什么父亲会让王晴来照顾她，明知道她恨死了这个女人，恨不得让她去死。最初她也闹过，翻天覆地地闹，什么坏劲儿都使出来。可她不过是个小孩子，再坏能坏到哪里去。王晴手段太高，无论她使出什么坏招，都能被不动声色地化解掉。

再后来，渐渐地，她就闹得没意思，闹不动了。

曾经她不止一次地想过，等自己成年了，不需要监护人了，就绝不允许王晴再插手干涉她的事情半分半毫。

可是后来呢，后来发生的一切她都不太能想起来了，只记得不知道怎么回事，时间把什么都抹掉了，她好像也慢慢接受了王晴的存在。

其实，她心里明白王晴说的是实话。这么多年，除了照顾骆明薇，王晴确实跟父亲再没有工作以外的瓜葛。王晴没了孩子之后就从父亲的秘书室调到了别的部门，很少再和父亲有直接的接触。直到几年前，她被提拔做了亚宁集团的财务总监。

可覆水难收破镜难圆，有些事情发生了就是发生了。

有些伤口，结痂了还有疤，一直都会在。

今天发生的事情把十二年前的一切都翻出来了，赤裸裸地摆上了台面。

这时当事双方才发现，这粉饰的太平之下满目疮痍。

一切都不曾过去。

阿莫随骆明薇进入她酒店房间的时候，夜已经很深了。

阿莫接个电话，转头对骆明薇说："Joe说叶晟熙拒绝了你为他安排的酒店房间。"他顿了顿，又说，"其实我看那男孩子的衣着打扮，经济条件挺好的，不用你操心他没地方住。"

骆明薇沉默，没有说话。阿莫的意思她当然明白，可毕竟是她拉着叶晟熙喝酒耽误了回校的时间，接不接受是叶晟熙的事情，她可不想欠下那个家伙什么人情。

阿莫见她一脸疲惫，又赶着回家，叮嘱了两句就走了。

骆明薇酒还未全醒，阿莫走后，她把自己扔进酒店的高床软枕，对着天花板发呆。

人在放松下来的时候，才会发现自己有多疲惫。一个星期的高强度训练，就像有人给她下了十香软骨散，她觉得自己现在基本上就是一个废人，一辈子瘫在床上起不来了。

手机"叮铃"响了一下，她拿起来看，是班级的微信群。黄大班长又在群里发布学校的通知，叮嘱大家注意这个注意那个，末尾总是有那么一句："收到请回复。"

可惜从来没什么人搭理他。

如果换作平时，骆明薇会给个面子回复一下，可今天她实在太累了，懒得打字。等她刚刚想把手机放下时，下面却跳出一条回复——

"收到。"是叶晟熙。

骆明薇有点惊讶。因为在她的印象里，别说是这种无聊的学校通知，就是偶尔在群里讨论一些大家比较关心的话题，叶晟熙都很少参与。

她犹豫了一下，还是跟在后面回复了一句："收到。"

黄靖轩随即发上一个笑脸。一下子被两个人回复，尤其还有一个是叶晟熙，他显然有点受宠若惊。

黄靖轩："明薇，你回家了吗？"

骆明薇："嗯。"

黄靖轩："［笑脸］有家的孩子真幸福，我回家要坐七个小时高铁呢。外面下了大雪，你回校的路上注意安全。"

这个大班长，又开始婆婆妈妈地关心了。骆明薇忍不住勾了勾嘴角。黄靖轩实在是她所认识的人里面最可爱最善良的，简直是全班人的老妈兼保姆。有一次周汝嘉还开他玩笑，叫他"黄妈妈"，他却丝毫不生气。

手机又响了一下，骆明薇一看——

陈丽丽："吵死了。"

黄靖轩："［闭嘴］"

群里又恢复了安静，可不知道为什么，骆明薇的心情忽然好了很多。

她翻身从床上下来，走到落地窗边。窗外又下起了雪，模糊了整个城市霓虹般的灯光。这样的夜，即便是这座不夜城，似乎都要昏昏欲睡了。骆明薇看过一部韩国电视剧，里面的女主角说，下雪天要吃炸鸡喝啤酒。

她舔了舔嘴唇，嘴巴里还残留着啤酒的味道。她又把手伸进衣服口袋里，好像摸到了什么东西，她掏出来一看，是今晚在便利店和叶晟熙拍的那张合影。

照片上，骆明薇笑得一脸灿烂，两只手在叶晟熙的脑袋上比了一对兔子耳朵，而刚刚发现骆明薇在自己脑袋后面做小动作的叶晟熙，则眉头一皱头一歪，只被拍到一个侧脸。

"Elphaba 有天赋。"

叶晟熙的这句话又在耳边响起。一口气堵上来，骆明薇翻了个白眼，从抽屉里找出剪刀，咔擦一下把叶晟熙的部分剪掉，捡起来打算扔进垃圾桶。

然而她最终没有扔。

算了算了，她大人有大量，不和小人计较。她把两张半截的照片叠在一起，收进钱包。

Chapter 04 / 她没有后退的余地

陈昊刚推开门，就看到抱着靠枕倚在沙发上，嘴角含春地望着天花板发呆的骆明薇，脑子里忽然闪过前段时间看《动物世界》的时候赵忠祥的那句开场白：春天到了，万物复苏……

骆明薇抱着靠枕倚在沙发上，手里的照片已经被她看了一遍又一遍。仅仅过了一天，她就有点后悔——她把它剪了干吗？

照片上的叶晟熙侧着脸，也看得出他皱着眉头在瞪她。

身后是漆黑的夜色，以及晕开如星芒的光点。

手心忽然有点温度，骆明薇回想起昨天她挽着他的手肘从电梯对面的镜子里一照，那可真是相当养眼的一对啊，难怪昨天张子琪和沈亦枫的脸色都那么难看。

尤其是张子琪，看着叶晟熙的样子，那眼珠子都快从开过眼角的眼眶里蹦出来了。

Chapter 04 / 她没有后退的余地

想起张子琪当时的样子，骆明薇忍不住乐了。

陈昊洗漱完毕，从浴室里出来，就看见骆明薇对着手里的一张照片傻笑。"什么啊？"她忍不住有点好奇。

骆明薇急忙把照片往口袋里一塞，"这是我的隐私！你们香港人不是最讲隐私，讲个人空间的吗？"前几天她好奇陈昊的曲谱笔记，看她放在书桌上，顺手就想拿过来翻一翻，正好被陈昊看见，立马抢了回去，还说骆明薇侵犯了她的隐私。

她当时很莫名："又不是情书日记，有什么隐私？"嘿，现在也轮到她维护自己的"隐私"了。

陈昊被骆明薇一句话噎住。

对啊，她什么时候竟然也这么八卦了。她有些气闷，自己居然被骆明薇反将了一军。

看来，她开学初强烈要求自己单独住一间是绝对有道理的，跟人合住一个房间久了，真的会产生不良的化学反应啊！她决心闭嘴，不再跟骆明薇讲话，近墨者黑，她得提防这一点。

"对了！"骆明薇忽然想起来，"我买了个蛋糕存在宿管的冰箱里！"她跳起来，一阵风似的消失在门外，很快就抱着一个蛋糕盒子回来，"我特意等你回来一起吃……"她前脚刚迈进房间，抬头就对上陈昊警觉的目光，下意识地倒退了一步，"呢。"

差点忘了这个家伙有洁癖。在宿舍里除了水和牛奶，一切可以入嘴的东西都是禁止进入。

一开始她特不习惯——在家里，别说在房间里吃东西，就是在房间里造堆填区都没人管啊。所以一开始，她是打算"抗争"的。毕竟这是宿舍，她也有份儿，凭什么要委屈她自己来迁就陈昊？只要她吃完及时清理干净不就行了吗？

可后来她发现，虽然陈昊还远远算不上真正的洁癖，但每次看到自己在宿舍吃东西，那种浑身不舒服、坐立不安的感觉，她自己看着都觉得难受。有几次陈昊忍无可忍，一言不发，拎起包就出门了。

最后她于心不忍，妥协了。毕竟同在屋檐下，总要有一个人先退一步。更重要的是，眼看着自己的室友在边上如此浑身不自在，嘴里的美食再香也尝不出滋味。

"你要吃吗？"她站在门口，期待地看着陈昊，"嘉华酒店餐厅的大厨做的，草莓奶油蛋糕。这个草莓特别甜，我特地让他放了双倍！"

"那你干吗不直接买草莓吃？"陈昊说。

"单吃多没意思啊！就要一口咬下去，草莓、奶油和戚风在嘴巴里融合的那种感觉，太赞了！"讲到吃的，她神采飞扬。

看她那样孩子气，陈昊忍不住笑了。她小心翼翼打开纸盒，端出一个漂亮的草莓蛋糕。

雪白的奶油上铺着鲜红欲滴的草莓，甜丝丝的香气一下子就飘进宿舍，弥漫在整个房间里。

"一起吃吗？"她双眼放光。

陈昊拒绝："我刷过牙了，而且晚上 6 点之后进食对身体健康有害。"

"那好吧。"骆明薇一脸遗憾，"这蛋糕真的特别好吃，比你们香港那个半岛酒店的蛋糕房做得好吃多了！"

她迫不及待挖了一口塞进嘴里。蛋糕很好吃，奶油醇厚，草莓香甜，戚风柔软，一口咬下去，满满的幸福感。"这个蛋糕我百吃不厌。"骆明薇说。

陈昊不动声色地咽了口口水，"大晚上的吃蛋糕，胖不死你！"不知道是谁啊，上周第一节形体课，就被形体老师勒令减肥，每天早上比其他人多跑两千米，晚上还必须去游泳一个小时。每天回到宿舍，浑身上下痛得她嗷嗷叫。有一次陈丽丽还特意敲开她们宿舍的门，靠在门框上冷嘲热讽："你们这是杀猪啊？"

把骆明薇气得够呛。

这一块蛋糕吃下去，一个星期白减肥了。

说到体重，骆明薇的脸皱了起来："哎，我给忘了……不过，你不是觉得减肥是浪费时间吗？"

其实陈昊本人算是个"微胖分子"。她身高才一米六三，体重却有五十公斤,骆明薇一开始还想叫她和自己一起减肥,每次都被断然拒绝,毫不留情。

她说,有那个时间去跑步游泳,还不如多练几首曲,多写几首歌。

"没错,话是这么说。"陈昊耸耸肩,"但我后来又想了想,毕竟你跟我不一样,我靠的是实力。"其实刚来青藤的时候,她也被形体老师勒令减肥过。可她不在乎,反正最后能不能站上毕业盛典的舞台,她一点都不感兴趣。她来青藤,只是因为这里有目前最好的师资力量。她是来学音乐的,不是来像宠物店的宠物一样让人挑三拣四的。

"我也是要成为实力派,靠实力吃饭的。"骆明薇认真地说。

陈昊看了她一眼。

骆明薇站在走廊上,背着光,手里端着一个草莓蛋糕,被门框那么一框,看起来还真有点像是草莓蛋糕的易拉宝海报。

其实她长得挺好看的。陈昊想。以前偶然间瞄过一眼她演的电影,那演技尴尬得都快溢出屏幕了,因此对她没什么好感。可在现实中跟她相处了几天之后,却发现真实的她比在屏幕里要灵动许多,性格也并不像网络上盛传的那么傲慢嚣张,反而挺随和。

原本陈昊是铁了心要搬宿舍的,她甚至已经在离学校两公里外的小镇找好了房子,实在不行宁可每天多花点时间在路上也要搬。可后来她发现,骆明薇好像在迁就自己。

虽然随手乱放东西的坏毛病依旧改不掉,但至少她不再在宿舍里吃东西了。有一天晚上,她发现门外有细微的塑料袋的声响,还以为走廊里有老鼠,打开门一看,却发现骆明薇正靠在门边吃曲奇呢。

被她发现,骆明薇吓了一跳:"你干吗这么看我?在门外吃也不行吗?"

陈昊的内心是感动的,于是搬家这件事就不了了之。

话虽如此,在骆明薇面前,陈昊依然嘴硬"就你那点实力,你还是靠脸吧。"

骆明薇险些被一口蛋糕呛到,伏在门槛上拼命咳嗽起来。这家伙平常冷冰冰的,吐槽起来也真是要气死人啊,什么叫作还是靠脸吧……她是偶像实力派好吗?

算了算了,不跟她计较,就当她是在夸自己长得漂亮吧……

隔壁的门哗啦一下打开，陈丽丽贴着面膜白着一张脸探出脑袋来："吵死了！还让不让人睡觉了？"

那一刹那，骆明薇的脑子里出现了《功夫》里包租婆的脸。

"才几点啊，你就睡觉，你是猪啊？"她呛回去。

陈丽丽拿眼睛瞪她："我睡美容觉不行吗？不像有些人，长得丑睡多久都是白搭。"

"没错，就比如你。"骆明薇郑重其事地点头。

陈丽丽险些没被她气死："骆明薇，你！"

骆明薇吓了一跳，连忙往屋里退了一步，转身用脚一勾把门带上，啪的一下把张牙舞爪的陈丽丽关在了门外。

"哇，好险！"她靠在门上大呼庆幸，"还好我的蛋糕没有掉！"

陈昊差点一口气上不来。

"我说……"骆明薇端着蛋糕刚想往前迈。

陈昊嘴角微抿，表情已经有些紧张。骆明薇知道，陈昊那点儿轻微的"洁癖"又要发作了。

她停住脚步。

两个人都有些沉默，就这样大眼瞪着小眼。陈丽丽还在门外发飙，尖细的嗓门吵得两人的脑壳都有些疼。陈昊明白，这时候不可能让骆明薇再出去吃。

骆明薇站在门口的小圆毯上，一时间有些进退不得。她犹豫着靠在门边的墙上，无意识地咬了一口蛋糕。

两口，三口……

渐渐地，陈昊原本紧张的神色舒缓下去。虽然什么都没说，但骆明薇知道，这已经是她对自己做出的最大妥协。

于是后来，两人之间就形成了这样的默契，各退一步。骆明薇实在忍不住想在宿舍里吃东西，就自觉主动地跑到门口的小圆毯上站着。只要她吃完收拾干净，陈昊渐渐地也就觉得并非很难忍受。

一开始陈昊还觉得挺不可思议，自己根深蒂固的"洁癖"怎么就让一个邋遢鬼给治了？骆明薇笑嘻嘻地说："这不就是近朱者赤嘛，要不你也站这儿来吃点？"

这么说着，她还往边上挪了挪，在小圆毯上给陈昊留出一个空位。

陈昊又是一句话把她噎回去："你终于知道自己是猪了？"

骆明薇气得很，这家伙，怎么就这么刀子嘴？

"刚才我们聊到哪儿了？"她踩着地毯靠在墙上，怡然自得地继续对付手里的那块蛋糕。

浪费美食是滔天大罪。胖就胖吧，大不了接下来每天多跑一千米，多游半个小时的泳。那蛋糕说大不大，说小不小，铺满了奶油，整个就是一坨熊熊燃烧的卡路里。

最后，她居然把一整块蛋糕吃完了。

吃饱了之后的骆明薇一脸满足，半躺在沙发上，"罪过罪过……"她摸着肚子。这一肚子的卡路里，不知道要跑多少步，游几个小时的泳才能消耗掉呢。

管他呢！

骆明薇突然想起一件事，"哎，对了，你和那个谁很熟吗？"

"那个谁啊？"

骆明薇眼睛滴溜溜一转，有些别扭地吐出那个名字："叶晟熙呀。""马大姐"黄靖轩说的，叶晟熙是高冷冰山男，只跟周汝嘉和陈昊来往比较多。

"还算可以吧。"陈昊点头。

这个学院里，或许谁都梦想进入娱乐圈站在聚光灯下，成为万众瞩目的巨星，可陈昊不是。她有自己的理想，她只爱音乐。作曲写词是她的爱好，各种乐器玩得样样精通，拒绝跳舞也不爱演戏，那些什么乱七八糟的媒体应对课在她眼里更是狗屁不通。翘课是经常的事，上个学期期末，除了声乐课，她门门都挂了红灯。

不是不会，是懒得浪费时间在音乐以外的事情上。如果不是因为青藤有目前最好的音乐师资，她根本不想来这种地方。

如果说叶晟熙是全才，那她便是怪才。

也正是因为两个人对音乐的狂爱，以及作曲写词上的共同爱好，才让这两个对一切都秉持着"关你屁事"和"关我屁事"态度的人成了朋友。

周汝嘉常说这是一个奇迹。

"那……"骆明薇绞尽脑汁地措辞，尽量让自己显得不那么花痴。

陈昊顿了顿，一下子明白了，眼白一翻："又来一个。"难怪这么热情地请她吃蛋糕，果然无事献殷勤，非奸即盗啊。

"啊？"

"叶晟熙的崇拜者啊。"陈昊见怪不怪，反正这学院里的女生，不是周汝嘉的花痴粉，就是叶晟熙的崇拜者，或者既是周汝嘉的花痴粉又是叶晟熙的崇拜者。

"崇拜？"

"是啊，大名鼎鼎的 Albert.Y，音乐大才子。"不可否认，叶晟熙的音乐才华确实让人佩服，即便是出身香港音乐世家，从小被称作音乐小神童的陈昊也不得不服。

骆明薇惊呆了："Albert.Y？你是说，原创音乐网上的那个 Albert.Y？写了《风从你来》的那个？"

"嗯。"

"我天——他可红了！"叶晟熙是个天才，她已经听黄靖轩讲过了，可他没说过叶晟熙就是那个 Albert.Y 啊！难怪昨天叶晟熙会出现在嘉华酒店。

骆明薇看过新闻通稿，李敬导演的新戏，找了 Albert.Y 作插曲。原来他是去见李导的。

这真是个大新闻！

"擦一擦你的口水吧，花痴！"陈昊没好气。

"我哪有流口水！"骆明薇连忙辩驳，却还是下意识地擦了擦嘴角，"我也没花痴好吗？我只是觉得他挺厉害的。"

花痴叶晟熙？怎么可能！

虽然他确实长得不错，可她是谁啊，骆明薇哎，在娱乐圈摸爬滚打也这么多年了，上到老牌帅哥陈道明梁朝伟刘德华，下到当前在各大偶像剧里正当红的流量小生，什么帅哥没见过啊，怎么可能轻易就对一个叶晟熙花痴？

笑话笑话。

"他长得还不如周汝嘉好看呢！"仿佛怕陈昊不信，骆明薇又补了一句。

陈昊不说话，意味深长地看了她一眼。

就这么一眼，骆明薇忽然觉得耳根火烧一般烫了起来，连忙扔掉靠枕从沙发上站起来，"哎，好晚了，累死人，睡觉！"才想伸个懒腰，一抻开手臂，痛得龇牙咧嘴。

"嗷……"

隔壁，陈丽丽一条腿还搭在椅子上拉筋，听到动静，悠悠然吐了一句："隔壁这是又杀猪了？"

那一晚陈昊没睡好。

你要是隔壁床上有一个人，整晚在床上翻来覆去，还时不时地问你一句："陈昊，你睡了吗？""叶晟熙真的是 Albert.Y ？"你也睡不着。

第二天起来，两个人都有黑眼圈，骆明薇躲在浴室里往眼睛上盖了好几层遮瑕膏都遮不住，出门遇到周汝嘉和叶晟熙，她下意识地就往陈昊身后躲。

周汝嘉一看到两人就乐了："哎，两只国宝！"

骆明薇瞪了他一眼。

其实周汝嘉这个人挺好的，长得好看，脾气也好，待人也热情，有好几次上课陈丽丽故意嘲笑她，都是周汝嘉帮忙顶回去。只是有些油嘴滑舌，跟冷冰冰的叶晟熙完全不是一路人，可偏偏两人就成了好哥们儿。

叶晟熙看也没看她。骆明薇一赌气，扭头就先走了。

周汝嘉忍不住笑："走吧。"

清晨的温度还是很低。前天晚上下过雪，到现在都没有化，白色的积雪堆在路的两边，平常宽阔的道路便显得窄了许多。

骆明薇一个人走在前面。

"看起来你们两个的感情突飞猛进啊。"周汝嘉开玩笑，"昨晚彻夜畅谈了？不是嫌弃她邋遢吗？"

陈昊揉了揉太阳穴，一夜的失眠让她头昏脑涨，"别说了，还不是拜某些人所赐……"她瞄一眼叶晟熙，"今天还打算改那首曲子？"

她知道叶晟熙接了李敬导演的新电影插曲，之前已经拿出了初稿，可他始终不太满意。其实从曲子的结构上来说，已经很完美了，但他总觉得缺了些什么。这与从前叶晟熙自己写歌不同，电影有故事有情节，感情更加直观浓烈，其曲子的要求就必然需要有更丰富的情感才能相得益彰。

天才如叶晟熙，也有遇到瓶颈的时候。

其实作曲写词最讲感觉，有时候完美无瑕的结构反而可能毫无情感。就像一个美女，如果其五官长得完美无缺，反而让人过目即忘。娱乐圈历史上数得出来的大美女，哪个脸上都有小瑕疵，可其美丽却是如今娱乐圈里某些千篇一律的整容脸所不能及的。

可话虽如此，两人却都说不出来究竟哪里不对。

虽然她也喜欢作曲写词，可要指点叶晟熙，她还真没到那个水平。陈昊抬头，一眼看见走在前面不远处的骆明薇。

鼻尖忽然又闻到昨晚那颗牛奶草莓又香又甜的味道。

"不如，你先去谈个恋爱？"她忽然对叶晟熙说。

叶晟熙和周汝嘉都不解。

陈昊一本正经："你们不知道霉霉吗？不是说她每谈一次恋爱，分手之后都会给男朋友写首歌？我觉得你可以试试走她的路线嘛！"

泰勒·斯威夫特，最年轻的格莱美奖年度专辑获得者，怎么可能不认识。

周汝嘉击掌："好主意！"他眯起眼睛想了想，"那就可柔吧！"

嘴角有促狭的笑。

陈昊也点头："我看不错。"

叶晟熙知道他俩在开玩笑。虽然学校里一直有传言，说他和林可柔是一对，但陈昊与周汝嘉一直知道他跟林可柔没有任何超越同学关系的来往，尤其是陈昊，一直不太喜欢林可柔，她总说林可柔看起来太完美，完美得不像真实的，周汝嘉则说她是嫉妒。

不得不说，女人的第六感有时候还是蛮强的，即便是性格一点都不像女孩子的陈昊。

他看着走在前面的骆明薇——

长发在脑后扎成一个马尾，随着她走路的节奏一晃一晃的。

那晚的情景又一次浮现在眼前。他想起她那句倔强的"反正我不在乎"；想起从剧院到便利店的路上，她走在自己的前面，漆黑的夜空里安静地落下细细的春雪，落在她毛茸茸的头发上；想起便利店里她因为醉酒满脸绯红，嚷着让啤酒促销员给她拍照的样子；想起她伏在长桌上睡着时那均匀的呼吸声；想起那家明明是普通到不能再普通的便利店外的街景……

车来车往，好像时间在飞快流逝，唯独他和她是静止的。

这时候周汝嘉话锋一转："不过，说不定人家已经恋爱了，不用我们两个操心了。"

"什么？"陈昊和叶晟熙异口同声。

周汝嘉勾起嘴角一笑，他这么笑的时候非常好看，漂亮的桃花眼微微一眯，可以迷死不少女生。"上周五晚上，你去哪里了？"他问。

"放了我鸽子，还好意思问？"

"那个剧 140 分钟，7 点开始，9 点 20 结束。从剧院回学校，一个小时足够了，你怎么可能赶不上门禁，还要在外面过一夜才能回来？"周汝嘉飞快计算着。

陈昊挖苦他："我觉得你现在像一个怀疑老公出轨的怨妇。"

"怨妇可没我这么好看。"周汝嘉毫不客气。

陈昊被他厚脸皮的回应噎住。

也不知道这小白脸怎么就招那么多女人喜欢。上学期末有一次不知道谁无聊——好像是陈丽丽——说要投票选校草，四个年级八个班，64 个女生，35 票给了他，28 票给了叶晟熙，她没凑那个热闹。

这时候走到了教学楼前，台阶上一个白色的身影站在那里。

"我等你们很久了。"可柔笑着，又对叶晟熙说，"那首曲子我练了好几天都练不好，有几个地方要请教你。"

整栋教学楼，各种音乐声、乐器声交杂在一起。

骆明薇趴在教室管理处的桌子上看，眉头皱在一起，"怎么大周末的，教室也约得这么满啊？"

管理教室的大爷端了一缸茶，悠悠然地说："青藤的学生哪还有周末？"

骆明薇无力。

原以为今天是周日，教室的安排会松动一些，特意起了个大早。摸摸肚子，感觉昨晚吃的草莓蛋糕已经开始在腰上囤积了起来。

卡路里真是这个世界上最可怕的恶魔！

"那怎么办？"连周末都轮不上她用教室，别说平时了。可舞蹈不比其他学科，随便找个地方都能练，尤其是像她这种半吊子，必须找一间有镜子的舞蹈教室，对着镜子才能看出自己的动作是否标准到位，否则练了也是白练。

大爷事不关己："那就等呗，看看有没有半途有事先走的。"

骆明薇郁结。

突然有人喊她。

"明薇！"

是林可柔，身后站着叶晟熙。他们两个刚刚进去没一会儿，怎么又出来了？

林可柔看着她微笑，"你是在等教室吗？刚好，我和晟熙临时有事要走，你可以用我们的教室。"转头又问叶晟熙，"你不会介意吧？"

"教室又不是我的，我没什么好介意的。"叶晟熙说，"走吧。"

可柔连忙冲着骆明薇摆摆手，快步跟上去。她很瘦，个子比骆明薇矮一些，跟在叶晟熙身后，轻盈得像只快乐的燕子。

骆明薇忽然想起来，黄靖轩说过，叶晟熙和林可柔是一对。

"其实她很努力。"储物柜前，林可柔穿上外套，看着骆明薇风一般地进了教室，若有所思。

"努力错了方向，等于在做无用功。"叶晟熙说。

"什么意思？"

"我见过她在课堂上请教你，似乎把你当成了努力的目标。舞蹈最讲究童子功，她现在这个年纪，再努力也不可能成为你。"

这话好像还挺有道理的，可林可柔还是不明白："那你的意思是她就不用再练了，反正都练不好？"

叶晟熙摇头："我只是觉得，她应该多学学陈丽丽。"陈丽丽也是半路出家，身体的柔韧性比起林可柔差得是十万八千里，可她舞蹈课的成绩却不错，那是因为她懂得扬长避短，懂得如何使用技巧在舞蹈里糅进自己的个人风格。他观察过陈丽丽的舞蹈，往往有一种力量感，而这力量感就是她避开自己柔韧度不够的缺点的技巧。

娱乐圈并非是舞蹈大会，明星也并非都是专业舞者，他们需要的并不是和纳塔利娅·奥希波娃比较舞技，或者和帕瓦罗蒂比较高音，他们需要的是强烈的个人色彩，让人过目不忘的个人风格，也就是所谓的辨识度。

唱得好或者演得好，你可能会成为优秀的歌手或者优秀的演员，可在这之上，要有充满辨识度的声线或者五官，才能真正成为明星。

林可柔恍然大悟："你说得没错。看来你还挺欣赏丽丽的，我以为你不喜欢她。"

叶晟熙不否认："但从专业角度来看，她确实值得欣赏，努力并且聪明。"

"丽丽确实值得欣赏。"林可柔说，"这话你怎么不对明薇说，好让她别走了冤枉路。"

叶晟熙自顾自走着，"会有别人告诉她。"

林可柔何等聪明，一下子就想到叶晟熙口中的"别人"是谁。"汝嘉确实好像对明薇很有好感，丽丽会气疯的。"她抿嘴笑，扭头看了看音乐教室里透出的灯光。

其实她不明白，骆明薇家那么有钱，她爸爸又肯掏钱给她拍戏玩，为什么还和自己过不去。

或许外面的人都觉得青藤学院的学生就仿佛生活在娱乐圈的明星，每天锦衣华服，唱唱歌，跳跳舞就过去了一天，只有青藤的学生才知道，这里的生活苦得像炼狱。

唯有想到走上星光之巅后的无数掌声与目光，才能支撑他们走过这段艰苦的日子。

教室里。

骆明薇按下音乐播放键，回身走到教室中间站好，凝视着镜子里自己的身影。她深呼吸，看着玻璃窗里映出的自己，开始回忆课上老师教的舞步动作。

这支舞是三天前姚素晓在课上教的，韩国舞团 B.A.D 最新的主打单曲 *Kiss Kiss*，节奏感非常强，动作亦非常复杂。

青藤的学生里，即便不像林可柔那样从小练舞，也大多有超过五年以上的舞蹈基础，并且已经在青藤上了半年姚素晓的课。这支舞虽然不简单，但绝非超出他们的能力范围。

可对于骆明薇来说却不是。

用陈丽丽嘲笑她的话来说，她是连爬都还不会，就想学跑了。

但没有人等她慢慢地学会爬，学会走，再学会跑。

青藤的一切都超越了她的预料，根本不是她想象中的样子。不过短短一天，她已经可以料到，这将是一条需要她付出比以往多千百倍汗水的路。这一切太难，可她决心要试一试。

既然来了，她就没有后退的余地。

姚素晓的课前是没人敢偷懒的。

每节课的前半个小时，姚素晓会检查上个星期教的课程。虽然她几乎不会做什么严厉的评论，可往往一个肯定的目光或者面无表情的摇头，就足够让这帮学生的心情七上八下。

因此，每一个人都在课前抓紧最后一点时间练习。

"叶晟熙把教室让给了骆明薇？"陈丽丽一边推开教室的门，一边低声问，声音里是掩饰不住的气愤。

可柔抬眼看见坐在教室后排的叶晟熙和周汝嘉，连忙拉了拉陈丽丽的手，"嘘——你别乱猜，只是正好他忽然有事而已。"

可柔有些后悔。刚才在来的路上，她不小心跟陈丽丽提起昨天自己找叶晟熙练琴，后来叶晟熙有事，让骆明薇用了教室的事。原本只是随口一说，没想到陈丽丽就会联想成叶晟熙是刻意为之。

可陈丽丽完全不接受这个说法，径直走到叶晟熙前问："叶晟熙，你是故意把教室让给骆明薇的吗？"

叶晟熙没说话，看了看林可柔。可柔急忙解释："我只是提了一句——丽丽，真的只是凑巧而已。"她有些窘迫，这下闹得大家都不愉快。

周汝嘉从来都看不惯陈丽丽的臭脾气，"是不是故意的关你什么事，又没占用你的时间。"

陈丽丽被他一句话呛得不轻，"我们几个好不容易排好时间，把空闲的教室都填满，可没想到叶晟熙会让出教室。"

周汝嘉摊手，"我从来没答应过参与你那些无聊幼稚的把戏。"

"周汝嘉，你为什么要帮着一个外人？"

"你们两个对我来说都是外人。"周汝嘉微微一笑，伸手搭住叶晟熙的肩膀，"我的内人是晟熙。"

叶晟熙默默一侧身，躲开那只手。

陈丽丽气结。

偏偏骆明薇在这节课上表现得出乎意料的好。

Kiss Kiss 这首歌，节奏变化之快，舞蹈动作之复杂，就算其他学生跳起来也有一些吃力。全班 15 个人跳完，除了叶晟熙、林可柔，几乎都有多多少少不同程度的出错。周汝嘉还算好的，只错了两处，其他的人纷纷都败下阵来。

可偏偏骆明薇就跟开了窍似的，跳得还不错。

虽说还有不少错漏，可向来严厉的姚素晓竟难得地点了点头，没有多做评论。

"明薇，你跳得真好！"黄靖轩举着他的 DV，一只手给她比了个赞。"我都给你录下来了，回头你可以自己看一看。"

"谢谢！"骆明薇脸上的笑意藏也藏不住，扭头朝着站在附近的周汝嘉眨了眨眼睛。

周汝嘉对她说，陈丽丽不是科班出身，虽然有天分，也跳得不错，可真正和林可柔以及杜灵彬这样科班出身的一比，肢体还是显得僵硬。也因此，对于她来说，陈丽丽对舞蹈的处理技巧更有借鉴的意义。

所以她特意观察了陈丽丽，并且在其后的练习中借鉴了她的处理技巧，果然比一味学习可柔更适合自己。

她不得不承认，陈丽丽这个人虽然讨厌，可她的天赋和努力程度都不容小视。

骆明薇收回视线的时候，正好对上陈丽丽那杀人的目光，她毫不掩饰自己的得意，挑衅地扬了扬眉毛。

陈丽丽的脸，黑得就如黎明前的夜。

骆明薇的心情更好了。

可惜她的好心情没有持续多久，周三下午，骆明薇最痛恨的形体课就要到来了。

青藤学院的形体课向来是在健身房上的。这个学期学院新增了一间健身房，不仅面积是原来的两倍大，还多增设了一个恒温大泳池，因此青藤学院的形体课又多了一项内容。

骆明薇对形体课没什么好印象，除了她的形体不佳，从小有些驼背之外，更重要的原因是，在上周三的第一节形体课上，那个有着完美人鱼线的形体教练只瞄了她一眼，就让她站到测试仪上去了。

那是一个诡异的机器，只要站上去，双手握住两个手柄，不到一分钟就能测出身高体重，还能测出各项身体数据，比如体脂率、腰臀比之类的。

在这个"惨无人道"的宽屏时代，任何一丝多余的赘肉在屏幕上都会被放大十倍。骆明薇见过一些女星，大荧幕上看起来体型匀称，现实中却瘦得不成人形，因为过度的减肥导致脸色差，又必须时时刻刻用妆容来掩盖。

骆明薇对体重这事一直看得很开，她身高一米七，自从她十五岁之后，体重就没下过 55 公斤。其实现实里的她看起来挺匀称健康的，可一上镜就被吐槽太胖。

不过从前她不太引人关注，即便有观众吐槽，也很快被淹没在经纪人给她安排的那些铺天盖地的宣传通稿之下。因此骆明薇一直不太在意，直到"老司机"事件的发酵，她的关注度一下子到达空前的程度，那些毫不留情的讽刺和嘲笑才让她有些招架不住。

毫无疑问，骆明薇被划入了"微胖"的行列，被勒令减肥。

"减不掉会怎样？"骆明薇问。现在这 54 公斤的体重，还是她过去忧郁了两个月没胃口吃饭的结果，最近心情逐渐平复，体重大有回弹之势，要减到 50 公斤，除非她恋爱再失恋然后伤心欲绝滴水不进还差不多。

教练面无表情，"青藤学院历史上，没有体脂值超过 17 的人站上过毕业盛典的舞台。"

骆明薇忽然有点理解，为什么青藤食堂里的菜色素得就跟寺庙里的斋菜一样。

于是她本能地对形体课产生了心理抗拒。

今天形体课要上游泳，骆明薇险些睡过头，待她匆匆赶到健身房，其他同学都已经换好泳衣在泳池里游了几个来回了。

话说起来，青藤学院的游泳池，真的挺——

春色无边的。

这世上大约再也找不到一个同时拥有这么多胸大腰细腿长女性和肌肉匀称倒三角身材男性的泳池了。

可她没有太多时间去欣赏这一池春色，急忙去更衣室换衣服。

新健身房太大，她转了半天才找到更衣室。推门进去后，对着领到的手环去找储物柜。可奇怪的是，她手环上的数字是双数，可这些柜子上每一个都是单数。

"搞什么鬼……"她莫名其妙，一个个柜子看过去，一个拐弯，直直地就撞到了前面的人身上。

"哎——"

"喂！"

二人的吼声几乎同时响起。骆明薇抬眼看清楚眼前的人，有点蒙——

叶晟熙，他为什么会在女更衣室里？

当下，骆明薇的脑子里只有一个想法：有！变！态！

门外响起声音："出什么事了？"

是黄大班长。

骆明薇刚要应声，叶晟熙反手卡住她的脖子，用手捂住了她的嘴巴，"如果你不想让人知道自己进了男更衣室，就给我闭嘴！"

什么男更衣室？这里明明是女更衣室！她是神经大条没有错，可她不是瞎子，进来之前明明再三确认过门上的标识：红色的，穿着裙子的女性图案！

"里面有人吗？"黄大班长的声音越来越近。

骆明薇刚想回应。

叶晟熙下意识手一沉，把骆明薇往自己的方向一拉，骆明薇一个猝不及防，狠狠撞进他的胸膛。

当下，骆明薇的脑子里轰隆一响，瞬间空白。

她的背贴在他的胸膛上，隔着衣服都能感受到他的心跳和一丝微弱的温暖的体温。

她默默地吞了口唾沫。

虽然从前和许多大牌搭档拍过戏，可是父亲早就下过命令，禁止她在未成年前在电影里有过多的感情戏，所以搂搂抱抱的亲密戏份是一概没有的。

有一次她和一个男演员合作，只因片子里有一个男演员将她抱起的镜头，就被身负着父亲命令而看守现场的阿莫时时刻刻监督，要求他"保持距离"地抱起她，害得那个男演员两条手臂险些废掉。

那时候男演员开玩笑地在微博上说了一句自己的手臂快废了，结果粉丝看到之后纷纷在网上留言，心疼他们偶像的双臂，还发起了一个"关爱同剧男演员，请骆明薇减肥"的话题，气得她眼白都要翻到后脑勺去了。

这是她第一次这么近距离地贴在一个男性的怀里……

这家伙看起来瘦瘦弱弱的，没想到胸前的肌肉还挺结实的……

呸呸呸，骆明薇你在想什么，现在可不是对这个倒霉鬼想入非非的时候！

黄大班长的脚步声越来越近。

黄靖轩拐了个弯，一怔，随即露出笑脸："晟熙，你在这里。你不回答，我还以为里面没人呢！"

"我还没换好衣服，有事吗？"叶晟熙问。

"哦，没有。陈丽丽说她刚刚去厕所路过，听见里面有人尖叫，所以叫我来看看，以免有人出了什么意外。"黄靖轩挠了挠头，朝周围张望了一下。

"奇怪，没有别人了啊。"

叶晟熙冷漠，"这里就我一个人。"

黄靖轩连忙点头："可能她听错了。那我先出去了，你小心一点，别碰到肩膀，免得留下后遗症。"他指了指叶晟熙的肩膀。

叶晟熙点点头："谢谢关心。"

黄靖轩哈哈一笑："应该的，都是同学嘛。"他挥挥手，转身走了。

骆明薇龇牙咧嘴地从柜子后面走出来。

刚刚千钧一发之际，叶晟熙把她往后面的柜子边一推，恰好柜子和墙壁间有一个空隙，刚刚容得下她一个人，她赶紧躲了进去，可一个没注意，脑袋却狠狠撞在储物柜门的把手上，痛得她险些要骂人。

她有点怀疑叶晟熙是在报复她的"一鞋之仇"。

"这个该死的陈丽丽。"她揉着脑袋骂。

事情已经很明显，更衣室门上的性别标识是活动的，陈丽丽故意换了门上的标识，意图误导骆明薇进入男更衣室，让她出丑丢脸。谁知道人算不如天算，男生们早就都换完衣服出去了，只剩下一个手臂不方便、动作慢的叶晟熙。

"不管怎样，谢谢你帮我。"骆明薇向叶晟熙道谢。

叶晟熙看也没看她，自顾自打开储物柜，"不用谢我，我只是不想成为流言的男主角。"

"什么流言？"骆明薇一时反应不过来。

"比如说，'骆明薇有偷窥癖，闯入男更衣室正好撞见叶晟熙裸体更衣'之类。"

骆明薇的脸一下子红了，"你哪有裸体？"明明他身上还穿着衬衣。

叶晟熙关上储物柜，转过头来，漆黑的眼睛定定地看着她："怎么？不是裸体你很失望？"

骆明薇的脸更红了，"当然不是！而且就你这身材，也没什么看头。"

她口是心非地否认着，完全忘记了刚才是谁靠在叶晟熙的胸前不由自主地想入非非。

叶晟熙眯起眼睛，漂亮的琥珀色眼眸藏在浓密的睫毛后面，"那你还站着干什么？脱完这件，我可真的就裸了。"说着，他伸出手不紧不慢地解开衬衣领口第一颗扣子，露出颈部小麦色的皮肤。

骆明薇险些被自己的口水呛死，几乎是以迅雷不及掩耳之势逃出了男更衣室，找到隔壁的女更衣室"啪"地狠狠把门关上。"变态狂！"骆明薇狠狠骂道。她靠在门后反复深呼吸，耳根的温热才慢慢退去。

这家伙平常看起来冷冰冰的，没想到居然调戏自己！简直是衣冠禽兽，败类中的人渣，人渣中的翘楚！

她深呼吸，长长地吐出一口气。

可是——

为什么心跳还是这么快？！

骆明薇换好泳衣出去的时候，陈丽丽正在泳池边上跟人聊天，看到骆明薇出现，那眼神显然很不痛快。骆明薇心里憋着气，连满池子的小鲜肉的肉体都无暇去看，可脸上半点声色不露，若无其事地走过去。

"喂，那边不会出事吧？"周汝嘉对叶晟熙说着，朝着泳池对面的方向扬了扬下巴。

泳池对面，骆明薇正朝陈丽丽的方向走去。她的演技实在不怎么样，虽然一直在假装若无其事，可眼睛里分明有怒火。

叶晟熙朝那边看了一眼，"没兴趣。我去器材室。"他的手臂受了伤，不能游泳。

"好，自己小心。"周汝嘉在他没受伤的肩膀上轻轻打了一拳。

叶晟熙点点头，还没迈脚步——

"我的天——"周汝嘉从椅子上跳下来，低声叹道。与此同时，身后响起一片混乱声。

叶晟熙扭头一看，骆明薇和陈丽丽两个人不知道什么时候都落了水。

起初谁都没有在意，毕竟两人都会游泳。过了十几秒才觉得不对，骆明薇和陈丽丽两人沉到水底后，居然谁都没上来。仔细一看才发现，陈丽丽正在水底手舞足蹈地踢着呢，可骆明薇死死地抱住了她，任陈丽丽水性再好都浮不上来。

边上的同学急了，有几个也跟着沉下去，试图分开两人。

可骆明薇的手就这么紧紧抱住陈丽丽不放开。

她的脸上有报复后快意的笑。

憋气可是她的长项，至今还没有在周围的人里找到对手。原本她不想计较，可刚才她从陈丽丽的身边走过，这家伙不甘心没捉弄她成功，居然把脚悄悄伸出来想绊倒她。

你不仁我不义，她骆明薇也不是任人捏的软柿子。

于是她将计就计，拽住陈丽丽把她一起拖下了水。可两人原本就穿着泳衣，只是落个水多没劲儿啊。她恶从胆边生，抱着她不松手，跟她比憋气。

眼看着陈丽丽憋不住，一松劲儿狠狠呛了一口水，她才慢悠悠松开手。眼看着陈丽丽浮了上去，她又一蹬腿，先一步冲出水面，爬上岸的时候脚在水里一踩，非常"恰好"地又踩在了陈丽丽的肩上，刚刚浮出水面的陈丽丽又被她一脚踩了下去。

骆明薇这下高兴了，上了岸后坐在泳池边上悠然自得地看着陈丽丽挣扎着从水里钻上来。陈丽丽落水落得猝不及防，还没戴泳帽，一头湿透了的长发绕在脸上，十分滑稽。

"你疯了骆明薇，你这是谋杀！"陈丽丽上了岸，脸色吓得惨白，缓过劲儿来开口就骂。

骆明薇一脸无辜，"你这是恶人先告状。明明是你自己故意绊倒我，我只是一时惊慌才抓住了你，不小心把你带下水的。刚刚在水里我快吓晕过去了，大脑一片空白，这才下意识地紧紧抓住了你。这是人求生的本能，你不能怪我。"

她的语气是满满的幸灾乐祸，一点都听不出来"吓晕过去"的感觉。"如果你不承认，我们可以看监控。"她一摊手，满脸计谋得逞的狡黠笑意。

陈丽丽被堵得半句话都说不出来。

骆明薇扬眉吐气：忍了她好几天，今天终于有怨报怨有仇报仇。这感觉，简直爽到飞起！

泳池的事情最后闹得太大瞒不住，骆明薇和陈丽丽两个人被罚在结束今天的课程之后去操场上跑五公里。

形体老师扔给两个人计步手环，"戴上这个跑。我在后台可以实时监控，谁都别想偷懒一厘米。"

骆明薇目瞪口呆。

现在的老师体罚学生的手段都如此高科技了。

她很不服气，明明是陈丽丽先动的手，她充其量只能算是防卫过当，凭什么要和她一个杀人未遂的凶手一起受罚？

可这是校规森严的青藤学院，她答应过必须遵守校规，不服气也只能憋着。

那天的课程排了满满四大节，上完课已经是傍晚。3月初的季节，太阳都已经落到山边。操场上空荡荡的，除了几个留下来收拾刚刚上完体育课的器材的助教，就只剩下两个满腹怨气，互相用眼神怼了一千遍，正在被罚跑的女生。

不远处的教学楼里已经响起各种节奏的音乐声。

同学们匆匆吃过晚饭，又投入到高强度的训练中去。

天也迅速地暗下去，连几个助教都收拾好东西离开。操场周围的灯被关掉，只剩下主席台上方的一盏照明灯还亮着，跑道上，离主席台较远的地方甚至已经完全笼罩在黑暗里看不见。

骆明薇咬牙跑着。

虽然到青藤这些天每天早上被迫上晨练课，体质好了许多，可五公里对她来说还是非常的吃力。这才跑了不到一半，双腿已经抬不起来。她愤愤地看了一眼跑在自己前面的陈丽丽，她已经跑到了最后一圈。

很快，陈丽丽跑完了五公里，冷嘲热讽了骆明薇几句之后走了。

骆明薇已经连翻个白眼的力气都没有了。

时间一秒一秒地过去，脚下的每一步都沉重如铅，每迈出一步仿佛都要用尽全身的力气。喉咙干哑，她几乎不能呼吸，小腹还有隐隐的刺痛。

该死的陈丽丽！

她在心里咒骂了第一百遍。

终于，她跑完了五公里，整个人已经疲软到瘫坐在地上爬不起来。如果不是因为初春的寒冷，她真想就这样躺在草坪上看一晚上星星算了。

可现在才 3 月，说是春天，依然是天寒地冻的季节。太阳一下山，地上的寒气就噌噌往上冒，她可不想自己年纪轻轻被冻出毛病，咬牙拼尽全力站起来，迈着两条发软的双腿朝门口走去。

可操场的铁门已经锁上了。

青藤的操场兼具露天舞台的功能，每年的 5 月，都会在这里举行毕业盛典。操场的四周全都是两层楼高的看台，只有主席台两侧留了两个出口，有两道大门套小门的铁门。平常大铁门通常都是关闭的，仅打开小铁门供学生自由进出，可现在，小铁门也上了锁。

骆明薇下意识地觉得事情不妙，但还是抱着一丝希望快速跑到主席台的另一侧，可这边的铁门也被紧紧锁上了。

陈丽丽这个家伙！

骆明薇一下子有些慌了。

因为要跑步，她在更衣室换运动服的时候把手机留在了储物柜里，根本没办法打电话求救。

3 月的季节，天寒地冻，夜晚的温度随时可能降到零度以下，就算全副武装都不可能挨过去，更何况她身上只穿着运动服！现在大概才 7 点，等到陈昊晚上回到宿舍发现她没回来，最起码还要三个多小时，足够把她冻死在这里！

不，不行。她可是骆明薇，被冻死在操场上这种新闻传出去，就算死了她都要被气活，死也丢不起这个脸呀！

骆明薇逼自己镇定下来，先拉高嗓门尝试性地喊了几声，可看守操场的保安显然不可能听到。这样寒冷的夜晚，保安室的门窗肯定都是紧闭的。

这时候，刚刚因跑步产生的热量已经逐渐散去，寒冷渐渐透过运动服逼进来。

怎么办，难道她骆明薇真的要冻死在操场上？

不要，这太丢脸了！

这是第——几圈？

骆明薇已经不记得了。她咬牙，逼着自己迈出脚步，在光线幽暗的跑道上来回跑着。

奔跑给她带来热量，可同时却消耗着她剩余的体力。她不能再跑了，再跑下去她会体力透支，到时候就会倒在地上起不来，活活被冻死！

骆明薇跑到主席台一层，主席台突出的部分恰好和看台形成了一个狭小的夹角，略微能挡住些初春的寒风，可是那里的温度却依然很低。

这里不行。

只能拼死一搏了。

她扭头跑上看台顶层，往下一看，看台足足有两层楼高。她曾经为拍戏学过攀岩，且成绩不错，可这光滑的墙面跟岩壁不一样，几乎没有任何着力点，再加上黑夜光线太暗，她也根本看不清楚，只隐约看到看台一层偏高的位置有一排空调外机。

她在拍戏的时候跟替身学过几招，如果能够跳到那排外机上，再往下跳的话，一层楼的高度，只要力道把握得当，应该不会有事。

可问题在于，她能不能稳稳地跳到那排宽度不足半米的外机上。如果站不稳摔下去，着力点不当，肯定会受伤；如果伤的是脚，不能动了，那也无异于等死。

可不试一试，她肯定会冻死在这里。

骆明薇咬牙翻上看台围栏，这时候——

"喂？有人吗？"有一个熟悉的声音响起，"骆明薇？你在这里面吗？"

是周汝嘉！

事情就是这样巧。上午晨练，周汝嘉把手表忘在了更衣室的储物柜里，到了晚上才想起来去拿。经过女更衣室门口时，他听见里面有手机铃声在响，好奇地朝里面问了一句，却没人回答。他猜想是哪个女生忘了手机在这里，打算做个顺水人情把手机送回去，谁知道打开那个储物柜，除了手机之外还看见了骆明薇的衣物。

周汝嘉当即去找保安来开了门，骆明薇已经冻得几乎不能说话，在保安室喝了一杯热糖水，才慢慢地缓过劲儿来。保安一再为自己的工作疏忽道歉。原本按照规定，他需要进操场巡逻过后确定里面没有人才能锁门，可今天天气太冷，他一看门已经上了锁，心想大约是哪个学生临走顺手带上的，没有多想便折回保安室，没想到险些酿成大祸。

骆明薇没心情追究这些。

周汝嘉提出送她回宿舍，她点头站起身。

一出保安室，寒风扑面而来，她紧了紧身上的外套。周汝嘉看她可怜的样子，取下自己的围巾给她，"围上吧，一条围巾顶半件衣服。"

骆明薇感激地笑了笑，刚刚想接过围巾，谁想周汝嘉却忽然靠了过来，亲自帮她把围巾围上。

她微微一怔。

周汝嘉的身上有好闻的蜜桃芒果茶的味道，让人一闻就想到阳光、沙滩和热带岛屿的味道。

耳边有声响，两人下意识转头。

叶晟熙站在不远处。

"晟熙，你怎么来了？"周汝嘉有些意外，随即看到他身后的林可柔，不怀好意地嘿嘿一笑："月黑风高，两位约会也挺会找地方啊！"他朝着叶晟熙眨眨眼，这家伙，还说自己对林可柔没什么，居然连好朋友也骗。

两个人衣衫不整的模样……还真的挺令人浮想联翩啊！

林可柔的长发上居然还挂着树叶，另外，两个人好像都有些气喘吁吁的样子——周汝嘉看清楚了之后有些目瞪口呆，叶晟熙这个家伙，该不是……真的吧？

叶晟熙冷着一张脸没说话，目光却落在骆明薇的脸上。

她的脸色发白，嘴唇的颜色也很淡，一看就是被冻过的样子，整个人看起来都没什么力气，站在什么时候都神采飞扬的周汝嘉身边，显得更加苍白。

"你说什么呢！"可柔笑着瞪了周汝嘉一样，见骆明薇安然无恙，她才松了一口气。

原本她正在宿舍换衣服，打算到教室练习，这时陈丽丽满脸愉悦地回来了。她觉得奇怪，陈丽丽白天被骆明薇拉进水里出了丑，分明气得跳脚；而且这个时间她应该刚刚跑完被罚的五公里。照林可柔对她的了解，这时候不黑着一张脸见谁都开火就已经不错了，怎么可能还脸带笑意？

"丽丽，你跑完了？"她觉得奇怪，便问了一句，"明薇呢？"

陈丽丽得意扬扬地把自己锁了操场大门的事情说了一遍，林可柔还没听完就急了，"你疯了？外面这么冷，她只穿着运动服，万一出了什么事，你可是有连带责任的！"她连忙掏出手机拨骆明薇的号码。

陈丽丽被她这么一吼，才意识到自己玩得过火了，可嘴上还是逞强："她那么胖，哪能这么容易被冻死。她只要待在铁门后面，保安过来巡查就会发现她的，这会儿肯定已经出来了。"

可骆明薇没有接电话。林可柔顾不上和她争论，连舞蹈衣都来不及换，就匆匆套上羽绒外套冲出去了。她心里急，跑得飞快，冲出宿舍楼的时候正好遇见叶晟熙。

事后，叶晟熙回想起自己得知骆明薇被陈丽丽锁在操场里那一刻的心情，竟有种说不出来的感觉。

他与骆明薇没有什么交情，而且分明应该是讨厌她的，可当听到林可柔说她可能被锁在操场冻了半个多小时的时候，心里竟然有一丝慌乱。脑子里还什么都来不及思考，双脚已经转身朝操场的方向跑去。

他跑得飞快，林可柔险些要跟不上。

青藤学院学生不多，建筑也少，但绿化做得特别好。从宿舍楼到操场，如果走正常的道路，要绕上一大圈。

他顾不上太多，直接从绿化带里穿过去。

可柔紧跟在他身后穿过那些密密交织成墙的绿化带，枯枝从脸上划过，痛得倒吸了一口冷气。

当叶晟熙和林可柔跑到操场外的时候，从保安室里出来两个身影。

一个当然是骆明薇，而另一个，则是周汝嘉。

灯光下，两个人说说笑笑迎面走来，身影在一侧被拉得很长很长。然后周汝嘉摘下了围巾，对骆明薇说了几句什么……他看不清楚两人脸上的表情，只看见周汝嘉慢慢靠了过去，替骆明薇围上了围巾。骆明薇则仰着脸，注视着他。

那一刻，他如鲠在喉。

虽然骆明薇并没有大碍，周汝嘉还是坚持拉着叶晟熙送她回宿舍。可柔也不放心，跟着他们一起往宿舍楼走去。

"陈丽丽这次真的过火了。这样的温度，让骆明薇穿着单薄的运动服在外面冻了半个小时。"周汝嘉愤然道。幸好骆明薇聪明，知道跑步来取暖。可周汝嘉找到保安拿到钥匙开门进去的时候，她已经跑得几近虚脱，只能靠在一旁休息。

如果她撑不住晕过去，等到陈丽丽练完舞来救，恐怕后果已经不堪设想。

"必须要向老师报告。"周汝嘉坚持，"这事情性质太恶劣，已经不能算是同学之间的开玩笑。"

即便是可柔，也无法再为自己的好朋友开脱，只能再三向骆明薇道歉。这件事情陈丽丽错得太离谱，如果骆明薇坚持向老师报告，按照校规，陈丽丽肯定会被开除。

"算了。"骆明薇摇摇头，"反正我也没什么事。"

"可是……"周汝嘉还要反对。

"她今晚太累，什么事都等到明天再说吧。"叶晟熙打断周汝嘉。他看着骆明薇——她太乐于原谅别人，沈亦枫是，陈丽丽也是。

骆明薇感激地看了他一眼。

今晚她确实太累。

一整天上课练习不算，课后又足足跑了五六千米。而且她连晚饭都还没吃，白天也只不过吃了两份"特制减肥餐"而已。

叶晟熙与周汝嘉把两人送到女生宿舍楼下。

"原本应该带你去吃点东西再回宿舍的。"周汝嘉说。可青藤的食堂向来不提供宵夜，超市里也不贩售食物。

"没关系，我宿舍里有存粮。"骆明薇说，"只是待会儿陈昊回来，又要抓狂。"想起自己室友那副抓狂的样子，她忍不住笑了笑，"她不太喜欢我在宿舍里吃零食。"

骆明薇站定，摘下围巾递还给周汝嘉，"今晚谢谢你。"她望着周汝嘉，虽然脸色还是不好，眼睛却是闪亮亮的，"明天早饭我请，感谢你的救命之恩！"

叶晟熙的喉间紧了一下，微微侧过头去，望着一旁的一株樱花树发呆。天气还冷，樱花树的枝丫上都还是光秃秃的。

周汝嘉声音爽朗，一口答应。

骆明薇挥手与他们道别，和可柔一起进了宿舍楼。

"挺可爱的一个女生，不是吗？"周汝嘉望着骆明薇的背影说。叶晟熙没有回应。

周汝嘉翻出手机，给陈昊打了个电话。

他对陈昊简单讲了一遍今晚的事，再三仔细叮嘱……

宿舍里。

骆明薇推开门，浴室里传来洗漱的声音，陈昊已经回来了。骆明薇又冷又饿，急着想找点吃的，刚刚踢了鞋子，仿佛想起什么似的，又弯下腰把躺在地上的鞋子收到鞋架上。

否则又要被陈昊念叨了。她无奈地想，起身回头，忽然闻到一股香味。

她一看，自己的书桌上有一个冒着热气的杯子。

是牛奶。

心里一下子暖了，她朝着浴室做了个鬼脸。

其实这段时间，陈昊对她的态度好像真的改变了不少。从最初对与她同住的抗拒，坚持要换宿舍，已经发展到现在可以偶尔顺手帮她收拾乱放的东西了。骆明薇知道自己身上的毛病不少，可从小娇生惯养，一时也改不了，但陈昊愿意包容她，她很感激。

青藤这所学校确实有太多和她想象得不一样的地方，也几乎颠覆了她之前所有的自我认知，令她备受打击。可至少这里还有一群可爱的人，不是吗？

啰唆到极点却无法让人讨厌的班长黄靖轩，近乎完美的可柔，偶尔会开她玩笑但有着最暖心笑容的周汝嘉，表面拒人于千里内心其实很柔软的陈昊，还有……

端起牛奶，她主动站到了门口的"特区"里。

Chapter 05 / 最生动的脸庞

操场被锁的事，骆明薇最终没有追究。

她是看可柔的面子，也知道就算借给陈丽丽一百个胆子，她也不敢真的有把自己弄死的心。

"算了。和她一般见识，降低我的格调。"她对阿莫说出这番话的时候，阿莫简直惊掉了自己的下巴——这还是从前他认识的那个骆大小姐吗？

下完这个春天的最后一场雪，天气渐渐地暖了起来。

时间过得真快啊，这竟然已经是骆明薇到青藤的第二个月了。

时间一分一秒，在舞蹈教室的镜子前，在音乐课的钢琴上，在她奔跑着的操场跑道上以及宿舍里陈昊忍无可忍的咆哮声里，不经意之间飞快地流逝。

她把越来越多的时间都用在了专业课的训练上。虽然舞蹈基础课上她进步不小，但随着时间慢慢过去，她发现自己更大的兴趣依然是演戏，因此温瑾瑜的戏剧表演课，她也是一刻不敢放松。

戏剧表演其实是最看重天赋与灵性的，当前线上许多实力派演员都并非科班出身。可骆明薇显然不是天才型的演员，只能靠勤来补拙。

温瑾瑜曾经在课上说，如果你只想成为偶像，那么你可以不在乎你的演技，只要有好看的外表，加上未来你的经纪公司够强大，再加上那么一点运气，完全可以成为当下那种很火的"流量小生"，或者"流量花旦"。可如果你们真的想成为明星，在娱乐圈真正站稳脚跟，那演技至少要合格。

而骆明薇，想成为真正的实力偶像派。

青藤每个学期的辅修课，都从第二个月开始。

每一个学期末，青藤会请专家教授们集体开会研究讨论，决定下一个学期的辅修课内容。经常是紧跟当下娱乐圈里的热门，每个学期的内容都不尽相同。

因此，当学生们得知今年的辅修课是潮流风尚课，且会邀请 Queen 的总编辑苏颖做主讲讲师的时候，都非常惊喜。

"居然请到了苏颖，学校这次真的太给力了！"有人连连赞叹。

苏颖，国内顶级时尚杂志领军刊物 Queen 的总编辑。如果要拍一部中国版的《穿 Prada 的恶魔》（又名《穿着拉达的女王》），那么苏颖绝对是里面梅姨饰演的女魔头的角色，其在时尚圈的地位可见一斑。

有人说，登上 Queen 的封面，那就等于是打开了时尚圈的大门。因此，苏颖在青藤学院的学生心里，其地位绝不亚于某位国际名导。

骆明薇听着四下里不绝于耳的惊叹声，倒是有些不为所动。苏颖嘛，不就是那个和王晴很要好的女人，每年王晴生日都要送上礼物，还要附带一张小卡片，写些什么"爱你，Honey"之类让人起鸡皮疙瘩的鬼话的好闺蜜。

有一次她在嘉华酒店的咖啡吧喝下午茶，恰好王晴带着苏颖也过来喝咖啡，那个苏颖一见到她就笑得春花灿烂，夸她穿衣品位高，还说想邀请她去给 Queen 拍一期专访。

她当然拒绝了。敌人的朋友，也是敌人。

其实对于时尚品位这种东西，骆明薇比对自己的演技有信心。母亲书香门第出身，画一手好画，骆明薇大约遗传了母亲的绘画天赋，虽然没有刻意学过，可从小耳濡目染，培养了良好的审美，再加上家底丰厚，对穿衣打扮倒真的颇有心得。

辅修课安排在每个周四晚上，两个班一起上。青藤的教室都不大，大二的学兄学姐们也有不少闻风而来，瞻仰"女魔头"风采的。这一下就几乎都挤满了，除了在食堂，骆明薇还从未见过青藤有这样热闹过。

苏颖踩着高跟鞋走进来。

骆明薇只略略扫了一眼——这女人，是打算给青藤的学生一个下马威啊，看她浑身上下的行头，普通人看得出来的品牌估计不超过两个。

苏颖扫视全场，显然看见了骆明薇，两个人目光有短暂的对视，然而谁都不动声色。

"大家好，我是苏颖。"她往讲台上一靠，盈盈一笑，什么都还没说，已经吸引了全场的注意力。

苏颖并没有过多的寒暄，也不需要进行什么自我介绍，很快切入主题开始讲课。她不是专业的讲师，讲课的方法当然和青藤的讲师教授们不一样，倒更像是在和学生们进行对话。

一开始大家都有些拘束，但很快就放开了，畅所欲言，现场的气氛活跃起来。

从前因为王晴的关系，骆明薇对她多少有些偏见，很少关注，但这一节课听下来，才发觉苏颖在时尚方面的见解与品位确实独到而深刻。

她说，时尚是一种发现美、创造美的能力。对普通人来说，时尚是一种欲求，可对于想要站上星光之巅的你们来说，时尚是一种需求。现在你们追求时尚，学习时尚，而最终，你们应该让自己成为时尚。（这句改自苏芒的"时尚不是一种需求，而是一种欲求"。）

到底是 *Queen* 的总编。

娇小的身形里仿佛蕴藏了无数的关于时尚和潮流的能量。不论学生提出怎样的问题和质疑，她都能一一轻松回应，并且不动声色地将自己的观点表达出来，让人不知不觉就被她所吸引，并且认同她的看法。

一节课还没结束，骆明薇竟然开始有些佩服她了。

课间休息的时间，苏颖撇开讲课的内容，和同学们闲聊起来。作为一本时尚潮流杂志的总编，她的粉丝不比一些明星少。尤其是对这帮青藤的学生来说，对明星或许还有些同行相嫉，但苏颖却不一样。

难得有和苏颖接触的机会，尤其是女生，都纷纷围上去。杜灵彬是 *Queen* 的疯狂粉丝，恨不得能请苏颖跟自己合影。

"你不去朝圣？"陈昊斜眼看了看坐在自己身边的骆明薇。

"她？"骆明薇故作不屑。虽然对苏颖的印象有所改观，但平常她见到这个苏颖时，总是一副爱答不理的样子，现在过去，那不是自己啪啪打脸吗？

"看来她很喜欢林可柔嘛。"陈昊又说。

骆明薇顺着陈昊的视线看去，教室前方，苏颖正和可柔相谈甚欢。她看着可柔，眼底有些赞许的光彩，听着可柔的话，时不时点头。

"可柔那么漂亮，谁不喜欢！"骆明薇说。即便在娱乐圈里，可柔的外表也算得上是数一数二的出挑，苏颖又不瞎。

陈昊不予置评。

倒是简文从教室前面回来坐下，不满地嘀咕了一句："可柔今天好像特别积极。"

平常林可柔总是很低调，即便是当之无愧的第一，也从不过分去张扬自己的美丽和实力，所以人缘一直很好。可今天当着苏颖的面，她却毫不避讳展露锋芒——她永远知道什么时候该表现自己。

下了课，骆明薇与陈昊一起走，走廊上遇见苏颖，对方先跟她打招呼："明薇。"她跟着王晴叫她明薇，听起来很亲切，但骆明薇从来不搭理她。

但今天不行，叶晟熙就在一边，她不想让他觉得自己没礼貌。

于是点了点头，想了半天不知道该怎么称呼，最后好不容易才吐出三个字："苏老师。"

苏颖一下子就笑了："好久不见，你瘦了。"尽管骆明薇对她态度一直欠佳，但她倒是好脾气，从来不介意——当然，她比骆明薇大近二十岁，哪会和小孩子置气。

两人没有多余的话题，打了招呼之后就道别。

苏颖是自己开车来的青藤。就着月色她走到教学楼前的停车场，还没上车就接到编辑部打来的电话，新一期杂志蓝纸已出，已放到她的桌上请她做最后的校对。她挂了电话，发动车子。

放了学的学生三三两两从教学楼里走出来，安静的校园里有了一丝生机。

苏颖忽然想起自己的大学时代。

不远处的路灯下，骆明薇正和几个同学结伴而行。苏颖和王晴是大学室友，两人的友谊一直持续了二十多年，对彼此的一切都了如指掌。因此也可以说，她是看着骆明薇长大的。

骆明薇似乎在跟身边一个漂亮的大男孩讲着什么话题，两人的脸上都有明亮的笑意。她忍不住莞尔，惊觉自己此时竟有了一种做长辈的心态。当下愣了一愣，拿出手机悄悄把骆明薇的笑容拍了下来。

一连偷拍了好几张，直到检查照片的时候才发现，其中有一张，骆明薇的神情很特别。

光线太暗，即便手机是当下最新的款，拍出来的像素也不高。几个人的脸都有些模糊，仿佛是最边上一个高个子男生正在讲话，骆明薇扬着脸听他说话。

夜色中，她的眼睛里有启明星般的光亮。

夜还未深，王晴收拾了一下桌子，看一下时间——才9点半，没想到今天的工作结束得这么早。

她拿起手机，翻开和好友苏颖的对话框。

苏颖刚才发来几张照片："你的小明薇。"点开，是路灯下骆明薇和几个同学并肩而行的照片。

光线太暗，照片看不太清晰，然而骆明薇脸上的笑容却是模糊的像素都掩盖不住的。她开心地笑着，发丝在夜风中飞扬。

青春逼人的张扬。

看到照片的第一眼，王晴就怔了一下。

从她毕业后到亚宁集团认识了骆亚宁，认识了他的女儿骆明薇，至今已经十五年了。这十五年里，骆明薇从一个稚嫩的小女孩逐渐成长为漂亮的少女，但王晴从未见过她脸上有这么神采飞扬的笑容。

"我觉得她可以做我们周年刊的 cover girl（封面女郎）。"苏颖又发来微信，"你觉得呢？我打算把这张照片提交上去。下周征集结束后的讨论会上投票初选。"

"她对你可没什么好感。"王晴提醒她。

骆明薇讨厌王晴，顺带着也讨厌苏颖。因此即便王晴与苏颖如此交好，骆家在 Queen 也有少许股份，这么多年，骆明薇也没打过 Queen 的主意。

苏颖淡淡地笑了："她喜不喜欢我，跟她适不适合做 cover girl 是两码事。"

苏颖纵横江湖多年，早就练就了毒辣的眼力和直觉。她盯着照片上那双明亮的眼睛，心想：这个孩子，总有一天会让所有人都刮目相看。

王晴也在反复地盯着那张照片看。

她真的长大了好多。初次见她的时候，她才四岁，牵着母亲的手从电梯里出来，穿着一件 Burberry 的连身裙，就像动画片里的小公主。在母亲的敦促下，她才不太情愿地喊了自己一声"姐姐"。

仿佛一朵娇嫩的小荷，时光飞逝，如今已经绽放开来。

怎么一眨眼，十几年就这样过去了？

第二天早上，一个消息传遍了青藤——昨晚苏颖下课后私下见了林可柔，邀请她给 Queen 周年特刊拍封面。

"真的假的？"杜灵彬不敢置信，压低声音尖叫，"这次周年特刊的封面女郎不是要海选吗？"

今年是 Queen 创刊 12 周年。去年年底最后一期，Queen 发了海选征集通知，为 12 周年特刊寻找 cover girl，并将其定名为：寻找最生动的脸庞。

这次特刊的甄选范围很广，只要是女性即可，并不只局限于圈中的明星，但也瞬间在娱乐圈的女星里掀起了一场暗战。

那可真是不见血光的一场硬战啊，各家光通稿就发得火热朝天。骆明薇至今回想起来都觉得有些夸张。

"说是海选，你还就真信？你这是天真呢，还是傻？"简文嗤之以鼻。

杜灵彬还是不信："可柔自己说的？"

"她告诉了陈丽丽。"

"那是板上钉钉咯？"杜灵彬低声哀叹，又羡慕又嫉妒。其实，她也发了简历去参加海选的，当时还抱着一丝希望——虽然圈里美女如云，她长得也不算太好看，可那些编辑们看惯了她们的脸，总会觉得腻吧？说不定就看上她这个新人了呢？

可如今对手是林可柔，她知道自己彻底没戏了。

"是真的吗？"骆明薇好奇，悄声问林可柔。

林可柔无奈，"丽丽也真是……"她看起来有些后悔把这件事告诉了陈丽丽，但此时后悔无用，于是把昨晚的事情又讲了一遍。

原来昨晚下课之后，苏颖又找林可柔单独谈了会儿，问了几句她的情况，又用手机给她拍了几张照片，临道别的时候显然很满意。

林可柔还记得当时苏颖的语气和她眼底闪着的光芒，那种光芒林可柔见过太多——在青藤的招生考试上，每一个考官看她的眼神都是如此。

她明白这眼神里的含义。

其实她应该更淡定一些，但这毕竟是 *Queen*，还是封面，又是周年特刊。*Queen* 作为国内影响力第一的女性时尚杂志，能够登上其封面，是多少女星在出道之初就定下目标攀登的高峰。如果说拿下最佳新人是对其演技或歌艺的肯定，那么登上 *Queen* 的封面，则是对一个明星时尚品位的肯定。

这是每一个新人的星途中都要翻过的第一座高峰，林可柔知道自己迟早有一天能攀上顶峰，但没想到这一天来得这么早。

她不能不为这个机遇而激动，忍不住跟陈丽丽分享。可她没想到，陈丽丽这么快就把消息传了出去。

不是不后悔的。虽然她有把握，但毕竟不是百分百确定的事，变数太多。万一最后宣布结果不是她，岂不是很丢脸？

骆明薇安慰她："苏颖这个人，虽然脾气怪了点，可她有个好处，说到做到。她既然单独把你留下来，还亲自给你拍了照片，那就说明这事差不多算是定了！"再说了，苏颖也没有在大家面前掩饰对可柔的偏爱，骆明薇看得很清楚。她为可柔高兴，"恭喜你，这个机会真的很难得！"作为一个新人，能上 *Queen* 的封面，就等于半只脚已经踏进二线行列，前途不可限量。

这件事在青藤引起了不小的轰动，但并没有人觉得十分意外。林可柔长得那么漂亮，实力又那么强，她的镜头表现力也一向都是最强的。如果换成别人，或许还会有人质疑，她怎么会这么幸运？可因为那是林可柔，一切的幸运好像都变得合理了。

很快事情就传到了学校董事会，某天董事长回学校开会，正好在教学楼前遇见林可柔，特意向她表示了祝贺与鼓励。

青藤学院一个才大一的女生被时尚女魔头苏颖一眼看中，将成为 *Queen*12 周年特刊的 cover girl，这对培养了无数当红巨星的青藤来说，也是一个不小的荣耀。

"可柔真厉害。"看着董事长慈祥地拍了拍可柔的肩膀，骆明薇忍不住感叹。

"怎么，你羡慕啊？"陈昊说，"你不是说自己不稀罕什么 cover girl 吗？"

骆明薇撇了撇嘴，没有回答。

谁说她不稀罕呢？她不稀罕的是靠王晴的关系换来的机会。可她羡慕可柔，羡慕可柔拥有让所有人都肯定赞赏的实力。

而她呢？在娱乐圈那么久，好像没有得到过任何真正的肯定。

骆明薇有些沮丧。

"在想什么？"周汝嘉拍了拍她的肩膀，"一个人在这里看蓝天，装文艺少女？"他微微一笑，漂亮的一双桃花眼眯起来，就像偷偷舔到牛奶的小猫。

骆明薇朝着教室里扬了扬下巴。

周汝嘉顺着她的视线看去，还没上课，教室里大家都各自散落着，在热身或者练习。教室中央最显眼的位置，是林可柔——她总有这样的能力，即便什么都不说，只要她在，大家就会自觉地把教室最显眼最好的位置让出来，仿佛她天生就应该拥有最好的。

此时林可柔正在热身。

她打开双脚站好，慢慢地张开双臂。从骆明薇的角度看，就像一只展翅的天鹅。

"可柔真镇定。"骆明薇说，"被 Queen 选中做周年特刊的 cover girl 呢，大家都激动得不得了，可她好像并不太在意。"不过她毕竟是林可柔啊，许多对于别人来说是遥不可及的东西，对她来说或许都唾手可得吧。

就如他人的赞美与肯定。

周汝嘉看着天鹅的背影笑了笑，并不说话。其实骆明薇不知道，这样的林可柔已经算是非常的"不淡定"了。这几天他经常看到林可柔嘴角带笑地微微发呆，这可是之前从未有过的事。

他转回头，看着骆明薇。

骆明薇就像着了迷一样看着教室中央的林可柔，眼底是无法掩饰的向往和羡慕，长长的睫毛一颤一颤，专注的眼神忽然让他的脑子里蹦出高慧敏的一首歌——《认真的女人最美丽》。

"哎，你这里有东西……"周汝嘉向骆明薇的耳朵伸出手。

骆明薇反应迅速地偏开身子一躲："喂，你不是这么老土吧？用这种招数哄女生？"这种情节电视里都演烂了好吗，男生要哄女孩子开心的时候，一边说着你这里有东西一边从她的耳朵后面变出一朵玫瑰花来。

太烂俗了！

周汝嘉微微一怔，随即笑了。他笑得那样开心，以至于身后春日的暖阳都黯然失色。骆明薇一下子看得有些呆了，她忽然发现，原来周汝嘉长得也挺帅的嘛！

周汝嘉笑够了，直起身子，从骆明薇的脑袋上取下一片叶子来。

骆明薇的脸一下子红了。原来她的脑袋上还真的有东西，是她自作多情了。她故作镇定地整理了一下并不凌乱的头发，一抬头，发现叶晟熙和陈昊正站在不远处沉默地看着他们。陈昊倒没什么，倒是叶晟熙，表情似乎有点冷。骆明薇莫名地有些心虚，想要解释，却又不知道该不该解释。万一她又自作多情了，那岂不是丢大人了？

叶晟熙又看了骆明薇一眼，扭头走了。周汝嘉笑笑，笑容有点意味深长。陈昊不明白状况，瞪着骆明薇和周汝嘉："快上课了，你俩还不走？杵那儿当门神呢？"

哦，对，快上课了。骆明薇反应过来，拔腿向前跑去。她还要更加努力才行，总有一天，她也要像林可柔一样，用自己的实力赢得别人的认可。

是啊，用不了多久，圈内圈外的人就会记住林可柔。这张"最生动的脸庞"届时将会拿到那张通往光辉绚烂的未来的门票。所有人都怀着不同的心情等着这一天，甚至开始想象、议论青藤门口被记者们围堵的"盛况"，包括骆明薇。直到那个阳光耀眼的早上，她接到了阿莫打来的电话。

"什么？你再说一遍？"骆明薇整个人有点蒙，简直不敢相信电话那端的阿莫说了什么。

阿莫兴奋得声音都有点劈叉了："真的是你！'最生动的脸庞'是你！苏总的助理亲口告诉我的。明薇，你要火了！"

骆明薇沉默了。阿莫虽然有点不着调，可是绝对不敢拿这样的事跟她开玩笑。那，就是真的了？可是为什么呢？不是定了林可柔吗？骆明薇倒不是没自信，她确信自己总有一天能担得起那份荣耀，可问题是：她现阶段是个被群嘲得快成全民公敌的人，怎么就突然成了"最生动的脸庞"？总不能是那些老把挖苦她当成定期娱乐活动的网友们选出来的吧？难道是？……

阿莫还在电话里喋喋不休："不过，苏总的助理也说了，他们内部的意见还不是绝对统一，有些人很犹豫，担心你从前的负面新闻会影响到 *Queen* 杂志……"

这话骆明薇可就不爱听了，"真是搞笑！他们不经过我同意就把我选上了，完了又担心我影响他们杂志？好歹也是时尚圈的 NO.1，连这点魄力都没有？"

阿莫被噎了一下，又有点想笑："你之前不是死活不上吗？就凭晴姐和苏总的关系……"

此时此刻，骆明薇最听不得的就是这句话，她不耐烦地打断了阿莫："我上不上那是我的事，他们可不能拿我耍着玩！"说完，就气冲冲地挂了电话。

想来想去，最大的可能还是王晴在背后搞了鬼。骆明薇心里很不爽，抄起电话就打给了王晴，劈头盖脸就是一通质问："是不是你在背后搞的鬼？"

王晴正在开会，说话很简短："什么？"

"Queen 的封面！你别装傻！我早就说过，我不稀罕走后门上你那个好姐妹的杂志。我骆明薇不需要！"

"你想多了。"王晴不急不恼，"我们早就有了协定，你进了青藤之后不会再给你任何资源，我也暂时不会管理任何你的经纪事务。我很忙，有什么事你可以自己去和 Queen 交涉。"

王晴说完径直挂了电话。她只觉得头疼，其实那时苏颖说要拿骆明薇的照片去参加票选，她并没有料到真的能拿第一。现在面对这种情况，她半是开心半是烦恼。

开心的是骆明薇得到了 Queen 专业编辑们的肯定，烦恼的是，骆明薇在电话里发这么大的火。以她对骆明薇的了解，绝非只是讨厌她在背后安排这么简单。

太阳穴突突突地跳，她忽然有不太好的预感。

骆明薇被王晴几句话堵回来，气得不行，马上打电话给阿莫，让他想办法约苏颖出来见面。阿莫很快回了电话过来，说苏颖约她在嘉华的咖啡吧见面。骆明薇匆匆向学校请了假，打了车直奔嘉华而去，等了快半个小时苏颖才姗姗而来。

骆明薇没时间假客套，索性开门见山："是不是王晴找过你？如果是的话，那不好意思，我拒绝！"

苏颖不急不恼，从包里拿出一个信封递给骆明薇："你看看这个。"骆明薇打开，里面是几张她的照片。

显然是偷拍的。在青藤的教学楼前，她和陈昊、汝嘉还有叶晟熙并肩而行。照片上她正在笑，夜风吹得她的长发飞扬。

"干吗偷拍我？这头发都乱成鸡窝了！"她气恼。

苏颖不禁莞尔："你不觉得，自己的表情很生动吗？"

有吗？骆明薇仔细看了几眼，生动吗？她并没有太大的感觉，只是觉得照片拍得不太好看。从这个角度看，她的鼻子显得不够挺，眼睛也不够大……可是她看着看着照片，自己都没有察觉到，嘴角已微微地上扬。

她想起那天自己好像是跟叶晟熙斗了几句嘴，具体的内容现在已经想不起来，可回想起来耳根子还是一阵一阵地发烫。

就是这个表情！苏颖在心里一阵感叹，这就是她要找的，最生动的脸。

"我自作主张，把你这几张照片放进了备选的照片里。这件事跟王晴没有任何关系，也不是我一个人能决定的，最后是编辑部集体讨论投票通过的。一共 21 票，你拿到了 16 票。"

"真的？"骆明薇有点质疑，但亦有些兴奋——说实话，她好像还真没有被人这样认同过，"他们都知道我之前……"

阿莫不是说因为她之前的那些负面新闻，编辑们在犹豫吗？既然这样，何必选她？

苏颖看着骆明薇苦恼的脸，笑着摇头："小明薇，你需要好好地了解你自己。"

骆明薇一怔。

"既然我们选的是'最生动的脸庞'，那么投票的时候唯一的标准就是这个人她是不是'最生动'的，跟别的没有关系。"苏颖侃侃而谈，"当然了，我也承认，要做出最终的决定，确实要考虑到方方面面的因素。对我们来说，你……显然是有风险的。"

可不是嘛！一个被网友们逼着"滚出娱乐圈"的人，要是上了 *Queen* 的封面，很可能会出现"恨屋及乌"的恶性连锁反应。骆明薇不愿意在自己讨厌的人面前露出沮丧的情绪，依旧坐得笔直，可眼睛里还是露出了一点点不甘。

"她还是个孩子呀！"苏颖看着骆明薇强装出来的不在乎，在心里默默地感慨着。可是，这个孩子已经进了这个圈子，那么，她也就没有了软弱的资格。

苏颖收拾好情绪，摆出一副公事公办的面孔，"目前只是一个内部的结果，我们还没有对外公布。"

"什么意思？"骆明薇疑惑地看向苏颖。

苏颖给出的答案有点冷血，但也很现实："我的同事们比较倾向推第二名的白盛芷。"

白盛芷是当下最有话题性的女星。漂亮，有观众缘，戏好。最难得的一点是：她居然没整过容。她上 *Queen* 的封面，会是一个绝对双赢的局面。可要是骆明薇上了，那就前途难料了。

苏颖自己是坚持启用骆明薇的。白盛芷虽然自身带话题性，但用她来做封面，并没有什么出人意料的。这不是普通的一期杂志，而是 12 周年的特刊，启用骆明薇，显然更有爆点。如果运作得好，骆明薇之前的那些负面新闻都可以成为热点。

所谓炒作，难就难在对度的把握。因此她还在犹豫。

放弃骆明薇，启用白盛芷，是最保险的选择，可苏颖从来不是个走保守路线的人。如果不能让这期的特刊大爆热门，于她来说就是失败。

"但是，"说到这里，苏颖顿了一下，看向骆明薇的眼神里满是笃定，"我相信我自己的眼光！"

那眼神里的肯定，让骆明薇一颗飘忽的心渐渐地平静下来。她嘴上说讨厌苏颖，可她心里也承认：苏颖不愧是 *Queen* 杂志的总编，她确实活出了女王的样子。

"真的不是王晴跟你做了什么交易？"骆明薇还是有点小质疑，再次问道。

苏颖笑了："*Queen* 的周年特刊，我还不至于为了卖她的面子而自砸招牌。"

"你之前……不是定了可柔吗？"骆明薇犹豫了一会儿，还是问了出来。她虽然欣喜于时尚女魔头的肯定，可还是要顾及朋友。毕竟，林可柔是她去青藤之后结识的第一个好朋友。

苏颖眉毛微微一挑，显然有点惊讶："我什么时候定过她？是，我是觉得这姑娘底子不错，她也确实是 cover girl 的候选人之一。可我从来没说过她就是 cover girl！"

原来如此，骆明薇忽然有些头疼了。

看来是可柔误会了。现在学校里都在传可柔就是苏颖选中的 cover girl，连老师们都知道了。如今 cover girl 突然变成了她，那可柔的处境岂不是很尴尬？

她又要怎么面对可柔？

骆明薇一向不擅长处理人际关系，面对这种情形，她简直是一个头两个大。

苏颖看出她的犹豫纠结，"怎么，你不想要这个机会？"

骆明薇摇头，这样好的机会，怎么会不想要？"你们能选中我，我很荣幸。其实我很喜欢 Queen。可是，学校里都在传可柔是 cover girl，现在突然变成了这样，可柔怎么办？而且，你也知道，我这种情况，很容易被人误会。"

苏颖点头。

确实。

这个孩子这半年来似乎真的改变了不少，或许王晴将她送进青藤的决定真的是对的。她仔细打量了下骆明薇，一段时间不见，她似乎消瘦了许多，但脸上却有着从前不曾有的光彩，她越看越觉得自己的眼光没错。

"你可要想清楚了，这可是 12 年才有一次的机会。"苏颖平静的口吻里带着一丝善意的冷酷，"骆小姐，人这一辈子，有两件事一定要搞清楚。一是你想要什么，二是你不能放弃什么！"

骆明薇一震，定定地看向苏颖。苏颖点到为止，不再多说什么，微笑着看着骆明薇。

"我会好好考虑的。谢谢。"骆明薇认真地说。

骆明薇一直都是 Queen 的忠实读者，每期杂志都是必买的，只不过因为王晴和苏颖的关系不肯承认罢了。能做 Queen 的 cover girl，简直是梦里也要笑醒的好事，再加上 Queen 的摄影团队是国际顶尖的，每期照片拍得那叫一个高端大气上档次。女孩子嘛，都爱美爱拍照，能拍一辑这样的照片，就算自己欣赏也好啊。

当天 Queen 的官方微博发布了一条微博："筹备一年零三个月，历经近半年的海选，收到了圈内外无数美女的美照……令人期待的'寻找最生动的脸庞'12 周年特刊的 cover girl 票选终于快要出来了！下周，编辑部将会对最后筛选出的 12 个候选人进行最后一轮投票！她会不会是你心目中的那个人选呢？"

一石激起千层浪。

　　"最生动的脸庞"这场海选在开始时是受到了无数关注的，但经过近半年的时间，圈里的八卦也由满天下变得慢慢地消停了，渐渐地关注度就低了，如今忽然到了要宣布结果的时候，自然又掀起一股讨论热潮。

　　"肯定是我们家欢欢！"

　　"认为是周倩雅的赞我！"

　　一时间，各家粉丝纷纷猜测，皆在官博下面刷起了存在感。"寻找最生动的脸庞"这个话题，短短一个小时内重新登上了热门话题榜 TOP1。

　　骆明薇不得不佩服 Queen 的营销手段。

　　票选的结果明明已经出来了，可他们偏偏不透露，还说是下周才进行票选。这是要先挑起观众的神经，吊足观众的胃口，赚足眼球。"她会不会是你心目中的那个人选呢？"当然不是！这个世界上，恐怕没有任何一个人把"骆明薇"三个字和这件事联系起来。

　　到时候结果一公布，又将掀起一番议论。

　　恐怕这接下来的一个多月，Queen 都将牢牢占据话题榜榜首了。

　　骆明薇看着那条微博，心里不知道是什么滋味。

　　"唉！"骆明薇坐在练习室的后门边上，纠结地发出了第 1001 次叹息。旁边的陈昊只觉得青筋暴跳，非常之抓狂，"大姐，从你昨天回来到现在，你都叹气一万遍了。你倒是给句痛快话啊！去就去，不去拉倒。再唉声叹气的，我就弄死你！"

　　"我当然想去了！这可是 Queen12 周年特刊！12 年才有一次的机会！可是，可柔怎么办啊？我怎么跟她说啊？"想到这里，骆明薇又是一声叹息。

　　"全力以赴才是对对手最大的尊重！"陈昊的回答干净利索，骆明薇顿时就豁然开朗了。是啊，她全力以赴才是对林可柔这个朋友和对手最大的尊重。再者，她来青藤接受这魔鬼般的训练，不就是为了有朝一日能够凭借自己的实力得到圈内以及观众们的认同吗？既然机会来了，为什么要白白拱手让人？

　　没错！

　　骆明薇燃起了熊熊斗志，双手握拳腾地站了起来。

　　后门在这个时候被推开。

叶晟熙和周汝嘉一前一后地进来。

"你们两个这是在偷懒？"周汝嘉从叶晟熙身后探出脑袋，"明薇，你干吗呢？"

骆明薇嗖地坐回凳子上，一手撑住额头，摆出一副思考人生的架势，心里却有个小人在疯狂地吐自己的槽。刚才那个中二少女的模样，不会被叶晟熙看到了吧？为什么总是让他看见不该看见的事情？哎，不对，为什么他不该看见？他看见了又怎么了？自己又没干什么奇怪的事？

叶晟熙看着骆明薇故作深沉的样子，嘴角边扯起了一个小小的弧度。

陈昊没好气："我在这儿兼职心理辅导呢。"

周汝嘉好奇："辅导谁？明薇吗？你怎么了明薇？"

三人齐刷刷地看向骆明薇。

骆明薇极力做出一副云淡风轻的样子，嘴角却控制不住地往上扬，"嗯，有这么个事。那个*Queen*不是在选'最生动的脸庞'吗？好像定下来了，是我。"说话的时候，她控制不住地偷偷去观察叶晟熙的反应。他会替她高兴吗？还是，他会替可柔感到不平？

叶晟熙把骆明薇的小动作全都看在了眼里，向来冷漠的脸上也浮起了淡淡的笑纹，嘴角止不住地上扬。他当然替骆明薇高兴。在他眼里，骆明薇虽然不如林可柔长得精致，可她胜在真实和鲜活，她总是能轻易地牵动着他的情绪。就像现在，虽然嘴上不会承认，可叶晟熙确实很高兴她在意他的反应。

果然，他们俩是互相在乎的。周汝嘉把一切都看在眼里，心里涌上淡淡的失落和无力感。别的争不过那家伙也就罢了，连这种事他都要压自己一头吗？不过，眼下不是失落的时候，骆明薇此时正竖着耳朵等他的恭喜呢，都快等得不耐烦了。

周汝嘉马上绽开一个灿烂的笑容，"太好了，恭喜你啊明薇。"

骆明薇摆摆手，努力控制好面部表情，以使自己看起来不那么得意忘形："好说好说，多大点事啊！"

陈昊很不文雅地翻了个白眼。周汝嘉实在忍不住，扑哧一声笑了出来："大小姐，这可是多少人挤破头都抢不到的机会。您倒好，还多大点事？"

骆明薇仰起下巴，"他们选中我，那说明他们的眼光还算正常。大家都正常发挥嘛，有什么大不了的。"

叶晟熙看骆明薇眼睛瞟啊瞟啊的，眼光一直在他脸上打转，满脸写着"快夸我呀快夸我呀"，就忍不住想笑，"是，一出声就动，确实挺生动的。可惜啊，Queen 是平面杂志，恐怕不够你施展的。"

这下连陈昊也笑出声："叶晟熙，我以前还没发现，你说话怎么这么损呢！"

骆明薇鼻子都快气歪了："那也比你这个面瘫强！"说着，腾地站起来，抬腿就往外走，走了两步又杀回来，冲到叶晟熙面前，恶狠狠地瞪着他："面部肌肉不协调，这是病，得治！"说完，就杀气腾腾地走了。

周汝嘉拿胳膊肘顶了叶晟熙一下："她正在兴头上，你干吗逗她呀？瞧把她给气的。"

叶晟熙笑笑，没说话，走到窗前的钢琴前坐下。

骆明薇气冲冲地下了楼，连走路都带着杀气。叶晟熙真是太过分了！恶毒又不是男神的标配，说句好听的话能掉颜值吗？什么？不够我施展的？这不是在讽刺我胖吗？骆明薇蓦地想起了当初她把叶晟熙的手腕压断之后，叶晟熙说过的话："如果我是你，我会先认真检讨一下自己的体重。"啊啊啊！骆明薇简直想仰天大叫。我已经瘦了好几斤了好吗？哼！你叶晟熙倒是瘦，有本事找朵花在上面跳舞啊！骆明薇在脑子里脑补叶晟熙花上起舞的醉人场景，又忍不住乐了。算了，不跟他一般见识了，还是想想怎么跟可柔解释吧。想到这里，骆明薇又垮下了脸，无精打采地走了。

叶晟熙坐在窗前，正好把楼下骆明薇一系列的反应全都看在了眼里，嘴角再次有了上扬的趋势。她可比林可柔生动多了。Queen 杂志这个决定，确实英明。

"晟熙晟熙，"黄靖轩扯着大嗓门跑过来，堆出一脸真诚的笑容，"弹首曲子呗！给我们提提神。"

"好啊！"叶晟熙痛快地答应了。

黄靖轩倒是愣了，他还以为要磨很久呢。叶晟熙可向来不是个好商量的人哪！

欢快的曲子如行云流水一般地流淌出来，练习室里的人都愣住了。《今天是个好日子》？这，真的是高冷男神叶晟熙弹的吗？太玄幻了。

他好像心情不错。陈昊看着叶晟熙的背影，脑子里突然闪过了什么。原来是这样啊！骆明薇，你运气不错哟。

练习室外的走廊上，林可柔咬着嘴唇靠在墙上，身子微微有些发抖。刚才骆明薇他们的对话她全都听见了，她当时就蒙了，连向骆明薇求证的勇气都没有了。骆明薇从练习室出来的时候，林可柔觉得难堪，下意识就躲开了。骆明薇光顾着生气，压根就没发现她。现在走廊上只有林可柔一个人，没有人发现她的绝望，也无人围观她的悲凉，可林可柔只觉得无比的难堪和愤怒。为什么会这样？不是定了她吗？怎么突然又变成了骆明薇？自己付出了超过骆明薇一百倍的努力，却只换来了这样一个轻易被取代的结果。凭什么？就因为骆明薇比她会投胎吗？而更让林可柔难堪的是：她期待了那么久，连做梦都在想着拍封面的时候怎么笑，杂志上市以后怎么应付记者的采访，结果，她连被别人正式通知她没入选的资格都没有！没有人来告诉她结果，那个笑眯眯看着她的苏颖、对她寄予厚望的校长，都像忘了她这个人一样，不在意她的感受，不关心她会多尴尬。她成了一个彻头彻尾的笑话！还有叶晟熙，她被苏颖"看上"的时候，他一点反应都没有。可现在，他竟然高兴得像个白痴一样！今天是个好日子？林可柔心里涌上了一股疯狂的恨意。骆明薇，你不让我好过，那我也不会让你过舒坦了！

"寻找最生动的脸庞"结果即将揭晓，这件事在网上持续热议了好几天。网友们的好奇心被吊足了，就跟一只猫尾巴在挠痒痒似的。最大的八卦论坛海角论坛也为这件事盖了好几栋高楼，网友们纷纷猜测 *Queen* 12 周年的封面会花落谁家。

这天，海角论坛的八卦版飘上了一个帖子：《无关演技，颜狗来 818 娱乐圈里那些耐看的不耐看的小花们》。

说实话，作为国内最大的八卦论坛之一，这种标题的帖子差不多是月经帖了，每个月不来个十个八个的，都不正常。最初的时候各家粉丝和吃瓜路人们都还有兴趣撕一撕，到最后扒来扒去就那么几个人，大家都觉得无趣，看帖的人也就越来越少了。

然而这个帖子却不太一样，它最不一样的看点就是，居然把骆明薇列在了"耐看"的候选人里。

骆明薇自己看到这个帖子的时候，都觉得有点不可思议。虽然她出道多年，但从来没有爆红过，没什么存在感，八卦论坛里很少会看见自己的名字，何况是这种比美帖，更何况是被列在了"耐看"的行列里。

楼主在主楼先抛出这个结论，甚至还没开始发图，网友们就开始攻击了。

"楼主就一个长期欢黑，说我家欢欢不耐看，我就当你是个人审美问题算了，居然说骆明薇耐看？你这已经不是审美有问题，而是瞎了。"

"看了主楼就知道此帖已终结，右上角出帖。"

"就她那玻尿酸过量的演技，居然还好意思出来蹦跶，怎么这么快就忘记去年被网友打成落水狗的惨状了吗？"

……

一开始的言论，几乎是一面倒地反对"骆明薇耐看"，但很快，当楼主放出一张张骆明薇的照片的时候，跟帖的人里开始出现了不一样声音。

"这张好像看起来还不错。"说的是一张骆明薇在机场的街拍图。

这个言论得到了一部分的赞同。"这几张私服看起来还蛮水灵的嘛，比她拍的那些硬照好看多了。"

"恕我眼拙，看不出哪里不一样。再说，一个演员的本分就是演戏，私服再好看品位再高，戏演得不好也是白搭。"有人依然坚持。

但很快也有人回复反驳他："进帖之前不能先看看标题吗？说了与演技无关只看颜。反正这波我服气，黑转路。"

就这样，双方各执己见，在论坛里争吵起来。不到半天，帖子居然已经盖了两千多楼。对于这种在海角论坛已经泛滥了的主题，能够有这个热度已经算是非常难得。版主也看出他飘红的趋势，迅速把帖子放上了图文头条。

这一下，关注度更高了。

几乎所有的八卦版民都关注到了这个帖子，个个抢着发表自己的看法。原本是一个评论圈内女演员的帖子，一下子变成了骆明薇的个人帖。紧接着，就有微博的营销大 V 把帖子搬到了微博，这一下阅读量更是猛增，一场关于骆明薇究竟是"耐看"还是"不耐看"的大讨论，就此轰轰烈烈地拉开了序幕。

骆明薇几张机场街拍图迅速在网上流传开来。吃瓜群众忽然发现，抛开演技不讲，这个骆明薇纯看脸的话还是长得挺好看的，私底下穿衣风格也很有品位。只要不看她演戏，平常的这些红毯照啊私服照啊，还是挺养眼的嘛。

虽然还是有一部分网友——大多数是沈亦枫和张子琪的粉丝——坚持己见，认为骆明薇现在这个样子绝对是整过容换过头的，所以演戏的时候才不能做表情，导致演啥都像块木头，

双方不断地争吵辩论，把这个话题推上了热门榜。

骆明薇有点蒙，自己好端端地在青藤上着课，什么也没做，怎么忽然又成了靶子？她简直都要怀疑自己是不是不小心得罪了哪路大神，这才时不时被拎出来攻击一番。这也就罢了，她已经通过上次的事锤炼出一颗强大的心脏，倒不怎么在乎网友们的围攻，只是，她担心 Queen 那边会被这次的事件左右判断。万一他们觉得她太过招黑，不愿意用她了，那岂不是太悲催了？不战而败什么的最憋屈了。还有，她还是不知道该怎么跟林可柔开口。

骆明薇苦着脸望向不远处正在认真训练的林可柔。

这两天，关于她耐不耐看的讨论一直火爆，另一条帖子也飘在海角论坛的头条上下不来。一个自称是 Queen 的工作人员的神秘人爆料，这次票选的结果不是目前他所看到的网友们猜测的人选中的任何一个，"绝对是出乎你们意料的一个人。"

对方的爆料点到为止，又大大地吊了一番网友的胃口，"到底是谁啊，太好奇了！"

然而接下来，这个爆料人的爆料却让她有些看不懂了。

"再爆一点，这次拿了第一名的不是线上的明星。"这点倒也还算符合她现在暂退娱乐圈的状态："是个学生，"这也没错；"是个大美人！"呃，

虽然她知道自己长得挺漂亮的，可是要说是大美人，好像还差那么一点吧？

但不管怎样，这一次又一次的所谓"爆料"，让 *Queen* 周年特刊的 cover girl 评选被推至一个前所未有、令人瞩目的高度，连续一个星期牢牢占据话题榜的 TOP1。

所有人都对这个神秘的 cover girl 充满了兴趣，竟然能够打败目前线上一票漂亮的女明星而夺得榜首？粉丝们都铆足了劲，想看看这个大美人到底是怎么个"美"法，是否真的能把自己的偶像比下去。

如果不能的话……他们已经做好了战斗的准备。

网络上就这么热热闹闹地吵了两天，忽然又有人开帖："大家别瞎猜了，这次 *Queen* 出了最烂的一招。答案是一个三个字的女星，L 开头的，前段时间刚刚闹出丑闻，现在等于半退出娱乐圈了。什么大美人，木头人还差不多。"

当骆明薇看到这条爆料的时候，帖子底下已经有人把她猜出来了。

骆明薇按住心口，深吸了口气。她知道，她面对的将是一场狂风暴雨。

果然，有人在海角论坛上爆料，*Queen* "寻找最生动的脸庞"的票选结果竟然是骆明薇，这件事情在微博上掀起了轩然大波。

爆料人指名道姓，可信度相当高。

"老司机"事件过去还不到半年，骆明薇被扒出的那些真真假假的黑料网民们可都还历历在目呢。尤其是沈亦枫的粉丝，这下就跟打了鸡血一样，涌到 *Queen* 的微博下面留言，要求换掉骆明薇。

"就她那张脸，还最生动？编辑们，你们的眼睛是被钱糊了吧，知道生动两个字怎么写吗？"下面附了一长串骆明薇往日拍的电影截图。

"骆大小姐还真是够敢往自己的脸上贴金的，真当我们观众是瞎啊？"

"用骆明薇做封面，*Queen* 这是自砸招牌啊！如果是真的，我不会再买 *Queen*！"

还不到 24 小时，不论是 *Queen* 的官方微博，还是骆明薇的个人微博，留言都迅速突破了十万。

之前盛传要上封面的几家女明星的粉丝们，原本在微博上撕得你死我活，这一下调转枪头一致对外。

"你们这是在寻找最令人生气的脸吧？［呕吐］"

"抱走我们家盛芷，心疼。这种 Low 逼格的杂志我们不稀罕。［再见］［再见］［再见］"

"大美人？美在哪里？美在她干爹的人民币吗？"还有人选择性失明，坚持称她背后有"干爹"。

全都是不堪入目的嘲笑、讽刺和谩骂。

偶尔有一两条不同的声音，也迅速被淹没了。

这个消息于青藤，更无异于扔下了一颗重磅炸弹。

原本在众人眼里已经是板上钉钉的事情，连董事长都做了表示，到头来居然闹了这样大的一个乌龙，怎么不叫人惊掉下巴？

更关键的是，挤掉林可柔成为 cover girl 的，居然是骆明薇！实力出众、无人超越的林可柔，居然被倒数第一的骆明薇打败了？

WT？！

陈丽丽的反应最激烈，直接当着全班同学的面就质问骆明薇，骂她手段卑劣，抢了林可柔的封面："知道你骆大小姐财能通神，一开始就走后门插班到青藤，现在更是明目张胆地抢别人的。骆明薇，你要不要脸？！"

"我骆明薇想要上一个杂志封面，还用得着抢？！票是 Queen 的编辑投的，我凭的是实力。"骆明薇竭力压住自己的怒火。

众人的目光意味深长：看来海角论坛上的爆料是真的。官方的结果都还没正式宣布，显然骆明薇已经知道了结果。这不是走后门是什么？

"实力？"有人冷笑，"骆明薇，你别装了，我们知道你和苏颖早就认识。那天下课后在走廊，她那么亲热地叫你明薇，大家都听见了。其实在这个圈子里，靠关系走后门也是稀松平常的事，最让人反感的是又当又立。"

"大家别这样！"黄靖轩抹了抹额头上的汗，站出来打圆场，"我相信明薇，她不会的……"

"那班长你是不信可柔咯？"

"……"脑门上又是一滴冷汗，黄靖轩连忙辩驳，"我不是那个意思……"

"你别忘了，她可是有前科的。"

"你也有挂科的前科，那你就一辈子毕不了业，进不了娱乐圈吗？"正闹哄哄的时候，一个冷冷的声音插了进来。所有人回头看过去，不由得愣住了。居然是叶晟熙。

叶晟熙大步走过来，一把把骆明薇拽到了身后，冷冷看着这些突然间变得陌生的同学："自己得不到，就不能接受别人得到吗？"

骆明薇的心一下子就暖了。还好，他还愿意挡在自己前面。

周汝嘉跟在叶晟熙身后走过来，一只手搭在骆明薇肩膀上，笑眯眯地说："反正都是咱们班的，谁上都是咱们班的光荣嘛！你说是不是啊班长？"

黄靖轩使劲点头："是是是，都是咱们班的光荣……"

陈丽丽不乐意了，冲着叶晟熙开了火："叶晟熙你怎么胳膊肘往外拐？你对得起可柔吗？"

叶晟熙瞟了陈丽丽一眼，陈丽丽被他冷冰冰的眼神冻得有点心虚，立马闭了嘴。

叶晟熙看着陈丽丽，不紧不慢地开了口："这个 cover girl 是从什么时候开始海选的？"

陈丽丽不明白他什么意思，但还是老老实实地回答了："去年年底。"

"骆明薇要是真想走后门，为什么不早点去走，非得等到被人泼了一身脏水再去找？她这么做有什么好处？"叶晟熙又问了陈丽丽一个问题。

这下陈丽丽被问住了。是啊，貌似有点说不通。

叶晟熙嘴角浮起一缕嘲讽的笑意，语气淡淡的，却莫名地让人觉得很有压力："说话做事用点脑子，别让人当枪使。"

陈丽丽，还有在场的所有同学都听明白了。叶晟熙不会是在说林可柔吧？他们俩不是一对吗？

这时候，在门口站了好一会儿的林可柔走过来了。她脸色有点发白，看起来格外楚楚动人。

"大家都散了吧，这件事本来就是个误会。不关明薇的事。"林可柔低着头，声音很轻说道。

林可柔走过来以后，骆明薇一直在紧张地盯着她看。她不在乎陈丽丽等人怎么看她，可林可柔是她的好朋友，她不希望她们之间留下什么心结。

"可柔，我没抢你的封面，你相信我。"骆明薇不忍说出全部的事实，那样对林可柔似乎太残忍了。可是，她必须要澄清一点：她真的没有走后门。

"嗯，我相信你。"林可柔虚弱地对骆明薇笑笑，转身离开了教室。其他人见当事人走了，也都讪讪地散开了。

骆明薇以为吃瓜群众都是很健忘的，可能过不了几天大家就忘了她了。可是很显然，她低估了大家对这件事的热衷。

第二天中午，一个名不见经传的八卦小 V 推送了一条长微博——《劲爆内幕！骆明薇拿下 Queen 封面女郎背后居然有这样的故事》。

因为这个营销号不够大，一开始关注的人并不多，但被一次又一次转发出去之后，引起了一些大 V 的注意与转发，阅读量瞬间飙升。

骆明薇插班进入青藤，被同学排斥，只有林可柔愿意和她做朋友。然而她为了上位，不惜背后捅了自己的朋友一刀……林可柔如何在课后被 Queen 总编钦定为封面女郎，又如何临门一脚被骆明薇截胡。长微博图文并茂，情节跌宕起伏，犹如一篇狗血娱乐圈小说。

原本在攻击骆明薇的那些沈亦枫和女明星们的粉丝群情激愤——原来这个骆明薇被逼得退出娱乐圈去进修上学了，可惜在学校里还是不知悔改呢！之前是为了博眼球出卖沈亦枫，捏造他和张子琪的恋情，现在又为了抢一个封面女郎，背后捅同学一刀，果然是江山易改，本性难移啊！

之前的爆料说选中的 cover girl 是个大美人，没错啊，这个林可柔确实是个大美人！

于是这个爆料的可信度更高了。

"青藤怎么会招这种货色，简直拉低自己的档次。"

紧接着又有几个微信朋友圈截图流出来，截图被打了马赛克，但据说是青藤的学生。"这下我们青藤要彻底在大众视线里出名了。话说回来，我支持骆明薇滚出青藤。上课的时候看她跳舞那个丑样，我简直都要笑死了，害我都不能好好练习！"

下面几个回复纷纷表示支持。

"我高中同学也在青藤，据他说骆明薇这个人很傲慢的，从来不跟人打招呼。为了自己单独住一间宿舍，还半夜让自己的助理把室友的行李扔出门，让室友在走廊里睡了一夜！"

"我的天，太霸道了吧？真够恶心的！"

陈昊对此表示很郁闷，她什么时候半夜被扔出去睡在走廊里过了？

网络上半真半假的信息一下子刷了屏。

骆亚宁把手机狠狠摔在桌上，"这些都是什么东西？"他工作忙，每天都辗转在不同城市，上网也只关注财经新闻，很少关心娱乐圈。因此直到青藤的校长找上门来，才知道这几天都发生了些什么。

"学校方面当然不相信网络上那些谣言，但时下这样的情景，让令嫒暂时休学对她来说未尝不是件好事。观众并不在乎真相如何，他们不过是要一个情感的宣泄口。遇上这种事，越澄清反而越会带来反效果，不如冷处理，过上个把月，大家就都忘了。"校长的话讲得很客气。

"这件事说来话长。"王晴也觉得头疼。

"这个苏颖在搞什么鬼？之前的那些炒作都是怎么回事？她想要卖杂志要销量，拿我女儿去牺牲？她那家杂志的总公司可还有求于我在先，这件事不搞定，什么都免谈！"

王晴耐着性子解释："我已经约她过来当面了解情况，她马上就到了。"

话音刚落，秘书就拨进内线电话，告诉骆亚宁："*Queen* 的总编苏颖到了。"

"让她进来。"骆亚宁挂掉电话，"我倒要看看，她能给我一个多么合理的解释。"

"确实有我授意炒作的成分，不过也不完全是。"苏颖显然是有备而来，开门见山地解释，"那篇说明薇走后门抢了别人封面的帖子和论坛里指名道姓曝光的帖子，都跟我无关。"

"什么意思？幕后黑手另有其人？华娱？"

苏颖轻蔑一笑："一个无关紧要的人。不过也幸好是这个帖子，让编辑部最终点了头，正式对外宣布票选结果。"

那个讨论骆明薇是否耐看的帖子，是苏颖一手安排在网上试水的。

虽然她非常看好骆明薇，但毕竟骆明薇身上有沈亦枫那件事的负面影响在，她不敢肯定，贸然启用骆明薇是否会给杂志带来负面的影响。一本杂志的成功，是无数人多少年日夜拼搏而来的，可要毁掉它，有时候只需要一个错误的封面。

其实放弃骆明薇是最保险的做法，但她始终不甘心，因此才安排了那个帖子，把骆明薇放进了一票女演员里去讨论，就是想看看当下网友们对骆明薇的看法。

显然，结果让她坚定了信心。

她相信，只要运作得当，骆明薇身上的话题性足以让这一期特刊得到前所未有的关注。原本也打算安排人在论坛里发帖造势，可没想到后来被人捷足先登，自称是工作人员爆料。

一开始她不明白对方的用意，只是以静制动。直到对方直接用"'L'开头""暂退娱乐圈"这样明显的字眼曝出了骆明薇。

这是她始料未及的。知道这个结果的除了骆明薇和王晴几个，只有杂志社的人。当时她以为杂志社出了内鬼，着手调查，结果却有意外的收获。

发出那个帖子和后来曝光骆明薇抢别人封面的背后推手，都是同一个人，林可柔。

骆亚宁懒得管这些细节："我对你们的什么票选没有兴趣。我可告诉你，你们总公司跟亚宁有几十个亿的生意在谈，如果明薇因为这件事受到哪怕一丁点儿的伤害，我们的一切合作都立刻中止！"

苏颖有些意外。

她只是负责 *Queen* 的营运，总公司和亚宁的合作并不知情。但如果因此得罪了骆亚宁而导致合作失败，总公司那边肯定会怪罪于她。

苏颖稳了稳神，从容说道："抱歉，骆总。"早知道亚宁集团和总公司有合作，就算骆明薇再优秀，她都不想惹这个麻烦。但现在麻烦已经惹上了，她必须想办法解决。"这件事是我欠考虑，但我真的是很看好令嫒。*Queen* 的封面或许您看不上，但我不谦虚地说一句，对她绝对是一个大好的机会。"

"大好的机会？现在网络上已经骂声一片！学校也要求让她休学！"骆亚宁怒道，"休什么学？我看干脆退学吧！反正我一开始就不支持她去读什么艺校。"转头对王晴说，"你马上给她办好手续，送她到英国去留学。"

"你自己的女儿你不了解？她肯定不会答应。"王晴反对。

"不答应？打晕了也要把她送上飞机！"

王晴叹了口气。

父女俩都是这样的脾气，叫她怎么放心走？

"明薇她之所以要去青藤进修，无非就是想证明自己的实力。现在她好不容易靠自己证明了一次，你这个做父亲的不帮她，还要在这个时候把她送走？！"王晴耐着性子劝，"再说，她已经满十八岁，你就算把她打晕送去，她自己也能回来。"她更加耐心起来，"我知道你是为了她好，但是……你能护她一辈子吗？"

"她是我唯一的女儿，我当然应该护她一辈子，而且我也有这个能力保护她一辈子！"话虽这么说，可他心里怎么会不明白王晴的真正用意。

世上所有的爱都是为了相聚，唯有父母的爱是为了别离。

她不是骆明薇的母亲，但她对骆明薇的感情除了母爱却也找不出其他更合适的词来形容。她放心不下，所以希望能够在自己离开以前，让骆明薇尽快地成长，学会独立，学会如何自我保护。

最终，他再一次选择妥协。

"行，这件事就交给你们处理。别的我都可以不管，但我不能让明薇受到伤害。否则，我们之间的合作一切免谈。你最好掂量清楚这其中的分量。"骆亚宁看着苏颖，话中的警告意味很明显。

苏颖自若一笑："骆总放心，不管是为了亚宁集团和总公司的生意，还是为了我自己的杂志，我都会尽最大的努力把这件事情处理好。"

从亚宁集团出来，苏颖只觉得一个头两个大。现在封面这件事，不仅涉及今年 Queen 的销售业绩，更有可能影响到她在老板心中的地位。如今网上的舆论对骆明薇很不利，究竟要怎样才能扭转目前的局面呢？

或者，干脆真的就放弃骆明薇？那之前做出的种种努力都要付诸东流？

苏颖的目光落在亚宁大厦对面广场的广告牌上，是 Mr.Bean 咖啡店的广告。她忽然下了决心，当即打电话回去："June，马上在官博宣布，Queen12 周年特刊的 cover girl，就决定是骆明薇。"

Queen 官方终于公布了"寻找最生动的脸庞"的票选结果，果然是骆明薇。

一时间，舆论哗然。

才过了半年的安静日子，骆明薇再次被推到舆论的风口浪尖上去。

更有甚者，甚至冲到青藤学院网站下的论坛洗版，疯狂辱骂骆明薇，还质疑青藤学院招生的公正性，学校网站的服务器一度瘫痪。

青藤学院迅速被推至公众的视线之内，任何一点关于青藤的新闻都能够成为热点。此外，不少人还夹带私货浑水摸鱼，在网络上散播一系列不实的消息，除了攻击青藤之外，亦有一些关于青藤其他学生的绯闻谣言。

恰逢一年一度的电影金枫奖颁奖典礼，红毯上几位青藤毕业的明星都免不了被记者提问对这件事的看法，几位校友当然都纷纷表示支持母校。

"青藤的校训一直都是'尊师重道，薪火相传，至真至美'，我相信对这件事校方会有一个公平合理的处理。"一直被视为青藤学院"大师兄"的影帝卓继尧接受采访的时候这样说。

很快新闻的标题就出来了——《卓继尧就 Queen 封面之争接受采访：青藤应当给出一个公平合理的处理》。

不过是字句的变动，意思却发生了变化。网友们纷纷转发表示，你看，青藤的大师兄都发表意见了，校方什么时候给我们一个满意的答复？

步步紧逼，誓要青藤官方给一个说法才肯罢休。

骆明薇在学校里的处境更加为难。

青藤的学生将来都是要进入娱乐圈的，现在任何一丝负面的新闻，在他们成名之后都有可能被扒出来成为污点。如果说 cover girl 之争只是骆明薇和林可柔两个人之间的事，尚有人置身事外看热闹，但如今舆论的发酵已经波及了学校的任何一个学生。

"就是因为你，现在学校才被人攻击，还有人在外面发布各种假消息黑学校，顺带也连累了我们！"他们言辞激烈，"你和可柔的事情我们不想掺和，不过麻烦你尽快解决这件事，不要给学校抹黑！"

"干脆退学吧，反正你根本不适合这里！以你这样的水平，还是先上几年私教课，把基础练好了再说。"

"简直是一颗老鼠屎。"

即便网络上有声音表示相信骆明薇，骆明薇也明白，舆论发展到这个地步，真相如何已经没有任何人关心了。即便 Queen 杂志发表公开声明，亦会被网友认为是维护骆明薇的谎言，绝对是有"内幕"。

他们已经给她定了罪，要的只是她接受裁决。

似乎只有她公开认错并且从青藤退学，才能平息这番舆论的怒火。

夜晚。

陈昊在弹吉他，骆明薇躺在沙发上，抱着她的抱枕发呆。

网络上那些铺天盖地的谩骂，她已经懒得去看。

其实出道这么多年，每一次拍新片她都会全力以赴，尽自己最大的能力希望能够打个漂亮的翻身仗，可结果却是一次又一次的失望。这次，如果是苏颖看走眼了呢？她真的比可柔更合适吗？

骆明薇不是承受不起失败，但这一次事情闹得这么大，几百万双眼睛都盯着她，哪怕一点点瑕疵都会被拿来挖苦嘲笑。甚至还有一些激愤的网友发起了抵制 Queen 的话题。

她招谁惹谁了？怎么就没有人肯相信她呢？越想越是头痛欲裂。骆明薇翻了个身，望着天花板长长地叹气。

陈昊正在弹吉他，轻轻柔柔的乐曲让骆明薇烦躁的心情暂时平静了下来。

外界的纷纷扰扰都暂时离去。

唉。

"如果今天晚上能爆出个大新闻就好了。"骆明薇异想天开。娱乐圈的新闻，来得快去得也快，假如真的能爆出一个劲爆新闻压过这件事，她的压力会小很多吧?

另一边的男生宿舍。

叶晟熙站在阳台的窗边打电话，窗外是漆黑的夜和不远处的女生宿舍。

"是，我决定了……对，不客气，大家各取所需而已，具体的明天见面再谈。好……再见。"

他挂了电话。

窗外，微亮的星光与月色映着他的脸庞。

Chapter 06 / 她不能输

骆明薇从没想过，自己许愿还能有这么灵验的一天。

当她第二天一早睡醒，摸过床头的手机，看到几个 APP 推送的新闻，原本睡眼惺忪的双眼一下子瞪大——"陈昊！"她尖叫，吓得还在梦中的陈昊一下子惊醒了。

《Albert.Y 神秘身份终曝光！看着这张脸，小编只想说这个老公我先抱走了》。

这条新闻是早上 8 点推送出来的。骆明薇只粗粗扫了几眼，一颗心就迅速往下沉去。

完了，叶晟熙的身份被曝光了。

第一个发布的是微博官方八卦号。骆明薇知道，这个官方八卦号和精诚文化向来有合作，而精诚文化正是叶晟熙最近在为之作插曲的李敬导演的那部新片的投资方。

新闻里特意配了一张叶晟熙的照片，并且再次强调了他将为李敬导演的新戏作曲的事。很显然，这绝对是精诚文化的一次炒作。

骆明薇看到的时候，这条新闻已经被各大网站转载在头条。

"精诚文化太卑鄙了！"她在音乐教室找到叶晟熙，气愤道，"明明你和李导约定在先，不能泄露你的身份，他们这么大的公司居然出尔反尔？！他们这是违约，你完全可以马上中止合作并且要求他们赔偿损失！"

"其实……"叶晟熙说。

"别怕，虽然精诚文化财大气粗，但我们也不是好惹的！"骆明薇鼓励他。

"其实是我……"

"我可以给你介绍律师，我现在就给他打电话，先帮你出一封律师函！"骆明薇拿出手机就要打电话。

叶晟熙轻声说："这个新闻是我同意发的。"

骆明薇正要打出电话的手停住："什么？"

呃，她是不是听错了？

叶晟熙解释："我说，这个新闻是经过我同意之后才发出的。照片也是我自己提供的。"

骆明薇愣了："为什么？"

自从知道叶晟熙就是 Albert.Y 之后，骆明薇曾经有一次假装随口提起，问他为什么要保持神秘。

当时叶晟熙的回答很臭屁，骆明薇险些呕出一口血来："我怕他们太过于关注我的脸而忽略了我的歌。"

后来是周汝嘉向她解释，叶晟熙不愿意过早曝光是为了专心写歌，而不用去应付一些乱七八糟的新闻。"在这个看脸的年代，长得太帅也是一种负担啊。"周汝嘉感慨，"尤其是男生，长得太好看总给人一种华而不实的感觉。我也深受其扰。"

骆明薇再次呕血。

不过，她确确实实知道，叶晟熙是不希望自己的身份被曝光的。也因此，他 Albert.Y 的身份，在学校里仅有少数的几个人知道。

"是因为最近周寅豪的负面新闻？"她问。

周寅豪担任李导那部新片的男主角，是一个当红小生兼歌手，前不久被连续爆出几件负面新闻，人气大跌。所以，为了救场挽回形象，特意曝出叶晟熙的身份？

看着骆明薇着急的样子，叶晟熙笑了："你猜。"

骆明薇更急了："大哥，现在是装镇定耍帅的时候吗？你不是一直想做个低调的创作才子吗？这事一出，你肯定低调不起来了。你怎么就不知道着急呢？"

叶晟熙看着骆明薇着急的脸，很想说："你着急了，我就不着急了。"可这样的"酸话"，他实在说不出口。因此，话到嘴边，又换成了另外一句："无所谓，反正早晚都要知道的。"

骆明薇想了想，话是这么说没错，可看着新闻下面那么多女人纷纷花痴叶晟熙的颜，她怎么有一种自家的白菜被人挖了的感觉呢？

骆明薇很快就发现，这个新闻对于她来说是一件大大的好事。

Albert.Y的真实身份这几年来一直都为人津津乐道，各种版本的猜测无数，可没有一个有确实证据的。这次突然的曝光，无疑在圈子里掀起了轩然大波。

精诚文化的宣传部门一向实力雄厚，这次为了压下周寅豪负面新闻给影片带来的负面影响，更是使出了浑身解数。一时之间，各大娱乐媒体和网站的头条全部都是关于叶晟熙的新闻。那张俊美的脸，一下子刷了屏。

影片官博趁机推出电影插曲Demo（样本唱片），短短几小时已经冲上了音乐网站当日点播排行榜榜首。

而前几天还是话题榜第一的骆明薇，一下子被刷得不见了踪影。

青藤学生们的话题也一下子转了。

原来网络上很红的那个原创歌手Albert.Y就是叶晟熙啊！这真是太劲爆了！虽然之前听Y的声线，已经有不少人在偷偷揣测，但现在被证实，那种感觉还是不一样。

天才就是天才，不愧是叶晟熙啊！

更好的消息是，原本因为承受不住压力而劝骆明薇暂时休学的校方也改变了态度。校长特意叫她去办公室，表示董事会跟 *Queen* 沟通过之后相信骆明薇是无辜的，取消劝其休学的决定。

一切仿佛都好像雨过天晴了。

"太神奇了！"骆明薇晃着脑袋，满脸欣喜，"就好像对着阿拉丁神灯许愿一样！"昨天晚上她才许的愿，今天就实现了，神灯的动作真是迅速啊！

陈昊斜眼，无语。

骆明薇站在门口，一手抱着牛奶，一手用手机刷着微博，"哎，我的天，早上才宣布的消息，现在在微博上已经占据话题榜第一了！而且叶晟熙的微博粉丝数突破了 500 万了！我感觉明天早上起来肯定会超 1000 万的！"她啧啧摇头。

Albert.Y 虽然已经名气在外，微博关注的人也不少，但也不过几十万而已，而且大多都是喜欢原创歌曲、喜欢听歌的歌迷，可这下身份一曝光，居然噌噌就突破 500 万了。哎，这看脸的时代！

"你看看这些粉丝，都是女的，都是女的！"她点开粉丝页面，一边看一边摇头。

叶晟熙在原创网站的主页，关注量也飞速上升。

其实原创音乐网站算是一个小众网站，聚集了一帮原创音乐爱好者，平常流量不高，可那一天的点击量居然险些让网站服务器瘫痪。

什么叫作一夜爆红，这就叫作一夜爆红啊！

叶晟熙他还在青藤上什么学啊？还没出道呢，这粉丝已经快要赶上线上那些当红的流量小生了！

"这个新闻真是来得太及时了，"骆明薇放下手机，感叹道，"简直救我于水火啊！"

"你真这么觉得吗？"陈昊问。

骆明薇莫名其妙："难道不是吗？"

陈昊耸肩。

有的人啊，为别人白白牺牲了，对方却毫不知情，真是不值。如果不是叶晟熙那个别扭的家伙"恐吓"过她不要走漏消息，陈昊真的想告诉自己这个白痴室友，这根本不是什么巧合，而是叶晟熙故意为之。

是叶晟熙自己找到了李导，表示愿意曝光身份。

"网络上舆论的形势对骆明薇太不利，要把这件新闻压下去，最好的方法就是爆出另一件新闻。"叶晟熙说。但他并非娱乐圈中人，手里根本没有别的劲爆新闻可以爆料，就算有，拉别人下水也绝非君子所为。所以思来想去，只能自己"献身"了。

正巧，李导那边正因为男主演的负面新闻而头疼不已，对于这送上门来的好新闻，当然是求之不得。投资商精诚文化当即召集宣传部门确定好宣传方案，并且连夜写出通稿。

他还找了校长说明了情况，并且请求学校给骆明薇一次机会。

骆明薇的新闻让青藤的名誉大受损失，学校正苦于没有方法提升形象，这一危险时刻，叶晟熙这样有才有貌的活招牌能够自动献身，简直就是天上掉下来的馅饼。

于是，一切就这样决定了。

"你是不是喜欢她？"陈昊实在没忍住，八卦起了叶晟熙。

叶晟熙没有承认或否认，只是告诉她那天在嘉华酒店遇见沈亦枫和张子琪时他见到听到的一切。

陈昊听完亦沉默了。

其实"老司机"那件事她也第一时间关注了，或多或少对骆明薇有点偏见。可这么一段时间"同居"下来，她渐渐发现，骆明薇并不像网络上传言的那样。

网上说她傲慢，自以为是；说她在片场打骂助理，耍大牌；说她为了炒作不择手段，陷害沈亦枫。

她怎么也没有办法把这些和骆明薇联系起来。

骆明薇毛病很多，迷糊，神经有点粗，有时候讲话有点没头没脑，可她没有坏心眼，也很会迁就别人。比如知道她有轻微洁癖，偶尔在宿舍吃点东西，都会尽量远离她，站到门边去。

虽然她没说，心里不是不感动的。

"*Queen* 那件事，你考虑得怎样了？"陈昊问。叶晟熙如此"献身"替她压下那些舆论，如果她就这样放弃，实在是太不值。

骆明薇的回答很简洁，也很平静："我决定接受。"

"为什么？"其实陈昊并不意外这个回答，但还是想问。

"没有放弃的理由。"

是的，没有放弃的理由。

凭自己的真本事争取来的机会，凭什么要因为一些毫无根据的风言风语而放弃？她没这么傻。

于是骆明薇当天晚上就给苏颖打了电话，表示自己已经考虑好了，决定接受这个机会。电话那头的苏颖显然也很高兴，说了几句鼓励的话，并且叮嘱了她几句要注意的事项，请她安静地等待杂志社下一步的通知。

挂掉电话，骆明薇觉得一身轻松。

还有一些激动。

Queen，亚洲最具影响力的时尚杂志之一。而她，将成为它 12 周年特刊的 cover girl。

她来青藤的第一天就说过，要用实力还那些曾经嘲笑过她的人一个耳光。

她不知道自己能否做到，但她决心要把握机会。

叶晟熙就是 Albert.Y。这件事的曝光，给青藤学院带来的影响是显而易见的。

暂且不论那些终日围在学校大门外端着长枪大炮伸长脖子等着万分之一能拍到叶晟熙机会的娱乐记者们，也不论那些涌进青藤学院论坛刷版表达对叶晟熙的歌曲喜欢的疯狂粉丝们，就单单说青藤的学生之间，这新闻的爆炸力都久久无法平息。

叶晟熙在青藤向来有名气。

男生信服他，因为他确实才华横溢，令人心悦诚服，性格也低调。女生喜欢他，除了才华之外也因为他长得帅。

但原来的名气，也是欣赏的成分居多。青藤的学生，哪个不是有几项才艺傍身的。可这个新闻一爆出来大家才知道，原来叶晟熙的实力远远要比平常他在学校里表现的要强。

尤其是女生，简直几乎把他当成了偶像。

虽然表面都还矜持，但那一颗颗冒着粉红泡泡的心简直要按捺不住。课间的时候议论的事，大多都围绕着叶晟熙进行。

比如，今天叶晟熙的微博粉丝居然突破了 1200 万！

今天电影插曲新 Demo 公布了，太好听了，听说已经打破了某某网站的首日点播记录！

听说……

无数的听说，无数的猜测，无数的议论。

然而叶晟熙却一切如常。

仿佛一场风暴，任你风起云涌，而位于风眼位置的他却风平浪静。

即便微博上的粉丝短短数日之间增加了上千万，可除了之前上传歌曲系统自动同步的微博之外，仍无只言片语。

在学院里，他也一如往日般上课，下课，练习。

唯一改变的，大概就是再也不能自如地离开青藤了。

在学校里，有严密的保安，一切尚算平静。可在校门外，那些蹲点守候的记者不放过任何一丝风吹草动，任何进出校园的车辆都难逃"围击"，这也给青藤的师生带来了不少麻烦。

骆明薇刚刚走到音乐教室门口，就听见里面有一个熟悉的声音："晟熙，我下个星期要上节目，要自弹自唱。你能不能帮我看看这个曲子，我总觉得哪里不太对。"

这声音这么有辨识度，好像是大三的学姐朱倩倩，最近挺红的。

骆明薇把耳朵贴在了门上。

"对不起，我最近很忙。"叶晟熙的声音还是那样不疾不徐，语气冷淡得疏离，"我要给电影写近十首曲子，实在没空。"

"不会耽误你很久的，或者我弹一遍给你听听……"

"吉他汝嘉弹得比我好。"

"可是……"

"真的抱歉。"

说着道歉的话，语气里倒是一点都没有歉意。骆明薇心里想着，还来不及把耳朵收回来，门"哗啦"一下开了，她险些没一头栽进去。

果然是朱倩倩，她连忙扭头退开一步，假装自己什么都没听见。

"学，学姐好！"

朱倩倩根本没搭理她，面带失望离去。

"算上这个，这好像是本周第七个被拒绝的女生了。"望着失望而去的那个美女的背影，周汝嘉算了算。

"什么？"骆明薇走进教室，疑惑。

"来找晟熙'指点'的女生啊。"周汝嘉瞄了一眼旁边一脸淡定的叶晟熙。

自从叶晟熙身份曝光以来，这已经是第七个捧着自己写的曲子来请叶晟熙指教却被他断然拒绝的女生了。怎么从前他不觉得学校里有这么多女孩子喜欢写歌作曲呢？

几个已经毕业的学兄学姐也纷纷托了学校的老师来问，要么就是想请叶晟熙给自己写歌，要么就是看中叶晟熙的人气，邀请他合作演戏。

更有不少经纪公司不知怎么就弄到叶晟熙的电话，直接找到他本人，提出各种优渥的条件希望能够提前签约。

各种广告商、制片商也纷纷找上门来。

他总算也见识到了什么叫作踏破门槛。

青藤学院几乎从来不曾这样热闹过。每天除了练习之外，各种八卦满天飞，其内容无非是哪位歌坛天后看中了叶晟熙的歌，千金求曲；又或者是哪位大制片力邀叶晟熙合作被婉拒。真真假假，虽然当事人就在身边，却没人真的想去求证。

一来是叶晟熙为人向来孤冷，天才嘛，总是高高在上的。二来，所谓八卦、传闻，就是要真真假假似是而非，让人猜来猜去才有趣啊！

哎，蓝颜祸水啊蓝颜祸水，这段时间这家伙出尽风头，简直把我周汝嘉的光芒都要盖过去了。

周汝嘉的心情有些略略的惆怅。

其实他惆怅的当然不是自己的风头被盖过去。

学院里其他同学不清楚，以为叶晟熙这次身份曝光纯粹是出于商业需求，可作为叶晟熙的室友兼好友，他不可能不知道内幕。

那一瞬间，他的心情是复杂的。

一时间觉得有些荒唐，怎么电视剧里那种两兄弟喜欢上同一个女孩子的戏码真的会在他和叶晟熙身上发生？

现在细细回想起来，很多细节都已经暴露了叶晟熙的内心。

他那么内敛的一个人，竟然会直接向自己表达不喜欢骆明薇。在嘉华酒店碰见骆明薇和沈亦枫"狭路相逢"，居然会出手相救，还会约骆明薇一起去看音乐剧——即便他强调是因为自己失约放了他鸽子，才顺口约的骆明薇。

还有那一天，骆明薇被关在操场，他和林可柔的出现。

周汝嘉失笑。

原来是自己一直太粗线条没有发现。虽然学院里盛传叶晟熙和林可柔的绯闻，但周汝嘉一直清楚，叶晟熙对林可柔绝无半点同学以外的情感，又怎么可能会深夜幽会？

他是知道了骆明薇被关在操场而赶来的。

《大话西游》里，那个叫"葡萄"的强盗对至尊宝说，如果有一天当你爱上你讨厌的人，那段感情才最要命。

叶晟熙或许就陷进了这种最要命的感情里。

那么，自己要退出吗？

周汝嘉怅然，看了看骆明薇："对了，你来找陈昊？她今天没有跟我们一起练琴。"

骆明薇这才回过神来，脸上有一丝慌乱："哦……对对，我来找陈昊。既然她不在，那我走了。再见！"

话音未落，人早就跑得不见人影。

周汝嘉疑惑："她今天怎么了，一惊一乍的？"

叶晟熙淡淡地看了一眼飞速离去的背影："我怎么知道。"

其实，他知道的。

昨天在回宿舍的路上，他就走在骆明薇和陈昊的后面，不算近，但那家伙兴奋起来嗓门大，他把两人的对话都听得清清楚楚。

她对陈昊说，打算找他学钢琴。

"我发现自从叶晟熙的身份曝光，学校里整个掀起了一股音乐热潮啊！其实我小时候学过钢琴，老师说我很有天赋的，只是我太懒，后来就荒废了。我决定了，我要重新把这个特长捡起来！"

陈昊淡淡嫌弃脸："随便你。不过我先声明，遇到问题别来问我，我没空。"

骆明薇扬起下巴，一脸骄傲："谁找你，我当然找叶晟熙了，他的钢琴是全青藤谈得最好的。那首纯钢琴曲《风从你来》，不仅写得好，弹得也超赞的！"

"花痴……"陈昊吐槽她。

骆明薇像模像样地点点头："没错，花看见我就痴了。还是你最懂我。"

跟在她们身后的叶晟熙猛然惊觉，不知道什么时候自己的嘴角竟然不自觉地上扬了。

他的钢琴弹得是全青藤最好的，他当然知道，从小被人夸到大，他也早就习以为常。可是为什么从她的嘴里说出来，他自己的心里就生出了满满的骄傲感呢？

刚才她来找他，应该是想请他教自己练琴的吧，可是听到他拒绝了朱倩倩，所以落荒而逃了？

亏他还坚决地拒绝了那么多人，特意把时间空出来。

骆明薇一路小跑回宿舍，陈昊背着吉他正准备出门。

"你怎么回来了？"陈昊奇怪，刚刚不是满面春风地在宿舍挑了又挑地换了条漂亮的裙子，又对着镜子化了半天的妆，花枝招展地找叶晟熙教她弹琴去了吗？这垂头丧气的样子，看起来是铩羽而归了？

骆明薇支支吾吾："要不，还是你教我吧？"

陈昊学着骆明薇的语气笑话她：" '谁找你，我当然找叶晟熙了，他的钢琴是全青藤弹得最好的！'这不是你说的吗？哎，你不会是被他拒绝了吧？不对啊，这不可能啊！"

骆明薇狡辩："那你也是全青藤女生里弹得最好的！我找你更方便嘛。"

陈昊没好气地哼了哼。这个马屁拍得挺受用。她想了想说："好吧。不过我现在要先去练吉他。这样吧，一个小时之后到音乐教室来找我。"

"遵师命！"骆明薇做了个 OK 的手势。

陈昊走了。

骆明薇关上门，微微有些失落。

其实陈昊教也挺好的。她给自己做着心理安慰。

教室里，叶晟熙收拾东西准备回宿舍。

"今天不练琴了？"周汝嘉问。

"前几天交上去的那只 Demo 还有几个地方不完善，我打算回去再修改一下，重新提交一遍。"叶晟熙说。

其实那首曲子制片方都已经听过，也大大地赞扬了，连挑剔的李敬都连声肯定。可他自己知道还有可以完善的余地，不做到尽善尽美过不了自己这一关。

反正今天也没心情练琴了。

手机响起，是陈昊打来的电话。

"怎么？"他接起，问。

"有人委托我，请你教她弹琴。"陈昊说。

"我没空。"叶晟熙干脆地拒绝，想不通为什么一向不管闲事的陈昊居然也会为人牵线搭桥。到底是何方神圣，这样神通广大。

不过不管是谁，他都没兴趣。

陈昊的声音倒也不气馁，反而有一丝笑意："居然连我的面子也不给？"

叶晟熙靠在椅子上，微微活动了下手臂，"我手臂还没完全恢复，不宜弹琴。"

"这样啊。那我只能牺牲点自己的时间去教骆明薇那个笨蛋了。"

叶晟熙坐直了，"几点，哪个教室？"

"不是说手臂还没完全恢复，不宜弹琴吗？"陈昊的声音里是明显的促狭。

窗外阳光微微刺眼，他伸手挡了一下，"医生说了，适当的运动有助于骨骼恢复。"

电话那头的陈昊彻底笑场了。

"行吧，算你赢。"

于是，一个小时之后，当骆明薇洗了个澡，换上一套简单的运动服，随手扎了个马尾，大大咧咧地推开音乐教室的门看到钢琴旁站着的那个人的时候，险些把肠子都悔青了。

"陈昊说你想跟我学钢琴。"叶晟熙靠在钢琴上，一脸平淡地叙述。

骆明薇的心里简直就像扔下一颗惊雷——陈昊啊陈昊，你真是……颇懂我心啊！可是，你至少也提前打个招呼啊，我好化个妆换条裙子再来啊！

现在这个样子，真是太朴实无华了啊！

叶晟熙半靠在钢琴上，眼看着骆明薇的脸色风云突变，无声地扬起了嘴角。"坐下吧。"他示意骆明薇，顺手翻开曲谱，"从最简单的开始。"

骆明薇顺从地坐下去，瞄了一眼曲谱——我的妈啊，这是欺负她，以为她没学过钢琴吗？这也叫最简单的开始？

教室里响起不流畅的钢琴声。

虽然小时候学过，但毕竟十多年没弹，差不多都已经忘光了。所以骆明薇弹起来还是颇有点吃力的。她自己心里也明白，顿时觉得有点不好意思。早知道是叶晟熙教，她应该先偷偷练几次再来的！

她偷偷瞄了一眼叶晟熙。

他就站在钢琴边上，微微侧着耳朵认真听她弹琴。他眉头微蹙，显然对自己这个学生的琴艺非常的不满意……

骆明薇的心里更紧张了。

"看什么，专心弹。"仿佛察觉到骆明薇在偷看自己，叶晟熙的手指敲了敲琴盖。

被抓包的骆明薇耳根微微一红，干脆打开话匣子缓解一下尴尬的气氛。

"那个汝嘉说，你拒绝了很多同学？"她一边弹一边问。

"她们水平太低，连最基本的乐理都没搞懂就想写曲子。"叶晟熙说。其实她醉翁之意不在酒，他心知肚明。

骆明薇怔了一怔，才反应过来：叶晟熙，是在跟她解释吗？

不知道为什么，骆明薇胸口好像被轻飘飘的棉花塞得满满的，有一种难以言喻的感觉。"那，你愿意收我为徒，是不是说明我的资质比较高？"她弹得应该也不是很差吧？

叶晟熙眼皮也没抬，"不，是教你一个已经耗尽我所有闲暇的时间。"

"……"这话……是在说她资质愚钝吗？

"好了，这一段，再弹一次。"叶老师下了指令。

"哦！"乖学生连忙正襟危坐，集中注意力，稍稍调整呼吸，在琴键上弹奏起来。

其实这首曲子的难度确实不高，骆明薇反复几遍练习下来也渐渐地有了手感。她自觉弹得不错，可是叶晟熙要求高，总是一再要她重复练习。

"不对，再弹一遍。"一曲完毕，叶晟熙还是摇头。

"我觉得我已经弹得很流畅了。"她嘟囔，"这首曲子我都练了这么多遍了，一个音符都没弹错，简直可以倒弹如流了！"

听她这么说，叶晟熙示意她站起来。

"干吗……你要亲自示范？"看着叶晟熙坐下，骆明薇的目光亮起来。哇，Albert.Y 亲自示范教学。

要是让他的粉丝看到这画面，会疯狂吧！

叶晟熙在琴凳上坐定，开始弹奏。

流畅的音乐声。

从他弹出第一个小节，骆明薇就清楚地感觉到什么叫作云泥之别。在她的指尖弹出的只能叫作音符的排列组合，而叶晟熙指尖下潺潺流出的，是天籁。

明明是同样的音符，敲下的是同样的琴键，可在他的弹奏下，这乐曲仿佛有了生命，如大自然里的风动云涌、高山流水。

可是，骆明薇完全无法集中注意力去听他的弹奏，去分析他的弹奏技巧。

修长的手指，在黑白琴键上灵动地跳跃着。

从她这个角度看，刚好可以看到他低垂的浓密睫毛上落着阳光。那些金色的光芒随着微微颤动的睫毛而颤动。

秀色可餐啊秀色可餐。

这种情景下，她怎么静得下心来学弹琴呢？

叶晟熙示范完毕之后，又简单讲了讲这首曲子背后的故事，骆明薇听了之后果然有了一点感觉。可再弹的时候，脑子里想起叶晟熙刚才弹琴的样子，竟然弹错了几个音符。

没想到叶老师却没有批评她："虽然弹错了几个地方，不过感情明显丰富了。不错。"

这……算是被叶老师夸奖了吗？

受到鼓舞的骆明薇信心大增，又认真练习了几遍。叶晟熙也不再站在钢琴旁盯着她弹奏，而是坐到窗边，拿着铅笔在纸上写写画画。骆明薇知道，他是在修改电影的曲子。

她望着叶晟熙，不知道为什么胸口好像被放了一个玻璃瓶子，一点一点地，玻璃瓶子被灌满了水，又哗啦一下被倒空了。这翻来覆去的感觉，奇妙难言。

直到下午上课的预备铃声响起，周汝嘉来找叶晟熙，两人才收拾好东西走出音乐教室。

宽阔的走廊里，光线亮得耀眼。

"对了，*Queen* 的封面什么时候开拍？"周汝嘉问。

"这周末。"骆明薇说。因为要赶在下个月出刊，又要兼顾骆明薇的学业，时间排得比较紧急，只有一个周末的时间可以拍摄。

骆明薇之前也给不少杂志拍过照，做过专访，虽然看起来只是坐着美美地化个妆，换上漂亮的衣服摆几个pose就可以的简单工作，实际上非常的辛苦。

就单单讲化妆，为了达到最好的皮肤状态来上妆，需要提前一个星期开始就做好皮肤的密集保养。封面照片的妆容又不比平常，其艺术效果更强，有时候遇上复杂的妆面，常常要画上好几个小时。

不过这些都不是重点。

虽然因为叶晟熙身份的曝光，网友们的视线被迅速转移，但网络上的那些反对骆明薇的声音并没有完全停歇，时不时还是会有人去 Queen 的官微或者骆明薇的微博下谩骂。

可以预见，等到下个月杂志上市，叶晟熙身份曝光的热点退去，等待骆明薇的又将是一场"血雨腥风"。

她这一次的封面如果不能成功地"惊艳"，成功扭转舆论风向，势必会成为别有用心者利用来炒作的把柄。

"你没信心？"周汝嘉看出她的表情有些虚。

骆明薇转头看了看窗外。

春光明媚，暖风熏人。

清脆的鸟叫声，和花的香味，一切都是生机勃勃的模样。

"当然不是。"她扬起头，仿佛是为了说服自己，这四个字特别的铿锵有力。

说完，大步往前走去。

周汝嘉和叶晟熙落在她的身后。

阳光下，前方那个跳跃着的马尾上闪动着金色的光芒。两人相视，彼此都明白对方心里的想法。

"公平竞争。"周汝嘉说。

叶晟熙微微一笑，没有回答。

感情的事，从来没有公平竞争可言。他看着大步走在前面的骆明薇。

这时周汝嘉的手机响了一下，是关注的八卦博主的消息推送。他只看了一眼就眉头紧皱，迅速地浏览完毕，"你看看这个。"周汝嘉将手机递到叶晟熙面前。

只略略扫了一眼标题，叶晟熙便微微抿了抿嘴角。

教室里，一群人正围着林可柔八卦。

"你还一直不承认，这下没话说了吧！"陈丽丽得意地晃着手中的手机。

林可柔在解释："哎呀，这种乱七八糟的绯闻真是太不靠谱了！"

大家都不信："得了吧。你们在学校里早就是公认的一对了，叶晟熙可从来没否认过。"

"什么事啊？"骆明薇刚从外面进来，不明所以，拍了拍门口端着 DV 正在拍摄的黄靖轩。

黄靖轩紧盯着自己的 DV 屏幕，头也没回："你没看今天的震惊婶吗？"

震惊婶是一个有名的八卦微博博主，因其发布明星八卦的标题通常以"震惊"两个字开头，被网友戏称为震惊婶。

骆明薇今天一早起来就去练琴了，还没有空刷微博呢。听黄靖轩这么说，连忙掏出手机搜索了一下，很快屏幕上就跳出一条新闻《震惊！原来叶晟熙和她是一对……》。

点开新闻。

"这几天，想必大家都被新'国民老公'叶晟熙刷屏了吧？这个年仅十九岁的英俊少年，真是让婶子一颗沉睡已久的少女心被熊熊燃烧了！音乐才子＋英俊少年，这样的组合真是要多青春就多青春，婶子忍不住想起了从前守着电视看《我为歌狂》的那段青葱岁月……"一大篇的花痴之言之后，这位震惊婶扔出了她的爆炸性新闻。

"可是你知道吗，原来叶晟熙竟然和她是一对！"

下面的配图，是林可柔。

骆明薇一怔。

新闻是中午发出来的。

文章里除了对叶晟熙一通花痴舔屏之外，便是扔出这个爆炸性的新闻。一时之间，网络上，尤其是叶晟熙和林可柔的微博里都炸了。

对于叶晟熙的大多数粉丝来说，前不久才刚刚迷上了这么一位"国民老公"，这热乎劲儿都还没过去呢，就被爆出名草有主，感情上委实难以接受。因此大多是哀号一片，纷纷表示不敢相信。

但除此之外，也有一大片粉丝表示可以理解。因为——

"听说这个林可柔是个美女学霸啊。才子配佳人，挺合适的。"

林可柔的微博原本粉丝不多，但自从上次因 cover girl 的事情被好事之徒扒了出来，围观群众就为之打抱不平，纷纷关注，至今也有了几十万的粉丝。

她微博发的不多，除了转发一些舞蹈视频、心灵鸡汤之外，也就偶尔发发自己的日常，一派岁月静好的模样。

因此大多数叶晟熙的粉丝对这个"国民情敌"还是心服口服的。

骆明薇粗粗地浏览了一遍网友们的反应，心里突然不知道是什么滋味，原本雀跃的心情，蔫了。

"挡在门口干什么？"身后响起叶晟熙的声音。

骆明薇看着叶晟熙的脸，莫名地有点上火："门口凉快，我乘凉呢！管得着吗你？"

叶晟熙莫名其妙，盯着骆明薇的脸，想从她脸上看出什么。

陈丽丽欢呼了一声："哇，男主角出现了！"黄靖轩的镜头也迅速转过来对准叶晟熙："晟熙，说几句感想吧！以后毕业了我把这一段剪出来，绝对感动得你们俩痛哭流涕。哈哈哈！"

这成语水平，真让人默默掬泪。

还不等叶晟熙说话，林可柔急忙解释："抱歉，晟熙，我没有问过你就擅自回答了。那些记者太难缠了，我又不会撒谎……"她低头，语气歉疚，"我知道这种新闻被发出去，对你现在的人气影响很大。"言下之意，叶晟熙不承认与她的恋情，是因为怕影响人气？

众人纷纷看向叶晟熙，等待他的回答。

叶晟熙像是明白了什么，回头看了骆明薇一眼，心情很好地穿过等着他答案的同学们，径自在自己的座位上坐下。

众人相互交换着眼神："这是不是默认了？"

"是吧。"

"果然他们早就暗度陈仓了，嘿嘿嘿……"

黄靖轩端着 DV，那喜滋滋的表情，简直就是个娶儿媳妇的婆婆："哎，明薇你看，我这 DV 机画面效果不错吧，拍得叶晟熙和林可柔才子佳人，多么登对（客家方言，合适，般配）。这一段一定要剪到毕业片里去——哎，你干吗关我的 DV？"

骆明薇一甩头，面无表情大踏步离开，"别拍了，上课了！"

窗外有清脆的鸟叫。

吵死了。

周汝嘉在叶晟熙身边坐下："你不解释解释？"他看了一眼骆明薇，笑，"你这是让赛啊！"

叶晟熙没有理会他，脸别向窗边。

骆明薇坐在那里，两只手捂着耳朵，气呼呼地瞪着窗外树枝上那一群排着队唱歌的鸟儿，嘴里嘟嘟囔囔地在嚷着些什么。

她是在为他和林可柔的绯闻生气吧？这个认知，竟然让他的心里忽然好像被什么填满了。他轻咳，把笑意压下，调转视线看向教室中间。

同学们还在热烈地议论着，林可柔被他们围在中间，羞涩地笑着说着什么，偶然间目光朝他这边看来，对上他的视线，可柔甜甜一笑。

窗边的骆明薇胸口的一口气更堵了。

周汝嘉看一眼叶晟熙，又看一眼骆明薇，有点搞不太清楚目前的状况。

可是，看着骆明薇那气鼓鼓的样子，他怎么觉得叶晟熙这一招不是在打让赛，而是在……欲擒故纵？

顿悟了的周汝嘉一拍桌子："叶晟熙，阴险，你太阴险了！"

原本震惊姗爆出自己和林可柔的绯闻，叶晟熙尚觉得是其背后的团队捕风捉影炒作头条，以为只要找时机和骆明薇说清楚就好，但接下来事情的发展却有些超乎他的意料。

就在那条绯闻被推送出来之后没几天，有人在海角论坛上开帖子，说自己拍到了叶晟熙和林可柔去酒店开房，还附了照片。照片上的人确实是叶晟熙和林可柔，在嘉华酒店的门口。

日期是上周六下午。

随即，有记者在微博放出了上周六蹲守青藤门口，拍到叶晟熙驾车离开的照片。"当时叶晟熙的车上有另外一个人，但因为玻璃反光没有拍到她的脸，看身形只觉得是个女孩子，跟海角上爆出来的照片一对比就很明显了，那就是林可柔！"

副驾驶座上坐的人，身上的衣服和在嘉华酒店门口的林可柔穿的一模一样。

上周六下午，叶晟熙驾车从青藤带着林可柔去嘉华酒店开房！

这下叶晟熙的粉丝们都炸开了锅。

他们捶胸顿足，没想到自己的偶像居然是……哎，才二十岁啊……不过，二十岁好像也正是……可以理解吧？但是还是学生啊，怎么就……都已经成年了啊，而且是和正牌女友。现在都什么年代了，有什么大不了的？

他们就在这左摇右摆的风中凌乱着。

相反，林可柔的粉丝要淡定许多。虽然自从被曝光是叶晟熙的女朋友以来，林可柔的微博粉丝暴增。

原来因为 cover girl 的事情，也不过吸引了几十万粉丝，这一下却迅速地破了百万。不过，后来关注她的网友大多都是叶晟熙的粉丝，关注她不过是因为她是叶晟熙的女朋友罢了，因此反弹不大。

原来的爆料还只是爆料，但这一下证据确凿，林可柔确实是叶晟熙的女朋友。

如今追星的粉丝都已经理性许多，甚少会有那种去攻击偶像女朋友的行为，更多的是爱屋及乌：既然是偶像心爱的人，当然也应该要爱护。

宿舍里，叶晟熙看了看手机。

没有新微信。

这已经是第三天，骆明薇没有发微信跟他约时间去练琴了。

翻了翻微博，无数的留言，根本懒得一一去看。看了一下热门话题，"#叶晟熙林可柔开房#"，"#叶晟熙开房#"，"叶晟熙林可柔#"……

修长的手指，有一下没一下地在桌上敲着。

然后，他起身出门。

走廊的尽头。

站在这里，可以看到操场上在运动的同学们。晴好的天气，原本应该是尽情享受大好春光的季节，可他们依然在操场上挥洒着汗水。

林可柔不知道自己沉默了多久，直到无法再在叶晟熙的注视下继续沉默。

她的脑子飞速地运转，试图编造一些说辞。她从小情商高，待人接物、为人处世向来有天赋，可唯独面对叶晟熙的时候，总是不知从何处着手。

"真的不是我。"她勉强地笑着，"我也不知道那些记者怎么会拍到这些照片，又怎么会发出去……"

"可柔，我不相信巧合。"叶晟熙干脆地打断她，没有给她更多编织谎言的机会。

上周六，他约了电影制片方谈关于配合他们宣传的事，林可柔在停车场前拦住他，说自己有事要进城一趟，想要搭他的车。

"校门口都是记者，我现在的身份也不是很方便，所以麻烦你了。"她这样说，叶晟熙没办法拒绝。毕竟校门口的那些记者都是冲着他来的，已经给同学们带来不少的麻烦。

"我去嘉华酒店，你去哪儿？"他问了一句，只是想知道是否需要绕路，算一下时间是否足够。

"好巧，我也去嘉华。"林可柔毫不犹豫地说。

当时他没觉得奇怪，看到照片的那一刻才想明白，其实并不巧。

是林可柔安排了人，先在嘉华门口蹲守，拍下他们一起下车的照片。虽然进了大厅之后两人就各走各的，可网友们看图说话，已经在脑子里描绘了一场春色无边。

"爆料骆明薇抢走你的封面的那条微博，也是你的杰作吧？"知道这件事的人只有青藤的同学，其他人虽然对此也议论纷纷，但不会有那个闲工夫为了林可柔去找人爆料。

最初事情发生的时候他怀疑过陈丽丽，但如今细细回想，或许根本都是林可柔自己一手操作。

林可柔怔了一怔，下意识地还是嘴硬："无凭无据，你不能这样血口喷人……还是说，晟熙，在你的心里我就是这样的人？"她抬眼看他，眼中有泪光。楚楚动人的模样，任谁看了都不忍心。

可叶晟熙的脸上没什么表情："不。"

林可柔升起了一丝希望。

"你是什么样的人，我并不在乎。"叶晟熙说。

林可柔的脸色一点点冷下去。

这是林可柔早就知道的答案，可她没料到，他竟然真的就能这样毫不顾忌地讲出来。

她苦笑了一下。

"因为骆明薇吗？怕她误会？"所以从前从不会澄清两人绯闻的他，这一次会这么着急地约她出来说清楚。

听到骆明薇的名字，叶晟熙冷漠的表情有一丝松动："是。"

林可柔心底唯一的一丝希望都毁灭了。

林可柔抬眸，望着眼前这个人。

她认识叶晟熙，早在入学以前。

学院里的人都传说，林可柔出生优渥，家里是很低调的贵族。她家在欧洲有古堡，在澳洲还有一片农场。她的父亲是医生，母亲是律师，她有两个姑姑，都嫁给了欧洲的华裔富豪……

可只有叶晟熙知道她不是。

她出生在南方一个小城，母亲是小学音乐教师，因此，她从小就接触音乐与舞蹈。小时候她的家境尚可，可在她八岁那年父亲意外受伤，高位截瘫，高额的医药费压垮了她的家，母亲离家出走……自那之后，她的童年再没有欢笑可言。

后来父亲去世，她跟随年迈的祖父祖母长大。或许原本她可以按部就班地读完初中高中，考上大学，毕业之后找一份稳定的工作，结婚生子，组织一个虽小却甜蜜的家庭。

可她不甘心平庸。

上天给了她这样漂亮的容貌，她不甘心平淡无奇地过完这一生。

那一年她十岁，一场红遍大江南北的选秀让一群原本平凡无奇的女生走进了全世界的视线。她守在祖父那台破旧的彩色电视机前看完了比赛，关于未来，第一次有了明确的抉择。

她要站在舞台上，站在聚光灯下，她要成名，成为万人瞩目的巨星。

后来，她如愿以偿地考上了青藤学院，这个被外界称作是巨星的摇篮的造梦天堂。但很快，问题来了。

她付不起青藤学院的学费。

青藤学院是私立学院，在外界又有贵族学院的印象，可想而知其学费之高。

遇到叶晟熙的时候，她几乎已经陷入了绝境，距离青藤通知书上缴清学费的截止日期已经只剩三天。

她输不起。

绝望让她剑走偏锋。她漂亮又青春，很简单就找到了一个愿意付钱的男人，那晚，她把自己灌醉之后半推半就地被带去了酒店。

在酒店的电梯缓缓上升的时候，她后悔了，可酒精的作用让她失去了反抗的能力。如果不是叶晟熙恰好出现在那家酒店，恰好跟她同时搭了电梯，一切可能就都无法挽回。

她和叶晟熙在青藤的招生考试上见过面，他们各自的表现很难不让彼此留下深刻的印象。叶晟熙认出了她，把她从那个男人手里救了下来。

或许是从那个时候开始，她就认定自己和叶晟熙之间必定会发生些什么。小说里不都是这么写的吗，把落魄的女主角从恶棍淫贼手里救出来的，必定是将和她纠缠一辈子的男主角。

可惜她并不活在小说中。

即便是灰姑娘，也是伯爵家的女儿，而她不过是后母家恶毒的姐姐。

"真的不是我。"林可柔眼中蓄起眼泪，低下头去，"晟熙，别人不了解，可你知道得很清楚……我哪有钱去打点，哪有能力去找什么记者爆料？你要相信……"

"有的事情，未必需要真金白银去交易。"叶晟熙不愿意再听她狡辩，打断她的谎言，"或许是对方正好需要一个惊爆的新闻来博取关注度，而你愿意无偿提供爆料，所以，一拍即合？"

林可柔一惊，酝酿好的台词一下子被噎住。

她的表情没能逃过叶晟熙的眼睛。"可惜你的伙伴并不是很靠谱，在更大的利益诱惑面前，轻而易举地就出卖了你。"

林可柔的脸色彻底白了。

已经瞒不住了。

她咬牙，忽然冷笑："没错，是我。可那又怎样，你没有证据。"

他没有证据，又能拿她怎么样？

"现在所有人都认定了我们在一起。如果你去澄清，我大可以说是你爆红了之后怕被我影响了人气，才跟我提出分手……到时候，我会受到同情，而你就会变成人人唾弃的渣男！"

叶晟熙没有耐心再跟她耗下去，直接摊开底牌。他拿出手机，"要证据是吗？你和对方联系的对话截图以及录音，对方都有备份，你要看吗？"

林可柔错愕。

"不，不可能！"她下意识地说。

叶晟熙翻出一张照片递到她面前。只瞄了一眼，林可柔浑身僵住。确实……是她和爆出骆明薇抢封面的那个八卦博主的私信。虽然她很谨慎，重要的内容都没有多谈，可叶晟熙手里能有这个，已经说明了一切。

"不……不是的……对不起，晟熙，你……原谅我……"她抓住叶晟熙的手，近乎哀求地看着她，眼泪在眼眶里打着转，乌黑的眼眸如浸润了的黑珍珠。如何表现得让人心生怜惜与不忍是她最擅长的表演。"对不起。"她说，声音轻若无闻，有一丝难掩的慌乱，"我是被逼的，我不是故意的，"她说着又哭出来，美丽的脸上梨花带雨，任谁看了都无法无动于衷，"我保证以后不会再犯这样的错。我就做了这么一次，求你放过我……"

她不能输，不能失去。千辛万苦才走到今天，再有一年，只要一年，她就会站在毕业盛典的舞台上，站在最光芒万丈的星光之巅上。

她曾见到过海洋，怎么可能再做浅池里的锦鲤。

可叶晟熙还是扯开了她的手。

"我给你机会自己去澄清，这已经是我作为一个同学能给你留的最大余地。可柔，如果你还有什么下一步的计划，趁早收手。在我忍无可忍之前。"

在他忍无可忍之前？

叶晟熙，如果真的到了那一天，你对我忍无可忍，你打算怎么做？林可柔望着叶晟熙远去的背影。

这已经是第几次，他只肯将自己的背影留给她。

漂亮的脸上有两行泪水，嘴角却是冷笑。

最初不过是因为咽不下这口气——自己居然会输给骆明薇，于是自己注册，在海角论坛上发帖声称是爆料人。然后一点一点在网络上放出消息，用"大美人"这样的噱头把网友的视线慢慢往自己身上引导。最后又刻意换了个马甲，爆料最后 *Queen* 选择的是骆明薇。

随后找到一个名不见经传的八卦小博主，炮制了骆明薇走后门抢走她的封面的新闻。

果然，成功地让网友们钻进了她的圈套。

一开始其实只是为了泄愤。因为她明白，即使现在把骆明薇搞臭，*Queen* 的封面也不会是她的，但她无所谓。

可事情的发展太超乎她的预料，那条"爆料"微博竟然那么迅速地红遍了网络，无数原本就反感骆明薇的网友根本没有加以甄别，就相信了这条毫无事实根据的爆料。

她开始有些慌了，也想过要收手，但成千上万的粉丝关注了她的微博，在她的微博下面留言、赞美，鼓励她加油，不要为恶势力打倒……

一夜之间她就拥有了几十万的粉丝，他们还自发组成了后援会；微博系统管理员主动联系她，给她加上了认证；有记者发来私信，希望给她做一次专访；甚至有广告商主动找上门来，其中有几个还是不错的牌子……

她迷失了，已经忘记了最初的目的。上不上 *Queen* 的封面对她来说已经不重要了，重要的是，她一夜成名了。

可后来，叶晟熙的身份被曝光。

聪明如她，不会猜不到这背后的原因。于是嫉妒，发了疯的嫉妒。而也因为叶晟熙身份的曝光，使得 cover girl 事件的热度瞬间被盖过去，网友们的目光迅速从她身上移走，找她谈合作的几个广告商的态度也冷却了许多。

初尝成名滋味的她再也忍受不了被忽视被冷落。即便知道眼前是万丈深渊，也毫不犹豫地一脚迈下。

如饮鸩止渴。

于是，她制造了自己和叶晟熙的绯闻。

不需要她说得多明白，只需要在接受记者采访的时候似是而非地漏出那么一两句，那些为了头条可以拼命的记者就会主动帮她编完剩下的故事。

然后再借机让人拍到她和叶晟熙一起进出的照片。

一切都在她的计划之中，一切都显得那么完美无缺。

唯一的缺陷，就是叶晟熙。

他不爱她。

收手？她已经没有回头路可走。

叶晟熙在走廊里就听见教室里传来断断续续的吉他声。这么拙劣的技艺，在青藤，除了他那位"高徒"，别无二人。

他在门边站定。

透过门上的玻璃窗，果然看见骆明薇和周汝嘉相对而坐，她怀里抱着个吉他，正在学最基础的按弦。

她一边按，一边不时地抬头问着周汝嘉什么。周汝嘉则耐心地回答着，甚至抓住她的手示意她按弦的位置。

眸光一暗，叶晟熙深深吐了一口气，推开门。

正在专心教学和正在专心求学的两个人都吓了一跳。骆明薇抬起头来，发现来人是叶晟熙，眼底闪过一丝慌乱，急忙别开视线。

反而是周汝嘉，直起身子对着叶晟熙粲然一笑："你怎么来了？"

他怎么来了？

叶晟熙没有回答，目光盯在骆明薇身上："听过小猫钓鱼的故事吗？"

"啊？"骆明薇有些不太明白。

"从前有只小猫跟妈妈去钓鱼，一会儿要抓蜻蜓，一会儿要抓蝴蝶，到最后一条鱼都没钓到。"这家伙显然是小学没有好好上课，尽在外面跑节目了，叶晟熙耐心科普。

"哦，所以？"骆明薇一时反应不过来。

周汝嘉忍不住好心提醒她："他说你是小猫钓鱼。"

骆明薇明白了。

原来是专程跑来讽刺她一会儿学钢琴，一会儿学吉他的。可又不是她想三心二意的，既然他跟林可柔……是那种关系，那她再缠着他学琴好像就不是那么回事了。已经被人误会她抢了可柔的封面，要是再被误会她要抢可柔的男朋友，这帽子也太大了，一个扣下来，她就能被打入十八层地狱去。

更重要的是，她吃醋了。

她没有办法面对一个"是林可柔的男朋友"的叶晟熙。

"哦，那个，我发现其实吉他更酷更帅。钢琴太学院了，一点都不适合我这种 90 后青春少女。"她顺口胡诌。

周汝嘉点点头："没错。而且我发现，明薇的吉他弹得比钢琴有天赋许多。我敢打包票，两个月内绝对让你弹唱自如。"

"真的？"被肯定的骆明薇眼睛一亮。

叶晟熙莫名心里有点烦躁，他刻意不去看两人的眼神互动："吉他我也可以教。"他会弹《大霍塔》的时候，恐怕周汝嘉还在学《小星星》呢。

"啊？——"

骆明薇还没有反应过来，叶晟熙已经伸手捏住她的衣领，把她从椅子上拎了起来："回去练琴。"

周汝嘉觉得有点好笑。

"喂，叶晟熙……"他眼睁睁看着叶晟熙"拎"着骆明薇扔到门外，顺手把门关上。"你这样强抢徒弟，手段可不磊落。"周汝嘉开玩笑，"说好的公平竞争呢？"

叶晟熙背靠着门，毫不介意地微微一笑："既然她先认的我这个老师，那你半途抢走我的徒弟，似乎更不磊落吧。"

周汝嘉摊手："我可没抢，是她自己找上门来的。或许……"漂亮的脸上有一丝无奈，"她吃醋吧。"

其实很明显。

如果骆明薇不来找他，他心里或许还有一丝希望，可偏偏她就抱着吉他来找他，说自己决定放弃钢琴改学吉他了。这一刻，他彻底明白了，早已经没有什么公平竞争了。

听到"她吃醋吧"几个字，叶晟熙显然怔了一下，随即眼神柔和。

他没再说什么，拉开门，顺手扶了一把那个把耳朵贴在门上偷听，因为他忽然开门险些撞进他怀里的毛茸茸的脑袋，"走了。"他说。

隔壁教室里。

骆明薇被摁在琴凳上，不服气地抗议："喂，干吗推我？我已经决定要学吉他了！"虽然话是这么说，双手却还是很顺从地打开了琴盖。

叶晟熙把她这个动作看在眼里，呼吸忽然微微一滞，连带着大脑都转得没有往常那么灵活，冲口而出就是一句："做人应该从一而终。"话音未落，叶晟熙就后悔得想咬掉舌头。

"啊？"

"有始有终。"毕竟是叶晟熙，即便在这种情况下也能面不改色地纠正自己，"既然学了钢琴，就不能半途而废。我就收过你这么一个学生，免得以后传出去，以为我琴艺不精才教出一个'半桶水'。"

原来是为了自己的名誉。

骆明薇郁闷，小声嘀咕："可我不想让人误会。"

"身正不怕影子斜。"叶晟熙理直气壮地说完，顿了顿，转过头看着她，严肃地问："还是说，你确实对我有不轨之心？"

骆明薇险些没一口老血喷在黑白琴键上。"今天我们练哪一曲？"她急忙转移话题。

身后的叶晟熙无声地笑了，微微朝前俯身，手臂绕过骆明薇，随意翻开曲谱架上的曲谱，"就弹这个。"他说。

《贝加尔湖畔》。

在我的怀里，在你的眼里，那里春风沉醉，那里绿草如茵。

骆明薇的脸微微地红了。

其实他什么都没做，只是站在她的身后微微俯着身。可她的鼻尖那么清晰地闻到他身上淡淡的味道，这足以让她的心脏怦怦乱跳。

她深呼吸，逼自己平静下来，开始弹奏。

叶晟熙慢慢退后一步，靠在身后的桌子上。

其实她的手指在黑白琴键上跳跃的样子很漂亮，修长白皙，虽然有一些细微的伤痕——这他知道，拍古装戏的演员经常要手拿兵器，手上有伤痕是正常的事。

他的目光暗下去。

即便网络上铺天盖地的谩骂有回潮之势，拍摄封面的日子还是如期而至。

骆明薇心里也疑惑过，虽然说有话题性对于一本杂志来说是件好事，可关于她的话题几乎是一边倒的负面，难道苏颖真的不怕影响销量吗？

周五的时候，阿莫开车来接她回家，准备第二天的拍摄。

从青藤出去的时候，骆明薇看到不少蹲守在门口的记者。

原本青藤校门口干净整洁，因为青藤的学生几乎不买任何零食，也不吃任何高盐高油食品，小摊小贩在这里没有任何生意可做。可最近这段时间，因为记者们的蹲守，居然出现了好几个小吃摊子。

还真是有一些……令人哭笑不得呢。

回到家，骆明薇约了美容师上门做了个 SPA（水疗），放松一下连日来在学校上课的劳累，好好睡了一觉。

第二天她醒得很早，因为会有专业的化妆师和造型师给她梳妆。因此只是简单做了清洁和护理，便由阿莫开车送她去摄影棚。

以前骆明薇虽然出道多年，但始终没什么人气，不太会出现被记者蹲守的情况，然而到了 *Queen* 摄影棚的楼下，阿莫才发现自己今天大大地失算了。

大楼门前有不少记者，估计都是收到消息，知道今天骆明薇要来拍封面而来蹲守的。

"早知道应该带几个保镖来，现在这个情况怎么办？"阿莫一下子有点无措，"要么你先在车上等着，我这就打电话安排人来？"

骆明薇看了看时间："来不及了，约好是 8 点钟开始，我不想迟到。"她想了想，"不就是几个记者吗，让他们拍就是了。我是正大光明来拍封面，又不是做什么见不得人的事。"

于是开了车门，自己下了车。

记者们果然立马蜂拥过来，快门噼里啪啦一阵响。

"骆明薇，你今天是来拍封面的？对于网络上有人爆料说你这次是靠走后门抢走了同学的封面，你有什么要回应的吗？"

难得能够见到当事者本人，记者们一个个问题如竹筒倒豆子般。

"没有的事。"骆明薇直截了当地回应，"对此 Queen 已经发表过声明，我不想再多做解释。"

"可是 Queen 的总编苏颖和你的经纪人王晴的关系很好啊。"

"那又怎样？"骆明薇反问。

"真的没猫腻？你的演技大家都很清楚，你觉得自己真的配得上'最生动'这三个字吗？"记者问得十分直接露骨。

骆明薇压住火气，尽量让自己表现得体："等封面出来，大家心里自有判断。"

话音未落——

"哗"的一声，骆明薇还没反应过来，一桶油漆就泼到了她额头上，红色的油漆顺着她的脸流了下来。很快，骆明薇的身上沾满了油漆。

"不要脸的骗子！就你那张假得要死的脸还生动，呸！"不知道从哪里冒出来的人，冲上来就是一阵谩骂，甚至还想冲过来动手，被大楼的保安迅速拉走。"骆明薇，你天下第一丑！不要脸，恶心……"更多不堪入耳的脏话，骆明薇已经完全没有心情听。

记者们最初都愣了一下，反应过来之后一个个都激动了。

天，骆明薇被人泼了油漆哎！这真是太好的一个新闻头条了！

他们纷纷举起相机。

行色匆匆的路人纷纷停下脚步，好奇地朝这边围过来。

快门声不停地在耳边响着，一支支录音笔就像无数把尖锐的小刀直指向她："骆明薇，你现在心里是什么感受？"

神经病，你被油漆泼了心里能是什么感受？

"你觉得这个人是谁的粉丝，是不是林可柔的粉丝？"

一个个问题接踵而来，人群将她团团围住。骆明薇用手遮着脸想出冲记者的包围圈，可四面八方都有镜头和记者，还有围观者好奇又嘲笑的眼神……

慌乱之中，不知道是谁踩了她的脚，她痛得往回缩了一下，没想到脚下是一个台阶，她猝不及防踩了下去，当下脚踝处剧烈地疼痛起来。

脚崴了。

她吃痛地俯下身去，伸出手去摸索着，想要找一个支点支撑住自己，可没有人理会她，耳边只有记者们不断的追问声……

那一刻，她忽然感到前所未有的无助。

阿莫还在停车，没有回来。

现在这个样子被拍到上头条，那简直太挫了。她几乎可以想象得到，网上的那些 anti 粉会用什么样不堪入耳的话来嘲笑她。

眼底，有了温热的液体。

可她咬住唇，强迫自己把眼泪都逼回去。不能哭，最起码不能在镜头面前流眼泪，不能让他们看见自己的无助和软弱……

眼前一黑，忽然又有什么东西罩在了她的头上，紧接着就被人打横抱起。

是一件针织外套，和熟悉的味道。骆明薇心里一暖，已经知道是谁。

他怎么会在这里？

围观的记者和吃瓜路人们都有点蒙，搞不清楚眼前这到底是什么状况，只知道——

这个骆明薇好幸运啊，居然被新"国民老公"公主抱了！

"叶晟熙？！"记者们的声音又惊又喜，显然没料到今天会有这样的意外收获，会碰到叶晟熙，"你怎么在这里？"

"你是陪骆明薇来拍封面的吗？你们是什么关系？"已经有脑子转得快的记者反应过来，迅速发问。

骆明薇的脑袋上盖着叶晟熙的针织外套，再加上她正低着头躲避记者的镜头，因此没看到叶晟熙的表情，只听见他语气淡淡地说："就是你们想的那种关系。"

"……"骆明薇的心猛然漏跳了一拍。

他们想的那种关系……

记者们沸腾了："那你和林可柔呢？你们不是一对吗？"

叶晟熙下意识地抱紧了骆明薇。

"我和林可柔只是同班同学，除此之外没有别的关系。"虽然在林可柔面前答应过会由她来澄清绯闻，可如今情势逼人，如果他不解释清楚，会让骆明薇陷入另一桩丑闻里。

记者们显然都不太相信。

叶晟熙、林可柔，多么登对的一对才子佳人。之前采访林可柔的时候，她分明也是默认了的。于是一个个紧紧追问，大有不逼出真相誓不罢休的意味。其实叶晟熙心里明白，他们要的哪里是真相，只不过想要一个劲爆的头条而已。

他知道骆明薇今天是来拍封面的，不能再耽搁。他低下头仔细确认骆明薇的脸被遮住，抱着她往前走。

阿莫气喘吁吁地冲过来，看着眼前的一幕，惊得下巴都要掉到地上了："这这这？这什么情况？"

叶晟熙抱着骆明薇大步流星走进杂志社大楼，直到确定记者们不能再跟进来，才把骆明薇放下。

骆明薇有点不自在，单脚跳开一步，崴了的那只脚一触底就钻心的疼。叶晟熙知道她不好意思，也不勉强她，伸出一只手扶了她一下："我扶你上去吧。"

骆明薇脑子里一直回响着叶晟熙那句话："就是你们想的那种关系！"那种关系，那种关系是什么关系？骆明薇憋了又憋，实在忍不住，还是问出来了："你刚才说，我们是那种关系……"

叶晟熙见骆明薇眼神飘忽，一副想知道又不想显得太迫切的样子，心里立即软软的，声音也不自觉地柔和了几分："嗯，怎么了？"

骆明薇飞快地看了叶晟熙一眼，又移开视线："那，那种关系是什么关系啊？"

叶晟熙有些好笑，又有点不好意思，伸手弹了骆明薇额头一下："你觉得呢？"

骆明薇捂着额头怒视叶晟熙。明明是她提的问题，为什么反而要她自己来回答？她觉得……她觉得他在暗恋她，她刚才可是清清楚楚地感觉到了：他抱她抱得可紧了。虽说英雄救美值得肯定，可他抱那么紧，说他对她没意思，谁信呢？骆明薇一冲动就想说出来，可话到嘴边，她又说不出口。万一他不承认，那多丢脸啊！再或者，他没暗恋她，那她不得让他笑话死？

骆明薇眼珠子转了转，想到了一个比较保险的说法："你教我弹琴，我们算是……师生关系？"

叶晟熙心里直叹气，这家伙，还学会装傻了？！算了，这种事本来就应该由他来开口："我可没把你当学生……"

刚说到这里，阿莫气喘吁吁地跑过来了，老远就开始大呼小叫："明薇，你怎么还不进去？只剩两分钟了，我们要迟到了！"

骆明薇深呼吸，强忍着一巴掌把阿莫拍到九霄云外的冲动，决心对他的催促充耳不闻："然后呢？"她满眼期盼。

"现在只剩一分半了……"小强阿莫还在坚持。

叶晟熙无声地笑了。算了，来日方长，不急在这一时。"你先上去吧，以后再说。"叶晟熙转而看向阿莫，"照顾好她。"说完，挥手转身离开。

"……"就这么走了？骆明薇失望极了，明明刚才话已经到嘴边了，怎么不说完就走了？都怪阿莫这家伙！她转身，把怒火发在不识时务的阿莫身上，狠狠拽住他的手臂凶巴巴地说，"愣着干什么，走了！"

阿莫疼得龇牙咧嘴："哎哎哎，大小姐，你手劲儿轻点儿……"一边小心翼翼地扶着骆明薇"蹦"进了电梯。

苏颖看到骆明薇满身油漆还崴了脚的惨样，着实吃了一惊："你这是怎么了？"

骆明薇摆摆手，一副不怎么在意的样子："没事，出了点小意外。苏老师，要不然，先这样给我拍几张？我觉得比较应景。"

苏颖一下子就明白了骆明薇的意图。她，骆明薇，还有 *Queen* 杂志，都等于是在顶着雷作案。可即便顶了雷又怎样呢？她苏颖有能力承担起自己所做的决定的后果，而眼前这个在风口浪尖中狼狈无比却依然能挺胸抬头走进来的年轻女孩，也做好了直面一切的准备。别人都在等着那颗雷炸了，可她，却相信那颗雷能结成绚烂的花火。这样的活法，何其生动！

苏颖笑了，看向骆明薇的眼神里满是赞许："不错，你这样就很好。来，各部门准备！"

摄影师拍得很兴奋。太嗨了！眼前的这姑娘明明惨兮兮的，可是又奇异地发着光。

拍完这组之后，苏颖让骆明薇去洗澡换衣服，让她做好准备拍另一组。可收拾妥当的骆明薇再次站到镜头前，却总缺少了那么点感觉。苏颖急了，声音都拔高了好几度："我就要你那天的感觉！我用手机拍你那天！"

骆明薇想起来了，那天，她在和叶晟熙拌嘴。想起叶晟熙这个衰人，骆明薇又是一肚子气！说话说半截，还老骂她。不过，他弹琴的样子真好看……

摄影师看着骆明薇越来越生动的表情，不停地按快门。苏颖满意地笑了。对，就是这样！这才是她想要的骆明薇！

拍完之后，苏颖指着其中一张照片说："这张感觉最好！明薇，我说句话你可能不爱听，其实，私底下的你确实比镜头前的你更加生动。"

骆明薇心中也有些震撼。照片里的那个人，是她，又不是她。艳若桃李，灿如春阳。或许，从前真的是她太刻意在镜头前表现，反而在表演的时候显得痕迹太重。而松弛下来之后，反倒另一番鲜活。这样的她，是她由衷喜欢的模样，也是一个一直被她忽视的自己。

"我有信心，这次的封面一定会大受好评。"苏颖的眼睛里有明亮的光彩，"骆明薇，你会因为这个封面打一场漂亮的翻身仗。"

真的吗？她可以打一场漂亮的翻身仗？骆明薇觉得自己的心脏在狂跳，

她已经很久很久没有过这种感觉了。小的时候，妈妈曾经跟她说过："每一个明天都是值得期待的，因为每一天都是不一样的。"等她长大以后，可能是失望得太多了，她也就渐渐地把这句话给忘了。可是现在，她看着那个崭新而不一样的自己，突然又想起了那句话。或许，明天真的是可以期待的。

刚走到杂志社大楼的门口，保安就提着一个袋子走了过来："这位小姐，这是你男朋友让我转交给你的。"

骆明薇一愣。男朋友？谁啊？

阿莫打开袋子一看，里面放着一身女式运动服，八卦之心顿起："你什么时候交男朋友了？这是给你买的衣服？哎，尺寸很对啊！"他特意在"尺寸"两个字上咬重了一些，挤眉弄眼地看着骆明薇。

骆明薇揪着阿莫的耳朵就往前走："我对你耳朵的尺寸也很了解，并且拧得非常得心应手。"

阿莫惨叫着求饶："唉哟唉哟，我错了。快放开我，明薇……"

骆明薇的脚好像也不疼了。她猜出来了，衣服应该是叶晟熙买的。他是要她干干净净地回学校。这个男人虽然嘴巴毒了点，但也不是没有可取之处嘛！那种关系？早晚有一天她要让他把话说明白，那种关系到底是什么关系。想到这里，骆明薇的心脏又开始狂跳起来。看来，明天真的是可以期待的。

原本网友们的注意力因为叶晟熙的身份曝光成功被转移，已经渐渐关注到别的明星的新闻上去，慢慢淡忘了骆明薇。可那天叶晟熙在 *Queen* 杂志社大楼前"英雄救美"的事一经曝光，就迅速上了热搜榜。

骆明薇又一次回到大众视线的焦点中。

一方面是因为 *Queen* 特刊上市在即，杂志社方面开始营销宣传，接连一个星期，杂志的官博上都在"每日剧透"。作为 cover girl 的骆明薇，自然曝光率十足。

另一方面，则是因为"你们想的那种关系"的曝光。

不论是叶晟熙的粉丝，还是围观的吃瓜群众，都惊呆了：叶晟熙的女友居然不是林可柔，而是骆明薇？

这这这？

到底是他们没睡醒，还是写新闻的记者没睡醒？

一部分人是所谓的"原配党"，坚决站在林可柔一边大骂骆明薇是小三。说她抢了林可柔的封面又抢男人，简直下贱到极点，大喊着"小三一时爽，全家火葬场"。只要有人反驳一句并没有证据证明骆明薇是小三，马上人身攻击"祝你老公外面彩旗飘飘"。

再加上林可柔连续好几天没发微博，这一天忽然发了一张自己的侧脸远景自拍照。画面里她站在蓝天下，要多忧伤有多忧伤，虽然什么都没说，一向善于"看图说话"的网友们立刻展开了无限的遐想。

不过这次的舆论倒也不是一边倒。

"从来没有实锤证明我们家 AY（Albert.Y 的简称）跟林可柔是一对啊，两个当事人都没有承认过。现在 AY 自己澄清了和林可柔不是一对，那凭什么说他是渣男劈腿？"叶晟熙的大部分粉丝坚决维护自己的偶像。

"公主抱那一段好像偶像剧啊啊啊，我的少女心要炸裂了！"

叶晟熙的粉丝群体庞大，且一个个战斗力超强，绝对无法容忍自己的偶像被人攻击泼脏水。有他们的维护，倒让骆明薇产生了一种感觉，好像叶晟熙是一棵参天大树，而自己就是被庇护在树荫下的小苗。

任凭风吹雨打，她站在他的庇护之下，就很安全。

不过也有粉丝表示不愿意相信："他和骆明薇真的是一对？不会吧，眼光这么差？"

"什么叫作'眼光这么差'？我哪里差了？"骆明薇气得对着手机怒吼，"你能你上啊，我倒要看看你长得有多好看……哼……"竟然真的还挺美的。叶晟熙，为什么你老招惹一些漂亮的女粉丝？不过叶晟熙这家伙最近在忙什么啊？除了上课几乎见不到他的人影，原本说好两天一次的钢琴课也暂停了。他不会是在躲着她吧？

想到这里，骆明薇更郁闷了。她气得扔掉手机，躺在床上挺尸。

看来这一段时间，"骆明薇"这三个字是无法从热搜榜上下去了。不知道为什么，她有一种直觉，总觉得这件事被炒作得这样大，好像不仅仅是因为叶晟熙的人气和她身上那些子虚乌有的"丑闻"；好像有一双无形的手，在背后推动着。

是王晴吗？

不。她迅速地否认了。王晴说过，这段时间再不会干涉自己的经纪事务，她绝对是个说到做到的人。那会是谁呢？骆明薇想不出头绪来。她想让自己平静下来，不要焦虑，不要胡思乱想，可事实是，她根本做不到。越逼近杂志上市的日子，她就越焦虑。

这种感觉很奇怪。其实她从小出道，拍电影、开发布会、拍杂志、做专访，什么都经历过，怯场这个词在她身上几乎没有出现过。

可如今，她却好像有些怯场了。

这是第一次，她不凭借"骆明薇"的身份，而是真真正正凭借自己的实力争取到的机会。既然有那么多心怀恶意的人等着看她出丑，她就更不能输。

拍摄的时候，她已经尽了最大的努力呈现真实的自己，现在除了等待，她做不了任何事。她逼自己不去想，不去看网上那些评论，把所有的精力都放在课业上。

日复一日，练舞，练台词，跑步，健身，练琴。

只有当汗水湿透身上的衣服，血液在身体里加速循环，热量让每一个毛孔都打开，那种酣畅淋漓之感才能暂时让她忘却焦虑。

Chapter 07 / 一场漂亮的翻身仗

早上 8 点，几乎是和杂志在各大报刊亭上架的同一时间，*Queen*12 周年特刊封面的神秘面纱终于在官博揭开。

杂志上，骆明薇发丝凌乱，一张素净的脸被红油漆染了大半。

她看着镜头，表情平静。

可眼底都是倔强。

骆明薇没料到，最后 *Queen* 竟然会选用这张照片。

这条微博引起了网友热烈的讨论，仍然是褒贬都有。喜欢的人惊呼于骆明薇的改变："眼底的倔强让人心疼。让我想起十六岁的时候听的那首歌——我和我最后的倔强，握紧双手绝对不放。"而不喜欢她的人仍旧坚持抓住她的黑点不放，拼命攻击。

可即便网上讨论得再热烈，似乎对销量都无助于事。

"刚刚拿到销售报告。今天早上一个上午，销量比往期下跌了 37.9%。"电话那头的阿莫竭力让自己的口吻听起来轻松一些，"情况不算乐观。"

　　"明明网上的讨论度很高。"她犹豫着，仿佛是想给自己找借口。

　　"是。"尾音被拖长，仿佛在思考如何措辞，"只能说，网络上那些讨论度还没有转化成实际的购买力吧，或许再过几天情况会好转……"

　　"那是不是意味着我这一次又失败了？"她轻声问。

　　"当然不是！"阿莫急忙安慰，可语气里的不确定连自己都骗不过去，"还要看后续发力，现在下定论为时尚早。*Queen* 那边说，如果有必要……"

　　有必要将如何，骆明薇没有什么心情关心。要真的到了"如果有必要"的地步，说明她已经失败了。再如何补救，也不过是 *Queen* 的自救。于她，毫无意义。

　　挂了电话，她苦笑。

　　还是失败了呀。

　　曾经有无数次，她的电影上映的第一天，她都是这样守着票房。一开始她总是信心满满，觉得这一次肯定能打个漂亮的翻身仗，可每一次，都失望而归。

　　习惯了，她早就习惯了。

　　不过是又一次的失败而已，没什么好难过的。

　　拿出手机，再三犹豫。

　　最后还是发了微信。

　　"你在干吗？"配上一个笑脸，语气故作轻松。

　　没有回复。

　　原本已经打好的"我心情不好，出来陪我喝一杯"生生憋在了输入框里，最后还是一个字一个字地删掉了。

　　自从上次 *Queen* 杂志社的事情之后，叶晟熙好像刻意在回避她。是因为网上的那些绯闻吗？

　　前几天，骆明薇假装不经意间问陈昊："既然叶晟熙和可柔之间没什么，为什么他从来不解释，让同学们都误会他们是一对呢？"

　　"他觉得很无聊啊，为了一些子虚乌有的绯闻，懒得解释，他的性格就是这样。再加上他觉得这种事如果由男性出面澄清，会让女方觉得尴尬没面子吧。不过最近网上的传言太过分，才逼他不得不澄清。"陈昊这样说。

或许，叶晟熙对她也是这样吧！

发现和自己传绯闻对她有利，于是不说破不澄清，不过是他的绅士风度而已。是她太单纯，把网上那些看客们毫无根据的遐想都当成了真。

她低叹，第一次发现自己太贪心。如果有一个朋友，他愿意为了帮你而不惜牺牲自己的"清白"，实在应该已经十分感激，可她却贪心奢望更多。

她不是不清楚，绯闻对于一个年轻男偶像来说会是怎样的打击。远的不说，就连最近在某部电视剧里刚刚有了人气、正处于事业上升期的某小鲜肉，就因为公布了恋情，而失去了一大批"女友粉"，刚刚建立没多久的个人站也宣布关闭，粉丝们宣布"缘分不够，从此路人"。

电视剧向来是圈粉利器，这位男偶像尚且因此失去大批"女友粉"，更何况是叶晟熙呢。刚刚因为几首作品和俊秀的外表建立起来人气，虽然眼下火爆，但并不稳固。

如果纯粹只是因为想要帮她一把而害他失去了刚刚建立的人气，那她岂不是害了叶晟熙？

叹息。

她回到屋里。

陈昊不知道什么时候已经从浴室出来，像往常一样抱着吉他在调试琴弦。

然后她清了清嗓子，跟着节奏轻声哼起歌来。

我是森林中的布谷鸟，家住在美丽的半山腰……布谷鸟在声声叫，唱着动人的歌谣，歌声唱给那悲伤的人，把一切都忘掉。

这首歌叫《布谷鸟》，是骆明薇很喜欢的歌曲。

最开始知道陈昊会弹吉他的时候，骆明薇缠着要学弹这首歌，被毫不客气地拒绝了。想到这儿，她眼眶一热。什么都不用说，骆明薇知道陈昊想表达什么。

"我出去走走。"她拿起外套。

暮春初夏。

屋顶的风微凉。

骆明薇不知道自己在这里坐了多久，只知道眼睁睁看着眼前一片延绵的粉色樱花海渐渐地淹没在夜色里。

夜风起。

身后的啤酒罐扔得横七竖八，可脑子依然清醒。

原来借酒消愁愁更愁，这句话是真的。

叶晟熙推开阳台的门，就看见明亮的月光下骆明薇的背影。

果然在这里，他松了一口气。

今天一整天他都在城里朋友的剪辑室里工作，回到宿舍已经是晚上，才知道骆明薇白天心情不好出了门，至今未归。周汝嘉和陈昊急得不行，又不敢随便声张，给他打了好多电话，但都是关机。直到周汝嘉提起这件事，他才发现自己的手机早就没电了。

"你知道她会在哪儿吗？"周汝嘉问。

叶晟熙脑子里跳出的第一个地方就是这里。

叶晟熙慢慢走过来。

月光皎洁。

她迎着风坐在月光下。夜色浓重，她的身影也越发显得单薄。

听到声音，骆明薇回过头。看到叶晟熙的那一刹，她鼻尖发酸，一个下午都没流出来的眼泪在这一刻不争气地涌出来。

她慌忙转过头，迅速擦掉，然后调转头："叶晟熙，你回来了。"她从栏杆上跳下来，摇摇晃晃，"我发微信给周汝嘉，他说你去城里了。我还以为你今晚要夜不归宿了呢！"说完她嘿嘿一笑，"新国民老公夜不归宿，小心被记者拍到！"

她佩服自己，这个时候还有开玩笑的心情。

眼看着她就要摔倒，叶晟熙连忙上前扶了一把。

浓重的酒气扑鼻而来，叶晟熙忍不住皱紧了眉——这家伙，到底喝了多少？她的酒量，叶晟熙早在上次在便利店就试出来了。两罐下肚，基本发晕；

三罐喝完，不省人事。

可眼前这脚底下，粗粗一数，居然有五六个啤酒罐。

"你在这里等我？"他低声问。或许是因为夜里温度低，声音里有微微沙哑的感觉。

骆明薇觉得这声音好听极了。

等他？他是把自己当成那种死缠烂打的女人了吗？

"不是不是，你别误会。我只是想一个人静一静而已。"她扶着栏杆重新爬上去。明明刚才还很清醒，可叶晟熙一来，酒意就上头了，需要很用力抓住才不会滑下来。

叶晟熙无奈，扶住她坐稳。

"你坐，我有话想跟你说清楚。"她朝边上挪了挪，拍了拍空位。

叶晟熙知道，醉鬼不能招惹，顺从地坐下来。

夜风越发的凉，周围一片宁静。

她身上的酒味很清晰，声音也很清晰。

"你知道吗，我又一次失败了。Queen 今天的销量粗略估计了一下，下降了 40 多个点。"早上才是 30 多，到了下午数据越发难看。过几天，各家媒体就会把这件事公之于众，全世界都会知道，Queen 因为请了骆明薇做封面，销量一败涂地。

叶晟熙沉默地听着，并没有表示什么。

"过几天，或许就是明天，媒体就会报道这件事了。Queen 用骆明薇做封面，销量遭遇滑铁卢……然后我呢，就会成为一个大笑话。"她挥舞着手，在空中比画着，"这么大！"

"不过你别用那么同情的眼神看我，我不难过，真的。没什么大不了的，我又不是没经历过。"没什么，没什么，这不过是她的演艺生涯的又一个污点而已。

"所以你不需要再顾及我了。"她喝得醉醺醺的，一说话就摇头晃脑的，其实脑袋已经很沉，此时是勉强撑着自己把话说完。

这样的骆明薇，却让叶晟熙觉得意外的可爱。"什么？"他轻声问。

"那些绯闻。"

叶晟熙挑了挑眉毛。

"我知道网络上大家都在传我们的绯闻，对你造成很大的困扰。陈昊说，你从前不解释和可柔的绯闻，是想把澄清的机会留给她。那么我想这一次……也是一样吧？"

如果他给的温暖只是一场施舍，那她再眷恋也宁可不要。

"反正封面的事情已经结束了，我也不需要你的绯闻来制造人气。所以，没关系，明天，就明天吧，我们一起发个澄清的声明。"

"澄清什么？"叶晟熙低声问。

"我们啊，澄清我们只是同学关系。就跟你和林可柔一样，对吗？"

骆明薇看着叶晟熙。此刻，她多么希望叶晟熙能够回答她一句："不是。"甚至有那么一瞬间，她看着月光下叶晟熙深深的双眸，觉得他真的会说出她期望的那两个字。

然而叶晟熙没有。

"你不是说我们是师生关系吗？"叶晟熙轻笑。

最后的一点点希望都破灭了。幸好夜色很浓，她脸上的失望应该不明显。"是啊。"她侧开头，轻声地说，"师生关系。"

望着骆明薇的侧脸，叶晟熙轻轻地笑了。她真不是一个好演员，连掩藏自己的情绪都不会。不能再逗下去了，叶晟熙心想。于是他端正了脸色："其实……"

骆明薇忽然跳起来："很晚了，我回去睡觉了。"明明早就猜到答案，可是忽然那么不甘愿听见他亲口说出。

叶晟熙也跟着她站起来。

他比骆明薇高许多，站得又近，逼得她必须抬起头来看他，这一看才发现他的脸已是近在咫尺。然后，不等她反应过来，就这样迅速直接地吻住了她。

实际行动永远比口头的承诺更能安抚人心。

就这么一个吻，将她这一整天的悲伤与不快彻底击得粉碎。他身上好闻的清新味道迅速包围了她，占据了她所有的意识。她不能呼吸，无法思考，这样的一刻太美妙。如果可以，她甚至希望时间能够永远为这一刻停留。

然后，浓重的酒意疯狂地袭击了她。

叶晟熙意识到怀里的人已经醉晕过去的时候，忍不住有一丝挫败感。究竟是她的酒量太差，还是他的接吻技术太差？

手机"叮"地响了一下，是黄靖轩发来的微信："视频已收到。明早 9 点准时发。[憨笑]"

"谢谢。"他单手回复了两个字。

月色皎洁。他身影笔挺，怀里还有一个沉沉睡去的醉鬼。

"放心。我不会让你再一次失败。"

骆明薇醒来的时候，已经是正午时分。

窗帘没有拉，陈昊有每天开窗通风的习惯，阳光就这样毫无遮挡地照进来，眼前的一切都是明晃晃的。

她勉强坐起来。

口干舌燥。

昨晚她到底喝了多少酒？

她拍了拍脑袋，从床上起来去找水喝。"咕噜咕噜"一整杯凉白开下肚，才恍惚记起昨晚的事。

昨晚她好像跟叶晟熙摊牌了。可关键是，摊牌的结果是什么，她竟然死活都记不起来了。

骆明薇懊悔不已，早知道就不喝这么多酒了。现在怎么办，既然不知道叶晟熙的回答，那么这牌，摊了跟没摊有什么两样？而且，她以后要用什么心态面对叶晟熙呢？

喝酒误事，喝酒误事。她真该听阿莫的，把酒给戒了。

陈昊从外面回来，看见骆明薇，眉头一皱："醉鬼，你醒了。"

骆明薇吐吐舌头。她知道，昨晚的陈昊一定被自己满身的酒气给熏死了。以她对陈昊的了解，这无异于凌迟。

这又让她想起另一个问题。

"昨晚，是叶晟熙送我回来的？"

"嗯。"

"他有没有说什么？"

陈昊认真想了想："没有。不过，他当时脸很红。"

脸红？骆明薇一下子愣了。该不会，自己又"借酒行凶"，对叶晟熙做了什么不该做的了吧？难道他……

骆明薇下意识地摸了摸自己的嘴唇，竟然，真的好像有那么一点记忆！

"不过，我觉得应该是背着你回来累的。"陈昊又慢悠悠补了一句。

正面红耳赤的骆明薇险些内伤出血。

陈昊看完一场好戏，才开始说正经事："对了，你醒来看微博了吗？"

骆明薇心一顿。

那帮媒体记者果然动作快。

"黄靖轩的微博，我发链接给你了。"陈昊说。

关黄靖轩什么事？骆明薇莫名其妙，拿起手机打开微信，点开陈昊发给她的链接。链接指向的是一个视频。骆明薇下意识地点开，视频开始播放。她这才发现，视频的主角居然是她自己。

没错，是她。

有些画面是在她知情的情况下拍摄的，有些则是连她自己都不知道什么时候被拍的。短短四分多钟的视频，涵盖了她这两个多月在青藤的点点滴滴。

"这是，班长的那个 DV 拍的？"骆明薇问。黄靖轩这个爱好其实在学校里很遭人嫌弃，毕竟大家平常在学校都是素颜居多，有时候练舞跑步，并不都是呈现光鲜亮丽的一面。所以大多数同学都是拒绝被拍摄的。骆明薇其实也是这么觉得，可禁不住黄靖轩的请求，有时候会稍微配合一下。

陈昊点点头。

幸好有个够无聊的黄靖轩拍下这些画面。

视频是按照时间的顺序来剪辑的。

她第一天到青藤，在教室里跟大家打招呼的情景——她现在才发现自己那天有多狼狈，披头散发，衣衫凌乱；她皱着一张脸，抱怨食堂没有肉食没有油水的情景；她上第一节声乐课，一首"深情款款"的《听海》唱得大家纷纷笑场而她还自我感觉良好、浑然不觉的情景；她在舞蹈课上试图跟上大家舞步时滑稽而拙劣的样子……

后来，她慢慢地跟上了大家的步伐；声乐课上也能够从容地唱出老师指定的唱段，虽然还是有些底气不足发音不对；慢慢地，她能够跳完一整支舞了。——骆明薇还记得，第一次完整又毫不出错地跳完一整支舞的那天，她整个人有多欢欣雀跃。当时一扭头看见黄靖轩在拍她，冲过去就给了他一个大大的拥抱，然后嚷着要看画面……果然，这一段都被剪辑进去了。

还有她在乐理课上昏昏欲睡的画面；她被勒令减肥，每天在操场上跑完三千米瘫倒在跑道上，任凭黄靖轩和可柔怎么喊，赖在地上不肯起的画面；她在第二个月的形体课上发现自己成功瘦了四公斤之后，跳起来满教室跑着找人跟她击掌的画面……

太多太多满满的回忆。

等她看完视频，才发现自己已经泪流满面。

原来这两个月，她在青藤竟然经历了这么多。"这……真的是我吗？"她边擦眼泪边笑。时间一晃而过，那些画面都已经在脑海中淡去，只有浑身的酸痛提醒她，那一切都是自己真实经历过的。

陈昊取笑她："除了你，青藤还找得出第二个舞跳得那么差，歌唱得那么烂的吗？"

"……"

这家伙，就不能别这么刀子嘴吗？

"你们，把这段视频公开在网络上了？"骆明薇顺着屏幕往下拉，发现底下有几千条留言之后才反应过来，"不会吧？！怎么可以这样！这拍得我太丑了！"没有打光不说，大多数画面里她完全是素颜的，连眉毛都没画！虽然她并不是"没眉毛会死星球人"，但到了镜头里还是会有差异。"丑死了丑死了！我会被人笑死的！快让黄靖轩删掉！"

陈昊说："你先看看下面的评论再说。"

看评论？

损友啊损友，这是觉得她最近受的打击还不够多吗？

虽然这么想着，但她还是往下翻了翻评论。

意外地，视频底下的评论居然……几乎都是正面的评价。

"这是骆明薇？［疑问］［疑问］不会吧，我瞄过几眼她的电影，那演技僵硬又做作，和这个感觉完全不一样啊！"

"年轻真是好啊！你看这满脸的胶原蛋白！嫉妒！！［抓狂］"

"我忽然好像有点能理解什么叫作'最生动的脸庞'了，或许这次 *Queen* 真的没有选错哦……"

……

当然，也有坚决抵制的。

"大家难道都忘了她之前做的事了吗？三就是三，一辈子都洗不白！［再见］［再见］［再见］"

"恕我直言，根本看不出她哪里'生动'。但是走后门插班，抢了林可柔封面还做小三，这是板上钉钉的事实。难道就因为一个视频就可以洗白了？现在的人三观都被狗吃了吗？"

"还有 wuli 枫枫，也是被这个女人陷害的！"

"对啊，难道大家都忘了她勾搭沈亦枫不成，诬赖沈亦枫和张子琪交往，逼得张子琪自杀这件事了吗？"

可尽管这样，骆明薇还是能察觉得出，大多数网友的态度都在转变。

说不出究竟是哪里，可那些释放出来的善意，即便隔着屏幕她也能感受得到。

黄靖轩的视频是早上发出来的，距离现在大约四个多小时，可底下的留言已经快逼近一万了——要知道，黄靖轩本人微博的粉丝不足一千，能有这样的关注度实在是太惊人了。

骆明薇点开转发栏，发现好几个大 V 都转发了这条微博，难怪。可是，黄靖轩的微博是怎么被大 V 们发现的呢？

她现在已经没有时间思考太多。

她发现 Queen 的官微也转发了这条视频，而在这条视频下面，有很多 Queen 读者的留言。

赞扬的话自然不必重复太多，其中有很多是买了 Queen 上来留言反馈的。

"这期的 Queen 很赞，封面很震撼。最让我惊喜的是骆明薇居然没有化妆，素颜！素颜上封面，她大概是前无古人后无来者了吧？［冷汗］"

几乎每一条晒图的反馈，都得到了几百上千的点赞与回复。

"看起来真的不错啊！"

"已下单。"

"决定去买一本回来看看。"

越来越多这样的回复。

不仅是这样。

就在这时候，微博娱乐发出了一条微博："叶晟熙街边买 Queen，这是在用实际行动支持女友吗？看来'新国民老公'真的名草有主，看来叶晟熙的后宫团们真的失恋了。［思考］"

下面配了九宫格照片。看起来像是在昨晚城里某个报刊亭外。从叶晟熙拿起杂志到付款买下，然后站在报刊亭前凝望封面，再到拆了杂志塑封翻开内页，就像一组连环画。

照片很清晰，眼尖的网友立刻发现了——

"叶晟熙把 Queen 这期赠送的 12 周年纪念版钥匙扣挂在包上了！"

这一下，后宫团们沸腾了："AY 同款钥匙扣！我不管，为了钥匙扣我也要买杂志！"

然后……

仅仅半天时间，微博上掀起了一场晒叶晟熙同款钥匙扣的热潮……

骆明薇有些无语凝噎。

另一边的男生宿舍里。

周围一片静谧。

叶晟熙从沉睡中醒来已经是正午时分，刺眼的阳光从窗外照进来。他恍然惊觉，翻身拿起枕边的闹钟——12：30。他睡了三个多小时，不知道现在网络上的情形怎么样了。

拿起手机，他刷到那条用黄靖轩的微博发出去的视频。

前几天的一个下午，周汝嘉去黄靖轩的宿舍借东西，正好撞见黄靖轩在导出自己日常拍的视频，周汝嘉就顺便让黄靖轩播放了几个来看。

其中就有骆明薇的。

周汝嘉非常惊喜，连忙叫叶晟熙过来一起看。看着看着，叶晟熙忽然就有了主意，他想到了怎么帮骆明薇扭转形象。

他决定剪辑一个骆明薇的个人视频放上网。

在现在这样的舆论风向下，所有的语言都已经是苍白的，只有让网友们自己亲眼看到一个真实的骆明薇，才能扭转他们的看法。黄靖轩的 DV 记录了骆明薇最真实的状态，他相信，这样的骆明薇一定能够打动网友。

毕竟，他亦是被这样的骆明薇所打动。

但，剪辑视频说起来简单，可实际操作起来却很难——他们这群人里没有一个会操作视频剪辑软件的。

幸好叶晟熙在给李导的电影作曲的时候，认识了不少投资商精诚文化的员工，其中就有对方大拿级别的剪接师。叶晟熙当下就找到这位剪接师，拜托他教自己使用剪辑软件。整个周末，他都泡在城里那个剪接师的工作室里制作这个视频。

既然是要用来扭转骆明薇的形象的，就肯定不能选择不那么好看的画面，但又不能只选择唯美漂亮的片段，必须综合考量，因此，剪辑的片段需要挑得非常谨慎。

现在的观众，已经不是一味只喜欢那些善良、美丽，看起来完美无瑕、圣母光芒普照大地的角色了，积极正面但又带一些无伤大雅的有趣的小缺陷的形象，对他们来说反而更真实立体，也更容易被接受。

表现她"生动"一面的，要有；表现她努力一面的，要有；表现她那些刁蛮小脾气的画面，也要有。

黄靖轩的视频并不只单独拍一个人，而是连续不断地拍摄学校里的所有人，甚至还有花草和天空。从开学初到现在，他已经累计拍了近100个小时。要从这100个小时里把骆明薇的画面找出来，简直是在大海里捞针。

他足足花了一整天的时间，用快进的方式才挑选出所有关于骆明薇的片段，然后开始剪辑制作。

为了呈现更好的效果，有的地方还会用上特效画面，比如搞笑的对白或者场景。

短短四分多钟的视频，他硬是从昨天中午一直剪辑到深夜，不断调试效果，最后才达到满意的程度，转发给黄靖轩。

既然视频是黄靖轩拍的，那么由他的微博发出来最合情合理。

然后又联系了精诚文化的人，希望他们能帮忙，用手里的资源把这条微博传播出去。"不要太大的动作，否则炒作的意味太明显。一步一步来，循序渐进，务必要让人有一种这条视频是自然而然被网友发现的感觉。"

精诚文化是个靠谱的合作伙伴，果然做得滴水不漏。

黄靖轩的微博下面已经有几千条评论，近万的转发量。叶晟熙一条一条翻看，一颗悬着的心才慢慢放下来——很好很好，网友们的反应正在他的预期之中。

然而在他预期之外的，是那组诡异的照片引发的晒叶晟熙同款钥匙扣的风潮。

其实他当时并没有多想，也没料到会有记者在跟踪偷拍自己——毕竟他曝光身份的时间不长，还没有真正适应自己公众人物的身份——只是看到路边有报刊亭，就走过去买了一本 *Queen*，表示一点支持。他看那个钥匙扣设计得还不错，顺手就挂在了包上。如此而已。

明星效应，果然可怕。

不过这样，会不会太抢骆明薇的戏了？

周汝嘉推门进来，晃了晃手里的外卖盒："你醒了，替你带了午饭。"

目光落在叶晟熙的手上，"在看那个视频？看见了吧，反响很好！还有那个钥匙扣，我都看呆了！"他眼底是掩饰不住的笑意。

"是。"叶晟熙点点头，有一丝淡淡的无语。松了一口气之后，才感到连日来的疲惫袭来。起床冲了个澡，坐在书桌旁慢慢地吃着周汝嘉带回来的午饭，一边还在刷新着微博。

底下的留言越来越多。

开始有大 V 的转发，阅读量猛然剧增，评论数也是井喷式的增长。

幸好，虽然那个钥匙扣一开始抢了戏，但不少买到杂志的人都纷纷表示，这期的封面确实拍得很不错：

"第一次看到时尚杂志的封面模特居然是素颜……不过效果居然很好啊，这个油漆是那天被泼的吗？这些人也真是够无聊的。"

"看着竟然让人有点心疼，可我明明是个骆明薇路人黑啊！"

"虽然是素颜但是很美啊！再说了，娱乐圈里的是是非非谁又说得清楚。作为一个只看颜的吃瓜群众，我不关心明星的人品，颜即是正义！"

"我不关心演员的人品。这个圈子谁还真是白莲花啊，五十步笑百步。"

越来越多的正面评论出现，竟然慢慢地盖过了那些负面的攻击。即便不用数据分析，也能很清晰地发现这一消一长之间的微妙变化。

看完评论，叶晟熙顺手点开视频。这段 BGM 在剪辑视频的时候他已经听了不下一千次，几乎已经快听到吐。但此时再看，画面里骆明薇的一颦一笑，每一个瞬间，都牵动他的嘴角。

视频里的骆明薇，是生动的，活泼的，富有生机的；而手边那本杂志上的骆明薇，是安静的，倔强的，不服输的。

这对比如此鲜明，如此让他心疼。

周汝嘉靠在窗边，看着叶晟熙脸上的神情。

"我说，你这一招真是太厉害了。"周汝嘉说，"明明是我先看到视频的，怎么我就没想到这个办法，最后功劳都成了你的。"他半开玩笑，摇着脑袋，"不公平，太不公平了！"

视频放完，叶晟熙的视线终于从屏幕上挪开，慢慢地咽下口中的食物，微微一笑："我从来没有想过要跟你公平竞争。"顿了顿，"因为跟我竞争，已经注定不公平。"

周汝嘉一怔，随即笑了。

以前怎么没发现，这个家伙这么狂傲！

手边的手机"叮"地响了一声。叶晟熙拿起手机，是骆明薇发来的微信。

"看到黄靖轩微博发的我的视频了吗？"

当然看到了，这条视频他已经看了不下一千遍。"看见了。"他回复。

"还有你的钥匙扣，太抢戏了！"虽然好像是责备的话，但叶晟熙仿佛能看见她打出这句话的时候脸上飞扬的神采。

"很抱歉……天生丽质难自弃。"他回了一句。

手机那头的骆明薇呆了呆，微微地窘了：叶晟熙居然会说冷笑话？！

"苏总，23.5%！"助理安娜放下电话，惊喜道，"才半天时间，销量回升了23.5%！虽然还没达到往常的水准，但回升的趋势非常明显！"

编辑部里响起一阵小小的欢呼。

苏颖脸上带着笑意，拍拍手示意众人安静下来："好了，现在还不是开心的时候。小张，马上通知印厂加印。我有信心，接下去才是销量的爆发期。"

"好！"

"营销也不要停。"

"是。"

安娜把一个牛皮纸袋放在她的桌上："对了，苏总，这是你之前要的资料。"

苏颖点点头，拆开信封，从里面取出一小叠资料。

唇边笑意更甚："很好。再压一压，等过几天吧。目前先尽全力将视频和钥匙扣的热度推上去。"

安娜点头。

大家都有条不紊地分头开始工作。

苏颖轻轻松了一口气。手边放着一本 Queen 的 12 周年特刊。12 周年，一个生肖轮回。从进入中国市场开始，她亲手一点一滴建立起这个时尚王国。

明明窗户没有开，却觉得有一阵微醺的暖风拂面而来。

她知道，她的眼光绝不会错。用不了几天，这本杂志将会更加巩固她在这个时尚王国的地位。

骆明薇青藤日常的视频在网络上流传，再加上"叶晟熙同款钥匙扣"的加持，*Queen* 的销量一路飙升，等到 *Queen* 出第一期销售报告的时候，销量比往期增长了大约 12%。虽然不至于大爆，但可以说已经是非常成功了。

网络上对骆明薇的好评越来越多。大多数人都承认，抛开以前的演技以及一些有的没的传闻，只单论这段视频，骆明薇确实称得上是"最生动的脸庞"。为 *Queen* 拍摄的那张封面，更是堪称这几年 *Queen* 的最高水准。

"没有刻意的妆容，没有大牌服装加持，没有强拗的所谓'时尚感'，*Queen* 用最简单的笔墨给了'最生动'这三个字一个返璞归真的描述。而对于攻击她的那些人，骆明薇仅用一个眼神，便给了无声却最有力的反击。"业内人士这样评价。

接连几天 *Queen* 的官微都不断有好消息涌现。官方建了一个话题，鼓励买到特刊的读者晒图。短短几天，话题阅读量就逼近 10 亿，讨论度达到了 100 多万。阿莫连打了好几个电话来诉苦："薇薇，我觉得我的耳朵都快聋了。这几天每天可能都要接不下一千个电话，想约你做采访的，想找你拍广告的……我不管，这得算工伤！"

总而言之，骆明薇这一场翻身仗确实打得非常漂亮，迅速挤进了花旦热门榜，身价一跃而上。同样的，在青藤，她亦感受到了不一样的氛围。

她发现，越来越多的同学开始向她释放出友好的信息。

青藤学生不多，几乎互相都认识。可原本走在路上遇见，大多只是微笑着点个头，礼貌而生疏，可现在越来越多的人会直接跟她打招呼，唤她的名字。

上课的时候，同学们也更加愿意跟她交流。比如分组练习的时候，不再因为和她分在了一组而黑着脸，反而很开心。课上练舞的时候，也愿意善意地提醒她一些小错误。

"我忽然觉得我们班的氛围好像团结融洽了许多。"有一节课，黄靖轩感慨地跟她说，"更像一个班集体，而不是以前那种一伙人凑对上课的疏离感。这感觉真好！"

是啊，这感觉真好。骆明薇心想。那些向她释放出的善意，不管是为了什么目的，但最起码这足以说明，她正在逐渐被接受，她开始拥有让人认可的能力了。不是吗？

"对了，周末我请你吃饭，谢谢你的视频，去吃嘉华超豪华的海鲜自助！"她说着，又补充一句，"吃海鲜不会胖的！"

黄靖轩有点不好意思："其实……好啊，谢谢！"他偷偷瞄了一眼叶晟熙。哎，这么一想，好像叶晟熙和骆明薇的绯闻应该是真的哦……

安静地坐在角落里刷微博的叶晟熙，并未觉察到某位黄姓"三姑六婆"的八卦小雷达已经开启。

他正在看网络上网友们关于这一期 Queen 特刊的评论。

他抬起眼，下意识地往骆明薇的方向看了一下。看来，这个家伙根本忘记了那酒后的一吻吧？或者，即便记得，也当作是自己醉酒之后的一个梦。

他的初吻，居然就被人这么忽略了。

叶晟熙忽然有些头疼，要怎么样才能把这一段"旧事"不露痕迹地重提呢？

"你在干什么？"陈昊迷惑地看着骆明薇。骆明薇的手里提着一个怀表，正在自己面前做钟摆运动，眼睛一眨不眨地盯着怀表。

"嘘，我在催眠。"骆明薇说话的时候，眼睛都没离开怀表一下。

"啊？"

"港片里不是这么演的吗？催眠之后就可以想起一些自己忘记的事情。我想记起那晚叶晟熙的答复。"想起来之后，也好让她死心，决定该怎么面对网络上那些绯闻和疑问。

"……"陈昊彻底无语了，一下子站起来夺过骆明薇的怀表，"你再晃下去，我才要被你催眠了！"

头疼，太头疼了。她怎么摊上这么一个室友？

再这样下去，她可受不了。

快刀斩乱麻，看来她必须亲自操刀了。

骆明薇听得一愣一愣的。

"所以你是说，叶晟熙曝光自己是 Albert.Y，不是出于商业原因，而是为了帮我转移网友的视线？"

陈昊郑重地点点头。

"还有我的那个视频，不是黄靖轩做的，而是叶晟熙亲自剪辑的？"

陈昊再次郑重点头。

"还是他托了精诚文化的人帮忙推广的？"

"没错。"她指了指墙边自己的吉他，"我用我最心爱的吉他发誓，如果刚刚有半句虚言，那……喂，你好歹等我讲完啊！"

骆明薇飞快地从沙发上跳起来，抓起外套匆匆套上，冲出宿舍。

"喂！"身后的陈昊瞪着地上那双被骆明薇踢飞的绒毛拖鞋，浑身上下不舒服的那种感觉又油然而生，"这个家伙，怎么教都教不会！"她咬牙切齿，愤愤地用脚把那两只拖鞋整整齐齐地拨到门边，才算松了一口气。

窗外，是迷人的夜色。

"哎，真是一个适合出演烂俗偶像言情剧戏码的夜晚啊。"她感叹着。

骆明薇飞快地奔跑着。

仲春季节，晚风中带着微醺的暖意。校园里的樱花树盛开着，细碎的粉色花瓣在夜风中簌簌落下。

路灯从粉色的樱花丛中探出头，落下一片斑驳的光影。

而她就奔跑在这一片光影之中。

脑子里一片空白，胸中却有难言的喜悦，仿佛有一群小人在她胸腔里热烈地捶着小鼓。

直至跑到男生宿舍楼下，她才猛然想起重点。

呃……

她要怎么把叶晟熙叫出来？打电话吗？可是，特意叫他出来，难道就为了一句"谢谢"？

说不定他已经休息了呢！

而且，万一周汝嘉和他一起出来，那岂不是很尴尬？

她呆立在男生宿舍楼前，有一点窘迫。

要不，还是明天再说吧？

她转身，险些撞上身后那株挺拔的小白杨。"哎！"她失声叫出来，连忙往后退了两步，刚刚想道歉，却看清了那人的脸。"你？！"她尴尬，"大半夜的，你怎么会从外面回来？"他站在她身后多久了？刚才自己那一番纠结，他都看到了？他是在梦游吗？明明已经很晚，再过半个小时宿舍就要门禁了。

叶晟熙面色从容："夜宵吃多了，出来散步，消化消化。"

骆明薇震惊："你……吃夜宵？"天知道，她为了减肥，除了早餐吃得稍微丰盛点以外，午餐晚餐都简单得可怜。尤其是晚餐，常常就是吃点蔬菜和低热量水果而已。而叶晟熙，他居然还吃夜宵？

简直是路有冻死骨，朱门酒肉臭！

"怎么？"看着骆明薇一脸发蒙的样子，叶晟熙觉得好笑。

她穿着简单的运动长衫长裤，外面搭了一件开衫，头发扎了一个马尾，发丝微乱。好像是一路跑过来的，气息还有些不稳，双颊因为运动而绯红，就像盛开的樱花。

他清了清嗓子："大半夜的，你站在男生宿舍楼前，又是要吟诗？"

骆明薇的脸一下子红透了。

这家伙，还记得这件事儿呢！有一次她知道陈昊约了叶晟熙在音乐教室练曲，就好奇跟去想听 Albert.Y 现场演唱弹奏。叶晟熙见她也来了，就问了陈昊一句把这个家伙带来干吗，陈昊一本正经地指着窗外说："她说这里风景漂亮有灵感，来吟诗。"

窘得她差点一口气提不上来。

"关你……"本想强硬地反问一句"关你什么事"，可一想到陈昊的话，她突然觉得没了底气。哎，真是吃人嘴软，拿人手短。可是，对着叶晟熙这张脸，"谢谢"两个字怎么就那么难说出口？

"我没事。我在夜跑，正好跑到这里。"她回过神来，连忙给自己找了个台阶。幸好，身上穿的是运动衫。

叶晟熙的目光意味深长："哦，这样。"他点点头，打量了骆明薇一眼，"是还得多跑跑。"

骆明薇险些呕血身亡。

什么叫还得多跑跑？她明明已经瘦了很多，肌肉也结实了不少，连形体老师都在课上夸她进步飞快呢！

讨厌的家伙！

她没好气："那就这样。我继续跑了，再见！"她挥挥手，转身往女生宿舍跑去。

叶晟熙跟在她后面。

骆明薇暗自愤愤，大长腿就是大长腿啊，跟在小跑的她后面走路，居然不用太吃力就能追上。

"你跟着我干吗？"骆明薇别扭着。

叶晟熙拍了拍肚子："还没消化完，再走一圈。"

"……"骆明薇无语了。

随便！

可忍不住慢下了脚步。

夜色很浓。

春意柔和。

他们一前一后走在樱花树下。

空气里樱花细微的香气从鼻尖钻进来，沁人心脾。周围一片静谧，只有二人的呼吸声恍惚可闻。

叶晟熙慢慢地跟在骆明薇的身后。

其实青藤不大，男生宿舍楼和女生宿舍楼的距离也不远，通常学生往来都从林子中间的捷径穿过。可现在，骆明薇走的却是宽阔的大路，因为绿化带的阻隔，要绕上一圈。

　　明明几分钟就能走完的路，两个人竟然走了十分钟还没走到。

　　他看着前方的背影，微微笑了。

　　"对了……"

　　骆明薇迅速转过头："啊？"这一转身才暗自后悔——反应这么快，他要是误会自己就在等着他开口怎么办？于是赶紧掩饰，"你忽然发出声音，吓我一跳！"

　　叶晟熙嘴角带着笑意："这个给你。"他从口袋里拿出一个天鹅绒小盒子。

　　呃，这难不成……是礼物？

　　骆明薇有点脸红："是什么？"

　　"音乐剧赠送的周边（附带主产品赠送的小物品）。"叶晟熙说，"买票的时候送的，我下午收拾东西，正好看见。"

　　音乐剧？

　　哦，《魔法坏女巫》。

　　骆明薇有些失望，但还是打起精神接过盒子。打开，是一条项链。链子很细，在月光下泛着柔和的光泽，下面挂着一个吊坠。

　　是一个骑着飞天扫帚的女巫。

　　好漂亮。

　　"不过，这个音乐剧也挺下血本的，买票就送 M&C 的项链？"作为近些年兴起的轻奢品牌，M&C 的价格虽然不算贵，但也绝对不便宜啊。

　　叶晟熙险些被夜风呛到。

　　这个牌子很贵吗？他只是去城里跟精诚文化的人见面谈事情的时候，在商场的橱窗里正好看到这条项链，恰好和《魔法坏女巫》的形象契合，而又想起来那晚她看完音乐剧很开心，好像很喜欢坏女巫，于是就买了。

　　叶晟熙对时尚的了解有限，比不上周汝嘉那个连女孩子的护肤品都了解得一清二楚的家伙，他只对一些特别知名的大牌比如 LV、Prada 之类的有所了解。再加上当时是刷卡，也忘记了问价格，所以他还以为只是一条普通品牌的项链呢。但是他忘记考虑了一点——在那种大商场里卖的，怎么可能是普通品牌？且盒子内部印着大大的"M&C"。

这个牌子……很贵吗？

好在骆明薇没有继续怀疑，开心地拿出项链，"你帮我戴上好吗？"她冲他笑。

他愣了愣。

"干吗，不好意思？"骆明薇歪着脑袋笑他。

"没有。"叶晟熙回答，迅速接过她手里的项链，又快又准地给她戴上，扣好扣子。

金属冰凉，可他的指尖却灼热。

"挺好看的。"她摩挲着小女巫，心满意足。

叶晟熙点点头："嗯。很好看。"

两人继续朝女生宿舍走去。小小的吊坠因为她的体温而逐渐有了温度，她的心也随之勇敢起来。"陈昊跟我说，你曝光自己 Albert.Y 的身份，是为了帮我分散舆论。"她小心地说。

叶晟熙不说话，他的脚步刻意放得很慢，仿佛是在迁就谁。

"还有，网上传播的那个视频也是你亲手剪辑，托精诚文化的人帮忙推出去的。"她继续说，心里满满的都是快乐，脚步也随之雀跃起来。

其实她笑起来真的很好看，叶晟熙想。有几分淘气，又神采飞扬，让人的心情也会跟着好起来。Queen 的封面上那个表情倔强的她确实生动，可他觉得眼前这个神采飞扬的她才更漂亮。

忽然有一丝满足，因为这样他就比全世界的人知道更多她的美。

叶晟熙就这么想着，微笑着，不说话，听着骆明薇在耳边叽叽喳喳，说着一些有的没的。第一次，他希望时间慢一点，再慢一点。这条短短的路，希望可以永远这么一直不到尽头地走下去。

然而，总是事与愿违。

"我到了。"骆明薇站住脚步，提醒他。

叶晟熙抬起头，发现果然。以前怎么没觉得两栋宿舍楼之间离得这么近？

"那个，那天你说……"她想问，却忽然停住了。

叶晟熙目光深深地望着他，他的眼里有星光，"我说什么？"

骆明薇摇了摇头："没什么。很晚了，我回去睡觉了。"骆明薇跳上台阶。夜色下，他微微仰着头看她。皎洁的月光和昏黄的路灯映着那张俊秀的脸，有那么一刹那，骆明薇觉得自己的心都快要跳出来了。

无怪古人说，食色，性也。

"记得那首歌吗？"叶晟熙突然问。

魂游天外的骆明薇一下子被扯回来："嗯？"

"*Defying Gravity*。"

"啊！当然。"《魔法坏女巫》里 Elphaba 高举着飞天扫帚唱的那首歌，配合剧情，听着真叫人心情澎湃。但是，他现在提这首歌是什么意思？

熄灯的预备铃声响起。

只有十分钟，宿舍就要落锁熄灯了。

"那我走了。"他说。挥手，转身。

"等一下！"骆明薇忽然喊。

叶晟熙站住脚步，回身。

骆明薇飞快跑上楼，很快又跑下来，手里拿着一个东西。"喏，这个给你。"她伸手，摊开手掌，一个小小的罐子在她的掌心，"去黑眼圈很有效的。"她脸上带着甜涩的笑。

叶晟熙一怔，随即笑了。

"谢谢。"他接过小罐子，"那么，晚安。"他轻声说。那声音太柔软，就像轻轻落在他发顶上的樱花花瓣。

"晚安。"

骆明薇站在宿舍楼前，望着叶晟熙远去的背影。

路灯昏暗，他走在夜色里。

青色干净的水泥地上映出长长的影子。

她伸手轻轻摩挲着脖子上的项链，微微地笑了。

音乐剧附赠的周边产品——亏他还是青藤榜首的天才，居然会撒这么弱智的谎。

一张音乐剧的票顶多不超过一千块，而 M&C 的项链最少也是要三四千打底的，哪家剧院会做这么亏本的买卖？顶多送张海报就不错了。

其实她刚刚想问的是，那天在 *Queen* 的楼下，他想说的"其实"后面到底是什么。可是，就在那一瞬间，她什么都想明白了。

有些话不必说，彼此都能懂得。

深呼吸。

仲春的夜晚，空气里依然有丝丝的凉意，鼻尖是樱花微甜清香的味道。

今晚的夜色真美，怎么都看不够。

夜深了。

骆明薇躺在床上，耳朵里塞着耳麦。

播放的是 *Defying Gravity*。

这是《魔法坏女巫》里 Elphaba 演唱的片段。当时在剧院里，当 Elphaba 唱这首歌的时候，骆明薇整个人热血沸腾，深深地陷入了 Elphaba 所呈现出的那种激昂的情绪里。但作为一个英语渣，她并不能把歌词听得十分明白。

直到今天叶晟熙提起，她上网去找出来，才看明白歌词。

演唱这首曲子的 Idina Menzel 是骆明薇很喜欢的歌手，副歌部分，Idina Menzel 唱得激情澎湃，可骆明薇的心却渐渐地平静了下来。

她的手指轻轻摩挲着胸前小小的女巫吊坠。

她明白了叶晟熙送给她这条项链的理由。是的——It's time to try defying gravity, and nobody can bring me down。（中文大意是：是时候试着去反抗引力了，谁也不能阻止我。）

Queen 的大卖，给骆明薇带来的影响是显而易见的。

刚到青藤，在课业上的不精通将她打击得毫无信心，一度低落而不自信，现在却时时刻刻都是神采飞扬，时刻都活力四射、充满干劲。

偏偏在这个时候，娱乐圈又爆出一件大新闻。

其实这件事的当事人并非骆明薇，但却与她息息相关——沈亦枫和张子琪的恋情被人曝光了。《苹果周刊》主编韦卓的微博曝出了沈亦枫和张子琪在日本手牵手逛街的照片。照片上，沈亦枫和张子琪的脸都被拍得非常清晰。两人从酒店出来，一起去吃午饭、逛街，然后回到酒店，全程被偷拍而浑然不觉。而且，态度自然，并不十分亲昵。

"我感觉从两人这个相处模式来看，不像是热恋期啊。"有眼尖的围观群众提出。

随后，立刻有自称自己是电视台员工的人爆料，张子琪和沈亦枫在一起绝对已经超过三年。"张子琪平常在台里态度很嚣张的，仗着自己是台里唯一一个有话题性的女主播，自以为是台柱，对着领导就发嗲，对着下面的人动辄大骂，很多人都看她不顺眼。去年爆出那个新闻，大家心里都很气，想替骆明薇说句话，但领导出面把这件事压下来了，不许我们乱说话……"

这个爆料在网络上引起了轩然大波。

一波接一波的爆料被放出，以前一些路人偶遇沈亦枫和张子琪时，偷拍了放上网却没有引起关注的陈年微博，也都被翻出来。沈亦枫和张子琪的微博也一条一条被解读。最后，网络福尔摩斯们断定，最起码在三年前的圣诞节，两人就已经开始交往。

首先表示不能接受的就是沈亦枫的粉丝，他们眼中的阳光大男孩居然真的跟卖弄性感、以"胸"成名的张子琪在一起，而且在去年"老司机"事件中还利用他们攻击骆明薇？！

当时沈亦枫怎样口口声声说自己和张子琪完全不熟，暗示骆明薇是为了撇清自己而造谣的采访视频都还在网络上挂着，下面"枫叶"们对骆明薇极尽恶毒的辱骂，每一条也都还留着。

现在这个爆料，简直是狠狠打了他们一记耳光。

震惊之后，许多死忠粉都纷纷表示脱饭。

而越来越多的人也提出，现在回想起来，当年很多对骆明薇的指控，比如有"干爹"，勾引男明星，都是没有证据、子虚乌有的猜测而已。"演技不好是事实，但人家的人品确实没你们想的那么恶毒。之前什么抢封面，也没有实质性证据。造谣一张嘴，辟谣跑断腿。"

"没错啊，Wuli 薇薇才不需要抢别人的资源，她自己创造资源！"

一时间，网络上的舆论风潮太甚，甚至有官媒转发，直接将高度提拔到了反对网络暴力、支持网络实名制的程度。

而这个新闻，配上骆明薇在 Queen 的封面上那张被泼满红油漆却依然倔强不服输的神情，一下子集合了所有人的注意力。

大家纷纷表示心疼骆明薇。

甚至有人真的用那首《倔强》做 BMG，给骆明薇剪辑了一个新的视频。

视频里有许多她过去的影像资料。

有在红毯上接受访问时忽然后面来了一个当红小花旦，记者们呼啦一下跑走而她继续微笑着面对留下来的镜头的画面。

有"老司机"事件之后骆明薇被记者围堵狼狈逃走的画面。

有她在 Queen 的楼下被红油漆泼的画面。

视频的最后一帧被定格在 Queen 的那张封面上——"你说被火烧过，才能出现凤凰。"

她的粉丝因此飞速增长着，甚至有了自己的后援会和后援团，为她刷起了"# 每一个努力的人都值得被尊重 #""# 等你涅槃归来 #"的话题，力压一片依旧在质疑她演技的网友。

骆明薇颇为感慨，出道十几年，她竟然第一次真正体会到当"明星"的感觉。

而叶晟熙的粉丝，虽然很大一部分拒绝相信叶晟熙和骆明薇是一对，但也有小部分理性粉丝表示祝福。

于是，相信骆明薇和叶晟熙的恋情并表示祝福的 CP 粉，不相信恋情且认为骆明薇不需要靠叶晟熙的明薇粉，以及拒绝相信叶晟熙喜欢骆明薇的 AY 粉，三方在微博上掀起了阵阵争论狂潮。

那段时间，几乎只要是涉及两人的话题，不论是微博还是海角论坛的帖子，阅读量和回复率都是惊人的高。

娱乐大 V 们更是不会放过这个蹭热度的好机会，纷纷绞尽脑汁，各找角度为看客们解析骆明薇的"前世今生"。甚至连带骆明薇曾经主演的那几部没什么水花的电影，也在各大平台突然蹿到了搜索和点播的榜单上。

还是一样的演技，但"僵硬"已经变成了"呆萌"，"木头脸"已经变成了"有气质"。演技差又怎样，可是禁不住咱人美啊……

这件事在青藤也持续了一段时间的讨论。

有几个男生很活泼，有一次看到她和叶晟熙在餐厅一起吃饭，旁边还有周汝嘉和陈昊，便故作严肃地对着周汝嘉和陈昊两人摇头，连声说："好亮的两个灯泡，简直要闪瞎我的钛合金狗眼。"

带大三大四表演课的姜教授，有一次在校园里遇见她，也连声夸赞："骆同学，你的电影我都看了。自从来青藤之后，你进步很大啊。有潜质，好好努力！"

骆明薇不知道这到底算是夸她这次的封面拍得好呢，还是贬她以前的电影拍得烂？

上课铃声响起，温瑾瑜拿着教案走进教室，才把讲义放在讲台上，骆明薇就喘着大气冲进教室："报，报告！"

昨晚刷微博看自己的新闻看得太晚，睡过头了……

温瑾瑜点点头："坐吧。"说着扫视了一眼，"叶晟熙边上还有空位。"他"善意"地提醒，掩饰不住嘴角一抹笑意。

骆明薇只好假装看不见。

刚刚走到那个空位旁边，有男生恶作剧般叫起来："温老师，叶晟熙说那个位置有人！骆明薇，你还是坐我边上吧，我这儿没人！"

教室里发出一阵低低的笑声。

骆明薇的脸一下子红了。这一下，她坐也不是，不坐也不是。

叶晟熙十分镇定："还站着干什么？坐下上课！"

还是坐吧。

骆明薇以迅雷不及掩耳之势赶紧坐下，拽过叶晟熙面前的课本遮住了自己的脸。她的同学们什么时候这么八卦了？

讲台上的温瑾瑜忍不住想笑。

自从 cover girl 那件事情之后，这两人虽然表面上还装着一副普通同学的样子，可几乎每节课骆明薇都坐在叶晟熙身边。

时不时地还会低声问叶晟熙一些问题。

有时候温瑾瑜真觉得"活久见"这个词简直神了，眼前这样的一幕就是"活久见"啊。平常冷冰冰，连对老师讲话也就是保持礼貌客气而已的叶晟熙，居然会因为一个骆明薇而表情如此丰富。

只见他有时微笑，有时皱眉，大多数时候则是一脸的无奈："这个也不懂？"

"咳咳。"温瑾瑜清了清嗓子，扬了扬手里的杂志，开始上课："这本杂志，我想大家都看过了吧？"

骆明薇把注意力从叶晟熙的"嫌弃"里转回来。一看讲台，险些被自己的口水呛死——这不是她做封面的那期 Queen 吗？

果然，周围的同学都向她投来目光。

难道温老师打算，拿她做讲义？

没错。"上面这个人我们大家都很熟悉，就是我们的骆明薇同学。这期杂志拍得非常好，好在哪里？今天这节课，我们就以此为引子，来讲一讲演戏时候的'微表情'……"

骆明薇彻底尴尬了。

扭头，对上叶晟熙似笑非笑的目光。

"笑什么啊！"她低声无力地抗议，竖起课本遮住了自己的脸。

幸好她也就是个引子而已，温老师讲了一会儿就把话题引回到课本上。因此后半段的课上得还不算很尴尬。

这时正值青藤新一届招生开始，听说因为骆明薇，这一届报考青藤的人数竟然比往年更要多出许多，因为——青藤的教学实力真的很强啊，看看骆明薇这个好例子就知道了。

她简直满脑门子瀑布汗。

而林可柔，却仿佛又消失在了大众的视线里。

看客们是善忘的，尤其是在当前这个资讯爆炸的信息时代，一旦身上没有话题，便会被毫不留情地忘却。

虽然粉丝的数量依然在增加，可从她微博留言数量的锐减就可以看出被忘却的趋势。

当樱花渐渐谢去的时候，一连串事件的热度才慢慢在青藤退去，因为，青藤即将迎来一年一度的毕业盛典。

Chapter 08 / 她要这舞台

　　每一天训练的时候，都过得度秒如年般的缓慢，可当你一天天地熬下来，再回头去看自己流过的那些汗水，却觉得时间过得飞快，如白驹过隙。

　　当盛夏来临的时候，一年一度的青藤学生毕业盛典终于如期来临。

　　青藤学院安保严格，但一年之内有两天教学区是对外开放的，一是每年新生入学，二就是毕业盛典当天。

　　到了下午，已经处于半毕业状态的大三和大四的学兄学姐们纷纷返校，他们之中不少已经是当下娱乐圈里炙手可热的新生代，剩下大半数也已经是圈里的熟面孔。

　　"真是星光灿烂的一天啊！"骆明薇靠在教室外的栏杆上，远远看着校门外那些噼里啪啦闪着的闪光点，顺手刷了刷微博——

　　"×××返校参加青藤学院毕业盛典""又是一年毕业季，青藤众明星云集""×××与×××撞衫一字领"之类的话题刷得火热，各家粉丝们纷纷使出浑身解数，一会儿是"×××颜值最高"，一会儿又是"×××

青春归来"，再过一会儿就莫名其妙地掐起了架……

到了晚上，各大娱乐经纪公司、各大媒体的老板和工作人员纷纷入场，炫目的灯光，震撼十足的音乐，仿佛就是哪位巨星的演唱会现场。骆明薇在娱乐圈十几年，各种颁奖典礼或者晚会参加过不少，用她自己的话来说："我可是见过世面的。"而从前对青藤学院，骆明薇关注得并不多，如今才发现，这一日的热闹简直堪比圈里各种颁奖典礼。

只是从前她都站在灯光之下，如今她却站在观众席上。

灯光暗下去的时候，现场一片安静。

金色的光束在舞台上空流转，渐渐地聚集成一个巨大的光斑，又如烟花般散开，化成无数金色的星芒。

千星万辉。

紧接着，烟花冲上天空，所有青藤人熟悉的开场音乐响起。

然后，那些金色的星芒在漆黑的夜空中汇聚成星河，静静地泻下。骆明薇抬起头，会馆的天花板此时呈现出一种如水墨绸缎般的蓝色，点缀着点点星光。一刹那间，她仿佛觉得自己真的置身室外，在一片空旷的夜空之下。

而那道星河的尽头，一对身影出现在光束之下，仿佛他们是从夜空中降落的一对星光。

骆明薇觉得自己的呼吸都快停止了。

灯光大亮，音乐声随着灯光响起。

当那些绚丽的灯光余晖远远地照在会馆最后排的学生们身上的时候，每一个人的脸上都闪耀着让人无法直视的光芒。

这就是青藤学院的毕业盛典，这就是踏入娱乐圈的那道魔法之门。

明年此时，他们将站在这个舞台上；而这之后，他们将站上真正的舞台，聚焦全世界的目光，听到台下因他们而起的喝彩和那如雷般贯耳的掌声。

那种站在聚光灯下一呼百应的感觉，如惊涛拍岸般一次又一次冲击着他们的内心，他们感受到自己内心的欢腾如狂风暴雨下的海洋，巨浪滚滚，长久不能平静。

那一夜，骆明薇久久没有入眠。

当音乐声响起，舞台上的两个身影随着音乐跳动起来的时候，她看到了身边所有人的表情，每一个人的脸上都充满着渴望与向往。

同时，她也感觉到了自己内心的呼唤……

即便耳边音乐声震耳欲聋，她还是清清楚楚地听到了自己的内心。她没有一刻比此时更渴望站在舞台上，站在聚光灯下，站在所有人的目光里。

她要这舞台。

毕业盛典那一夜之后，青藤学院里仿佛发生了某种微妙的变化。

谁都没有明说，但骆明薇能感觉得到一股无形的压力笼罩在青藤学院的上空。

受到毕业典礼当天的刺激，大一的学生们更加勤奋地把精力放在练习上，用比往常双倍的时间苦练每一项才艺。

谁都行色匆匆，宿舍、教室、食堂之间三点一线，恨不得自己会幻影移形，"啪"的一声从宿舍转移到教室，连路上短短的十几分钟都省去。谁都没有了除训练以外的心思，每个人都铆足了劲儿，没日没夜一遍又一遍地练习各项术科。

Coffee corner 边上不再有八卦的身影。

仿佛除非必要，他们连多余的一句话都不愿浪费力气去讲，所有人都显得特别平静。那是因为他们没有任何精力去关注别的事情。

宿舍，操场，教室，练习室，食堂。

五点一线。

时光日复一日地重复着，唯有点滴的进步能让人察觉到时间的流逝。

粉色的樱花早就落尽，绿色的青藤爬满了校园，可没有人欣赏这一片生机勃勃的绿意。世界仿佛是灰白的，没有一丝色彩，唯有汗水。

某节课间，黄靖轩忽然自言自语般地说了一句："听说他们今年选了迪斯尼乐园毕业聚餐呢，我们该选哪里好？"

对于大二的学生来说，虽然此时不能算作真正毕业，可如今已经算是踏进了娱乐圈，今后各有各忙，齐聚一堂的机会已经不多，因此大多选择在这个时候进行毕业聚餐。

他们的微博上都 PO 出了毕业聚餐的照片。

黄靖轩看见了，又是连连感慨。他对骆明薇说："这些照片拍的效果真不错。听说环球影城要 20×× 年才开业，不然我们可以去环球影城啊。你觉得呢？"

骆明薇很佩服他此时此刻还有心情去考虑毕业聚餐，随口敷衍了一句："我觉得海洋公园也挺好的！"

黄靖轩还真的认真思考了一下，"对啊，你这个提议不错！"

骆明薇有些哭笑不得，赶紧挥挥手跟他道别。否则万一一个不走运，他拉着自己讨论毕业聚餐的细节就完了。

她得练舞呢！

一年之后，不，半年之后——下个学期的期末，学校就会宣布毕业盛典各个环节的表演名单，她必须在那之前进步到足够优秀。

在未来的这一年时间里，她必须集中所有精力才能赶上其他人的脚步，实现自己的梦，以及母亲的梦。

以及所有人期待的——涅槃归来。

盛夏的午后，即便打着足够的冷气，刺眼的阳光仍令空旷的教室里有一丝闷热。

林可柔换好舞鞋，对着镜子做热身。陈丽丽在她身边不远处，正在做直播。

最近网上直播平台兴起，陈丽丽很快在上面混得如鱼得水。她的长相是很标准的"网红脸"，在直播平台上特别吃香，粉丝也不少，还曾一度抓林可柔一起直播，被林可柔婉言拒绝了。

林可柔不想在出道的时候，被打上"网红"的标签。

这时候陈丽丽结束了直播。"今天的收获不错！"她查看着自己收到的礼物。

林可柔不动声色地朝陈丽丽靠了靠，仿佛不经意地聊天般："真没想到，这次毕业盛典，方倩学姐会被安排在那么前面的位置。"

方倩是大二的学姐，听说刚入学的时候，她的成绩是倒数的，没想到经过两年的时间，竟能迎头赶上。

"是啊，听说她被华娱签走了，签约金挺高的。"陈丽丽仿佛又想起了什么，"林璐学姐竟然还排在她后面。"周林璐入学的成绩可是年级第一。"不过你没什么好担心的。他们那届本来差距就小，名次浮动得厉害，你的实力却是超群的。"

这一点，任何人心里都清楚，因此没有人妄想超越林可柔。

林可柔谦逊地笑了："嗯，但愿吧。"

点到为止，她知道自己不说破，陈丽丽必然也懂的。果然，陈丽丽若有所思："虽然……不过就术科来讲，她现在的实力还差一大截呢。出场的顺序，向来是不看名气看实力的。"

林可柔不置可否地点点头："不过，经纪公司选人，也并不是完全看出场顺序吧。"

说完，她跳入教室中间，开始专心练舞。

可她没料到的是，陈丽丽的心里另有打算。

因此，当她看到陈丽丽举着手机一边直播一边贴近骆明薇身边，声称自己和骆明薇是好朋友的时候，狠狠咬住了唇。

"没错，我们是一个班的。明薇人很好哦，和网上之前传的完全不是一个样子呢……"陈丽丽对着镜头嗲声嗲气，还不等骆明薇反应过来，已经迅速转回镜头给自己。

陈丽丽并不蠢，她向来识时务。现在骆明薇已经打了一个漂亮的翻身仗，她的背景又那么强大，自己硬要和她争，明显没有好处。与其把她当成敌人，不如努力拉近和她的关系，或许将来进了这个圈子，还能靠她得到一些机会与资源。就如此时，她只是让骆明薇在自己的直播里做了个背景，一下子观看人数就噌噌蹿上了几十万。

连日来，骆明薇日常视频的流出、*Queen* 的大卖、沈亦枫和张子琪的恋情曝光、叶晟熙扑朔迷离的绯闻……彻底将林可柔苦心经营才得到的一点人气盖过去了。

曾经她更新一条微博有几千人的留言，而如今，寥寥数人而已。

尚未出道，她就彻底体会了一把什么叫作过气。也因此，她越发要抓紧手里的一切。

毕业盛典纵然是根据成绩与实力排位的，可经纪公司选人当然会综合考量。

一个已经成名，且因为沈亦枫事件观众对其有些许愧疚同情的骆明薇，当然比她这个从零开始的新人要容易捧得多。

教室外的走廊上，夏日的空气闷热得让人窒息。

教室里，几个男女同学围在骆明薇的身边开心地讨论着什么，骆明薇乐得哈哈大笑，神采飞扬。那一刹那让她想起了 Queen，想起了"最生动的脸庞"，想起了过去那段时间她受到的屈辱。

她总以为自己除了家世样样都比骆明薇强，没想到到头来输得这么不堪。

手渐渐握紧。

她已经输了一次，绝不允许自己输第二次。

大二学长的毕业盛典之后，大一的学生们很快迎来了他们的期末考试。一个阳光炽热的午后，温瑾瑜宣布了这个学期的期末考试安排。

青藤大一年级的期末考试向来是分科测验的，但今年却有所不同。

"学校考量过你们的综合水平之后，觉得你们这一届的水准较高，大家也很努力。可以说，大部分人都已经达到或超过学校原本设立的教学目标的水平。因此学校决定这个学期的期末考试就进行综合水平检测。"

所谓综合水平检测，即是要学生两人或者多人合作，自己设计节目来表演，并在节目中尽可能地展示自己的全科水平，包括表演、台词、舞蹈、声乐、乐器等等。

"下个学期的课程也会进行相应的调整，除了专业术科之外，更注重对你们的媒体应对、舆论应对等方面的培养。"

青藤建校之初是没有媒体应对及舆论应对方面的课程的，可今年以来娱乐圈形势大有不同，网络媒体盛行，微博、INS 之类的平台成了明星包装自我形象的重要窗口。你发再多通稿，经纪公司费再大的力气包装塑造形象，有时候还不如几个微博吸粉来得多来得快。

圈里就已经有好些靠微博成功吸粉而走红的明星例子，成也微博败也微博，因为微博惹出事端而 flop（下滑，过时，失败）的同样比比皆是。

骆明薇就是一个败也微博、成也微博的例子。

温瑾瑜扫视了一眼台下自己的学生们，毫不意外地看到每个人眼里都是自信的光芒。他们为了站上舞台，站在聚光灯下，已经准备了足够久，进入青藤不过是化蛹。而现在，每一颗蛹里的心都已经蠢蠢欲动。

每个人都在期待破茧成蝶的那一天。

除了骆明薇有些紧张。

她原本以为下学期才会有综合测验，还想着暑假期间找几个老师来给自己恶补呢。

班里其他人都是经专业招考进入青藤的，基础本来就比她这个半路出家的要扎实许多，又比她多上了一个学期的课。虽然经过这近一个学期的努力，她的进度追上许多，可仍差得很远。她几乎是科科成绩垫底，综合检测，她实在没有信心。

到时候，估计会死得很惨。

她忽然感觉到前所未有的紧张——紧张对于骆明薇来说真是一种太难得的情绪体会了。从小她要风得风，拍戏也从来不用试戏，要上什么节目也是王晴跟节目组打个招呼的事，她从未面对过真正的竞争啊。

因此，在温瑾瑜开始安排分组的时候——

"这次学校的安排是两人一组，且要男女搭配。首先是叶晟熙……"

"我！"骆明薇毫不犹豫地举起手来。

全班的目光"唰"地一下朝两人看来，那眼底的意味深长，让叶晟熙后悔自己为什么要坐在骆明薇的身边。

温瑾瑜亦笑眯眯的："骆同学很积极嘛。不过我事先说明，虽然表演的形式是两人一组，但最后的评分还是单独评分的。所以，并不代表你选了个实力强的搭档就能拉高自己的分数哦！"

骆明薇尴尬。

干吗这么直接地戳破她心里的小算盘？！

最终的分组结果确定，既然骆明薇作为班里女生的倒数第一和叶晟熙一组，那么林可柔作为女生里的 TOP1，自然被安排与黄靖轩一组。以此为序，将顺序的与倒序的两个男女学生安排为一组，剩下中间的三人分在了一组。

骆明薇有些同情地看了看自己的"革命战友"黄靖轩，可对方脸上满面笑容，显然正在为自己居然有机会同"女神"合作而感到兴奋不已。

她嘴角抽搐，强行掰回了自己的视线。"大班长你还真是心宽啊。"她感叹。做人能做到像黄靖轩这样毫无城府、容易满足，也算得上是难得的幸运吧！

黄靖轩听不出她话里有话，"心宽挺好的，每天都开开心心的，没烦恼嘛，哈哈。"他憨憨地笑着。

骆明薇不以为然地摇摇头："你没听过'心宽体胖'吗？做明星最忌讳胖了。我押一包薯片，等十年，不，五年后我们班再聚，你绝对是最胖的那个！"

"……"黄靖轩有些忧虑起来，"会吗？"

"当然！"她郑重点头，由衷地佩服自己一本正经胡说八道的能力。

黄靖轩彻底忧郁了。

骆明薇觉得她真是太喜欢黄靖轩了，因为这好像是青藤里唯一一个能被她碾压智商的人……

确定了分组之后，下一步就要确定演出作品。

距离期末只有不到一个月，时间还算宽裕。通常这种综合性的表演，都会选择一段经典舞台剧或者音乐剧，以展示说、演、舞、唱的综合水平。虽然评分是按照个人表现单独打分，但搭档的水平多多少少也会影响自身的发挥。

可骆明薇的水平比起叶晟熙简直是云泥之别，要怎么才能将两个人的表演糅合在一起，还要展现彼此最强的水平呢？对骆明薇与叶晟熙来说，这都不是一件简单的事。

骆明薇可不想做拖后腿的那个，于是她表现得非常积极，下了课就约好叶晟熙，晚自习去图书馆讨论一下课题。

陈昊躺在沙发上看音乐杂志，眼角余光瞄到骆明薇第五次打开柜子，从里面抽出今晚第五条连身裙，唰的一下脱掉自己身上的那条裙子就开始换衣服。

陈昊觉得自己的太阳穴上的青筋突突冒起。

她翻过一页杂志，声音凉凉："不就是去讨论期末课题嘛，需要把自己打扮得跟走红毯一样吗？"这家伙，刚才还抓了一把口红问她哪个颜色好看。上帝作证，她根本分不出来那些什么豆沙色、珊瑚红和草莓红有什么区别。

骆明薇心虚，扯开话题："嘿嘿，你不跟罗奕扬讨论一下课题吗？"罗奕扬是陈昊的搭档，一个很温柔的男孩子。骆明薇觉得他和陈昊挺配的。

陈昊翻着杂志："定好了。"

"定，定好了？什么时候？根本没看见你和罗奕扬讨论啊！"

"在餐厅排队点晚餐的时候。"

骆明薇认真回忆——好像是有那么一回事，不过两个人好像前后也就说了不到半分钟的话吧，居然就这么轻易地决定了？

果然是……艺高人胆大啊！

陈昊看完杂志，抬头瞄了一眼恍然大悟、对自己崇拜不已的骆明薇，看了看时间："你约了叶晟熙几点？"

"6点半。"骆明薇回神，往墙上的时钟一瞄，"完了，迟到了！"

顾不得向陈昊表达自己如滔滔江水般延绵不绝的崇拜，骆明薇抓起包就朝外飞速冲去，留下额上青筋暴现的陈昊。

"骆明薇！说了多少次了！拖鞋！"

叶晟熙"啪"地把面前的书合上，看了看手表，什么都还没说，骆明薇已经立刻辩解："出门的时候陈昊肚子疼，我去医务室给她买药了。"

室友，当然是用来在这种时候利用的啊。

远在宿舍里的陈昊莫名打了个喷嚏。

叶晟熙无奈，不拆穿她。

然后两个人认真地开始讨论起了期末课题。

"不如选《冰雪奇缘》里那个片段，*Let it Go* 那首歌我很喜欢！"骆明薇提议，"艾莎女王在冰天雪地里唱歌的那一段超级燃的，中文版的歌词我也很喜欢，唱中文英文我都可以！"

叶晟熙面无表情："这是女声独唱。"

"啊？"

"你是打算让我演雪宝，还是打算让我演城堡？"他无语。

骆明薇这才恍然大悟，光顾着自己燃了，竟然忘记这表演需要有两个人的戏份。"那么——*Love Is an Open Door*？这首歌欢快又活泼，很能带动气氛。而且是男女合唱，有剧情可以演，也很适合排舞。Anna 公主也很可爱的。"

叶晟熙冷冷地看着一脸兴奋的骆明薇："你是挺适合演 Anna 的。"

"什么意思？"骆明薇有些脸红，他的意思是她很可爱？

"没脑子，一根筋。"

"……"

"不过我不想演 Hans。"叶晟熙简单干脆地拒绝。

骆明薇一愣，忽然就明白了——Hans 王子在里面可不是一个光彩的角色。没想到这个家伙居然还有偶像包袱，不肯演反面角色。她促狭一笑，义正词严地教育他："叶晟熙同学，我觉得你的思想很有问题。"

叶晟熙眯了眯眼："哪里有问题？"

"作为一个演员，怎么可以挑剔自己的角色呢？在一部影视作品中，反面角色也是很重要的，而且很大程度上决定了作品的丰满程度。温老师那天上课的时候好像是这么说的吧？'有时候塑造反面角色往往要比正面角色难度更大'。作为青藤榜首的大才子，我觉得你应该挑战自我！"

这话讲完，骆明薇都有点佩服自己，居然能把理论知识记得这样扎实。

这对于从小到大都是学渣的她来说简直太不容易了！

可惜，叶晟熙一句话就把她的长篇大论堵了回来——"我什么时候说过我要做演员？"

"……"说得也是啊，其实叶晟熙的歌唱得也很好，出道当歌手也是分分钟拿金曲奖嘛……

"而且，正面的角色同样有很多层次，我为什么一定要选反面角色？"

"……"

"再说，我怕我这种长相去演反派，会扭曲观众的三观，对未成年的观众造成不健康的负面影响。所以，我拒绝演 Hans。"叶晟熙坦然地说。

骆明薇哑口无言。

她以前怎么没发现，原来叶晟熙的脸皮居然有这么厚？

"好了，继续谈表演内容吧。"叶晟熙完全无视骆明薇匪夷所思的目光，"看过《歌舞青春》吗？"

骆明薇诚实地摇摇头。这是什么片子，听起来有种印度歌舞片的感觉呢……

"我们就演这个。"叶晟熙简短而干脆地下了定论。

骆明薇很快就在网络上找到了《歌舞青春》的影片介绍。这是一部美国歌舞片，两个大学生在一场新年晚会上因为音乐偶然相识，意外地发现彼此对唱歌都十分热爱，从而渐渐对对方产生了好感。而后，两人同时报名参加学校的歌舞剧表演，却在过程中遇到了种种的阻碍，如朋友的不理解和对手的阻挠等。最后终于突破重重困难，参加了音乐剧的复试，并得到学校与老师的认同。

这是一部关于音乐和梦想的片子。

而叶晟熙选择的，则是两人最初在晚会上被朋友拱上台而合唱了第一首歌曲 *Start of Something New* 的片段。这个片段中，两人从最初的拘谨到听到彼此歌声之后眼神的交流乃至相视一笑，再到最后忘我地沉浸在音乐之中，从始至终都在唱歌，没有其余的台词，因而其情绪变化都必须靠表情、眼神以及肢体来表现。

说实话，这对于骆明薇来说，很难。

她的演技不好是全天下都知道的事实。即便这半年在温瑾瑜的调教之下进步飞快，可她不是天才，怎么可能在这半年就突飞猛进，一下子成为实力派？

如果让她现在去找线上的那些偶像派小生花旦来较量一下演技，她或许还能有些自信，可现在，要和她演对手戏的可是叶晟熙啊！骆明薇是没见过叶晟熙真正演戏，他也好像并没有想成为一个演员，可却在课上听过他讲台词。那功底，别说是秒杀当今线上一票偶像派，就算和圈中那几位中年实力派相比，他都未必会逊色的。

温瑾瑜曾说过，一个台词功底真正深厚的演员，即使你闭上眼睛不看画面，只用耳朵来听，都能够想象出他脸上每一个细微的表情与眼神。

叶晟熙是所有青藤学生里面唯一在大一就能够达到这个水准的。

到时候她那点演技，会被比得很难看的！

可头疼归头疼，她想不出别的好提议，只能接受。毕竟她还有很大的进步空间，为了选题浪费太多时间实在没有必要。

《歌舞青春》这个片段原本是没有舞蹈表演的，为了达到考试的要求，只能自己编排了一小段舞蹈加进去。*Start of Something New* 这首歌的节奏并不适合做舞蹈伴奏，不过幸而有叶晟熙，改编不在话下。

于是两人就这样定下了表演的内容。

内容定下来之后，自然就是开始排练。

原本在课堂上一起上课骆明薇不觉得，可是当两个人一起排练她才发觉，叶晟熙认真起来比姚素晓还要严格。

为了迁就骆明薇，叶晟熙由她选了一段课堂上学过的她跳得最好的舞，再根据舞蹈动作去改编伴奏舞曲。可即便如此，两人真正一起在镜子面前排练那一段舞蹈的时候，骆明薇才清楚地明白了什么叫作"没有对比就没有伤害。"

明明这已经是她跳得最好的一段舞了，一个人跳的时候也觉得自己跳得挺好的，可是叶晟熙往她身边一站，两人的动作一对比，高下立现。

她觉得自己那个水平简直就像幼儿园里做早操的三岁小孩。

以这样悬殊的对比姿态站到舞台上，到时候她一定会死得非常惨烈。虽然感觉自己注定是要在班级里垫底的，但至少不想要分数太难看呀！

单单是舞蹈一项她就过不了关，还有演唱和表演的部分呢！这可怎么办呢？

骆明薇一想到这儿，就觉得自己的脑袋都要炸了。

要不——

还是回去做个安静如鸡的低调小演员吧……

可叶晟熙没有给她退缩的机会。

一连几天，他每天都抓着骆明薇排练。这学期的课程还没有结束，周一到周五白天的时间依然被各种专业术科填满，只能利用晚上的时间练习，而周末则有整块的练习时间。两个人原本都有属于自己的练习时段，现在凑在一起就是双倍。

更要命的是，自己练习与和叶晟熙练习完全不是一个感觉嘛——如果你去过健身房，完全可以自行想象一下，自己在健身房慢悠悠地跑跑步做做拉伸，和被教练盯着少做一个仰卧起坐都不行的那种区别——本来就是高强度高压力的训练，时间还比往常增加了两倍！

骆明薇觉得，自己一定活不到期末考试那天了。

直到，一个意外消息的出现。

分组之后，大家都是各自练习。平常课业已经很重，再加上要准备期末考试，大家都没什么时间交流。因此直到考试前两个星期，大家在课堂上上交考试课题的时候，温瑾瑜才发现了不妥："叶晟熙、骆明薇，你们两个同林可柔和黄靖轩的选题撞了。"

原本安静的教室里更加鸦雀无声。

骆明薇傻了："什么？"

一般来说，一个班总共也就八个小组，而古今中外有那么多的选题片段供他们自由选择，能撞题的概率是少之又少。更何况，是撞了《歌舞青春》这么一部不算热门的电影里的同一个片段。

稍稍有点脑子的人，只要联想一下不久前发生的事情，都明白这其中的原因。

四周的目光都朝着两个方向不停地来回看，林可柔却仿佛浑然不觉，漂亮的脸上有微微的惊讶："是吗？好巧。可是，也没有规定不能选择一样的课题吧？"

温瑾瑜点点头："是没有。不过如果现在想要换一个选题还来得及。"

"不需要换。"她朗声道，扭头却看向骆明薇，"虽然我们撞了课题，但不是有那句话吗，一千个人心里有一千个哈姆雷特。我相信我和明薇会演绎出不同的感觉。明薇，你有信心的吧？"她的声音温柔而甜腻。

骆明薇一下子不知道该如何回答。

一种奇怪的感觉涌上来，眼前的可柔，仿佛不是她原来认识的那个可柔了。她想，或许可柔还在因为封面的事情怪她吧。

"明薇，要不你换个选题吧。"还不等骆明薇回答，已经有同学在边上善意提醒她。

"对啊，你换一个吧。"

换？为什么要换？骆明薇明白同学们的想法。林可柔，青藤学院众人心目中无可超越的林可柔，女神一般的存在，和她表演同样的内容简直就是送上门去被羞辱。

高低优劣，一目了然，连一丝掩饰的余地都没有。

她沉默着。

林可柔嘴角微微上扬，是得意的笑。

温瑾瑜看骆明薇不说话，以为她还在纠结，于是善解人意地说："这样吧，我再多给你们一点时间思考。如果有人决定要换，明天的课上跟我讲。过期不候。"他说完，结束了这个话题，宣布下课。

同学们都纷纷散去。"骆明薇，我劝你还是换个选题吧。跟可柔竞争你没胜算的！"陈丽丽临走的时候还不忘表达自己的关心。

可骆明薇完全没心思理会陈丽丽。这段时间，陈丽丽刻意接近她，讨好她，那嘴脸她看都懒得多看一眼。可眼下她心里乱，懒得跟她计较。

她低着头，沉默。

直到同学们都走得差不多了，叶晟熙才开始慢慢收拾桌上的课本。这时，骆明薇鼓足了勇气般转头："我不想换。"

叶晟熙的眼里没有意外："我知道。"

骆明薇先是一怔，随即双眼亮了起来。原本她以为叶晟熙也和大家一样，认为换个选题对她来说更有利。

可他竟然说，他知道。

没有任何意外，仿佛天经地义。

心里最后的一丝不确定也消失不见，原本在肚子里纠结了很久的几句话突然就变得非常容易出口："我知道，表演同一个选题更容易让考官分出优劣。以我目前的成绩，别说给我两个星期，就是再给我两年都未必能赶上可柔的一半水平。可是可柔说得对，即便是同样的表演，每个人都会有自己不同的表演方法。并且我不需要跟可柔比，只要每一天我都能超越昨天的自己，那就可以了，不是吗？"

她一口气把心里的想法说完，眼睛里亮晶晶的。

叶晟熙没有料到骆明薇竟然会说出这样认真的一番话。林可柔跟他们撞选题肯定是故意的，而她之所以这么做的理由不难猜，不过是想要用这种最干脆简单的方式证明骆明薇远不如她罢了。

"你说得对。"他说，眼底满是赞许。

可骆明薇话虽这么说，叶晟熙还是察觉到了骆明薇在给她自己悄悄施加压力。

每天早上提前一个小时起床去操场跑步，练习体能；下课之后第一时间冲到练习教室去练习；就连课间的时候都不放过，换教室的时候一边走还一边拉着叶晟熙教自己换气练声。

一连几天下来，叶晟熙明显感到她的疲态，神采不再。

"虽然肯定比不过，但至少不能输得太难看吧？"她说这话的时候咬着笔头，脸上满是焦虑。"嗯，这里，这里。"她用笔在时间表上打了两个勾，"这两个时间段都还可以挤出来练习。还有，我觉得我们应该在表演方式上寻找一些突破，不能中规中矩地按照原片的表现手法来演，那样不够亮眼，分数不会高……哎，你干吗？"

骆明薇抬头，瞪着突然抢走她的笔的"劫匪"。

叶晟熙不说话，在她刚刚打了勾的地方画了两个大叉："原本的时间已经排得很满了，该休息的时候就应该休息。有个词叫过犹不及，还有句话叫身体是革命的本钱，你不知道吗？"

原本骆明薇的水平就差，因此他在安排练习时间的时候已经是下了狠心，以她能承受的极限来排的。现在，再也经不起她给自己加课了。

骆明薇不服气，抢回时间表："开什么玩笑，我们才二十岁，正是身体倍儿棒的年纪。"她收起时间表，瞪着叶晟熙碗里的大半碗牛肉沙拉，"你怎么还没吃完？都十五分钟了才吃了一半！"她可是用了五分钟就把自己那份蔬菜吃完了，"快点，我还要练歌呢！"

叶晟熙继续细嚼慢咽："吃太快对胃不好。"其实，他是想多留点时间让她休息。

谁知道骆明薇急了，腾地站起来："我不等你了。我先去教室练一会儿舞，等你吃完了再来找我。就这样，待会儿见！"话音未落，人早已经消失在餐厅门口。

叶晟熙望着那风风火火的背影，重重叹了一口气。

这家伙，这样下去会把自己逼垮的。

理性的劝说对她来讲完全不管用，有时候她明明听进去了，下一秒马上又焦虑起来："可是，不管怎么说还是先撑过这段时间吧！每多练一分钟，都可能多一点进步。要休息，暑假有的是时间。"

他这才发现骆明薇的性子倔起来有多固执。

不是不认同骆明薇的说法，只是看到她这么辛苦，忍不住心疼。

他必须要阻止她继续这样透支自己的身体。

可是，在叶晟熙想到开解骆明薇的方法之前，王晴打来了电话。

骆明薇接电话的时候，叶晟熙就在身边，他清楚地看见她脸上的表情变化。"怎么了？"他不由得问。

骆明薇怔怔地看着他，半天回不过神。

那眼中的神情让叶晟熙莫名有些心慌，他拉住她的手，抚着她的手臂，希望给她一点冷静的力量："发生什么事了？"难道又出了什么负面新闻？

或者是她家里出事了？

"是可柔。"骆明薇轻声地说。

叶晟熙愣了一愣。

"都是可柔做的。"她垂下眼，不看他，脸上没什么表情。可那越来越重的呼吸让叶晟熙明白，这一刻她内心十分混乱。骆明薇说出"是可柔"三个字的时候，他就已经明白。

他能查到林可柔在背后做的那些事，自然，骆明薇的人更容易查到。

其实不是没想过告诉她真相，只是害怕她受伤，所以迟迟下不了决心。看来，电话那头的人和他一样懂得，一味地为她遮风挡雨并不能令她成长，只是比他更快地下了决心将这一切告诉她。

窗外正午的阳光正烈，她低垂的睫毛在明晃晃的光线里微微颤动。他正要说些什么，骆明薇忽然抬起头："我请半个小时的假，有些事情需要解决一下。"

教室里。

骆明薇怔怔地望着窗外出神。

王晴已经把自己查到的所有证据都发给了她，包括林可柔和那个八卦博主的联系过程。虽然是注册的小号，但依然能通过技术手段追踪到发出移动数据的手机号码，是林可柔的，没错。

还有付款的转账记录。

林可柔很聪明，找了自己的一个表哥帮忙转账付款。可若要人不知，除非己莫为。

"这件事情如果交给我，我随便用点方法就能把这些证据都宣扬出去。以你目前的人气和观众对你的印象，她这辈子都不用在娱乐圈混了。"王晴在电话里说，"不过我觉得这始终是你自己的事，你会更乐意自己解决。"

骆明薇看着眼前这些"证据"，只觉得浑身发冷。

那篇长微博发出去之后，林可柔的微博粉丝数量迅速增加，几乎是一夜之间增长到了50多万。当时骆明薇虽然也知道，可觉得网友要关注林可柔谁也拦不住，并未深思。后来林可柔慢慢开始经营自己的微博，开始学着和粉丝互动，甚至到后来卖起了"男朋友"的人设，微博粉丝也逼近了百万。

骆明薇仍然不觉得有什么不妥。

毕竟青藤学生的目标就是娱乐圈，谁都希望有人气。林可柔虽然是借机吸粉，但亦无可厚非。

可她不知道，原来这一切的背后操纵者都是林可柔自己。

正午时分，正是用餐的时候，教学楼里空无一人。林可柔推开教室门，空荡荡的教室里只有骆明薇站在窗边。

窗外阳光刺眼，她的脸隐藏在一片光明之中，看不清楚神情。

林可柔顿了顿，最终还是走了过去。

越走近，便越看清楚骆明薇的表情。

她的双眼通红。

看得出来，她在竭力地压抑情绪。

目光里的冷刺在林可柔的脸上，让她不由得有些心虚。"找我来什么事？"她问，"如果是想叫我换选题的话……"她话未说完，骆明薇便把手机扔在她面前。

只瞄了一眼，林可柔就明白发生了什么。

其实，在接到骆明薇电话约她中午在教室见面的时候，林可柔的心里已经隐约猜到了是什么。她早知道，骆明薇的背景那么强，想要查她是轻而易举的事。

骆明薇把林可柔的每一个表情都看在眼里，心底只觉得阵阵发冷。半年以前，当她在电视上看到沈亦枫撇清和她的关系，说自己喜欢单纯的女生的时候，就是这种感觉。

她以为自己吃一堑长一智，以后不会再被沈亦枫那样的伪君子欺骗了，可如今才发现，"老司机"事件竟什么都没教会她，看人的眼光还是那么差。

可她心里却比自己想象中的平静。"我不喜欢误会和猜疑，所以约你出来讲清楚。"她说，定定看住林可柔。

林可柔知道自己瞒不住。

"没错，是我。"林可柔很痛快地承认了，唇边浮起一个浅浅的笑，"去吧，拿着这些证据去告诉所有人，一直以来都是我污蔑你陷害你。"一切都已不可挽回，做了就是做了，她不怕承认。

她的直白让骆明薇意外。

至少沈亦枫当着她的面还会表现出一丝的愧疚与歉意，而林可柔竟然连演戏都不屑于。刚才她站在这里等林可柔，脑子里一遍一遍回放的是自己到青藤之后和林可柔的点点滴滴。

她来青藤的第一天，是林可柔第一个站出来欢迎她。她被陈丽丽嘲笑，是可柔安慰她。她找不到教室，可柔善意地提出可以两人共用一个教室。她减肥的时候，可柔和黄靖轩一起监督她鼓励她。

她们之间也曾有过真挚的友谊，不是吗？

"我以为，我们是朋友。"骆明薇说，"即便有什么误会，你可以来质问我，可以来骂我……我都不会觉得生气难过。可是，你用这样卑劣的方法……"明知道她在网友心目中的形象有多差，任何一点负面消息都会被放到无限大，她却选择了那样的方式火上浇油雪上加霜。

"我可从来没做过伤害你的事。"骆明薇的声音微颤，拼命努力才控制住自己的眼泪不流下来，"Queen 的事确实不是我在背后动的手脚。如果因为这个，我们可以一起去找苏颖对质……"

"不用。"林可柔干脆地打断她，"骆明薇，你不需要跟我炫耀你的人脉。找苏颖对质？呵，她可是 Queen 的总编，会浪费时间跟我这种小角色解释吗？"

"但是……"

"够了！"林可柔尖声喝断，"不要再三向我强调我确实是输给了你！朋友？我和你怎么可能是朋友！你一出生就站在金字塔的顶端，怎么可能跟我是朋友！骆明薇，你不知道我有多讨厌你。"

她越说越狠，到最后几乎是咬牙切齿。

是的，她讨厌透了骆明薇，因为骆明薇摧毁了她的骄傲。她可是林可柔，站在青藤女生 TOP1 这样耀眼的光环下的林可柔。其实她一开始确实是真心欢迎骆明薇的。她深知在这个圈子里仅有实力是不够的，可她没有背景，找不到任何捷径。但骆明薇不一样，她的脑门上就写着"资源"两个字。

因此她向骆明薇示好，接近她，和她做朋友，为的就是将来进了这个圈子能够借着骆明薇的关系得到更多的机会。她比陈丽丽更聪明，更世故，更清楚如何利用人脉与资源。

直到她发现叶晟熙对骆明薇的感情，直到 *Queen* 的 cover girl 选中了骆明薇。

她发现自己竟然输给了骆明薇，彻彻底底。如果她的才艺能给她带来的一切，包括光明的星途和美丽的爱情，都已经输给了骆明薇，那么即便她歌唱得比骆明薇好，舞跳得比骆明薇好，戏演得比骆明薇好……这一切又有什么意义？

林可柔一字一句，说得清清楚楚。

骆明薇此时才彻底明白，所谓的朋友不过都是自己的一厢情愿。她在心里笑自己傻，脸上却一丝软都不露，神色平静地听着林可柔把话说完。

"骆明薇，你不过是赢在有一个有钱的老爸而已。你扪心自问，如果不是因为你是骆明薇，苏颖会把这个机会给你吗？'最生动的脸庞'，你不会真的天真地觉得自己这张脸够生动吧？"她用话挑骆明薇，想突破她的防线。

"不管你怎么想，最后我证明了自己。"骆明薇说。

"是吗？如果不是因为和叶晟熙的绯闻，如果不是因为那个视频，如果不是因为沈亦枫和张子琪的事情那么巧被曝光，如果不是因为 *Queen* 一流的营销手段，你真的觉得自己最后会成功吗？你真的认为沈亦枫和张子琪的恋情被曝光，没有苏颖在背后操作吗？"

林可柔句句紧逼，每句话都往骆明薇心里捅，捅得她背上一阵阵发凉。她看着林可柔那张精致的脸，此时只觉得恶心反胃。见她不说话，林可柔以为自己占了上风，继续拿话逼她。

"没了你背后的资本，没了暗箱操作，只凭实力，你觉得你真的赢得了我吗？骆明薇，这学期的期末考试，我会让那些见风使舵的墙头草知道，谁才是青藤的 TOP1。"

这一下骆明薇全都懂了。和她撞题，林可柔是故意的。她存心要自己难堪，想要当着全班同学的面证明她的实力。骆明薇看着林可柔这张漂亮而无害的面容，怎么都不敢相信这张面皮底下的真面目竟然会如此丑陋。

"我什么都明白了。"她注视着林可柔，黑白分明的眼眸里半点波澜都没有，就像镜子，清清楚楚照出了眼前的人的面目，"*Queen* 的事到此为止，我不会再追究。"王晴说的话她信，只要她点头，王晴马上就能把手里的证据用各种渠道放出去。到时候不用骆家动用什么关系，光是舆论的压力就能断绝林可柔在娱乐圈的路。可她始终不愿走到这一步，"但你最好记住，骆明薇从来不是圣母光芒普照大地的白莲花，如果再让我发现你在我背后使坏，新账旧账我会和你一起算清楚。"

林可柔没想到骆明薇居然还能收得住情绪，一时之间有点发怔。骆明薇其实并不比她高，但此时却有一种居高临下的气势，逼得她必须要抬起头来面对。

"你想用撞课题这招来打击我，击溃我的自信心。我告诉你，我骆明薇绝不会让你得逞。林可柔，从此以后我们不再是朋友，我也绝不会让你击倒。"

说完，她转身离开，不愿再去看那张漂亮却令人作呕的脸一眼。

不追究，是因为曾经把她当成朋友，因为她曾经在自己被当众为难的时候站出来表示欢迎。不论她是否出自真心，骆明薇都感激。因为即便都是虚情假意，也让自己熬过了初来青藤最彷徨的一刻。

但或许她真的不够善良，做不到真正的原谅。

就像白墙上泼了墨，有些事一旦发生，就再也抹不去了。

走出教室，骆明薇深呼吸。

眼泪却是止不住地流下来。她抬起手，拼命擦拭，拼命告诉自己，为了林可柔这样的人不值得落眼泪。她稳住情绪，打电话问叶晟熙在哪儿。

"还在音乐教室。"叶晟熙说。

"那好，我现在过去，我们接着练习。"

"好。"叶晟熙挂了电话，抬起头看了一眼不远处的走廊上强逼着自己不要流眼泪的骆明薇，心里的一块石头终于放下。

原来真是他多虑了，她比他想象的要坚强得多。他回身慢慢走回教室，走到钢琴旁。

坐下来想了想，开始弹奏。

美妙的钢琴声缓缓流淌着。这是他非常喜爱的一支曲子，然而这个时候弹出来，仿佛别有用意。

骆明薇还未走近教室，就已经听到钢琴声。

其实她并没有太多的音乐细胞，跟着叶晟熙学了一段时间的钢琴，也就学了个样子，弹得好听与否，只要有一双耳朵就可以分辨。此时此刻，这音乐声流进她的耳朵，每一声都仿佛敲击在她的胸口，慢慢地，胸口好像被什么情绪满满地塞住，带着一种奇妙的酸涩感。

她推开门。

窗外，浓密的树荫遮住强烈刺眼的阳光，只漏进点点光斑，影影绰绰。他的侧脸刚好逆着光，怎么看都轮廓分明。

骆明薇慢慢走近钢琴边的叶晟熙。

他的手指修长，在黑白琴键上飞快跳跃着。

这音乐声好熟悉，好像在哪里听过。

她努力地在脑海里思索着。

"啊……"是那个泰国的洗发水广告！她忽然想起来了！

一个不会说话却热爱音乐和小提琴的小女孩，在强大对手的打击下，几乎要失去自信，却在一个流浪艺人的鼓励下，凭借自己的坚持走上了舞台，用精湛的技艺征服了全场的观众。

骆明薇一直记得那个广告里女孩和流浪艺人的手语对话——"Why am I different from others？"（为什么我和别人不一样？）

"Why do you have to be like others？"（你为什么要和别人一样？）

以及最后，当女孩站在舞台上拉起小提琴的时候，那只破茧而出、迎着阳光飞翔的蝴蝶。

"You can shine。"（你能行。）

一曲毕。

"Canon in D，"叶晟熙说，"这首曲子的名字。"

他转头，静静地望向骆明薇。此刻，或许是光线和角度的原因，她的眼睛略有红肿，可其间有太令他着迷的光芒，他几乎可以看见她心中如海浪般地起伏。You can shine，这就是他想要传达给她的信息。

空气里忽然太安静，弥漫着燥热。

风从窗外吹进来，撩起窗帘，发出粗厚的布片在空气中扯动的闷声。

或许是因为太热了，两个人的脸都有些微醺的红。

两个同时响起的手机打破了这令人几乎要窒息的安静。

骆明薇跳起来，连忙去自己的包里翻手机，可包里东西太多，她手心都是汗，一时居然找不到手机塞在哪个角落。叶晟熙拿起手机："靖轩在群里发了通知，期末考试正式定在 6 月 27 日。"这便意味着，他们只剩下不到一个星期的时间练习了。

"6 月 27 日？"骆明薇出神一般念着这个日期。

"怎么了？"

骆明薇没有马上回答，她低下头，慢慢地在琴键上按了几个音。"那天，是我妈妈的生日。"骆明薇的母亲是巨蟹座，一个有着柔软内心和坚强外壳的星座。可惜她的外壳没能抵挡得住丈夫背叛的利剑，直直刺进她柔软的心脏。

叶晟熙沉默。

新闻里似乎有提过，骆明薇成长在单亲家庭。

"其实我进入娱乐圈是我妈妈的心愿。她从小有明星梦，可惜家里管得严。我外公是个古板的书呆子，觉得大家闺秀怎么能在外人面前抛头露面呢？所以她把自己的梦想寄托在了我的身上。"回忆起自己的母亲，骆明薇的眼睛里有满满的眷恋，"所以，我想成为明星……"

当人站在聚光灯下的时候，周围的一切都是昏暗的。每每这个时候，骆明薇就会幻想，好像在台下那一片模糊的灰与黑中，妈妈还坐在那里。就像小时候每一次她站上舞台，妈妈都会在台下观众席里守着她一样。演出完了，如果她表现得好，妈妈会紧紧地拥抱着她，比自己上台表演成功还要开心。

盛夏的傍晚，夕阳的光线都还太亮，整个教室里明晃晃的。

"可能其他人都觉得，我出生在那么富裕的家庭，我爸是骆亚宁，一手掌控着亚宁集团，有一个明星十辈子都赚不到的资产……所以，我应该是娇生惯养的，肯定吃不了苦。"

青藤的学生，许多人自认为从小练习舞蹈练习乐器，吃过太多苦。她是没有练过舞，也没有练过什么乐器，可她从小进入演艺圈拍戏，吃过的苦并不比他们少。

"其实演戏也很辛苦，远远比在学校的教室里排练要辛苦得多。"她说，"有的时候寒冬腊月，却偏偏要拍夏天的戏，衣服穿得少不说，还不允许讲话的时候嘴巴呵出热气。一开始这简直就要逼死我了。我跟导演抱怨，说我是个大活人啊，怎么可能不呵出热气？"

叶晟熙安静地听着。

虽然他还未正式出道，可也听过许多关于明星拍戏用替身或是歌手假唱的事。前不久还曝出过几则新闻，几个当红的偶像演员被指责拍戏用倒模，用替身，还有一个男歌手被指责演唱会假唱却卖出天价门票。

当时网上有人是这样说的："危险动作有武替可以理解，明星要扎戏，有文替我们也能接受。但现在 TM 的竟然发展到了只要看不到脸的戏一律用替身，甚至为了少上场多用替身，而强制拍摄大量看不到脸的远景来糊弄观众，简直把观众都当成了白痴！"

可她却选择亲自上场。

她是骆明薇，亚宁院线背后大老板骆亚宁的女儿，几乎每部戏都是砸自己的钱在拍，完全可以为所欲为，武替文替轮番上场，然而她没有。

光凭这一点，她已经赢了一些偶像演员太多。

"后来有一个前辈教我，拍戏前嘴巴里要含一点冰块，让自己嘴里的温度降下来，这样说话的时候就不会呵出热气了。"最终，骆明薇轻轻叹了一口气，"可是你不知道，那真的太冷了。"还有拍古装戏的时候经常要吊威亚（即吊钢丝绳）。不要看在片子里飞来飞去的，好像很飘逸，事实上每一个动作都是拍了几十次才拍好的。每次吊完威亚，身上总是有瘀痕。

有一次她要拍一个在瀑布前飞过的场景，在一旁准备的时候，险些掉进水里被瀑布冲走。

叶晟熙忽然发现，对骆明薇，他或许了解得真的太少。

可是没关系，从今以后他还有很长很长的时间可以去慢慢了解她，不是吗？"你已经做得很好，"他抬手，轻轻揉了揉她的头发，"所有吃过的苦都不会白费，将来你一定会如你母亲所愿，站在最耀眼的舞台上，站在最明亮的聚光灯下。"

骆明薇扬起头，骄傲地微微一笑："当然。"她会如母亲所愿，如她小时候躲在被窝里和母亲约定的那样，站在最耀眼的舞台中央，站在聚光灯下。

在母亲生日那天进行期末考试。骆明薇忽然觉得，这好像是冥冥中母亲对她的期盼与鼓励。

"我一定会好好演的。"她下定了决心。

Chapter 09 / 什么都该过去了

　　时间过得飞快，快得骆明薇都觉得自己好像成仙了。因为，天上一日，地上一年呀，神仙的日子总是过得特别快吧。

　　在骆明薇燃烧了熊熊斗志之后的这两天里，她每一天都加倍认真地投入到排练中去。

　　陈昊从未见过一个人的身体里竟然可以蕴含这么大的能量。骆明薇就跟个永动机似的，仿佛永远不知道停歇。每天回宿舍依然是累到不能动弹，可即便如此，一谈起排练眼中却是神采奕奕，和刚开始来青藤那个每晚瘫在床上长吁短叹的骆明薇判若两人。还总拉着她要听她唱歌，求她教自己怎样正确地把握歌曲的节奏。

　　"不是有叶晟熙给你补课吗？别烦我！"陈昊嫌弃。明明已经有青藤TOP1的叶晟熙给她当私人教练了，干吗还烦她？

　　可骆明薇脸皮厚，完全无视陈昊脸上嫌弃的表情，拉着她就是不肯放手："叶晟熙是男的，男女有别啊！而且有些问题我都觉得太弱智了，老是向他提问，显得我像个白痴一样。"

陈昊翻白眼："你就不怕我觉得你像白痴？"

骆明薇却一脸坦荡荡："没事，你的嫌弃我不在乎！"

"……"陈昊无语。所以，她的看法对于骆明薇来说，这么不重要？

不知道为什么，居然有一点……吃醋的感觉。

最后，只能被迫一遍又一遍地听骆明薇的强化式 KTV 唱腔——虽然她承认这段时间骆明薇的进步飞速，可是对于她来说，还是有些难以忍受这么"小朋友"的唱法，不得不耐下性子，一点一点地指出骆明薇的缺点。并且还不能讲得太深奥太难，否则骆明薇跟不上……

怎么说呢，当你已经是一个大学生，小学一年级的学生却拿着数学题来问你为什么 8 加 7 等于 15 的时候，你真的会有一种深深的无力感。

最后她发现，自己真的不是当老师的料。

6 月 27 日，期末考试如期来临。

正式开始考试前，温瑾瑜鼓励般轻轻拍了拍骆明薇的肩膀："加油。"

骆明薇亦报之以微笑，然后退到一边和叶晟熙站在一起。她抬头望了望叶晟熙的侧脸，莫名地觉得安心。她知道温老师的心里在想什么，也明白地知道，现在的自己就算再努力，除非是被天雷劈中开了窍，绝不可能真的超越林可柔。

可没关系，她只需要尽力就好。只要竭尽全力，就能赢过自己。

抽签的顺序很快公布，骆明薇抽到的是第八个。她微怔，然后莞尔一笑，把纸条收在掌心里。"你知道吗？"她靠近叶晟熙，压低声音说。

叶晟熙微微侧过脸。

"我早上看过星座运程，今天我们两个的幸运数字都是 8！"她笑得得意扬扬，仿佛被自己抽到了上上签。

"有实力不需要幸运数字，迷信。"叶晟熙虽这么说，嘴角却分明有一丝掩饰不住的笑意。

然而骆明薇脸上的得意没有维持太久，林可柔抽到了"7"。

"你的幸运数字好像不太灵。"叶晟熙促狭般地说。

骆明薇无言，撇了撇嘴："有实力……需要什么幸运数字？迷信！"看来老天爷也想玩她，偏偏就安排她在林可柔的后面——黄山归来不看岳，看过林可柔，谁还要看她骆明薇啊！

她深呼吸，吐了一口气。

主考老师宣布考试开始，所有人都退开在教室的周围，在教室中间空出一块表演的舞台。

第一个上场的一对考生站在了舞台中央，音乐声起，他们开始表演。这是青藤的学生第一次真正接受系统全面的考试，这一年来他们在青藤所学的一切，所付出的每一滴汗水，都在这短短的三四分钟里全数展现。

教室里的气氛压抑。

每个人都紧张地在脑子里一遍一遍回忆自己将要表演的内容，还要分心观察其他同学的表演。

很快，半个小时过去，轮到林可柔和黄靖轩上场了。

林可柔站起来，轻盈地走到教室中间，身姿挺拔，从骆明薇的角度看去，她的脖颈有近乎完美的线条，就像一只骄傲的天鹅。然而与林可柔的自信与从容形成鲜明对比的，则是黄靖轩。

从前骆明薇不觉得，可当他和林可柔站在一起，显然完全被对方的光芒盖住，就像是一颗被阳光遮去光芒的小星星，毫无存在感可言。

骆明薇下意识地看了一眼叶晟熙。

或许在别人的眼里，站在叶晟熙身边的她也是这般毫无存在感吧。

她来不及想太多，音乐声已经响起。*Start of Something New*，骆明薇太熟悉的曲子，几乎每一个音符都如同刻在脑海里一般。

林可柔的表演是近乎完美的。

不论是从舞蹈的编排及完成度，从唱歌时候的技巧与感情，以及对剧情的拿捏，无一可挑剔。在场的每一个人都为她的表演所折服，考官们的眼中是毫不吝啬的赞许。

骆明薇看着看着，原本竭力保持着的平静心情不由得紧张起来。

脊背发冷，手心却一直在冒汗。

然后，有人抓住了她的手。她调转目光，对上叶晟熙的视线，他在朝她微笑。

他的手掌宽大、微凉，却干燥，轻轻地包覆住她发烫冒汗的手。渐渐地，她在这样微凉干燥的触感中平静下来。

身后的陈昊和周汝嘉看到这一幕，相视一笑。

音乐停止，一个漂亮的结束动作，林可柔在同学们惊叹的掌声中走过来。她朝大家微笑着，目光从骆明薇的脸上掠过，有一丝只有骆明薇才能读懂的挑衅。

"下一组。"主考官示意。

骆明薇深呼吸，跟着叶晟熙的脚步走到教室的中央。

她从小出道，拍过电影，上过综艺节目，也走过红毯，从不会怯场，可是这一刻，站在同学们的目光下，站在叶晟熙的身边，她的心情却是紧张的。

音乐声响起。

林可柔微微抿了抿唇。

这曲子被改编过。

当然，叶晟熙最擅长的就是写歌作曲，她应该料到，在他得知林可柔刻意选了和他们一样的表演课题之后，最有可能的就是改编原曲来表现差别。

原本这支歌的曲风是普通的欧美流行曲风，叶晟熙却在曲子里加入了不少他个人偏爱的 rock（摇滚）风格，改编得非常巧妙。骆明薇的舞蹈基础完全不足，在林可柔看来，她的肢体算得上是非常僵硬的，然而叶晟熙对曲子的改编却恰到好处地兼顾了骆明薇的舞蹈特点。虽然在考官们专业的评审下，不可能完全掩饰骆明薇在舞蹈上的不足，可舞蹈是太主观的视觉刺激，整体的融合度绝对能够影响最后的分数。

温瑾瑜认真地看着骆明薇与叶晟熙的表演。

和林可柔一样，叶晟熙的表演同样是意料之中的精彩。或许是因为习惯了他的天才，除了赞叹、惊羡之外，周围的观众亦不感到意外，仿佛因为他是叶晟熙，再超乎预料的表现都是理所应当的。

可骆明薇的表演却是令他意外的。

一开始她站在叶晟熙身边的时候，显得有些拘谨不安，可是随着音乐声响起，她的不安渐渐地被释放，很快就融入这首歌曲背后的剧情里。

曲子经过改编来配合骆明薇的舞蹈水平，呈现出来的效果虽然令人赞赏，可并没有太过于惊喜之处。唱腔虽然经过一段时间的训练已经脱离原本KTV的水平，但距离其他学生的专业水平还是差得太远。可令人惊喜的是，即便是林可柔，在表演的时候都难免带了模仿原片的痕迹——这并不足以为奇，在看过原片，脑子里有固定的形象之后还能完全脱离原片的痕迹而表演出自我风格的，即便是在当下的娱乐圈里，也只有少数老戏骨能做到，即便是他自己都不一定有把握。然而，骆明薇的表演却完全是她自己的。

很快歌曲唱到了高潮的部分，按照剧情的发展，两个人也从最初的陌生、羞涩、尴尬转化成默契与投入，慢慢地开始释放自我。

温瑾瑜惊讶，这一转变竟然被两人处理得如此自然。虽然很明显看得出来是叶晟熙在把控整个表演的节奏，但骆明薇的表现同样出色，非常自然地进入到叶晟熙所营造的剧情氛围中去。

他们的每一个对视都包含情感。如果说他们的表演像一条华丽的锦缎，而每一个对视之间流露的那种情感则是锦缎上绽放的花。

一切都那么自然。

他忍不住看了一眼身边的姚素晓。

姚素晓正端坐着，眼睛一眨不眨地看着教室中间两人的表演。她的嘴角微抿，双眼却发亮。仿佛察觉到了温瑾瑜的目光，她微微侧过脸，只一个眼神，温瑾瑜就知道此时她的内心对骆明薇的惊讶不亚于自己。

短短的三四分钟很快结束，骆明薇以一个漂亮的 Ending（收尾）动作结束了自己的舞蹈。

有短短数秒的安静。

先是温瑾瑜带头鼓了鼓掌。"表演得很好，不错。"他赞扬道。

随即周围的人亦回过神来，报以掌声。奇怪，叶晟熙当然不用讲，可明明觉得骆明薇表演得不怎么样。尤其歌曲的部分是她的短板，在场的都是专业的，一开口就听出了不足。而林可柔又珠玉在前，可还是觉得被他们两个的表演吸引了。

那种微妙的感觉，究竟是怎么回事？

不过一个多小时，考试全部结束。分数当场就计算好，几乎没有人有意外。其实在表演的时候，他们就已经大致知道自己及他人的得分了。叶晟熙与林可柔的分数毫无意外地占据全场前两名，考官们甚至毫不吝啬地给了叶晟熙满分。

"你真厉害！"骆明薇小声地赞许，既崇拜又羡慕。

叶晟熙一脸稀松平常："我知道。"

"……"自大狂。可是这个家伙这么自大，为什么她反而觉得心里有隐隐的骄傲呢？

"骆明薇，"这时候温老师喊了她的名字。骆明薇一惊，急忙正襟危坐，认真听评分。温瑾瑜微笑着看了看那张紧张的脸，"舞蹈动作上，基本功还不够扎实，复杂的步法还完全跟不上，肢体的柔韧度也欠缺，不过整体的乐感不错。唱功嘛，先天音色不错，其他的都还欠缺。在剧情演绎上……"

一连串的评价词让骆明薇窘极了。虽然知道自己水平差，可第一次被综合评分，所有的缺点一个一个地挑出来讲，真的很丢脸。

完蛋了，这次的成绩肯定很难堪。她瞄了一眼叶晟熙，他没有看自己。

或许叶晟熙也觉得很丢脸吧。

唉！——

温瑾瑜读完评语："不过，整体的完成度还算高。恭喜你，刚刚及格。"

原本垂头丧气的骆明薇抬起脑袋："及格？"她扭头看了一眼叶晟熙，不敢置信，"我及格了？"

叶晟熙额上冒黑线："是。"没见过谁刚刚及格都能这么开心的。

不过对象是她的话，好像也合情合理了。

青藤的考试向来严苛，以骆明薇的基础，能够达到及格的水平，实在已经是飞跃性的进步。想起过去这段时间，无数个日夜骆明薇苦练的身影，他忍不住松了一口气。

身边的骆明薇并未发现他内心的千回百转，已经完全开心到了忘乎所以。"我及格了！"她转过身拉住身后的陈昊，"陈昊，我及格了！怎么样，我说过不要小瞧我嘛，你输了！"

陈昊被她晃得险些脑震荡，忍不住翻了一个夸张的白眼："恭喜你，及格了，完全超出我对你的期待。"在某个被骆明薇的KTV式唱腔击溃的夜晚，陈昊曾经极度抓狂、气急败坏，断定她这水平只能拿鸭蛋，此刻真是被敬爱的考官们给出的分数啪啪打脸啊。

周围的同学们都忍不住笑了。

这个骆明薇还真是"胸无大志"啊。

林可柔的脸上没什么表情。明明确实赢了骆明薇，可她丝毫没有觉得高兴。当然，以骆明薇的水平，林可柔赢是肯定的。可她没想到的是，骆明薇居然能拿及格分。

并且，即使不愿意承认，刚才骆明薇的表演也确实超出其本身水平很多，其间的进步令人无法忽视。

可那又如何？

萤烛之火，岂可与日月争辉？就算再给她骆明薇十年，都绝非是自己的对手。

想到这些，她的心情平静许多。

这时候，温瑾瑜清清嗓子："好了，大家都知道了自己的个人得分，下面是小组得分。"

大家听到这句话都有些反应不过来——虽然青藤的各项测试中，分组来合作完成表演是非常常见的方式，但分数还是以个人的发挥来评断，从没有过给小组打分的先例。

仿佛看出学生们的困惑，温瑾瑜解释："在上课的时候我就告诉过你们，一段优秀的表演，里面的每一个演员在表演中只有互相帮助扶持，互相给彼此反应，才能够真正让观众入戏。这个道理在唱歌或者跳舞中同样适用。"
他的目光中有让人无法抗拒的认真，"艺术表演，不论是演戏、唱歌，还是
舞蹈，最终追求的都是整体效果。它不是加法，10 加 0 不会等于 5 加 5。"

骆明薇忽然又紧张了。

她不安地看向叶晟熙。小组打分的话，叶晟熙会被她拖后腿拖得很惨
吧？她反正是垫底的不在乎，可是叶晟熙从来都是样样第一，她可不想他的
唯一一个不是第一，是被自己害的。

怎么办？

早知道还要小组评分，她应该再努力一点，再多一点练习，再表现得好
一点的。

可现在说什么都晚了。

刚才拿到及格的开心已经瞬间不翼而飞，取而代之的是不安和后悔。

"排在第一位的是——"

骆明薇紧张地闭上眼睛。

"叶晟熙、骆明薇，8.43 分。"温瑾瑜宣布。

骆明薇猛然睁开眼睛，怀疑自己是听错了。"老师，你刚刚说的是第一，
还是倒数第一？"她忍不住问，一边揉了揉自己的耳朵。

叶晟熙觉得自己的太阳穴跳了一下，伸手拍了拍骆明薇的脑袋："开什
么玩笑，我怎么会是倒数第一？"

周围都发出了低低的笑声。

林可柔咬住了唇。

骆明薇委屈地揉了揉自己的脑袋，可是她也不可能是正数的第一啊！

温瑾瑜微笑："小组分 8.43，第一名，正数的。你们做得很好，表演得
很有默契，眼睛里也很有感情。可以说，在今天这一场考试当中，我只在骆
明薇和叶晟熙两个人的目光对视中看到了情感的流露。虽然，"他顿了顿，
仿佛故意般，又转开话题，"而最差的例子，"他转向林可柔，"很可惜，
是林可柔和黄靖轩。"

林可柔的脸色狠狠一白。

周围的人都面面相觑，纷纷交换着眼神——骆明薇跟叶晟熙搭档能拿第一，这他们不意外，可是林可柔啊，她是最差的例子？不会吧？

黄靖轩再不济，也不至于拖后腿拖成这个样子吧。

在众人的视线压力下，黄靖轩整个人都慌了，急忙跟林可柔道歉："对，对不起啊，可柔，都是我的错……"

然而温瑾瑜却打断了他："林可柔同学的个人表演非常精彩，但遗憾的是这好像是她自己一个人的独角戏，而她的搭档完全没有被融入她的表演。两人甚至一点眼神交流都没有。"其实看得出，黄靖轩在表演的过程中试图和林可柔眼神互动，但或许是因为骄傲，林可柔的眼中完全看不到黄靖轩的存在。

这个结果，出乎在场所有人的意料。

温老师的这番话，虽然没有直接点明，但几乎已经说明了两人的问题是出自林可柔，而非黄靖轩。

这是不是说明，林可柔输给了骆明薇？教室里一片沉默，谁都没有说话，可波涛汹涌都在眼神里，掩饰不住。完美优秀如林可柔，居然也会有被别人打败的那一天啊……

在众人的视线中，林可柔的脸上始终不曾有一丝松动，她从头到脚仿佛都还是从前那个骄傲完美的林可柔。不管发生了什么，即便当众输给了骆明薇，她也不愿示弱。"谢谢温老师的点评，"她甜甜地笑着，"下次我会注意。"顿了顿，终究是意难平，"不会再输。"

可就这四个字，让她刚才竭尽全力才撑住的体面轰然倒塌。

骆明薇清楚地感觉到林可柔恨意的目光。

可她毫不畏惧地直视可柔。

林可柔说她不过是因为有一个有钱的父亲才能拿到 *Queen* 的封面，说她没了背后的资本，没了暗箱操作，只凭实力根本赢不了任何人，可如今她赢了林可柔，光明正大地靠自己赢了林可柔。

考完试，大家陆陆续续地散去。

骆明薇心情大好，收拾好东西就叫着要去餐厅吃顿好的。"我现在觉得特别饿，感觉自己可以吞下一个宇宙！"她说。

叶晟熙无语。

当然，之前这段时间她因为压力大，几乎每天都没怎么吃东西，运动量又大，整个人瘦得让人心疼。现在一放松，自然觉得饿。

"唉，我现在好想念嘉华酒店的奶油蛋糕啊。"想起餐厅那些"斋菜"，骆明薇一下子又胃口全无。

林可柔面无表情地从她身边快速走过。

"明薇！"陈丽丽不知道从哪里冒出来，脸上堆满笑，"你刚刚跳得真是太棒了！真的，我整个人都沉浸在你和叶晟熙的互动里。你们两个真的好配哦！"她刻意地讨好，声音又嗲又尖锐，听得骆明薇整个人都不好了，眼角余光明显地看到前方不远处林可柔的脚步微微一顿。

陈丽丽还在说："不如我们合个影好吗，庆祝今天大家顺利通过期末考试。"她说着拿出早就准备好的手机，凑过来就要跟骆明薇合影。

骆明薇伸手挡开了陈丽丽的手。"很抱歉，我不想跟你合影。"她冷然道，看了一眼加速离开的林可柔，"陈丽丽，别以为我不知道你想搞什么鬼，不就是想拿跟我的合影发到微博上博眼球吗？我现在明确地告诉你，我拒绝跟你任何的合影，也禁止你把我的照片发布到网络上。"

陈丽丽的脸色一下子绿了："从法律上来说，你没有权利制止我发照片。"

"但我可以澄清你在撒谎，借我炒作自己。别忘了黄靖轩那里还有你为难我的视频记录，如果你想用这种方式红的话，我不介意帮你一把。"

陈丽丽最终黑着脸走了。

临走的时候表情显然非常怨恨，恨不得把"你等着瞧"几个字写在脸上。

围观了全过程的吃瓜群众叶晟熙慢悠悠地问："你还真够直接的，不怕陈丽丽报复你？"

骆明薇撇了撇嘴："我还怕她？这种墙头草，哪儿有好处往哪儿倒。我才不想自己跟她合影还被放到微博上，掉档次。"

她说完，一转头看着天空。

盛夏的正午，阳光明媚到刺眼，天空一片湛蓝无云。这样的天空仿佛很近又仿佛很远，而母亲，应该就在这茫茫的天空中的某一个角落看着她吧。

妈妈，我今天的表现你看到了吗？

可以再给我一个拥抱吗？

"怎么？"从教室里出来的陈昊看她沉默地望着天，揶揄道，"还沉浸在打败林可柔的喜悦里？"

骆明薇收回视线，斜了一眼陈昊："才不是。"她扭头去看叶晟熙。

叶晟熙正在对她微笑。

她在看什么，只有他懂。骆明薇忽然觉得，这种感觉好极了。

期末考试之后，就是暑假。

青藤的学生来自全国各地，但暑假大多数人都不会选择回家，而是留校继续自己训练，今年亦不例外。而陈昊却一早就收拾好行李准备回香港。"暑假期间很多歌手都会在香港开高水准的小型演唱会，我有个朋友是做这行的，邀请我去给他们做嘉宾歌手。"陈昊说，"我也想累积一点实战的经验，毕竟真的站上舞台和在教室里表演还是有很大差别的。"

骆明薇认真地回想了一下自己看过的演唱会。

是啊，当站上真正的舞台，面对台下数以万计的听众时，换作是她，有可能会脚软吧。不过如果是陈昊的话，她绝对相信她能做到。

"其实我觉得你的水平比目前线上大多歌手都强很多，完全马上就可以去小巨蛋开个唱了！"骆明薇认真地表示。

陈昊斜她一眼："别拍马屁。你放心，输给你的那顿我一定会请。那么你呢？"

骆明薇从床上跳下来："我当然准备回家了！"虽然很喜欢这里，但是她迫不及待地想要回家享受自己的高床软枕，以及每天饭来张口衣来伸手，不用自己打扫卫生的舒服日子。"不过我忘了把舞蹈衣拿回来。现在先去教室拿回来，一会儿助理就来接我。"骆明薇又说。

"大小姐！"陈昊耸肩。特立独行惯了的她，无法理解骆明薇这种来回学校都需要司机专车接送的大小姐作风。"那么再见了。"她挥一挥手道别，拉着行李箱走出宿舍。

"到哪儿了？……哦，我也差不多收拾好了，半个小时后校门口见。"挂了阿莫的电话，骆明薇把储物柜里的东西都理进袋子里。

身后有脚步声，转身一看，是叶晟熙。

"掉了一本曲谱在音乐教室，"叶晟熙扬了扬手里的曲谱，解释道，"回来拿。你什么时候走？"

"助理半个小时之后到。你呢？"骆明薇说着，心情却有些低落起来。一想到两个月都看不见叶晟熙，好像高床软枕和饭来张口也没那么有吸引力了呢。

"我在城里租了房子。"叶晟熙说。他的家不在本市，"还有一些工作要做。"李导的电影是暑期档，到时候有一系列的宣传要做，他答应了李导作为主创人员之一参加电影首映礼。

叶晟熙很清楚，对方这样盛情邀请是因为现在他身上的热度和话题性。不过因为对方在视频那件事上帮过忙，他便答应下来，算作还了人情。

骆明薇一下子雀跃起来："太好了，我们还在一个城市。那，有空的时候我可以约你出来玩吗？"

哎，起起落落的心情，真的太磨人了。

看着她的笑容，叶晟熙点点头："嗯。不过，你有空吗？"他对此表示深深的怀疑。经他这么一提醒，骆明薇才想起来自己早就让王晴帮忙找了老师补课，暑假里的课程是安排得满满当当的。

因为，原来她以为叶晟熙暑假会回家的呀！

失算，太失算了。

"呃，偶尔可以请个假吧。"她盘算着。

"走吧。"叶晟熙眼带笑意地看了一眼内心正在捶胸顿足的骆明薇。

后悔不已的骆明薇情绪严重低落，跟着叶晟熙的脚步往外走。

外面竟然下起了雨。

叶晟熙没有带雨伞，而骆明薇的包里也仅有一把小巧的遮阳伞。骆明薇打开伞，撑在两人头上。"我送你回宿舍。"她说。

叶晟熙比她高许多，她不得不把手举高，才能不让他的脑袋碰到伞架。

这家伙，没事儿光长个子了。

骆明薇在心里嘀咕。

叶晟熙斜斜瞄了她一眼，伸手从她手里接过伞。"我送你回宿舍。"他说。

骆明薇觉得自己嘴角的偷笑一定太明显了，连忙别开脸。

两人肩并肩走进了雨里。

春尽夏来，春天里那些粉色旖旎的樱花早就不见了踪影，取而代之的是一眼望不到尽头的绿色。盛夏的雨水，将这一片绿色洗得发亮。

伞太小，为了避雨，两个人必须靠得极近，近到可以分享彼此的呼吸，近到可以——闻见他身上淡淡的清香味道。

那清香和夏日雨水里混杂着的青草味道不同，是属于他身上衣物的洗涤剂的清香。

"谢谢你。"骆明薇说。

叶晟熙没有回答。

"谢谢你迁就我，帮我一起完成了期末考试。"换成任何一个其他人，她都不相信会有这样好的成绩。

"刚刚及格的成绩，看来你还挺满意的。"叶晟熙忍不住想打击她。不知道为什么，看着她得意扬扬的小表情，就很想欺负她……

骆明薇笑了："已经有很大的进步了。我没那么贪心，想一步登天赶上林可柔的水平。"而且小组得分，他们可是拿了第一的。想到温老师给他们的评语，她心里偷偷地乐着。

叶晟熙细心地发现，现在她谈起林可柔的时候，态度已经很自然了。骆明薇察觉出叶晟熙的想法，笑："不用那么看我。不是有那么一句诗吗，弃我去者不可留，不值得我伤心难过的人，我不会再为她浪费一点感情的。"

叶晟熙点点头，欲言又止。

其实他想说的是……那是"弃我去者，昨日之日不可留"，而且根本也不是她所想表达的这个意思。

不过，这种情况下，还是不要打击她了吧。

两人并肩在细雨里走着，时不时地，有拖着行李准备离校的同学跟他们打招呼。叶晟熙还是一如往日般面无表情，微微点头算是礼貌应答，骆明薇就没那么自然了，因为每个人眼里的目光都太赤裸，太意味深长了……

叶晟熙将骆明薇送到了女生宿舍楼下。

叶晟熙收了伞，打算还给骆明薇。

"你留着吧。"骆明薇连忙拒绝，"还下着雨呢。"其实雨已经很小了，而且男生宿舍和女生宿舍之间林荫密密，地上几乎都没怎么被打湿。

叶晟熙看了看手里那把小巧的伞："所以这是让我睹物思人的意思？"

小心机一下子被人戳破，骆明薇的脸迅速燃烧成了一片火原："不，不是啊……"不过奇怪，她干吗要否认？"没错啊，暑假那么长，何况你之前不是说自己要去参加电影首映礼吗？到时候千万粉丝在台下一呼喊，我怕你膨胀，抛弃糟……"呃，她好像用错词了。

于是脸更红了。

空气里有夏季午后的燥热。

叶晟熙看着面红耳赤、扭着头故意不看他的骆明薇，想不出有任何一个词语可以描绘她现在的美丽。最生动的脸庞，是啊，她有一张最生动、最能挑动他心脏的脸庞。

不等骆明薇反应过来，他轻轻俯下身，在她的额头上印下亲亲的一个吻。

时间仿佛一下子静止了，世界上的一切都突然离得很远很远。周围静谧得可怕，她几乎可以听见自己的胸腔里一颗心脏疯狂跳动的声音。

骆明薇目瞪口呆。

刚刚这是发生了什么？叶晟熙他，他，他，亲了她？！

"留个印记啊。"面对着骆明薇的震惊，叶晟熙一脸理所当然，"我也怕骆大小姐回宫之后会忘了我，让我的孩子十八年后带着这把伞进京寻亲啊。"

一句话说得骆明薇忍不住"噗嗤"笑了："你是夏雨荷啊！不过，话说回来，嗯，刚才那个……"

"嗯？"

"是你的初吻吗？"骆明薇觉得自己真是太不矜持了，居然问出这种问题。不过刚才那个可是她的初吻啊……

叶晟熙无语。

看来某个家伙是彻底忘记那一夜醉酒后的事了。无奈，他只能点点头："算是吧。"反正既然对象都是同一个人，这么一点时间上小小的误差应该不算撒谎吧？

骆明薇嘀咕。是就是，不是就不是，什么叫算是啊……

不过，她再也没有脸皮继续追问下去了。

两人互相道了别，骆明薇看着叶晟熙转身离去。

他的背影挺拔，像一株笔直的小白杨，可他的手里却还撑着她那把粉色的带蕾丝花边的遮阳伞，那画面有些好笑。

夏日的傍晚，阵雨已经停了，可骆明薇却觉得自己的心里仍然有一场连绵不绝的雨，那些淅淅沥沥的雨丝将她的心浇灌得分外柔软，像一片肥沃松软的土地。而在这片小小的土地上，仿佛有什么在疯狂地生长着。

"你发什么神经？"阿莫推着购物车，瞪大眼睛看着那个正在奋力拧开第三十二瓶洗衣液，凑上鼻子去闻的骆明薇。

这家伙在青藤被下了什么蛊？青藤放了暑假，她打电话让他来接，却不回家也不去往常她最爱的咖啡馆，莫名其妙地问他全城最大的超市在哪里，他说出地址之后，就要他开车带她去。

这可是堂堂骆大小姐哎。超市这种地方，她这辈子踏进去估计不超过十次吧？

阿莫倒是早就从骆明薇口中听说了青藤学生极其变态的减肥模式，以及学校小超市里居然只卖矿泉水这么令人发指的行为，心想着她大概是在学校里被憋坏了，要来超市大开吃戒，也没太当回事，可这家伙居然来了之后直奔日化用品专区，在洗衣液货架前把每一种洗衣液都打开闻个遍。

他听说这世界上有的人有"气味怪癖"，有爱闻汽油味的，有爱闻洗甲水味的，这骆明薇该不会得了爱闻洗衣液味的怪癖吧？

这时候骆明薇终于找到了自己要找的味道："啊，对了，就是这个！"

她转身，冲着阿莫晃了晃手里的一瓶洗衣液，顺手唰唰拿了两大瓶扔进购物车里。

"你要买？"阿莫的表情就像见了鬼。

这位大小姐的那些高级服装，哪一件不是拿到外面的高级洗衣店干洗的，这两大瓶洗衣液买回去，要用到猴年马月去？

更诡异的事情还在后面。

骆明薇到家之后，在化妆间里翻箱倒柜，找出一个闲置的护肤品分装瓶，将洗衣液灌了一小瓶，装好，闻了闻，心满意足地盖上盖子，收进自己的包里。

阿莫觉得自己的认知受到了挑战："你这是干吗？"

骆明薇浑然不觉得有什么不妥："带在身边，想闻的时候可以拿出来闻嘛。"

阿莫的表情有些抽搐，伸手摸了摸骆明薇的额头，又摸摸自己的，自言自语一般："没发烧啊……"

骆明薇白他一眼，懒得啰唆，直接把他推出了门。

这个味道真的很好闻呀，淡淡的，水清莲香，比近千块钱一瓶的 JM 都要好闻得多了呢。

而且，这就是叶晟熙身上的味道呀……

她把自己扔进沙发里，搂过在一旁呼呼睡着懒觉的 Milky。她满腹心事，抱着 Milky 有一下没一下地挠着。Milky 向来享受骆明薇的抚慰，很快就发出呼噜噜的叫声，显然十分舒适。

或许，有一天……或许，在毕业盛典上，她可以和叶晟熙站在一起。

骆明薇被自己这个想法吓了一跳。

下定了决心的骆明薇很快行动起来，将自己的暑假都用各种课外的训练课程填得满满当当。其实因为"老司机"事件的澄清和 Queen 特刊的大卖，骆明薇目前的人气还是相当高的，许多大厂商广告商制片方主动找上门来求合作，但骆明薇统统拒绝了。

阿莫都被她的勤奋吓到。要知道骆明薇向来怕热，往年这个季节，如果没有拍戏，她都是飞去地中海度假的。

连王晴都有些意外，意外之余又很欣慰。

影院的暑期档也在这个时候开始了一轮"混战"，李导的新作，一部校园青春片在一片片海中奋勇厮杀出一条血路，上映一个星期就轻松拿下了当季的票房冠军。而叶晟熙的那几支插曲以及献唱的主题曲也随之走红。一时间，大街小巷，商场里地铁里，不是叶晟熙作的曲就是他唱的歌。骆明薇没有时间出门轧马路逛商场，只是下载了歌曲，在家里一遍又一遍地听着。

直到有一天，她居然在微博上刷到了"#叶晟熙生日快乐#"的话题。

什么？！叶晟熙要过生日了？

她打电话给陈昊求证，陈昊迷迷糊糊："是吗？我不知道啊。"

于是又打给周汝嘉，还好，果然是同睡一张……啊不，同睡一间房的好兄弟。"是啊，就是下个星期。"周汝嘉回答，"怎么，你要撒狗粮了？"

骆明薇嘿嘿一笑。

这应该是叶晟熙20周岁的生日吧。

告别青涩的少年时代，迈进2字开头的新的十年，是非常有纪念意义的，所以当然应该好好庆祝。

可是，从未给人庆祝过生日的骆明薇犯了难。

往年她生日，父亲通常是抽出时间带她去高级餐厅吃一顿，然后给她一张卡，让她喜欢什么自己去买。她又不缺钱，这生日过不过也没什么两样。再加上一到生日总是会想起母亲，因此也不太在意自己的生日。

总不能约叶晟熙去高级餐厅吃一顿，然后送份礼物吧？太没诚意了。

苦恼。

不如亲手做个蛋糕？

骆明薇觉得这个主意好极了。

于是叶晟熙生日的前一天，骆明薇特地向课外辅导老师们请了假，出现在嘉华酒店的甜点房。这里的甜点师都是一流的，教她做个生日蛋糕应该不是很难吧？

晚上，她就带着自己做好的蛋糕去找叶晟熙，然后一起倒数，等待零点的到来，然后第一个跟他说生日快乐，吹蜡烛，吃蛋糕，一起看星星看月亮，从诗词歌赋谈到人生哲学……幸好她早就问过叶晟熙租的房子的确切位置了。

可惜她想得太简单了。

因为坚持要自己亲手完成每一道工序来制作一个生日蛋糕，因此她首先要制作一个戚风蛋糕胚。戚风蛋糕的绰号叫"气疯蛋糕"，看似简单，可每次明明一步一步按照甜点师傅的指点做了，骆明薇却依然失败得五花八门。

不是面糊消泡，烤出来一坨面饼，就是烤出布丁层，或者干脆裂得跟非洲大裂谷似的。好不容易有一次看起来挺成功的，脱模一看，腰塌了。

后来好不容易烤好了一个，等到它冷却脱模，也非常成功，结果切片的时候，刀子一歪，毁了。

于是只能再烤，又经历了 N 次的失败。

甜点师们看着这个"蠢笨"的徒弟，非常头疼。要知道，她用的那些材料都是顶级的啊！作为一个料理师，他们太心疼了！

做完了蛋糕胚，还要抹奶油。

这下甜点师们学乖了，连忙给骆大小姐出了个主意："您只要把奶油基本抹平，然后往上面撒点椰蓉，做成椰蓉奶油蛋糕，就非常漂亮了！"抹奶油可是个技术活，他们可不能眼睁睁地再看着这位大小姐浪费粮食了……

终于，一个漂亮的椰蓉草莓生日蛋糕完成了。

甜点师们大大地松了一口气，朝着满脸面粉奶油的骆大小姐竖起了大拇指。

骆明薇带着蛋糕先回家洗了个澡，假装若无其事地发微信问叶晟熙在哪里，得到了"在家编曲"的肯定答复。很好，一切都在计划中。

她挑好衣服，化好妆。

Milky 趴在沙发上一脸不悦地看着自己的铲屎官，"喵"了一声，表达了一下对她身上的香水味的抗议。可惜抗议无效，Milky 恨恨地从沙发上跳下去，走了。

骆明薇收拾停当，临出门时，接到了王晴的助理高宁宁打来的电话。

虽然王晴很忙，但骆明薇的事情和亚宁集团没关系，属于她的"私事"，所以很少交代高宁宁帮骆明薇做事。骆明薇和她也不过偶然间通过一次电话，相互留了号码。高宁宁找她会是什么事？骆明薇略一犹豫，按下接听键。

"骆小姐，王总监她出车祸了！"

骆明薇的脑子一下子空白。

刺耳的刹车声，她被狠狠推开，摔倒在地，她爬起来，茫然地寻找着妈妈的身影，直到看到地上那一摊鲜明的血泊，一刹那之间，仿佛天与地都安静了。

分明是盛夏的傍晚，空气里有让人难以忍受的炽热。

可她却觉得彻头彻尾的寒冷。

明世医院。

骆明薇狂奔着。

她原本穿着高跟鞋，此时却不知道被踢到哪里了，光着脚在冰凉的地面上飞快地狂奔着。

周围的人纷纷侧目，眼神里却是仿佛知晓一切的惋惜与同情。

"急救室，急救室在哪里？"她拽着一个白衣护士的袖子问，丝毫顾不上礼貌。

那护士朝着走廊的方向指了一下，脸上没有太多表情。

在这里，每天似乎都上演着这样的画面。

生与死，阴阳永隔。

终于，她止步在急救室外。"车开得好好的，边上一辆大车发了疯一样撞过来……王总拼命抓住方向盘往自己那边打……"高宁宁一看到她就急忙报告情况。

高宁宁从毕业起就跟着王晴，性格和王晴很像，独立冷静清醒，可现下也哭得跟个泪人似的，完全慌了神："……断了好几根肋骨，情况很危险。"

断了好几根肋骨，情况很危险。

其他的骆明薇什么都没听见，唯独听进去了这句话。她的脑子里一片麻木，浑身只觉得虚软无力，仿佛有一双无形的手在抓着她的心，不断地往无尽的深渊里坠去。

"我爸呢？"她扶着墙，逼自己站住。

"骆总在美国开会。"

父亲在美国，看来一时半会儿是赶不回来的。

"王晴的家属来了吗？"一个小护士拿着文件夹高声问她，"需要家属签个字。您是她的家属吗？或者您能联系到她的家属吗？"

"骆小姐，您能联系到王总监的家属吗？"高宁宁哭着问，"我不知道她有什么家人，平常她也不提自己家里的事，护士说必须要家属才能签字。"

家属？王晴的家属？

骆明薇忽然发现，自己对王晴的家庭几乎也是一无所知。她还有亲人吗？好像没有……她仿佛记得王晴提过，自己的家人早就全都移民美国了。当时骆明薇还刻薄地讥讽她，为什么不跟着家人一起移民美国，要赖在亚宁集团不肯走。

骆明薇忽然就哭了。

"我，"她听见自己的声音仿佛从很远的地方传来，"我来签。"

"你是她什么亲属？"小护士很负责任，坚持问清楚，"必须是家属才能签字，否则要是出了什么事，我们不承担责任的。"

"我是她女儿。"

话音未落，连她自己都怔住了。她不敢置信，这话竟然是从她嘴里脱口而出的，她竟然说她是王晴的女儿！

高宁宁显然也愣住了，可现下没有更好的办法，她只能保持沉默。她家里有年幼的女儿，这时候家里电话拼命打来催。她没办法，只能求助似的看着骆明薇。骆明薇也完全没有经验，可现在这样的情况，只能咬牙担起来："没事，你先去吧，这里有我……她已经在抢救，除了医生，现在谁在这里对她来说都一样。"

原本觉得骆明薇这个大小姐脾气大又不好相处，可在这种情况下，骆明薇的冷静沉稳让高宁宁彻底佩服。

要知道，她也不过是个才二十岁的学生而已。

一切都是麻木的，骆明薇不知道自己在做什么，只是茫然地在护士指引下签了一个又一个字，然后去交手术费。

缴费处有一个年轻的妈妈排在她前面，正在一遍又一遍地催促着收费员快一点，再快一点。她的身后，一个小女孩抱着她的腿，扯着嗓子哭着喊着要回家，不要打针。

这时候大约是孩子的父亲赶到了，年轻的妈妈刚才还勉力强撑着，这一下整个放松，哭着骂丈夫怎么到现在才来，说女儿刚刚一直流鼻血，她快要吓死了……

骆明薇忽然想起来，那一年，是她被父亲从外祖父家接回来不久，有一天夜里她发高烧，父亲在外公干，她倔着性子不肯去医院，家庭医生被请到家里，也被她锁在门外骂走，家里谁都管不了她。晚上她一个人睡，半夜烧到破了40度，自己都昏过去毫无知觉，等到醒来的时候已经被王晴背在背上，奔跑在医院里。

她迷迷糊糊醒来，发现是王晴，又是一阵哭闹，尖叫着，喊着，拼命地抓王晴的头发。或许是因为太过激动，突然之间鼻血就哗啦啦地流下来，浸透了王晴的白衬衣。

当时王晴眼里的恐惧和惊慌，她至今记得清清楚楚。

后来她再醒来，已经躺在病床上挂着点滴。而王晴就伏在她的床边熟睡，肩膀上是触目惊心的血迹，脸上则是被她的指甲抓破的一道道血痕。

……

还有一次是她拍戏的时候从马背上摔了下来……

还有一次……

还有……

眼泪，就那么不受控制地流了下来。

又回到急救室门口，仿佛时间已经过去了一个世纪那么久。急救室的灯还亮着，里面好几台手术，没有一个伤者被送出来。

阿莫也接到了高宁宁的通知赶来。

医院里空调很冷。

大理石地面冰凉，寒意顺着她赤裸的双脚渐渐地从小腿爬上来。她忽然觉得浑身发冷，冷得让她忍不住发抖。

门口围着许多伤者的家属，他们的眼神急切而担忧，时时刻刻都盯着急救室的铁门。时间一分一秒地流逝，仿佛在他们的心里压上一块又一块沉重的石头。

不时地，他们相互安慰着。

偶尔还有手机铃声响起，他们接起来，不断地对电话里重复同样的话——"还在手术室里没出来……会没事的……放心放心，会没事的……"

其中一群家属里面有一个十几岁的男孩子。

他穿着校服，胸前印着学校的名字——X大附中，是个初中生。在一群焦急的亲属身边，他始终沉默着，安静地坐在椅子上，时不时地看向手术室的大门。

他死死地咬着唇，眼眶发红。

急救室里的，应该是他的父亲。

骆明薇忽然想，如果当初她没有把王晴推下楼梯，那她那个同父异母的弟弟或者妹妹应该也是这般大吧。如果当初她能够及时地让人把王晴送进医院，那么或许如今她也已经有了自己的家庭和自己的孩子吧。

可如今呢……

她出了车祸，竟然找不到一个能够在她的手术同意书上签字的家属。

骆明薇从未关注过王晴的个人生活。仿佛在她的记忆里，两人之间所有的回忆都是争吵、争辩，是她在发脾气，在对王晴冷嘲热讽……

一切都仿佛昨日重现，在她的脑海里不断地重演。

那些她刻意忘却的，王晴对她付出的一切。

十二年来，她固执地把自己困在对王晴的仇恨里，可直到此时，她才知道在自己真正的内心里，对这个十二年来一直守护在自己身边的女人究竟是一种怎样的感觉。

她再不能否认。

眼泪止不住地流下来，她拼命捂住脸，仿佛这样就能把那些无用的眼泪都逼回去，然而，却是徒然。那些温热的液体从指缝之间冒出来，顺着她冰凉的手滴下去。

夜越来越深，渐渐地下起小雨。

城市的另一端。

叶晟熙看了看手表，已经快 12 点了。

手边的手机依然一片安静。他打开微博，"＃叶晟熙生日快乐＃"的话题热度持续上升，已经冲上了首位。

那个家伙不至于这几天都没看微博吧？那下午发来问他晚上有什么安排的那条微信又是什么意思？

他放下手机。

墙上的时钟滴答滴答地走着。

他又拿起手机，打开微信，本已打出"在干吗？"想了想，又删掉。

他再没心情继续编曲，拿起手机，拨通了骆明薇的电话。

叶晟熙赶到医院急救室的时候，远远地就看见了坐在阴暗角落里的骆明薇。

她身上穿着漂亮的裙子，显然是精心打扮过的样子，可此时她赤裸着脚，双手捂在脸上蜷缩着，他从未见过她这样狼狈。

苍白的灯光下，她瘦得可怜。

他忽然觉得太心疼。

刚才他打电话给骆明薇，接起电话的却是个男人，自称是骆明薇的助理，告诉他骆明薇现在在医院。当下他的第一个念头就是，她出事了。

可幸好不是。

但如今他赶到医院，看到她这个样子，一颗心又悬了起来。他什么都没有说，去附近的商场买了鞋子和披肩，又买了一杯热巧克力。他知道，这时候的骆明薇吃不下任何东西。

然后默默地陪着她在急救室外坐了很久很久。

没有话说。

此刻任何语言都是苍白的。

不断地有病人被从急救室推出来，又有人被推进去，可王晴却始终没有出来。

时间每过一秒，骆明薇心里的恐惧就越增加一分。

她逼自己放空，不去想任何如果，可那些坏念头就像无孔不入的空气疯狂侵蚀着她。十二年前，她亦是这样守在急救室外……那时候她太小，什么都往好处想，家里人安慰她说只是一个小手术，妈妈很快就会好起来，她就真的信了……可她后来再没见过妈妈。

"我好怕……"她轻声说，握紧了手里的热巧克力，那一点点微薄的暖意却没能给她太多的力量。

叶晟熙无言，轻轻抱了抱她。

雨淅淅沥沥地下着。

就这样不知等了多久。

当医生站在她面前的时候，骆明薇还浑浑噩噩，几乎不知道发生了什么，连站都没有站起来，只是仰着头死死盯着医生的嘴巴。然后，她听见医生说："手术顺利，你们去病房等吧。"

紧绷了一个晚上的情绪在此刻松弛下来，她几乎是瘫倒在椅子里。

叶晟熙急忙抱住她。"晕过去了。"他对阿莫说。

玻璃窗外的雨云散开，有了一丝亮光。

病房一片宁静。

骆明薇慢慢醒来，睁开眼就看见窗边的叶晟熙。他在低声地打电话，仿佛在跟谁道歉，逆着光，他的轮廓在明亮的光线里有些模糊……骆明薇动了动，叶晟熙转头，发现她醒来了。

"你醒了。"他挂了电话，走过来，伸手在她额上轻轻试了试，"烧已经退了。"

"你怎么在这里？"骆明薇问。

叶晟熙苦笑，看来这个家伙完全忘记了昨晚是谁在医院陪了她一夜。"我打电话给你，是你的助理接的，他跟我说你在医院。"

是这样。

"那，王晴呢？"她猛然坐起来，"她怎么样了？醒了吗？她在哪里？我要去看看！"说着不顾手里还挂着吊针，直接拔掉翻身下床，双脚才踩在地上，就感到一阵晕眩。叶晟熙急忙把她按回到床上，"你别乱动。她很好，手术很顺利，已经被送到病房。只是还没有醒来，我已经交代了护士，她醒来就会给我打电话。"

骆明薇摇头："我要亲眼看到才能放心。"

叶晟熙无奈，只好妥协："行。但你答应我，别急冲冲的，慢慢走。你现在身体很虚弱。"

王晴依然在昏迷当中。她的脸上都是伤，伤口虽已被清理过，却依旧触目惊心。

骆明薇伏在病床边轻轻抓住她的手。

医生说等麻醉剂的效力过去病人就会醒了，断了的几根肋骨已经接好，严重倒是不严重，只是需要静养一段时间。

她的一颗心才算真正放下来，慢慢在床边的沙发上坐下。

叶晟熙担忧地看着骆明薇。

从阿莫的口中他已经了大致了解了骆明薇和王晴的关系，再结合从前一些娱乐大 V 关于骆明薇家事的八卦，眼前这个女人和骆明薇的关系其实已经不言而喻。阿莫说骆明薇很讨厌王晴，事事都和她对着干。"可我没想到王晴出了事她却这么伤心。"阿莫说这话的时候，神情有些难过，"这孩子，就是嘴硬心软啊。"

是啊，嘴硬心软，脾气倔得要命，可内心也柔软得要命。

明世医院是私人医院，王晴住的是 VIP 套房，里外两间，外面是小小的会客厅，一应生活设备俱全。

骆明薇简单地洗了把脸，把头发随意地拢在脑后。等她出了盥洗室，叶晟熙已经下楼买了早餐回来。

热粥油条配两样小菜，朴素到太日常。

骆明薇觉得不可思议，自己竟然会在这样一个清晨，跟叶晟熙两个人在医院病房的桌子上吃着这么家常的早餐。窗外的阳光洒满餐桌，气氛有些小温馨。

"那个人，是我爸爸公司的财务总监。"她小口小口地喝着粥，轻声地说道。

叶晟熙知道她在说谁。

不知道为什么，或许是因为这样宁静的早晨，或许是因为王晴劫后余生，或许是因为面前这暖暖的清粥小菜，或许是因为面前坐着的是叶晟熙，骆明薇藏在心底许久的话，忽然很想全部倾诉给他听。

"我四五岁的时候，她就进了亚宁集团，做了我爸的秘书。算一算，我已经认识她十五年了吧。"

骆明薇才不到二十岁，除了父母亲人，能认识这么多年的人确实不多。"在我七岁的时候，有一次我妈妈带我去亚宁大厦找我爸，在办公室外我听见她跟我爸说……"

病房里静得不可思议。

她慢慢地吃着早饭，慢慢地将这十二年来的点点滴滴一点一点回忆起来。几次眼泪几乎要涌出来，可她逼着自己不要哭。

叶晟熙安静地听着。

他并不知道，看起来应该是在温室里被呵护着长大的骆明薇的童年竟然是带着这样复杂纠结的情感长大的。

"啊，对了，"骆明薇忽然想起来，"今天是你的生日！"

叶晟熙点点头。

"生日快乐。"骆明薇有些丧气，原本打算第一个跟他说生日快乐的，可是现在，估计他的手机已经被各种祝福塞满了吧，"其实，我昨天做了个生日蛋糕……"接到高宁宁电话的时候，她一慌张，蛋糕盒掉在了地上，估计已经摔了个稀巴烂。

叶晟熙笑了。"没关系。"他说，"生日每年都有。"

骆明薇怔了怔，也随之笑了。是的，生日每年都有，以后她还有很多机会做蛋糕给他吃，吃到腻。

医院里的小护士们都认出了叶晟熙，紧接着又认出了骆明薇，有两个大胆的探着脑袋在门口张望，虽然竭力压低声音，却还是有窃窃私语声不断地传进来。叶晟熙想了想，起身出去，顺手把门带上。

"你是 Albert.Y 吗？我是你的歌迷！"小护士们兴奋地围过来，"可以给我签个名吗？"

"还有我！"

"你和骆明薇真的在一起了吗？"

"是。"叶晟熙点头承认，对于她们的签名一一答应，签好，然后才说："有件事希望几位能帮个忙。"他朝病房看了一眼。

几个小护士立刻心领神会："当然，你放心。保证病人的隐私也是我们的义务，绝对不会透露的！"

叶晟熙放心了。

以他和骆明薇现在的知名度，如果消息传出去，对他造成什么影响还是其次，那些记者为了博眼球不择手段找新闻，万一影响到病人，又或者给骆明薇带来什么麻烦就不太好了。

"谢谢。"他认真地道了谢。

小护士们几乎要被这一句"谢谢"电晕过去。他说"谢谢"的声音可真好听，难怪唱歌唱得那么好。"我们要去工作了。谢谢你！我们会一直支持你的！"她们说完急急忙忙跑了。

叶晟熙进门。

"你干吗去了？"骆明薇问。因为王晴病情稳定，她松了一口气，又加上吃了早饭，现在精神明显好了许多。

叶晟熙笑："我去收买护士姐姐，请她们对病人多多照顾。"

骆明薇无言，只觉得心里暖暖的。

　　她忽然觉得自己很幸运，一直以来都有爱她的人陪在身边，从前是父亲和母亲，再后来有王晴，现在又有叶晟熙。

　　王晴住院的消息一大早就通过各种渠道传了出去，于是还没到中午，王晴还在昏迷当中，就有一拨又一拨的鲜花水果堆满了病房，放不下的只能摆到过道上去。

　　骆明薇坐在一堆水果鲜花里，忽然觉得自己像医院门口摆摊的小贩。

　　到了中午，叶晟熙送骆明薇回家换了衣物，再回来的时候，王晴已经醒来，只是仍旧虚弱。高宁宁在病房里正低声跟她汇报着什么，她的脸上有满足的笑。

　　骆明薇进去。

　　高宁宁转身："骆小姐，你来了。"漂亮的脸上已经恢复神采奕奕，全然没了昨日的慌张，"我去洗点水果。"

　　骆明薇走过去。

　　王晴勉力笑了笑。

　　"因果循环。"她无声地用口型说。

　　骆明薇明白她在说什么，微微笑了一下，淡然道："你比她命大。"

　　王晴的眼底显然有泪光。

　　这是 VIP 病房，里外套间，高宁宁在外面的小厨房洗水果，隔着屏风就听见水流哗哗的声音，越发显得里面安静无声。骆明薇在窗边的凳子上坐下，两人就这么相顾无言，无话可说。

　　可只是彼此的一个眼神，却就什么都懂了。

　　这世间的事，除了生与死，还有什么不能放下？十二年，什么都过去了。

　　骆明薇终于明白，她也该放下了。

　　王晴的病需要时间休养，在医院里一住就是大半个月。这期间，骆明薇每天上完课都绕来医院看一看她。两人一直以来都没什么话题，除了你刺我就是我刺你，现在则连这些都免了，沉默得就像演默剧。

　　骆明薇也不明白，明明没话讲也没事做，自己偏偏每天都要来坐一坐才安心。

后来王晴的精神渐渐好起来，两个人在病房里一个看电视一个玩手机，偶尔还对电视上的内容点评一二。

本是最平淡最无聊的日子，王晴却觉得这是十几年来她最快乐最轻松的时光。

出院的那天，王晴在美国的姐姐回来了，准备接她回家。骆明薇听她们聊天才知道，王晴准备移民。"什么时候做的决定？"她愣住。

王晴已经能吃一点水果，正在慢慢嚼一个苹果，她神色平静地说："很早，去年吧。"

"为什么？"她明明独自在中国住了十多年，现在在亚宁集团做到财务总监，却忽然要放弃国内的一切移民？"难道是……你在美国有了爱人？"

王晴摇摇头。

其实那时候决定移民，是心死了的。

这十多年她守在骆明薇身边，该做的都做了，该赎的罪都赎了。骆明薇的演艺事业也四平八稳，没什么大风大浪。于是她想，是时候离开了。

因为在这里，她没有亲人，也会孤独。

可如今她看着骆明薇，却忽然觉得有些眷恋。

其实这么多年她没有太多的奢望。留在骆明薇的身边，说她是为了赎罪也好，为了别的什么也好，她从未想过要什么回报。

可直到那天，在她醒来之后，高宁宁跟她讲了前一晚发生的事情："我当时真是太意外了。骆小姐居然对医生说，她是您的女儿……"

那一刻，她需要很努力才能不流下眼泪。

简单的两个字，过去十二年付出的一切忽然都有了意义。这一刻她有一种冲动要留下来，为了骆明薇留下来。

她忽然那么那么想能够继续看着她慢慢成长为一株独立的，能够直面风雨的大树。

骆明薇低垂着眼，慢慢地把桌上的东西收进袋子："那我提前祝你一路平安。"她抬头，微笑，"你放心，我不会去送你的。"

　　王晴出院之后，骆明薇再没有去看过她。

　　或许是因为逃避，或许是因为别的什么，总之她没有再见过王晴，而是把自己更加忘我地投入到每一节课中，练习，练习，还是练习。

　　王晴离开中国是一个月以后，骆明薇开学那一天。

　　那天是个多云的日子，风一阵一阵地吹过去，车子开上高架的时候，骆明薇抬头望了一眼灰蓝色的天，一片平静。

Chapter 10 / *没有来临的奇迹*

离开青藤学院才两个月，明明在这里的时候累得半死不活生不如死，可直到再踏进熟悉的校园，骆明薇才发现，不过一个学期，她对这里已经产生了浓浓的眷恋。

开学的第一天，照例是要开个班会，叮嘱一下本学期的注意事项，简单介绍下课程安排以及一些小变动。青藤的学生向来独立，班会都是交由班长主持，可今天出现的却是班主任温瑾瑜。

大家这才发现，难怪刚才教室里一片安静，原来他们那个最爱唠叨最婆妈的班长黄靖轩居然不在。

这稀罕事着实让大家吃惊了一把。要知道，这可是黄大班长一年到头最有存在感的时候。

见大家都盯着黄靖轩的位置挤眉弄眼，温瑾瑜淡淡地开口了，眼神里带着显而易见的担忧，"靖轩请了半个月的假，说是要动个心脏方面的小手术。"

大家都有些意外。黄靖轩他，有心脏病吗？从来不觉得啊，看他平常上课，该跳跳该跑跑的，一点都不像电视剧里捂着胸口嘴唇发紫的心脏病人。

"心脏什么病？严重吗？"骆明薇问。

"听说不太严重，只是个小手术。"温瑾瑜回答。其实医学方面的东西他也不懂，只是听黄靖轩这样说而已。

骆明薇却并没有因为温瑾瑜的话放下心来。"不管怎样，要动手术，也不算是一件小事。"想象一下自己，平常磕着碰着就疼老半天，动手术，那可是拿着刀子活生生在你的胸口开个口子，"要不，我们下午下了课后一起去一趟医院探望班长吧？"她提议。

"好啊。"周汝嘉表示赞同。

叶晟熙和陈昊不说话，只是点点头。

可有人却犹豫了。

"明天第一节就是姚素晓的课，她肯定得检查作业，我晚上打算再搞个突击练一练。"

"是啊，这一进城来回就要好几个小时，太折腾了。另找个时间呗。"

"就是。今天下午去，时间太紧张了。"

议论纷纷，可说得不无道理。虽然很多人暑假期间都没有离校，但学校许多事情在假期都要暂停，一开学，每门专业课老师要检查暑假期间大家的练习作业就先不说了，各种其他乱七八糟的杂事也多得让人头疼。

原本还有个黄靖轩帮大家处理，可他现在一请假，全都抓了瞎。

骆明薇还要说什么，温瑾瑜已经敲了敲课桌："好了，别讨论了。我听说手术安排在明天下午，今天晚上就让靖轩好好休息吧。等周末他恢复得差不多了，大家再一起去探望。"

骆明薇只好作罢。

想一想，大家说得也对，明天早上第一节是姚素晓老师的课啊……她一想，整个头皮都发麻了。

这时候温瑾瑜又说："所以，这半个月班长的职务暂时需要重新选一个人来担任，你们自己商量一下再告诉我。"

话音刚落，班级里已经炸开了。

"反正我不当。"有人先发表了意见。

"我也是。"马上有好几个人跟着附和，"有什么事还是等班长回来之后再说好了。"开什么玩笑啊，班长可是个吃力不讨好又浪费时间的活，看黄靖轩就知道了。他们连吃饭上厕所的时间都嫌浪费好不好，再说，开学这段时间正是班长最忙的时候。

温瑾瑜没有太多的惊讶。从他第一天到青藤任教，就已经了解到这帮学生的脾气性格。说得好听点，他们是胜负心太强，完全以自我为中心，说得难听点，这就是一群眼中只有敌人，只有竞争对手，而没有朋友的自私者。

他懒得跟这帮学生啰唆，干脆拿出班主任的架子："明天上课之前，不管你们用什么方法，交一个名字给我。如果交不出来，那我就抽签决定。好了，这件事到此为止，下面开始讲一讲本学期要注意的事项。"

抗议被驳回，众人都有些悻悻的，一边悄悄地给身边的人使各种眼色，表示自己绝对不会接班长的职务，一边无语地抱怨着温瑾瑜的"暴政"。

温瑾瑜看在眼里，脸上虽不动声色，心底却不好受。如果只从专业的角度来说，这些孩子足以让他骄傲。可如果从做人的角度来说，他们却让他有些心寒。他努力了那么久，想让他们学会为他人着想，甚至有点团体意识，但是却收效甚微。

他们什么时候才能真正地长大啊？

无声叹息，他收回思绪，开始认真上课。

听着温老师在讲台上一条一条地讲着新学期的注意事项，骆明薇却有点不安心，悄悄拿出手机给黄靖轩发了条微信："听说你住院了，要做心脏手术？怎么回事，从来没有听你提过。"

黄靖轩很快回复过来："咳咳，就是一个小毛病。暑假里一直发烧，去医院检查了才知道是心脏穿孔。医生建议我尽早做手术。别担心，医生说只是个小手术。谢谢你的关心。"后面还附带了一个笑脸。

心脏穿孔，听起来有点可怕。

骆明薇急忙上网查了查，看了好几个问答，都说心脏穿孔不是什么大病，只是需要及早手术治疗，以免穿孔扩大。还有人回答手术费一般只需要五万以内就能搞定。看起来真的不是什么严重的病，骆明薇这才稍稍放了心。

能够回复得这么快，估计也没什么大问题吧。

"那就好。你好好休息，等你回来！"她快速地回复了一句，收起手机安心上课。

虽然开学的第一天学校并没有安排课程，但大多数人开完班会之后已经第一时间投入到练习中去——事实上，很多人暑假期间一直都留校练习，今天对于他们来说，只不过是再平常不过的一个日子而已。

新的学期，他们都成了大二的学生，有一群比他们更稚嫩的新生带着对未来的憧憬来到了青藤学院。他们无一不是外表与实力兼具，万里挑一的，而这些更新鲜的血液，让他们这些学长们感受到了更加激烈的竞争，不由觉得压力更大了一分。

在学校里，他们只需要和同届的同学竞争，到了娱乐圈，观众可不会管你那一届的。上下五年，甚至十年，都算是竞争对手。

教室里，骆明薇挥汗如雨地完成了自己的暑期成果汇报表演。

"怎么样？"她喘着气问台下的三位观众。

周汝嘉一直是最捧场的，在她跳的时候就拿着手机帮她录视频，还不等她发问已经开始鼓掌："赞，非常赞，简直是飞跃性的进步！我把视频发给你，你自己可以看看，真的进步超大！"虽然语气夸张了点，但骆明薇的进步确实不小，周汝嘉可不是会随便信口开河敷衍人的。

陈昊撇了撇嘴，伸出手比了个赞。

真是不得不佩服这位大小姐的毅力啊，明明可以靠钱，她偏偏要靠实力！

骆明薇调转目光，期待地看着叶晟熙。

叶晟熙靠在桌子上，有那么一秒，骆明薇简直觉得他仿佛被姚素晓附身了。"舞蹈的动作不够流畅，好几个地方不够干脆。不过最致命的还是你的唱腔，有好几个地方应该用转音的，你没有唱出来。高音的部分不够高，低音不够婉转，整首歌的层次太平……"

眼看着骆明薇的脸色越来越差，叶晟熙还是非常识时务地说："不过，整体效果已经比期末提高了不止一倍。不错，有进步。"他连忙又认真严肃地点点头。

宁得罪小人，不得罪女子啊，何况还是他心爱的女子。

骆明薇被他后半截生硬的救场逗得有点想笑。

其实她心里很清楚，叶晟熙说的这些都是事实。她又不是武侠小说里掉下悬崖遇见世外高人的男主角，怎么可能短短一个暑假就被打通任督二脉？不过她也是要面子的，被人当众，尤其是被自己喜欢的人当众贬得"一文不值"，总归是会有情绪的嘛。

但是，看在他"见好就收"，并且提出的都是实质性的批评的份上，她就不计较了。

她跳下舞台，走到三人边上，顺手接过叶晟熙递来的水："怎么样，你的暑期工做得可还好？"她问陈昊。

陈昊点头："不错，跟着几个乐队跑了大概十几个大大小小的演唱会，学到很多东西。"这些都是在学校里学不到的。"我有去电影院看电影，那几首曲子写得真不赖。"陈昊掉转头，这话虽然是对着叶晟熙说的，可眼角的余光却飘向了骆明薇。

其实一直以来，她和叶晟熙都互相交换作曲写词的心得。

记得叶晟熙刚刚接下这部电影的作曲工作的时候，一度遇到了瓶颈，她还开玩笑让他去学霉霉谈一场恋爱，感受一下人间有真情人间有真爱再来写曲子。现在看来，她的提议果然是非常的一语中的啊，只是当时怎么也想不到，叶大才子最后居然是被骆明薇这个傻姑娘给收服了。

叶晟熙看陈昊的眼神就知道她在想什么，瞄了一眼正在大口大口喝水浑然不觉的骆明薇，两人相视一笑。

"走吧。"周汝嘉提议，"两个月没有吃餐厅的斋菜，我还挺怀念的。今天骆明薇请客。"

"为什么？"

"为了庆祝你的神进步啊。"周汝嘉理所当然，微微一勾嘴角，漂亮的桃花眼弯起恰好的弧度。

"好吧，理由很充分。"骆明薇有些得意，带头推开了教室的门，"哎，对了，你刚才有没有看到陈丽丽，她是不是去做了鼻子？"

"她的鼻子本来不就是做的吗？她还炫耀过，说是日本顶级整容医生做的。"陈昊毫不意外。

"回炉重造了呗。好像更漂亮了，你说呢？"她说着，扭头看叶晟熙。

"没注意。"叶晟熙用简单的三个字绕过了"陷阱"。

其实骆明薇原本没这个想法，被叶晟熙这样"刻意"了一下，也忍不住觉得好笑，心里却更是甜甜的。这时候她的手机响了一下，一看，周汝嘉居然把她的视频发到了班级群里。

"也让大家提提意见嘛。"周汝嘉耸耸肩，半真半假地笑着说道。

骆明薇给了他一个无语的表情，不过，她心里多多少少还是想听听别人的意见。他们这个小"四人帮"认可她的进步固然让她可喜，可所有人的认同才更有成就感嘛。可惜，大家好像都在忙自己的事，"没注意"到群里发了个视频。唯一有反应的是捧场王黄靖轩。

"明薇，这是你吗？进步这么大！完了，我这下彻底赶不上你了！［悲伤］［大哭］"

隔着手机，骆明薇都能"看"到黄靖轩那张真诚又有点傻气的笑脸。她自然知道他是开玩笑的，好心情地回复："不会啦，你快点做完手术，回来抓紧练习！"虽然心里很得意，但是在外人面前还是应该表现得谦虚一点嘛，尤其面对的是黄靖轩这个病号，她这点"善良"还是有的。

黄靖轩也很快地回复道："争取半个月内出院归队，准备冲刺期末，备战毕业盛典！［加油］［加油］［加油］"

看起来斗志很强的样子嘛。

骆明薇想了想："把医院地址给我，周末我去医院看你。"

黄靖轩有些受宠若惊，连忙发来了医院的地址和病房号，随即有点不好意思："我在三医。不过你不用来看我了，你们平常练习也挺忙的。我就是一个小手术，不值得看，不用来了。"

"少废话！都说了要去，你就乖乖等着我们去参观你吧！"

黄靖轩喜滋滋地发来了一长串表情不一的笑脸，连语音里都透着一股子遮掩不住的欢快："好啊好啊。等你们来了，我给你们吐吐槽。我们这层有个特别奇葩的护士，我都快让她烦死了……"

骆明薇被逗得直笑。这个黄靖轩，无论走到哪里都能招上一堆奇葩事，可见是体质特殊，自带"惹事"功能。想到这里，骆明薇不禁对周末的见面多了几分期待。没办法，人嘛，都有八卦的天性。闲来无事的时候，谁不想听点有意思的八卦来解闷呢？

可惜，骆明薇终究是没能听到黄靖轩的八卦，而且，以后她也永远无法听到黄靖轩的声音了。因为黄靖轩手术之后就陷入了昏迷，直到第三天还没有醒来！

听到这个消息的时候，骆明薇等人都蒙了。她原本是掐着点算好了黄靖轩做完手术的时间，然后就给他发了微信，却一直没收到回复。骆明薇心想：刚做完手术需要静养，没开手机也正常，也就没再多想。没承想，在手术后的第三天，她接到了温瑾瑜的电话。电话那端的声音冷静得近乎冰冷，让骆明薇在这个酷热难耐的正午都禁不住打了个冷颤。他说黄靖轩昏迷的时间越久，情况就越不乐观。他的父母希望平时跟他关系好的同学或老师能过去看看他，多跟他交流，或许有助于他醒来。

骆明薇一口答应了下来。她跟黄靖轩算不上是最好的朋友，可他确实真诚地善待过她。就冲着这份情意，她也责无旁贷。

骆明薇其实很讨厌去医院。她一直忘不了十几年前的那个夜晚，医生站在急救室门口面无表情地对父亲说："请节哀。"那一刻，她是茫然而愤怒的。当年那个小小的她还不知道死亡是什么，可她心里明白：从此以后，她将会永远地失去她的母亲——在这个世上最爱她的那个人。这个残酷的结果让骆明薇那么愤怒，也那么——无助。此时此刻，黄靖轩的父母看着陷入昏迷的儿子，是不是也像当年的她一样恐慌无助？

这个地球上最强大的人类，只有面对死亡的阴影时，才会暴露出生而为人固有的脆弱。

骆明薇站在住院楼下，抬头看着那幢白而冰冷的建筑，只觉得身上泛起一阵一阵的凉意。她曾在医院失去过至亲的人，因此，她对医院始终有种本能的恐惧。

叶晟熙立马就察觉到了骆明薇的异常。他停下脚步，无声地握住她冰凉的手，询问的声音温柔而低沉："怎么了？哪里不舒服吗？"

被那样温柔地看着，骆明薇心里突然涌上了一种遥远到有些陌生的情绪。许多许多年以前，她也曾有过被她全心全意信任着爱着的人包容疼惜的美好时光，可是后来她失去了妈妈，从此就像个被刺中了要害的小兽一样，对这个世界充满了敌意和不安。她不敢再相信伤害过妈妈的父亲，更不敢相信间接害死了妈妈的王晴。别人都说她在千娇万宠中长大，可只有她自己明白，那些思念着妈妈的夜晚，她独自流了多少眼泪。而现在，这个向来漠然的男人站在她面前，用一种鲜少出现在他脸上的表情疼惜地看着她，单是这样的眼神和表情，就足以温暖她那些孤单寒凉的时光。他说不出那些醉死人的甜言蜜语，可当他专注地注视着你的时候，却能够给你一种感觉：你若欢喜，我此生便再无忧伤。

骆明薇的声音有点哽咽："我讨厌医院。那个时候，我就是在医院送走了我妈。我总觉得，医院这种地方就是用来告别的。"

叶晟熙马上就明白了。他虽没有经历过死别，可这一刻他竟有点感同身受。他更紧地握住了骆明薇的手："别怕，我陪着你。"

骆明薇抬头看着叶晟熙，叶晟熙嘴角边浮起温柔的笑纹："这里不仅有告别，还有陪伴。总有一天我们要面临告别，可在告别之前，我们还可以好好地陪伴，不是吗？"

是啊，在告别之前还能好好地陪伴。骆明薇失去过，所以她更加明白陪伴的珍贵。她用力回握住叶晟熙的手，一步一步坚定地向前走去。

温瑾瑜沉默地陪着黄靖轩的父母坐在 ICU 外。这对从来都温文尔雅、衣饰整洁的大学教授，此时完全没有了平时的良好仪态，全都眼神呆滞，满面慌乱。黄妈妈脸上的泪水像是从来没有干过，双眼红肿，脸色煞白，身子一直在微微地发抖。黄爸爸虽然看起来比她镇定，可眼神里的担忧却怎么也掩饰不住。

骆明薇和叶晟熙一看到黄爸黄妈的样子，就知道事情不妙。人这一生都在做一个死亡模拟实验，可直到死亡真实地逼近才会发现：原来，我们永远都做不好这个准备。

"叔叔阿姨，我们来看看班长。"骆明薇的声音很小，像是生怕打扰到他们。

黄妈妈眼睛直勾勾地盯着 ICU 里的儿子，一点多余的反应都没有。黄爸爸对着骆明薇和叶晟熙点了点头，沙哑着嗓子说了声"谢谢"，别的就什么也说不出来了。

骆明薇和叶晟熙匆匆清毒，换上隔离衣进了 ICU。病床上的黄靖轩双颊深深凹陷，双眼覆盖着被水浸湿的纱布，毫无生气。

这还是那个永远活力四射的班长吗？骆明薇心里一揪一揪的，直难受。那个永远笑眯眯的班长，此时竟那么苍白、虚弱，像是随时都会消失一样。瞧，生命就是这么的脆弱，谁都不知道自己爱和在乎的人还有多少个明天。

骆明薇越看越难受，眼眶都有点泛酸。她絮絮叨叨地说了开学以后发生的一些小事，还有她暑期的一些经历。她说了很多，可黄靖轩始终安静地躺在那里，既没有睁开眼睛对着她笑，也没有如约给她吐槽那个奇葩的护士。

陪他们一起进来的护士一会儿检查一下仪器，一会儿又看看表，可眼角的余光一直在盯着骆明薇和叶晟熙。叶晟熙直觉地认为这个眼神不太对劲，就问了护士一句："他什么时候能醒？"

护士伸手在黄靖轩的脚底挠了一下，紧接着，黄靖轩的脚就微微动了一下。

"你看，他还有反应。这说明他迟早会醒，只不过是时间早晚的问题！"

骆明薇不疑有他，为黄靖轩这个细微的动作而激动不已："他在动哎！他还有意识！太好了！"

叶晟熙却一言不发，只是直勾勾地盯着护士的眼睛。护士似乎被看恼了，声音高得有点刺耳："已经十五分钟了，探视时间结束了，你们赶紧出去吧！"

　　骆明薇只能跟黄靖轩道别，并且约好了下次探视的时间。叶晟熙心里的怀疑并没有消失，离开之前他又看了护士一眼。护士这次真的恼了，一转身，留给叶晟熙一个冰冷的背影。

　　回学校的路上，叶晟熙对温瑾瑜说了自己的怀疑，他总觉得那个护士的态度有点可疑，像是生怕他们了解太多关于黄靖轩的情况。

　　温瑾瑜脸色凝重："我和靖轩的爸妈也觉得事情不太对劲，可三医的医生一口咬定手术没问题，说再恢复几天人就醒了。你们赶过来之前，我和靖轩的爸妈分头找人打听了一下，都说靖轩这情况……"温瑾瑜斟酌了半天，最终用了一种比较保险的说法："这情况……不太正常。"

　　叶晟熙马上就反应过来了："也就是说，我们没有'不太正常'的证据？"

　　温瑾瑜没说话，只是表情沉重地点了点头。

　　叶晟熙想起躺在 ICU 里的黄靖轩，眼神一片冰冷。再过几天就醒了？真的有这个可能吗？那么年轻的生命，难道就要毁在那群推卸责任的庸医手上吗？可现在的问题是，他们的怀疑到底是不是正确的？如果是正确的，又是什么导致了如今的"不正常"呢？

　　骆明薇越听越火大："如果真是这样，那这医院也太可恶了！人命关天啊！不行，咱们得想办法把事情搞清楚！"

　　温瑾瑜直叹气："咱们要是能看懂那些药方就好了！知道那些药是治什么病的，也算是个线索吧？"

　　叶晟熙心里一动："咱们看不懂，总有人能看懂吧？"

　　骆明薇听出了点名堂："你的意思是，找个懂的人过来看看？"

　　叶晟熙点头："对，人得找，还不能让三医的人看出来。做了贼的人，为了不让人发现，可什么都干得出来。"

　　骆明薇沉默了一会，很快就做出了决定："人我来找。"

　　明世医院有最好的心脏科专家团队。骆明薇试图去挂个最好的专家号出诊，可专家一听情况这么复杂，当场就拒绝了。骆明薇好话说尽，又是刷脸又是许以重金，都没能请动专家。没办法，她只能低下头去求助自己那个手眼通天的老爸，请他跟医院打个招呼，安排最好的心脏科专家。骆亚宁很意外："你不好好待在青藤，管什么别人的闲事？之前你惹的麻烦，一个两个的难道都忘了？农夫与蛇啊，明薇！"沈亦枫与林可柔的事自然瞒不过骆亚宁，他心知肚明。

"不，这次绝对不会。"骆明薇斩钉截铁地说，"黄靖轩帮过我很多忙，他现在有难我不管，那我才是那条蛇！"

骆亚宁无奈，他这个女儿的脾气，他真管不了，于是就派助理帮骆明薇跟医院方面联系，并很快安排好了时间。

专家去医院的那天，骆明薇和叶晟熙没请下假来，只能在学校一边上课一边等消息。已经知道了真实情况的骆明薇、叶晟熙、周汝嘉、陈昊四人，难免有些心神不宁。相较于他们的无精打采，班上其他同学简直"活泼"得过分。大家歌照唱，舞照跳，一副没心没肺的样子，像是都忘了黄靖轩生病这回事。骆明薇头一回觉得班里吵吵闹闹的样子有点刺眼，很有发作的冲动。偏偏在这个时候，一个同学大刺刺地嚷嚷开了："这个学期的选修课通知怎么还没出啊？"

"对啊。难道今年学校不开选修课了？"

"哎呀！"忽然有人喊，"完了，温老师昨天就通知我，让大家今天登陆学校网站选课的！我给忘记了！"

全班一下子就慌了，齐刷刷掏出手机上网。

"搞什么啊？现在去选还选得上吗？为什么到现在才说？哎？这选课要怎么操作？这系统半天打不开啊……"

被埋怨的那人很委屈："关我什么事，这又不是我的工作。卡的话你就慢慢登，一会儿总能刷开的。"

"你也太不负责任了，以前黄靖轩都是……"

话音戛然而止。

大家都愣了。

是啊，学校的教务网站特别卡，页面打开也要老半天，大家都没有耐心去刷网页，嫌浪费他们练习的时间。从前都是黄靖轩一个个登记好他们想上的选修课，然后一个个帮他们登录进去选好。

可如今，没有黄靖轩了。

直到这时候，同学们才想起了黄靖轩请假之后的种种不便。比如，不会再有人代他们去教务处领取材料，回到教室分发到每一个人的手上；也不会有人替他们做学校安排的值日，每个人都必须轮流去行政处做值日生；更不会有人帮他们应付最让人头疼的选课系统……

在场所有人的心里都掠过了一丝愧疚。他们以前好像对黄靖轩不耐烦了点，等他回来，要对他好一点才行。

或许是觉得气氛一下子冷了有点怪，一个男同学半开玩笑地说了句："我是衷心地祝黄靖轩早日康复啊！等他回来了，就有人给我们干活了。哈哈！"

骆明薇一下子就火了，一拍桌子就站了起来："你长没长心？班长都那样了，你还拿他开玩笑？！"

那个男同学被骆明薇吓了一跳，有点尴尬也有点不服气，依旧嘴硬："关你什么事啊？你放着好好的大小姐不当，改行当正义使者了？他怎么了？不就是动个小手术吗……"

叶晟熙看了那个男同学一眼，面无表情地开口了，声音不大不小，却无端地让人感觉教室里的温度都降了下来："班长现在还没脱离危险，一直昏迷不醒。你觉得拿他开玩笑合适吗？"

所有人都愣住了，一时间都有点消化不了叶晟熙话里的信息。还没脱离危险？难道，情况很严重吗？

僵持间，林可柔迟疑地开口问道："班长他——手术不顺利吗？"

叶晟熙言简意赅地说明了黄靖轩的情况。说完之后，教室里再次陷入了沉默。

据说这个世界上流传着这么一句话：世上有四种人的感情最真——一起同过窗的，扛过枪的，分过赃的，嫖过娼的。人生一世，不管你最终能走多远的路，那些陪你走过特殊岁月的人，都会是你生命里最刻骨铭心的记忆。就像同窗，那是你青春岁月的一部分，也是你最热情、最真实、最无畏的时光里的见证者。许多年以后，你会明白：你有多怀念青春，就有多怀念青春岁月里的同窗。

这个班里的每一个人似乎都是自私而冷漠的。表面看来一团和气，可一旦牵扯到自己的切身利益，立马就变成了纯粹的利己主义者。你随便听一耳朵，就能听到"亲爱的，你真棒""我爱死你了"之类的"甜言蜜语"，可这些话都是不走心的，说的人张口就来，听的人也不当回事。但是，在此时此刻，所有的人都是确确实实地难过了。他们都想起了黄靖轩做过的诸多"傻事"：帮他们处理班上的种种琐事，像居委会大妈一样帮闹别扭的同学调解矛盾，在同学取得进步时发自真心地为他们骄傲，无时无刻不拿着 DV 记录大家的大学生活……

没有人生来就是圣母，有普度众生的情怀。黄靖轩这么做，或许只是因为他喜欢这些虽然有缺点却也可爱的同窗。

沉默中，不知道谁说了一句："咱也别等周末了，明天请个假一起过去看看班长吧。"

没有人反对。

直到晚上温瑾瑜才打来了电话，电话里，他的声音沉痛而愤怒。他说，专家的原话是：基本可以确定已经脑死亡！

骆明薇简直出离了愤怒。既然黄靖轩已经脑死亡，为什么之前医院方面只说他是昏迷？并且还让他们尝试着和黄靖轩对话，说他有很大的希望醒过来？不及时告知家属，研究对策进行抢救，反而试图掩盖真实病情，让家属在不知情的情况下苦苦地等待了那么久！这分明是谋杀！

骆明薇马上就把这个消息告诉了同学们。在这个班里，每个人都或多或少地"欺负"过黄靖轩，可此时此刻听到这样的噩耗，所有人都震惊了，继而就是浓重的悲伤。

一直以来，黄靖轩在班级里就等于是个透明人，谁也没把他的"班长"头衔当回事——毕竟对于他们来说，"班长"不过就是一个在学校和同学之间传递各种消息，收收费跑跑腿的"打杂的"，谁都不想浪费时间在这些事情上，才把这个职务推给了最老实的黄靖轩。可黄靖轩却认认真真地当着这个班长，对每一个同学都是发自内心的喜欢。

谁都想不到会发生这样的事。黄靖轩还那么年轻，他的理想还没有实现，他热心张罗的那些事情还没有做完，甚至连他期待已久的毕业盛典都没来得及参加……他的大好年华才刚刚开始啊！

"这个亏班长不能白吃！我一定要给他讨回一个公道！"骆明薇几乎是咬牙切齿地说出了这句话。她失去过，知道失去的痛苦，所以她比任何一个同学都要了解黄靖轩父母此时的心情，也就格外痛恨那些造成这出悲剧的始作俑者。

都说医者仁心，可这样一个年轻美好的生命，怎么能就这样无声地终结在一群缺乏医者良知的混蛋手里！

"对！那个黑心的医院必须要给班长一个说法！"

"KAO！明天咱就去砸了那臭不要脸的医院！就当是为民除害了！"

"早知道这样，咱们就该早点去看他。"

……

只有失去了，才知道曾经拥有的何其珍贵；只有错过了，才明白当初的放手何等轻率。可这个世界上纵使有千万种灵丹妙药，也没有一种能够治愈后悔。

这个班史无前例的一次集体请假就在第二天上午发生了。没有人迟到，没有人抱怨，准时安静地到达集合地点，有秩序地坐上了开往市里的小巴。

骆明薇头靠在车窗上，拿出手机翻看着班级群里的聊天记录。

这个群里其实并没有什么温馨感人的片段，大多是一些"公事公办"的通知：要开班会了，班费都怎么花了，老师布置了什么作业，黄靖轩又发现了什么好东西兴冲冲地分享给大家……发言最踊跃的是黄靖轩，回复最及时的也是黄靖轩。可是，回复他的人很少，即使偶尔有人回复了，通常也很敷衍。

骆明薇吃惊地发现：黄靖轩动手术之前，在群里分享了他刚读到的一首诗，语气一如既往地热切："亲爱的们，我刚在朋友圈发现了一首诗，很赞哦，跟你们分享一下。"可惜，一如既往，下面孤零零的，没有人回复他，紧接着他这个热心的分享就被其他的话题冲散了。大家更关心的永远都是自己更感兴趣的事情。

骆明薇怔怔地看着黄靖轩的头像。他的头像，是一个哈哈大笑着的卡通漫画。

第一次，骆明薇那么希望那个笑脸头像再一次出现，说着一些的有的没的注意事项，叮嘱他们晚上不要晚归，早上不要迟到，寝室卫生要搞好，下周一学校要突击检查；通知他们明天某某老师有事临时调换了课程，大家不要带错东西……如果真的可以从头来过，她一定第一时间出来回复他，绝对不会嫌他啰唆。

可是，他再也回不来了。这个少了他的群，以后或许会更加沉寂。

一行人赶到医院的时候，黄靖轩已经不在了。他的父母双双病倒，留下来处理黄靖轩后事的是他的叔叔和婶婶。

"医院已经确认靖轩脑死亡，再拖下去也没有意义，所以，就签了放弃治疗书。他是早上9点多走的，很安详……"黄靖轩的叔叔哽咽着，说着说着却又失声痛哭，"我杀了他，是我杀了他……其实他还有心跳的！是我杀了他……"

在场的每一个人都红了双眼。

其实昨天晚上他们都躲在被窝里查过脑死亡，知道脑死亡患者有呼吸，有心跳，可是救活醒过来的概率——是零，继续治疗只是徒劳无功的拖延时间而已。可他们都天真地想：现代医学发展得这么快，或许再过几年就能找到治疗脑死亡的办法。等到那时候，黄靖轩就有救了。

可如今，尘归尘，土归土，黄靖轩二十岁的生命彻底地终结在了这个上午。

他们终究没能见到黄靖轩最后一面。

伤心、难过、后悔、自责，所有的情绪复杂地糅杂在一起。医院宽阔的走廊里人来人往，这些年轻的孩子们站在那里，无声地流着眼泪。

偶尔有好奇的人向这群漂亮的孩子投来目光，可也只是匆匆掠过。

在这里，生老病死只是寻常，住在这里面的人早就被磨光了对死亡的敬畏，变得麻木。

而这些不过二十年华的孩子，却大多数是第一次直面死亡。他们还没学会陪伴，就不得不仓促地告别。这个"成人礼"委实有些残酷。

回学校的路上，气氛依然沉重，没有一个人有心情说话，连发呆睡觉的都没有。黄靖轩的离去终归还是让大家成长了，可惜，他已经看不见了。

骆明薇觉得气闷，突然想起了黄靖轩分享在群里的那首诗，就掏出手机轻声地念了起来：

所谓现在活着，那就是口渴

是枝丫间射下来耀眼的阳光

是忽然脑海里响起的一支旋律

是打喷嚏

是与你手牵手

活着

开始只是她一个人在念，后来，响应的声音越来越多，越来越大。

所谓现在活着

那就是超短裙

是天象仪

是约翰·施特劳斯

是毕加索

是阿尔卑斯山

是与一切美好事物的邂逅

而且，还要

小心翼翼地提防潜藏的恶

活着

所谓现在活着

是敢哭

是敢笑

是敢怒

是自由

活着

每一个同学都像第一次交台词作业一样，念得很认真，很郑重。小巴渐渐驶离市区，光影斑驳，洒在这些年轻的孩子脸上。也许这就是青春的模样，鲜活、倔强，即使悲伤，也不让颓废埋没心中热诚的向往。

所谓现在活着

是此刻狗在远处的狂吠

是现在地球的旋转

是现在某处生命诞生的啼哭

是现在士兵在某地负伤

是现在秋千的摇荡

是现在时光的流逝

活着

所谓现在活着

是鸟儿展翅

是海涛汹涌

是蜗牛爬行

是人在相爱

是你的手温

是生命

一个生命逝去了，可事情并没有就此结束。

骆明薇请来的专家给出了一个比较负责任的结论：这起悲剧多半是医疗事故造成的。原本安排在下午的手术突然提前到了早上，而且手术时间持续了整整十二个小时，这个时间已经远远超出了这个手术的正常时间。在此期间，黄靖轩的父母曾亲眼看到主治医生从手术室悄悄地溜出去。

据专家说，体外循环最多不能超过四个小时！很显然，手术过程中出了问题。

可让人心寒的是：三医方面不但不承认自己的失误，还拒不配合黄靖轩的家属进行调查，态度强硬，言语嚣张，无耻的嘴脸让人震惊。温瑾瑜和黄靖轩的父母多次跟院方交涉，都无功而返。

骆明薇那天说要帮黄靖轩讨回公道绝不是一时冲动。这段时间她一直关注着事态的进展。她还特意去咨询了亚宁集团的律师，可律师说了，凡事讲究个证据，没有证据，所谓讨公道就是一句空话。律师、骆亚宁、阿莫都劝骆明薇放弃，在他们看来，她已经做得仁至义尽了，没必要再去做那些无用功。可骆大小姐哪是个听劝的人啊？她认定的事就没有半途而废的道理。

为这事骆明薇还组织了一次班会。要是换成别的事，同学们早就闹起来了。他们每天的时间都排得很满，总觉得青藤的表比外面的表要快半圈，绝对不会为了无关紧要的事情浪费自己的时间。可这事事关黄靖轩，同学们也就没啥意见了，按时出现在了教室里。

大家对整件事情的发展也非常愤慨，可按陈丽丽的话说就是：我们都是学生，啥根基都没有，能有什么办法？最多就是凑点钱给黄靖轩的父母。可黄靖轩父母想要的根本就不是钱，而是公道。他们总不能去跟医院拼命吧？知道黄靖轩脑死亡的那天，一个同学倒是在激愤之下提出过去医院砸场子，可眼下这种情况，他们要真砸了场子，那就等于是让医院抓到了把柄，没有半点好处。况且，据温瑾瑜说，医院那边已经派出一队保安专门盯着黄靖轩的亲朋好友，但凡看见跟黄靖轩有关的人一律拦下，根本就进不了医院。

同学们全都一筹莫展。人只有在遇上难事的时候，才会清楚地看见自己到底有多无能为力。这是一群自我优越感极度过盛的孩子，相貌出众，专业出挑，大部分人家境优裕。他们平时看人的时候都是下巴上扬的，不屑低头，也懒得低头，更不会轻易承认自己"怂"。可这时候，他们真的有点怪自己"无能"了。

温瑾瑜匆匆赶回学校的时候，正碰上学生们在开会讨论如何为黄靖轩出头的事情。他这几天都在为这件事四处奔走，不但毫无头绪，还吃了不少气。

这也就罢了，真正让他无法面对的是黄靖轩的父母。

他们夫妻俩一生桃李满天下，育人无数，向来坦荡光明。没想到人近中年，竟遇上了这样的惨事，痛失爱子却求告无门。短短几天的工夫，他们就像是老了二十岁，头发都白了一大半。现在他们就像是一根绷紧了的弦，轻轻一碰就有可能断裂。而此时他们唯一的念想就是给儿子找回一个公道，温瑾瑜实在是不忍心让他们失望。

黄靖轩不是温瑾瑜最得意的学生，可却是这个班里他最喜欢的孩子。他看中了黄靖轩的真诚。这或许不是一个明日之星该有的素质，可却是一个人身上最珍贵的品质。他不会让黄靖轩枉死。

见学生们都在为黄靖轩的事情着急上火，温瑾瑜心情很复杂。从前他一直在想办法培养学生们的团队意识，想让他们团结一点，却收效不大。现在因为黄靖轩的死，他们居然团结了起来。只是这样的结果却以失去黄靖轩为代价，也未免太惨痛了些。

"这不是你们该操心的事。你们安心在学校上课，靖轩的事情我会想办法的。"温瑾瑜温和地说道。

骆明薇理智上知道温瑾瑜说得没错，可感情上却做不到置之不理。

"老师，你今天去三医，还是没见到院方领导吗？"

温瑾瑜摇头："每个门口都有保安堵着。以前还有个人出来交涉，现在连交涉的人都没有了，只要一看见我们就直接往外撵。"

骆明薇急了："进不去你们就直接撤了？"

"我待会儿还有课，就先赶回来了。靖轩的家人拉了条横幅在门口抗议呢。"

叶晟熙有点吃惊。本来以黄靖轩父母的为人是做不出这种事的，可见是真被逼急了。

骆明薇一拍桌子："这么干就对了！三医脸都不要了，咱们还跟他们玩光明磊落那套？都这时候了，宁当小人，不做君子！君子斗得过无赖吗？"

所有人都诧异地看着骆明薇，明显是被她的"豪言壮语"给吓到了。按骆明薇的风格，不是应该火花四溅地硬碰硬吗？你请保安拦着，我就请保镖硬闯；你避而不见，我就想办法逼着你来见。现在这是怎么了？怎么转走群众路线了？

　　骆明薇被同学们信息量巨大的目光盯得有点不自在。可既然话已经开了头，她索性就一吐为快："这招我也想过，正想跟大家说呢。既然他们不想正常对话，那就算了。有什么委屈，就干脆在太阳底下说出来。其实他们也怕事情闹大了影响不好，所以才拼命地拦着。咱们现在反正也没其他办法了，索性就把这事闹大，知道的人越多越好。我就不信医院能扛得住。"

　　同学们显然也觉得这招算是没办法的办法了，纷纷叹着气点头。

　　叶晟熙心想，这算是变相的"以彼之道，还施彼身"？可不等他的心理活动进行完毕，骆明薇就提出了一个石破天惊的建议："这种事，就是人多力量大。所以，我建议咱们班的同学也加入进去，跟班长的爸妈一起抗议……"

　　"不行！"温瑾瑜赶紧喊停。他算是看出来了，骆明薇是真的想给黄靖轩出头。可这种事万一处理不好，她会受连累。况且，她现在还是个学生，学业为重。

　　"我知道你们都想为靖轩的事情出一份力，可这事你们真的帮不上什么忙。现在你们唯一的任务就是好好学习，这件事你们不要再管了。"温瑾瑜的口气有点强硬，说话的时候一直盯着骆明薇。

　　骆明薇却不甘心："老师……"

　　温瑾瑜严厉地打断了骆明薇："好了！谁要是再提，记过处理！"说完，温瑾瑜拂袖而去。

　　学生们面面相觑。有些人觉得骆明薇在刻意出风头，也有人觉得骆明薇很仗义，对这个大小姐倒是有了点不一样的看法。

　　骆明薇可不管别人怎么想，她是真心地想给黄靖轩的父母一份支持。

　　陈昊盯着骆明薇上上下下地打量："骆明薇，你今天可真让我刮目相看。你不会真想拉着横幅去抗议吧？"

　　周汝嘉在旁边也插了一句："对啊，你现在大大小小也是个名人，你就不怕被人认出来？"

　　骆明薇不以为然："认出来怎么了？我又没做亏心事。三医草菅人命，我还不能去抗议了？"

　　陈昊的表情有点复杂："不是说不能去抗议，我都想去了。我就是觉得，你去干这事有点怪怪的。"

　　"怎么怪了？我告诉你，不给班长出了这口气，我心里就没法安生！"骆明薇看了一直默不作声的叶晟熙一眼，"喂，想什么呢？你倒是说句话啊！"

　　叶晟熙微微笑了一下。周汝嘉跟他认识了这么久，也算是了解他。一看见他这个笑容，周汝嘉就知道，这家伙不定憋了什么坏呢。

　　果然，叶晟熙慢悠悠地说出了一套计划周密的做坏事的方案。事已至此，这坏事既然要做就索性做得动静大一点，让该知道的人都知道知道，他就不信到时候医院还能那么蛮横。

　　周六上午，温瑾瑜和黄靖轩的父母亲朋拉着横幅在三医门口抗议。刚到不久，骆明薇、叶晟熙、周汝嘉、陈昊就来了。他们穿着统一的白 T 恤、黑裤子，手里也拿着一条大白横幅。

　　温瑾瑜既吃惊又生气，不由脸色一变："你们胡闹什么？赶紧回去……"

　　骆明薇抢先一步打断了温瑾瑜的话："温老师，你给我记过吧！我不但今天来，明天还来。只要这事没解决，我们就每个周末都来！"

　　周汝嘉看了黄靖轩父母发白的头发一眼，心里越发堵得慌，他小声却坚定地说："温老师，后果我们很清楚。您就不用再劝了。"

　　叶晟熙和陈昊向来不爱多说废话，直接哗啦一下扯开了那条大白横幅。上面写着几个触目惊心的大字：三医草菅人命，医者良知何存？

　　温瑾瑜觉得心里暖暖的。也好，年轻的时候总该做几件不顾后果的正确的事。

　　自从 cover girl 事件之后，叶晟熙和骆明薇的风头一直强劲，虽然两人并未刻意地运作，余热影响却始终不衰。网络上关于他们两个究竟是不是一对，粉丝们关于他们俩到底配不配的问题，来来回回地撕了好几轮，就这样的两个人往医院门口一站，想不显眼都难。

不过几分钟，马上有人认出了骆明薇和叶晟熙，并且拍了照片发到网络上——"我居然在医院门口遇见叶晟熙和骆明薇示威抗议医院草菅人命？！"

很快，这条微博就被娱记发现了。

原本这件事情也不过是一件普通的医疗事故纠纷，因为他们两人的加入，一下子引起了媒体的关注。

这两个人，微博的粉丝加起来可是有好几千万啊！

不论是叶晟熙的粉丝还是骆明薇的粉丝，或者是两个人的 CP 粉，那战斗力可都是爆表的。

于是，当有人将两人在医院门口拉起横幅，抗议院方草菅人命推卸责任的事情曝光到网络上之后，整个事件迅速地发酵起来。

媒体很快就蜂拥而至，将医院门口围了个水泄不通，谁都想抢一个头条。

还有闻风而来的两人的粉丝，里里外外地围了好几圈，甚至有粉丝直接就站到了他们的身后，表示要和自己的偶像共同进退，一起抗议。一时间，医院门口人山人海。

温瑾瑜起初有点担忧，毕竟两人已经算是公众人物，这样站在医院门口公开抗议，对他们的影响可能不太好。但骆明薇和叶晟熙铁了心要和他站在一起。

在场的媒体见状更是激动，纷纷举着摄像机和话筒挤上来。

"骆明薇，Albert. Y，能不能具体说说到底发生了什么事？"

"这个黄靖轩是你们的同学？"

"有人说你们靠自己的影响力胁迫医院，说你们是医闹，你们怎么想？只凭你们两个人就能解决这件事吗？"

然而话音未落，后面就传来了一阵骚动，几道礼貌的声音越来越近。

"麻烦请让一下。"

"请让一下，谢谢。"

骆明薇回头，一下子怔住了。

是他们。

简文等人也穿着统一的白 T 恤、黑裤子，排着队穿过人群，在骆明薇等人身后站定。什么话也没说，只是沉默地拉开了手里的横幅。

"班长一路走好！"

"我们只要一个公道！"

没有一个人缺席。这是一次明知道后果可能会很严重的集体行为。

黄靖轩的父母看着这群孩子，忍不住再一次热泪盈眶。

在场的其他人也被感染，眼眶里都涌上了温热的液体。

记者们都兴奋了。

眼前的这十几个帅哥美女个个养眼，可都是青藤的学生啊，这意味着什么？他们将来都是要进入娱乐圈的，这就等于是自带话题效应啊！

还有林可柔呢！当初她和骆明薇的封面之争可是闹得沸沸扬扬啊，这一次同框出现，估计点击率也是暴增的。

观众们早就看腻了谁和谁闹绯闻，谁又和谁闹不和，谁机场面色憔悴，谁又片场耍大牌这样的新闻，正缺一点不一样的新闻来调剂胃口呢。现在，风头正劲的大红人 Albert.Y 和骆明薇，以及青藤学院整个班的学生在医院门口抗议示威，这新闻够得上劲爆吧？！

他们纷纷按下快门，第一时间把现场的情况公布到网络上。

一时间，黄靖轩的医疗事故以及青藤学院的学生集体在医院门口示威抗议，成了微博上最热门的话题。

网友们纷纷站出来指责三医草菅人命，很多人还在网上晒出了自己在三医看病不愉快的经历，虽然不至于到医疗事故这么严重，可大大小小的消息一一汇集到网上，还是形成了巨大的舆论压力。

前来围观的人越来越多，有个别围观群众出于义愤，还跟医院派来维持秩序的保安发生了冲突。这件小事成了导火索，瞬间就点燃了其他围观群众的愤怒，一时间场面有点混乱。医院赶紧报了警，警察很快就赶到了现场，开始劝导、疏散人群。

叶晟熙知道这样下去绝对不行。

医院毕竟是救死扶伤的地方，每天都有无数急需抢救的病人被送进来，他们在这里抗议造成这么多人围观，甚至连急救通道都堵住了。如果因此令需要抢救的病人得不到及时的抢救而发生什么意外，那便是他们的责任。

他们的目的是为黄靖轩讨回公道，而不是为了干扰医院的正常运营，更不能因为一己之私影响到其他的病人。

如果这一点被有心人利用，舆论的风向很有可能随之改变，变得对他们不利，使原本应该受到公平对待的黄靖轩反而成了被一部分人攻击的对象。

于是他站出来，劝在场围观的群众疏散。

"大家安静一下，听我说两句。"

可能是叶晟熙的外貌实在出众，也可能是他身上透着一股让人信服的劲儿。总之，现场很快就安静了下来。

叶晟熙的表情很诚恳："很感谢大家对我们的支持。今天我们来这里，不是为了胁迫医院，更不是为了敲诈。我们的同学因为一次医疗事故而脑死亡，院方却拒不承担责任，至今为止都没有一位院方的负责人站出来试图解决问题。我们的力量很薄弱，除了安静的抗议之外没有别的办法。我，还有我的同学们都非常感激大家愿意相信我们，支持我们，可这里毕竟是医院，还有其他的病人。所以我希望大家离开这里，不要给其他病人造成不必要的困扰。"

其他人也反应过来，随之一起呼吁现场围观的群众疏散。

现场的粉丝们第一时间以实际行动支持自家爱豆的呼吁，不但主动有序地撤离，还帮忙劝导在场围观的其他路人离开，并配合警察们帮着一起疏散。当然了，他们也在微博、朋友圈疯狂地刷话题，呼吁大家声援自家爱豆的抗议活动。

很快，现场围观的人被劝走了大半。

原本一些围观的群众还抱有一些不太友善的揣测，可看到叶晟熙如此冷静理智，不由得改变了想法。

骆明薇看着站在自己身边的叶晟熙，他的沉稳和冷静让她感到了前所未有的安心。她的叶晟熙，冷静却不冷血，有热血却不冲动。有他在，一切的"不可能"都有可能变成"可能"。

骆明薇笃定地相信，只要事情这样一直发展下去，网上的舆论就会不断地发酵；只要他们整个班级的人坚持住，那么事情一定会有转机。

然而先来找他们的并不是医院，而是学校。

到了下午，学校给温瑾瑜打来了电话。温瑾瑜去接电话的时候，骆明薇就有不好的预感。果然，等他回来的时候，他劝同学们都回去。

"大家都回去吧。离毕业盛典只有半年多的时间了，大家都不能松懈，这里有我就够了。"

温瑾瑜说话的时候，目光里带着淡淡的温情。这些学生从最初的冷漠、事不关己高高挂起，到如今能站在他身后和他一起对抗医院，这些改变足以令他感到欣慰。

"我不走。"骆明薇第一个反对，"不等到一个结果，我绝不会半途而废。"

"没错，我们不走。"大家纷纷表态。

温瑾瑜没办法，只能实话实说："学校说了，你们再不回去，就算你们无故旷课。"青藤学院的校规森严，旷课的结果是什么，大家很清楚。

累计无故旷课超过三次，就直接开除。

骆明薇的爆脾气一下子上来了："大周末的又不上课，算哪门子的旷课？学校还真逗啊！一条人命说没就没了，他们不拿医院开刀，倒跟我们干上了！行啊，我还就非旷不可了！开除就开除！大不了毕业证我不要了！"

叶晟熙忙打断骆明薇："说什么气话！"他回头看着同学们，声音不大不小，却恰好能让在场的同学们听得清清楚楚，"在开学迎新的典礼上，我记得校长是这么说的：'将来的某一天，你们都会站在聚光灯下，成为千千万万青少年的偶像，成为他们努力的目标。作为公众人物，作为明星，你们未来要担负起引领青少年的责任。'我们现在就是在用实际行动告诉人们，这世上的很多事，哪怕有风险，哪怕被人阻挠，我们也必须要做。因为这关乎一个生命的尊严！这也是我们的责任。我不觉得我们有错！"

一番话如振聋发聩一般震撼着每一个人的心灵，令他们的血一下子沸腾了起来。

这群从小在竞争中长大，从来以自我为中心、自私冷漠的学生，生平第一次迫切地想要冲动一把，想豁出去一次。人不热血枉少年嘛。

不知道是谁先喊了一声："我留下来。"

有第一声，就有第二声：

"我也不走。"

"让学校把我们全班都开除好了！"

"不破楼兰终不还，哈哈！"

"……"

夕阳渐斜，残照如血。这个傍晚成了骆明薇生命中最鲜亮的记忆之一。

班长，你看到了吗？大家因你而团结在了一起。如果真有一个与生相对的世界，那么我希望你在那个世界依然能够葆有那样干净温暖的笑容。

班长，希望你一路走好。

网络上关于这件事的报道越来越多。

随着关注这件事的人越来越多，记者们的采访挖掘也越来越深入，许多国内外的医学专家亦关注到这件事，纷纷表示愿意提供帮助。不少热心网友也提出愿意帮助学生们向有关部门反映投诉，帮黄靖轩和他的家人维权。

而那些从青藤毕业出去的明星们也纷纷在网上表明了自己的态度，支持学弟学妹们维权，并且呼吁有关部门尽快介入。

支持他们的队伍越来越壮大。明星、媒体、律师，各种公益团体以及无数的正义吃瓜群众。呼声太大，有关部门不得不出面组建了调查组，公开宣布对这件事追查到底。

到了第二天，医院终于扛不住了，派出代表提出对话解决问题。

温瑾瑜陪同黄靖轩的父母和医院开始谈判。

那是一个初秋的下午，一场暴雨突如其来地造访了这座城市。前几日还热得要命，一场雨过后就马上入了秋，骆明薇和同学们身上还穿着抗议时穿的那身行头，一起在医院的大厅里等消息。

等待的时候，时间总显得格外漫长。这群孩子很少有这么安静的时候，可现在他们就这么安安静静地站在那里，听着外面的雨声，等待着那个他们努力争取了很久的结果。

医院里的人进进出出，除了这群学生，还有守在不远处的记者，以及守在电脑屏幕前千千万万的网友们，都在和他们一起等待谈判的结果。

雨声渐小的时候，温瑾瑜和黄靖轩的父母一起出来了，隔着老远，骆明薇就看到温瑾瑜对着他们微微点了点头。

骆明薇长长地松了口气，眼眶开始发热。

他们终于等到了迟来的公道。

一个阳光晴好的上午，骆明薇和很多同学挤在大教室里上大课。

铃响过后，老师站在讲台上点名。

"叶晟熙？"

"到！"

"骆明薇？"

"到！"

……

"简文？"

"到！"

"黄靖轩？"

原来有些嘈杂的大教室里一下子静了下来。

老师不明所以，皱着眉头又点了一次。

"黄靖轩？"

没有人应到，只有轻微的抽泣声。

这个名字，注定会成为 15 级所有学生心里的一道伤口。

可是，世间的重逢不一定全是你在我面前、我在你的视线里，而很可能是：你总会时不时地从我的心头路过。

Chapter 11 / 聚光灯下的我们

在大家的共同努力下，三医终于承认了自己的失误，公开向黄靖轩的家属道歉，处理了相关涉案人员，并且赔足了补偿金。

事故的过程也被公布。

黄靖轩在动手术之前还在发着低烧，而护士没有检查清楚就推他进了手术室，导致了事故的发生。

心脏穿孔修复手术原本算是一个相当简单的手术，那天的主治医生在业内亦小有名气，可是他一时大意，放手让一个刚刚留洋归来的研究生操作手术……或许是因为这位研究生刚归国不久，和护士之间没有默契，也或者是别的什么原因，总之，那天当他打开黄靖轩的胸腔时，发现因为发烧，里面全是黏液与积水，一下子就慌了神，连忙通知主治医生回来。

可是已经来不及了。

等到主治医生赶到并完成手术，黄靖轩的胸腔已经被打开了整整八个小时。

体外循环超时造成了黄靖轩的脑死亡。

这确确实实是一起医疗事故。

他们的抗争最终取得了胜利，可是没有人因此而开心起来。

因为黄靖轩再也回不来了。

这件事情之后，整个班级仿佛悄悄地发生了一些变化，大家都有些不一样了。

虽然还是像以前那样分秒必争，但班级里的一些事情大家都会商量着一起分担，就连陈丽丽这样的"顽固分子"，对分派到自己头上的任务也不过就是撇撇嘴，没说什么就接受了。他们开始觉得这个班级是一个集体了，而不是被学校划分在一起训练的一群临时的同行者。

温瑾瑜感到很欣慰。

骆明薇倒是有点不习惯。没办法，被各式"斗鸡"群起而攻之那么久，突然就看到了同学爱，总是会有点不适应。不过现在这样很好啊，她又不是受虐狂，当然更喜欢现在的同学们。可惜，黄靖轩却看不到了。

想到这里，骆明薇有点难过，转头看向窗外。

下雪了。

这是今年冬天的第一场雪。

皑皑白雪覆盖住了这片大地上以往的绿意和生机，有的东西已经逝去，有的则陷入了沉睡，还有的在默默积蓄着力量，随时准备着在下一个春天破土而出。

骆明薇突然想起了黄靖轩分享的那首诗：

所谓现在活着

是敢哭

是敢笑

是敢怒

是自由

对，就是要这样活着。

虽然黄靖轩的死讯让每个人都消沉了好一段时间，可学校并没有给他们太多的时间沉浸在悲伤里。随着初雪的到来，大二的学生们面临着一个紧迫的问题：按照学校的规定，这一年的期末，每个人都必须交出自己在毕业盛典上的表演节目，学校会酌情安排每个学生在毕业盛典上的演出顺序及分量。也就是说，大二的第二个学期，他们都会为毕业盛典上的表演而训练。

每个人都铆足了劲，拼命地你追我赶。

排练室内，每个人都沉浸在自己的练习当中。骆明薇坐在靠窗的位置，手里拿着台词本在背台词；叶晟熙和陈昊在不远处，正在讨论叶晟熙新作的曲子。

叶晟熙说，他希望能够在签约新公司之后，尽快出一张个人创作大碟。

现在音乐市场不景气，而且大家都习惯了上网听歌，能发专辑的歌手也是越来越少了。不过，如果是叶晟熙的话，她觉得一定可以。到时候说不定他还会开自己的演唱会，而她就有可能作为特别嘉宾出场，然后说不定当着台下数万粉丝的面……

糟糕，好像有点想太远了，呵呵呵……

她连忙把自己的注意力转回来。

她的目光落在角落里一张木制的椅子上。椅子上摆了一个小小的玻璃花瓶，里面插着一枝梅花。

那是黄靖轩的位置。虽然排练室是公共的，没有规定谁使用哪一个位置，但大家心照不宣，都有属于自己的固定位置。大多数人的座椅不是沙发就是漂亮的木凳，只有黄靖轩那张最没有特点，以前陈丽丽老嚷嚷着那把椅子太丑，污染她的视线，嚷着要黄靖轩换一把。

可如今，黄靖轩不在了，却没有人去动那把椅子。

它安静地待在原来的角落里，等待着它永远不会回来的主人。

有一天，骆明薇觉得它太孤单，就从宿舍带了一个小花瓶过来，顺手折了一簇不知名的野花插在里面。后来小花渐渐地枯了，等她想要换的时候，却发现已经有人重新换上了别的花，花瓶里也灌满了水。

从那以后，花瓶里的花成了全班的一个新默契。花谢了，自然会有人换上别的花，有时候是一朵野花，有时候是一根长相新奇的树枝。没有人跳出来邀功，也不用催促，总会有人注意到花瓶里的花该换了。

骆明薇心里暖暖的。这个冬天，好像比往年要暖和一些。

夜晚，骆明薇趴在被窝里翻看她这几天训练时拍下的一些视频。翻着翻着，就翻到了从前黄靖轩随手用 DV 拍的那些视频。

黄靖轩去世以后，骆明薇把他从前用 DV 拍的视频拷下来存到了电脑上。那些视频可是真真实实地记录着他们大一时一路的眼泪、欢笑，还有成长。而且，那里还有黄靖轩。

骆明薇突然就有了一个大胆的想法。

不如把他们班的故事写成一个剧本，在毕业盛典上演出吧？

骆明薇的提议遭到了绝大多数人的反对。

"每个人的戏份多少以什么标准来定？还有，这个戏要想有可看性的戏剧冲突，就得有坏人。谁来做这个坏人？反正我不做。"

"自制舞台剧哪有这么简单？首先剧本就是一个大问题。"虽然学校也有开设剧作课，但只是选修的形式。在这里的，谁也不是为了进娱乐圈做编剧的，都不专业。

"还有舞台设计、造型设计、灯光的配合，全都要琢磨。"这跟青藤传统的毕业盛典以晚会形式表演节目完全不一样，难度一下子增加了好几倍。

"我们都已经准备了一个星期了，现在你说要改，之前的准备不都白费了吗？"

"本来训练的时间就不多，还要分心去做别的事？"

"舞台剧太难了，这么短的时间很难准备好，还不如按老规矩来。"

……

骆明薇才刚开了个头，立马就收到了一堆反对意见。"反传统未必是坏事啊……"她的话未说完，就被林可柔打断了。

"明薇,我知道你是想创新,可毕业盛典不是儿戏,万一搞砸了,就会影响到所有人。到那时候怎么办?"她"善意"地劝道。

从前骆明薇不觉得,可自从她知道了林可柔的真面目之后,一听到她这故作温柔的声音就浑身上下起鸡皮疙瘩。她懒得搭理林可柔,耳朵自动过滤掉了她的"提醒",转而问自己身后的几个人:"你们觉得呢?"

陈昊实话实说:"想法是不错,可实施起来有难度。"她只擅长唱歌,别的都谈不上精通,舞台剧这种连跳带演的,她绝对出不了彩。

周汝嘉也点点头,算是赞同陈昊的说法。

骆明薇有些泄气,其实她自己也多少有点没底。本来这就是一件非常难实施的事情,先不说同学们是否愿意配合,就单说排练一场舞台剧的难度,也够人喝一壶的。从剧本、音乐到舞台设计、造型设计,每一个环节都要过硬,一旦出了纰漏,那就是一长串恶性的连锁反应。每个学生除了要完成自己的角色之外,还要兼顾很多其他的工作。况且这么大的工程,没有学校方面的配合也是完不成的。总之就一句话:这事出了力也未必能讨着好。

所有人都发表了意见,最后大家把目光放到了一直沉默的叶晟熙身上。

平心而论,叶晟熙觉得骆明薇的提议非常好。毕业盛典是青藤的大事,可这大事多少年都没换过花样了,别说作为表演者的学生了,就连过来挑人的"考官"们都看腻了。可话又说回来,人大多都有一种求稳的心态,尤其是在生死攸关的时刻,无论是校方还是学生,在面临"选中还是被淘汰"的千古难题时,总会下意识地选择相对保险的方案。于是,就有了这年复一年的晚会式表演。

对叶晟熙自己来说,他当然更倾向于骆明薇的方案。他对自己有信心,无论最终定哪种方案,他确信自己一定会拔得头筹。可问题是别人怎么办?他没那么大的把握给其他人打包票。就拿林可柔来说吧,如果按照以往的惯例来表演,她跳 OPS 是毫无悬念的,但如果大家一起演出舞台剧,她就不再有 OPS 的优势,甚至有可能在综合性的表演中被别人夺去光芒。对这个可能会出现的"结果",林可柔是绝对不会乐意的。而且,叶晟熙还担心她会在背后使阴招，万一伤害到骆明薇，甚至影响到大家的毕业表演，那绝对不是他想看到的局面。

叶晟熙心里很清楚，骆明薇之所以有这个提议，跟黄靖轩有很大的关系。这是他一个未尽的心愿。现在叶晟熙也的确想试一试，可是怎么才能说服大家呢？

叶晟熙沉默了一会儿，站起来走到讲台上，从口袋里掏出一个 U 盘插到电脑上，并顺手打开了投影仪。

"我给大家看个东西。"

同学们都一头雾水。不是在讨论舞台剧的事吗？怎么突然就转到看东西上了？什么情况？

骆明薇却有点明白他想干什么了，于是闭上嘴巴，安心地等着叶晟熙来搞定这件事。

叶晟熙一边操作电脑，一边慢条斯理地解释："这些视频都是黄靖轩拍的，我觉得你们也有必要看一看。"

他这么一说，其他同学也多多少少有了点好奇。以前黄靖轩一天到晚地举着他那个 DV 到处拍，至于拍成了什么样子，连他的舍友都不是很清楚。他们以前对这些视频的内容并不关注，甚至还有点反感黄靖轩不分时间场合地拍。如今时移事易，回过头来重新看这些视频，每个人的心情都不一样了。

屏幕上出现了一张张熟悉的脸。

有他们在教室里上课的情形：大部分人都在很认真地听课，只有一个没睡够的瞌睡鬼困得频频点头，被温瑾瑜亲切地赠予了一根牙签，说可以帮他撑住眼皮。

有他们在操场上跑步的情景：步伐不是很统一，可每个人都咬着牙向前跑。清晨的操场弥漫着浓浓的雾气，连他们的发梢上都沾了清晨的露珠。

有他们在餐厅吃饭的样子，在走廊聊天的样子，唱歌的样子，跳舞的样子，合作排练的样子……

点点滴滴拼凑在一起，就是他们的大一生活。

伴随着画面出现的，还有黄靖轩的旁白。

"现在在跳舞的是简文，其实我觉得她的民族舞跳得更棒，很有那种韵味。左边那个是菲菲，她看起来好像心不在焉的样子——哦，对了，她昨天跳舞好像扭了脚，难怪今天坐在旁边不动。来学校之前老妈好像给我塞了一只香港带回来的跌打神药，一会儿回去找找。"

播放到这一段的时候，菲菲忍不住低声抽泣了一下。

她记起来了，去年她是扭伤过脚。后来黄靖轩拿了一个玻璃瓶装的东西过来找她，还没靠近就被她赶走了。她当时还嫌弃他身上有一股怪味道，原来那是跌打药水的味道。

屏幕上还在播放着："连续十天，杜灵彬每天晚饭都多吃了一个西柚。她好像蛮爱吃酸的，黑布林、柚子、橘子，她都喜欢。"

杜灵彬勉强笑了一下。

去年她生日的时候，黄靖轩送过她一瓶橘子味的精油，当时她嫌弃不是大牌子，随手不知道扔在了哪里。

画面跳转，是陈丽丽。

她正对着手机直播，倒退着朝黄靖轩的方向走过来。

"这是陈丽丽，她最近疯狂地迷上了直播，听说人气还很高。"正说着，眼看着陈丽丽就要撞到她身后的凳子上，黄靖轩急忙冲上去拖走了凳子，手中的 DV 一个没拿稳，"砰"地砸在地上，屏幕一黑。

等到屏幕再亮起来的时候，画面一阵摇晃，看得出来，是黄靖轩在检查机器有没有坏，而画外音是陈丽丽尖锐的声音："黄靖轩，你疯了！没看到我在直播吗？你躲在我后面是想绊倒我还是想上镜？神经病！"

陈丽丽的脸一下子涨得通红。

将近 100 分钟的视频，记录的都是生活的点点滴滴，有一些甚至只是学校里的风景而已。可是在场的每一个人，平常恨不得连吃饭睡觉的时间都挤出来练习的他们，竟然没有一个人离开，也没有一个人提出要快进。

在座的每一个人认认真真地看完了整个视频。

视频的最后是黄靖轩的自拍。

从背景来看，他应该是在帮大二的学兄学姐们布置毕业盛典的舞台。按照惯例，大一的学生要帮大二的学兄学姐们布置毕业盛典的舞台。黄靖轩是这个班里最乐意去帮忙的一个，每次去了，他都像是在做自己的事一样，忙得不亦乐乎。

视频里，黄靖轩背对着舞台站在舞台下面。

"我的身后就是今年毕业盛典的舞台，我太激动了！一万个激动！再过一年我也会站到这个舞台上。虽然到时候我一定是最不起眼的那个，不过没关系，只要能和大家一起站上这个舞台，我就很满足了。其实我一直有一个心愿，我们班的每一个人都很棒，超级棒！如果大家能够一起演一部剧，肯定很好看……"

还不等他说完，边上有人喊了他一声，于是视频到此为止。

教室里一片静寂。

没有人说话。

大家都低着头，红着眼。

有的人在心里"恨恨"地想：黄靖轩这个人才是班里最可怕的。他这个"小透明"，对他们竟然有这么大的影响！

"全班合演一出舞台剧或许有难度，"叶晟熙说，"但我觉得可以试一试。"

这就是叶晟熙的态度。

大家马上就明白了他放这个视频的原因。

瞧，这就是叶晟熙，他总有办法让你心服口服。

班里又沉默了一会儿，然后，陈丽丽开口了："剧本谁来写？晟熙，你别怪我说话不中听，就算能找到人来写剧本，而且这个剧本的质量也没问题，可是，万一我们对自己的角色和戏份不满意呢？任何一部戏里都有配角，可是那天，我们谁都不想当别人的陪衬。"毕业盛典关系到他们未来的星途，哪怕只有万分之一的可能会出现意外，他们也绝不允许。

叶晟熙回答得从容不迫："给我一个星期的时间，如果我能拿出一个让大家满意的剧本，那我们就试一试，如何？"

相处了这一年多，大家已经很清楚叶晟熙这句话的分量。他既然说得出来，就多半能够做到。其实大家心里很清楚，一部出色的舞台剧，效果绝对比中规中矩的表演要吸引人眼球。

"可是，"林可柔突然开口了，"我还是有点担心时间不够。要演好一部舞台剧，每个人的配合和默契都很关键，万一在这个环节上出了问题……"

林可柔点到为止，没把话说完，可在场的人都听明白了她话里的意思。说得直白一点，以前大家的同学爱也就那么一点点，哪来的默契？面和心不和，怎么配合？

于是同学们的表情就有点微妙了。这个不怎么和谐的事实，大家心里都非常有数，正因为有数才没底气。

"是啊，默契这个东西得花时间培养，可问题是，现在咱们最缺的就是时间啊！"

"要不咱们还是按原计划来吧，保险一点。"

好几个人动摇了，"委婉"地说出了自己的担忧。

这时候温瑾瑜进来了，见大家围在一起，不由有点好奇，问道："聊什么呢？"

有人嘴快，把事情的始末讲了一遍。

"我倒觉得这个主意不错呀！"温瑾瑜一拍手，"你们真可以试一试。当然了，演舞台剧要更辛苦一些，可是你们每个人出彩的机会也更大一些。而且，"他看了看叶晟熙，笑着继续说道，"既然男神叶晟熙出手了，剧本的质量你们大可以放心。对吧，晟熙？"

叶晟熙挑了挑眉毛，没接话，只对着温瑾瑜笑了笑。那微笑里带着闪瞎人眼的自信。

温瑾瑜乐了："那行，就这么定了。剧本出来以后我再帮你过一遍。你们当男神的都有点情感缺陷，所以你肯定不如我了解咱们班的同学，对吧？"

听温瑾瑜公然打趣叶晟熙，其他的同学也乐了。难得有这么个机会消遣男神，谁放过就是傻瓜。

于是，大家都很不厚道地笑了。

叶晟熙默默地看了这些笑容可掬的同窗们一眼，同窗们很上道，马上收敛笑容，严肃地听老师训话。

这家伙看来积威很深嘛！也没见他动手打人或者拿钱砸人，他是怎么做到的？温瑾瑜在心里默默地吐槽。不过眼下不是琢磨这个的时候，还是言归正传："还有就是舞美设计，你们可以去问问姚老师，她对这方面有点研究。另外，我可以向学校申请一些必要的支持，包括媒体啊，其他各个部门的配合啊，还有一些你们可能会用到的资源，都交给我来搞定。"

温瑾瑜侃侃而谈，没几句话就把同学们刚才担心的大部分问题都解决了。

骆明薇心想：老师不愧是老师！原本感觉很难的一件事，被他这么一分解，可操作性竟然就强了很多很多。

骆明薇一时间有点热血沸腾，她回头看着大家，眼神里带着一点点挑衅，还有一点点跃跃欲试："怎么样？敢不敢试一下？"

试，还是不试，这也是一个千古难题。

同学们虽没有马上同意，可心里的犹豫却少了很多。

向来擅长在适当的时候添一把火的周汝嘉同学又适时地发言了："那就等剧本出来以后再说吧！"

这个提议立马就得到了大家的一致赞同。温老师说得对，男神出手了，剧本应该不成问题。

"晟熙，你可不能偏心明薇哦。"林可柔冷不丁地冒出了一句。

叶晟熙转过头去，一言不发地看着林可柔。

林可柔笑得很无辜："我跟你开玩笑啦。晟熙，我相信你，你一定会公平对待大家，不会偏心明薇多给她加戏份的，对吧？"

她语调轻松，仿佛真的就只是开个玩笑，可骆明薇仍然察觉到了周围同学们微妙的目光变化。

这个林可柔真是阴险啊！时时刻刻不忘给她捅刀子，简直就是见缝插针。如果有个白莲花演技奖，那她绝对是要拿终身成就奖的。

骆明薇心底的小火苗噌噌地蹿上来，刚想开口反驳，却被叶晟熙轻轻抓住了手腕。叶晟熙面无表情地看着林可柔，目光冰冷："你放心好了。我既不会偏心，也不会报复。"

林可柔的笑容差点就僵在了脸上。

骆明薇心里大呼过瘾。果然是行家一出手，就知有没有！白莲花可柔·林同学，你也有今天啊！

事情就这么定了下来。

一个星期之后，叶晟熙拿出了剧本的初稿。

骆明薇看完之后，立马就明白了叶晟熙那些不好统计数量的迷妹是怎么来的。她眼睛亮晶晶地盯着叶晟熙，声音都有点发嗲："你是怎么做到的？你怎么什么都会？我好崇拜你啊！你确定你是人类吗？"

叶晟熙哭笑不得，敲了她脑门一下："好好说话。"

这个剧本几乎得到了全班的一致好评。本来大家听了林可柔的话，嘴上不说，心里多少也有点顾虑，可看完叶晟熙的剧本之后，他们竟然真喜欢上了剧本里的自己。男神不愧是男神啊！

这个剧本叶晟熙确实是下了功夫的。不但要确保每个人都有独特的光彩，还要把各自的特长巧妙地融进角色里，让他们有专门的时间展示自己。同时，还要尽量避开他们的弱项。比如简文，她的海豚音向来是她引以为傲的，叶晟熙就在剧中给她安排了一段可以秀海豚音的唱段。比如陈昊，则为她设置了自弹自唱的情节。

林可柔也非常意外。

原本她以为叶晟熙那么讨厌她，给她的角色一定是不讨好的，可没想到……她读着剧本，竟然惊讶地发现叶晟熙非常了解她，那些台词仿佛就是从她自己的脑子里跳出来的一样。

这个故事里没有绝对的好与坏，每个人都是独立而多面的，立体，形象。

温瑾瑜看完了剧本，也不由得直感叹：这孩子的水平，真的远远超出他的预料！

"怎么样？"叶晟熙拿着剧本问大家。每个人的眼里都闪着异样的光彩，他忍不住嘴角上扬，"看来，已经没有投票表决的必要了，对吧？"

大家都心照不宣地笑了。

温瑾瑜作为总导演，立马就带着大家投入到了热火朝天的准备工作中。其他的老师也被动员起来，天天跟学生们泡在一块儿。

周汝嘉和杜灵彬揽走了舞蹈设计的活，陈昊和叶晟熙则负责作曲，平常大大咧咧的简文居然对灯光很感兴趣。至于骆明薇，刚跟着姚素晓一起搞舞美。别的不说，骆大小姐的衣品确实是没得挑。而且，她也是上过 Queen 封面的人，要说到时尚触感，她在这个班里绝对能排第一。

正式排练的第一天，温瑾瑜笑眯眯地问大家："有信心吗？"

回答他的声音整齐而响亮："有！"

骆明薇用力抱着剧本，封面上剧本的名字异常醒目。

《聚光灯下的我们》！

将来，他们全都是要站在聚光灯下的人。

即便一切都算进行得相当顺利，排练舞台剧依然是一个相当庞大的工程，与按照学校的传统来演出相比，更加费时费力，也费心血。原本骆明薇以为大家一定会怨声载道，可没想到当大家做了决定要做这么一场舞台剧之后，每个人都全身心地投入进来，没有人抱怨。

除了抓紧时间提高自己的术科水平之外，他们还要抽出时间来完成自己被分派到的任务，时间就变得更加紧迫。甚至连一向从容不迫的叶晟熙也有了紧迫感。

像现在这样，所有人都朝着一个共同的目标一起努力的感觉，真好。

排练室的角落里，阳光透过窗户落在那张没什么特点的椅子上。椅子上的花瓶里，插着一朵含苞待放的梅花。

梅花静静地，静静地陪伴着这群孩子在飞逝的时光里挥洒着汗水。

直到期末。

其实最初，骆明薇他们要在毕业盛典上集体表演舞台剧这个想法，青藤校方是否定的。按照惯例，学生们在这个学期的期末考试中交出毕业作品之后，学校就要根据他们的表现来决定他们在毕业盛典上的表演排序，制作节目单，可这一下呼啦啦一个班级的学生都演一个节目，这节目单还怎么排？

"那就放在最后呗！"温瑾瑜很轻松。

姚素晓是另外一个班的班主任，"怎么，你就这么把 OPS 拱手让给我们班了？"其实叶晟熙和林可柔的实力谁都清楚，如果按照正常的表演方式，那这一届的 OPS 绝对是他们俩，可现在这样一来，他们俩绝对是跳不了 OPS 了，那只能把机会让给另外一个班。

"无所谓，真正有实力的，何必在乎是不是 OPS。"温瑾瑜对自己的学生自信满满。

看着他的样子，姚素晓忍不住笑了。不过，他的学生也确实值得他骄傲。那些孩子，真的非常优秀。

《聚光灯下的我们》这出舞台剧在期末测评时的优异表现，使它得到了校方的高度肯定。

据温瑾瑜说，学校还卖出了今年毕业盛典的现场直播权。于是，加上合作方电视台的大力炒作，今年的毕业盛典居然得到了前所未有的关注度。

别人都暂时松了一口气，可骆明薇还在艰苦奋战。这部剧里的每一件服装都是她亲手设计的，既要漂亮，又要符合每个人的性格特点，还得要有舞台风……从接下这活到现在，骆明薇每天除了上课和练习，几乎把所有的时间都花在了服装设计上，连做梦都能梦见各种衣料。她涂了又改，改了又涂，改到自己满意了，再去征询大家的意见，然后再接着改。到最后定稿的时候，废掉的草稿堆起来都快有一尺厚了。总之，这事做得很难，可她还是坚持了下来。

每个人都坚持了下来。

冬去，春来，夏天款款而至。

日子在紧张而忙碌的气氛中一天天地流逝。

5 月初，他们终于迎来了属于他们的毕业盛典。

去年在看学兄学姐们的毕业盛典的时候，骆明薇还心生羡慕十分向往，恨不得时间马上就跳到自己能站上舞台的那一天。等到这一天真的来了，她才发现这是多手忙脚乱的一天。

毕业盛典的时间安排在晚上 7 点开始。

可他们的排练从早上 7 点钟就开始了，按照整个毕业盛典的流程先走了两遍。舞台剧对现场表演的功底要求很高，即便排练再多次，也还是会突发各种状况。每一次的排练，他们都是抱着正式表演的心态去演出，力求完美。

吃完午饭后，大家抓紧时间小憩了片刻，醒来之后就开始化妆。

傍晚很快就到了。

前来观看毕业盛典的各家媒体、经纪公司，以及已经毕业的青藤知名校友们纷纷到场。骆明薇他们在后台手忙脚乱地化妆，而前面则开始走红毯。

化妆室里就跟在打仗一样。

"你别碰我！眼线都画歪了！"

"我的旗袍呢？谁拿走了？！"

"杜灵彬，你踩我脚了！"

"……"

骆明薇觉得自己的耳朵都快要炸了。他们就不能安静一点吗？这到底是后台还是菜市场？

角落里，林可柔早就化好了妆，安静地坐在一边。剧本就拿在手里，可她却根本看不进去。

林可柔的视线落在不远处的骆明薇身上。她是什么时候取代了自己在班里的地位？她骆明薇凭什么？她的演技、歌喉、舞艺……哪一样能和她林可柔比？不公平！这个世界太不公平了！骆明薇凭什么就能得到最好的一切？

林可柔不服气。今晚的舞台，她绝不会再输。

没错。

目光渐渐下移，落在了堆满服装杂物的地上。一个黑色的纸盒静静地躺在那里。

当熟悉的开场音乐响起的时候，原本闹哄哄的后台一下子安静了。所有人都沉默下来，侧耳倾听前面传来的音乐声。胸中情绪起伏，是紧张，亦是激动。

两年，不，甚至更久，他们日夜苦练的就是今天这一刻的到来。

今天开始，他们终于要正正式式地站到聚光灯下了。

动感的音乐声清晰传来，即使不看大家也知道，这是今年的 OPS。其实原本他们是非常羡慕得到 OPS 这个位置的人的，可是此时，大家竟奇怪地不在乎了。相反，他们更多的是在紧张接下来的表演，担心因为自己表演得不够好而破坏了整体的效果。

"骆明薇，你怎么还不换鞋？"杜灵彬忽然低声叫起来。

骆明薇一愣，才发现自己居然还穿着拖鞋，顿时慌了："我的鞋呢？我的鞋呢？"

"呼啦"一下，大家全散开了，急忙在后台的各个角落帮忙寻找骆明薇的舞鞋。后台太乱了，什么东西都乱糟糟地堆在一起，光是各种款式的舞鞋就起码有十几双。越急越容易出错，大家乱哄哄地找了半天，却怎么也找不到。

还是叶晟熙冷静，口齿清晰地跟大家描述那双鞋的样子："那是一双八厘米左右的高跟鞋，镶着很多水晶……"

骆明薇在旁边急急地补充道："装在一个黑色的纸盒子里。"

大家一边找一边忙里偷闲地在心里吐槽：男神可真够可以的！连女朋友的鞋长什么样都记得一清二楚。

"在这里！"过了一会儿，简文举着一双鞋喊道。

大家齐刷刷地朝简文看去，见她手里拎了一双 bling bling 的水晶高跟鞋。"什么放在黑色纸盒子里？就在这张化妆桌底下！"简文抱怨，"还好我眼尖！骆明薇，你能不能长点心？都快要上场了，连自己的鞋放在哪儿都记不住！"

骆明薇自知理亏，心虚地接过鞋子穿上，没有顶嘴。

大家都对骆明薇的粗心有些无语，可被她这么一闹，他们发现自己居然没有刚开始那么紧张了。

表演一个接着一个地进行。每一个节目结束，台下都会响起礼貌的掌声，不轻不重。当然，如今台下坐的不是各大娱乐公司的老板和经纪人，就是媒体记者，见过的世面比他们跳过的舞步还多，自然不会有太兴奋的反应。

终于轮到了他们。

骆明薇是第一个上场的。

上台前，她站在舞台旁边往外面看。灯光太亮，一切都是明晃晃的，她几乎看不清台下的任何人。

就如同小时候，有许多许多次她被母亲带去参加各种儿童表演比赛的时候一样，小小的她躲在厚厚的帷幔之后，紧张焦急地寻找着台下母亲的身影。

然而现在，她不紧张了。

回头看一眼站在她身后准备出场的同伴们，大家的目光坚毅，都在用眼神给彼此无声的鼓励。

还有叶晟熙，就站在她身后。

灯光暗下去。

台下有微弱的灯光星星点点地亮着。

当眼睛适应了黑暗之后，骆明薇才看清了舞台上的布景。

这个布景是按照他们班的集体排练室设计的，背景是一面开着窗户的墙，阳光从窗外照进来，窗下放着一把样式规矩的木椅，椅子上摆着一个小小的玻璃花瓶，花瓶里插着一枝小小的向阳花。

然后，音乐响起。

骆明薇深呼吸，踮起脚，轻快地跃进舞台中央。而就在这时，猛然之间——

脚下传来一阵尖锐的刺痛！

表演继续进行着，一个一个的演员陆续跳上舞台。

在音乐中，林可柔亦跳上了舞台。

毋庸置疑，她的表现很精彩，一上场就惊艳了台下的观众们。第一次在一个节目还未表演结束的时候，就有人给出了掌声。

林可柔微微地笑了。

目光流转，不远处灯光下站定的骆明薇微微咬住了唇，仿佛在极力忍受着什么。

骆明薇，你忍吧，我倒要看看你能忍多久。

漂亮的眼眸里是深深的恨意，她旋转着，跳跃着，所有的恨意都在舞蹈的动作中，在额上不断滴下的汗水中完全地释放。

叶晟熙站在帷幔之后，神情却越来越凝重。周汝嘉察觉到不对，问："怎么了？"

"不太对劲。"叶晟熙说道，目光却没有离开舞台上的骆明薇，"明薇的脸色不太好，而且舞步有点虚。"虽然看得出来她已经尽量做到了最好，可是越这样反而越说明有问题。

被叶晟熙这么一说，周汝嘉也察觉了。

好像确实有问题。

这出舞台剧他们排练了几十次，骆明薇的水平大家都很清楚。虽然她舞蹈功底不够，肢体的柔韧度不强，可是这支舞蹈是周汝嘉根据她的特点编排的，讲究力度与节奏之美，事实上骆明薇在排练的时候把握得也很好，跳得相当出彩。

可她现在的动作，似乎有点"虚"。

怎么回事？

两人同时想到了——"那鞋子！"

随着音乐的节奏，叶晟熙跳上舞台。

原本大家都按照排练好的剧本表演着，可是叶晟熙一上来，大家都有点蒙——怎么他的舞步和原来排练好的完全不一样？这可是叶晟熙啊，如果换作是别人，他们就要怀疑他是因为怯场而忘记排练好的内容了，可叶晟熙绝对不会的！

骆明薇一开始也有点惊讶，心底一慌，险些乱了阵脚。可很快她就察觉出了叶晟熙的用意。

他看出了她的困境！

她的舞鞋底上扎上了一个尖锐的东西，只要她开始跳舞，就狠狠戳进她的脚底。她知道脚底已经开始流血了，可即便如此，她也不能停下来，只能咬牙忍住疼痛继续跳下去。

这是大家花费很多心血一起完成的舞台剧，她不能因为自己一个人的失误破坏了整个表演，她必须撑住。

可这支舞蹈是周汝嘉特意配合她的特长编排的，尤其讲究力量和节奏，每一个舞步踏出去都特别讲究力道……现在，那个尖锐的东西已经刺破她的脚底，温热的鲜血流出来，顺着鞋底的坡度缓缓渗进脚趾间，有一种诡异的黏腻感……她尽力了的，可还是被叶晟熙看出了端倪。

虽然不知道叶晟熙打算做什么，也没有任何事先的安排，可在叶晟熙的带领下，她竟然能配合上他的想法。他改变了原先骆明薇的舞步，以自己位置的变化来迁就她，让她更多地能站在原地表演而不需要在脚上用力。而其他同学虽然最初有点儿蒙，可很快也应变自如，跟上了叶晟熙的节奏。

灯光在舞台上交错。

音乐响彻夜空。

舞台上精彩的表演吸引了台下的每一位观众，随着故事情节的推动，他们竟发现自己的情绪已经不由自主地被剧情牵动着，随着台上的人一起笑，一起哭。

直到最后一段的合唱。

为了配合情节，将剧情推至高潮，周汝嘉为骆明薇设计了一个芭蕾舞的旋转动作，她必须在舞台的最前面随着音乐不断地旋转，旋转。

这个动作她练了很久，在之前的几次都能够顺利完成。

可今天，她鞋底的钉子……

骆明薇知道，这一段舞蹈是全剧的点睛之笔，她的旋转，加上同学们在背后作为背景的合唱，才能呈现出叶晟熙的剧本里那种兴奋的激动人心的效果。之前几个舞蹈动作的改变或许无伤大雅，可这一个不行。

她必须要跳出这一段舞蹈。

时间渐渐推移，剧情不断地推进，随着音乐节奏的突然转变，骆明薇知道，该她表演了。

叶晟熙就站在她的身侧，下意识地想伸手抓住她阻止她，可下一秒，他却看到了她眼底的神采。他知道，如果今天阻止她跳这一段舞，会成为她终身的遗憾。

明亮的聚光灯下，骆明薇随着音乐开始旋转，跳跃。

她跳得那么忘我，几乎忘记了脚底的刺痛。

身后的同学们一起唱着最后的那首曲子，那是他们的青春故事，是他们心底最清晰的呐喊。然后，音乐停止，灯光暗下。

他们收获了青藤有史以来最热烈的掌声和最多的闪光灯。温瑾瑜几乎是第一时间站起来，疯狂地鼓掌。

他的眼角有泪，内心的喜悦根本无法抑制。台上那群孩子是他的学生，他似乎已经看见了他们耀眼的未来。

大家肩并肩站着，喜悦充盈着他们的心底。潮水般的掌声、赞赏的目光，让他们知道：这一刻，他们成功了。记者们纷纷挤到舞台前为他们拍照，不知道是哪家记者手里举着一个简单的 DV，高声喊道："大家一起往这边看一下！"

有那么一瞬间，时间像是被定格了，台上的每个人都想起了那个爱举着DV 拍他们的老实人班长，拍之前他总会喊一声："大家一起往这边看一下。"现在，他们终于站到了他心心念念的舞台上，可他已经不在了。

不知道是谁开始动的，很快，前台正中央就空出了一个位置。他们含着泪水微微一笑，比出了一个黄靖轩从前最爱的剪刀手。

靖轩，这一刻的荣光我们与你共享。在我们心里，你一直都在。

那一夜的表演非常成功。

当他们走下舞台的时候，无数的记者和娱乐公司的经纪人涌了进来，将他们团团围住拍照采访。

叶晟熙一下舞台就有无数的话筒和相机推到了他面前，可他没有心思去应付，焦急地寻找着骆明薇的身影。

此时的后台人太多太乱，灯光太过刺眼，在一片拥挤的人群中，他终于找到了骆明薇。她被另一群记者挤在离他不远的一个角落里，闪光灯噼里啪啦不断在她面前闪着，记者们正连珠炮一样地提问。

他顾不上那些挤到他面前的话筒，拨开围过来的人群就冲到了骆明薇面前。

反应灵敏的记者们一下子兴奋起来——叶晟熙和骆明薇不是在谈恋爱吗？他现在冲过去是想干什么？难道是打算当众公布？哇，大新闻大新闻！

眨眼间，记者们呼啦一下子全都围了过去。

可叶晟熙却什么都没说。他走到骆明薇面前弯下腰，一只手扶住她，另一只手迅速脱下了她脚上的舞鞋。

"我的天……"现场一片倒抽冷气的声音。

骆明薇的脚底，已经血肉模糊。

虽然早有预料，可眼前的一幕还是让叶晟熙触目惊心。目光一冷，他直接打横抱起骆明薇就往外冲。惊呆了的记者们下意识地让出一条通道，还不等他们反应过来，叶晟熙已经消失在他们的视线里。

同学们面面相觑。

怎么会这样？

青藤校方也有点措手不及。当着各大娱乐公司和记者的面出了这样的事情，实在算不上光荣。负责对外联络的老师马上就赶过来，安排各位嘉宾先离开，并且拜托记者们压下这件事。一阵忙乱之后，现场只留下了青藤的学生和老师们。

偌大的后台一下子就空了。

温瑾瑜率先向外走去。"我去医务室看一看。"他这么一说，同学们都回过神来，也急匆匆地跟了过去。

周汝嘉和陈昊相互对视了一眼，目光不约而同地落在了那只被人遗忘的鞋子上。

夏天的夜晚即使不像白天那么炎热，空气里也依然弥漫着挥之不去的热气。

毕业盛典的会场距离学校的医务室有相当远的距离，几乎要穿越大半个青藤校区。叶晟熙心里着急，抱着骆明薇跑得飞快。

热气逼出了他额上的汗水，渐渐地，他的双臂开始酸胀。可他怀里还抱着受伤的骆明薇，他不敢有一丝的放松。

骆明薇的脚底还在隐隐作痛。其实她从小晕血，别说是看到血，只要脑子里一想起带血的伤口就会不由得打冷战。可是现在，她在叶晟熙的怀里看着他焦灼的侧脸，竟莫名地不怕了，她只觉得安心。

暖风熏人，她的双手环着他的脖颈，看着他脸上难得的不镇定，忽然觉得如果这条路能再长一点，再长一点，就好了。

后来有一次，骆明薇跟叶晟熙说起自己当时的想法的时候，叶晟熙没好气地瞪她一眼：“再长一点，我的手就要断了。”

气得骆明薇直翻白眼。

多浪漫的气氛啊，被他一句话就给破坏了。

校医也是个咋咋呼呼的主儿，一看骆明薇流了那么多血，就特别不淡定地嚷嚷起来。叶晟熙气还没喘匀，就异常坚定、异常铿锵有力地说：“是不是要输血？我可以，我是 O 型血！”

然后，天才的叶晟熙第一次被人嘲笑了：“这位同学，你是电视剧看多了吧？还输血？请问你每次贴创可贴之前都要先输血吗？”

叶晟熙的脸色顿时有点扭曲。真是关心则乱，丢大人了！

虽然骆明薇心里无比郁闷，可在听到叶晟熙毫不犹豫地说出“我可以”的时候，心里还是被甜到了。

然后医生给她处理了一下伤口，上了止血药并进行了包扎，千叮咛万嘱咐一定要去外面的医院打一针破伤风，然后就出去拿药了。

于是，诊室里就只剩下了骆明薇和叶晟熙两个人。

看着眼前似曾相识的情景，骆明薇忽然想起来自己来青藤的第二天，压断了叶晟熙的手……她默默地，尴尬了。

叶晟熙显然也想到了，下意识地活动了一下手臂。他清了清嗓子，似笑非笑地看着骆明薇："减肥的成效好像不是很大。"

骆明薇由尴尬转为恼怒："我瘦了整整十斤，我……"

话未说完，叶晟熙却轻轻在她身边坐下，微笑着凝视着她，眼底全是温柔："没事，再胖我也抱得动。"

"……"骆明薇就像那河豚，一下充满了气，然后又一下子憋了下去。

叶晟熙不想动，也不想说话，就那么静静地看着骆明薇，就像跋涉过千山万水的旅人回到家之后，只想坐在那盏等候自己回家的灯前打个盹。

空气仿佛静止了。他的每一次呼吸都被无数倍地放大了，重重地在骆明薇心里炸开。骆明薇觉得有点窒息。

就在这时，诊室的门"呼啦"一下子打开了，温瑾瑜带头冲了进来。

两道原本黏在一起的目光就跟触了电似的弹开了。

"怎么样了？"完全没有意识到自己刚刚"棒打鸳鸯"了的温瑾瑜急冲冲地问，"伤得严重吗？医生怎么说？要不要打破伤风？"

"我开车送你去吧，我有车！"有人在后面喊。

"我知道离学校最近的医院怎么走，我去过！"

大家你一言我一语的，就差马上把骆明薇架走了。

最后还是林可柔站了出来："大家先别吵，你一句我一句的，明薇听谁的好呢？"她说话的声音向来温温柔柔的，让人觉得如沐春风："明薇，你说你也是，穿之前怎么不检查一下呢？鞋子里进了钉子都不知道。"

她脸上的关切是那么恰到好处，让人觉不出丝毫虚假。可骆明薇却再也不敢相信她了。

一旁的叶晟熙突然开口了："你怎么知道是钉子？"

一句话把在场的所有人都问愣了。

是啊，林可柔怎么知道是钉子？刚才他们急匆匆地赶了过来，根本没去检查那只鞋子，也没人见过鞋子里到底是什么东西。

林可柔脸上闪过一丝慌乱，但很快就掩饰过去了："我瞎猜的。难道真是钉子？"

另一个声音在众人身后响起："那你猜得倒是挺准的。"

大家回头一看，是陈昊。

只见她手里拎着那只血迹斑斑的鞋子站在门口，脸上没什么表情，眼底却满是怒火。

陈昊走到林可柔面前，毫不客气地把高跟鞋直接甩到了她身上："林可柔，你可真够毒的。这么绝的事你都做得出来。"

"你什么意思？"不过片刻，林可柔就恢复了往常的镇定自若，平心静气地问道。

"装，接着装。如果这事不是你干的，那你怎么就知道鞋子里进的是钉子而不是别的？"陈昊怒极反笑。骆明薇那么怕疼，平常肌肉酸痛都能在宿舍里哼哼半天，可刚才她从台上下来，后脚跟都已经血肉模糊了，看得陈昊都心里发毛，不知道她在台上生生忍过了多大的痛楚。

林可柔还在狡辩："陈昊，我知道你担心明薇，可无凭无据的，你也不能诬蔑我！这事跟我没关系！"她扭头看着大家，"真的不是我做的，你们相信我。"

同学们都还有些回不过味来。

是呀，林可柔怎么可能这么做？

一直以来她都是完美而不骄傲的。在班里，如果说有谁关心大家，除了黄靖轩就是林可柔了吧？她跟每个人都交好，即便像简文那样不喜欢她的，也不得不承认她的完美。

虽然前段时间林可柔的风头是被骆明薇抢去了不少，可她也不至于做这样的事吧？何况到目前为止，林可柔的实力还是远远超过骆明薇的呀。

"无凭无据？呵呵，你倒是有恃无恐。"大家要在休息室化妆换衣服，为了避免隐私泄露，学校没在那儿装监控，所以林可柔才这么大胆吧？"休息室里是没有摄像头，可是，如果你没碰过骆明薇的鞋子，那上面就没有你的指纹。你敢去做检验吗？敢吗？"

陈昊句句紧逼，完全不给林可柔留余地。

可林可柔不怕她。

没错，骆明薇鞋子里的钉子确实是她放进去的。她就是要让骆明薇当着台下无数的记者和娱乐圈大佬，当着电视机前网络前所有的观众的面出丑！她要毁掉骆明薇那不可一世的模样。

她不笨，她既然敢做这件事，就绝不会留下指纹。

"我当然敢。陈昊，我知道你和明薇关系很好，也一直都不太喜欢我，可你不能这么血口喷人……"林可柔泫然欲泣，一度哽咽，"我真的没有……"

看见林可柔这副模样，大家更加不确定了。

"陈昊，你是不是搞错了？"

"可柔不是那样的人，你肯定是误会她了。"

连温瑾瑜也站出来劝："陈昊，在事情没有查清楚之前，还是不要妄下定论，免得破坏了同学之间的感情。"他并不知道 cover girl 事件背后的隐情，总不愿把自己的学生往坏处想。

大家心知肚明，cover girl 事件之后，骆明薇和林可柔两个人算是较上了劲，连期末考试都选了一样的课题。从前骆明薇跟林可柔多要好啊，大家都讨厌她的时候，只有林可柔帮着她。可 cover girl 那件事之后，两人的关系日渐疏远，再后来几乎就是形同陌路。现在陈昊和骆明薇那么要好，当然是帮着骆明薇的。

"陈昊，我知道现在骆明薇跟林可柔不对付，你想帮骆明薇出头。可当初骆明薇来青藤，第一个站出来欢迎她的就是可柔，她怎么会害骆明薇？可柔的为人，大家平常都看在眼里，你别冤枉她！"一个男同学站出来说了一句。

陈昊简直是一肚子火。她现在一看见林可柔那副白莲花的模样就烦，真不知道这帮人眼睛是怎么长的，居然看不出来林可柔实际上就是个心机绿茶婊！

就在这时——

"证据来了。"周汝嘉不知道什么时候出现在医务室门口，手里拿着一个 U 盘，"我刚从保安室拷的，准备留着当纪念。要一起看看吗？"

林可柔愣了："这不可能！"休息室里怎么可能会有监控？

　　仿佛看出了她的疑惑，周汝嘉笑眯眯地开始答疑，只是那笑容里明显透着一股凉意。

　　"休息室里是没有监控，可你难道忘了？今年就是这么凑巧，原来的休息室空调坏了，还没修好。我们今天用的这个休息室，原来是当储物间用的。"储物间里是必须有监控的。

　　林可柔浑身一震。她竟然忘了这个。

　　叶晟熙冷冷地问林可柔："在这里看，还是回去看？你要是懒得动，这里也有电脑。"

　　林可柔忽然笑了："不用看了。没错，钉子是我放的。"

　　"可柔？"温瑾瑜震惊，不敢相信自己的学生居然会做出这种事，"为什么？！"

　　即便她失去了 OPS 的机会，可是以她的实力，根本不需要靠这种卑劣的手段。今晚的演出，她依然是最出彩的那个，这一点毋庸置疑。

　　为什么？

　　林可柔苦涩地笑了。这个问题问得真好啊！因为她恨透了骆明薇。恨她抢了自己的封面，恨她抢了自己在班里的风头，恨她逼得自己做了那么卑劣的事，恨她家世比自己好，恨她得到了叶晟熙……

　　既生瑜，何生亮。单凭骆明薇有实力成为她的对手，她就有足够的理由恨骆明薇。

　　可是这一切，林可柔不会说出来，她也不会告诉任何人。她有她的骄傲，即使输了，她也不会在别人面前对骆明薇低头。

　　林可柔眼神复杂地看着骆明薇，说出来的话透着一股苍凉："骆明薇，我曾经，是真把你当朋友的。"说完，她挺直了脊背，头也不回地走了。

　　周汝嘉看着她的背影，淡淡地说道："其实，这 U 盘里根本就没有什么监控视频。我诈你的。"

　　林可柔停了一下，接着就加快脚步离开了。

　　温瑾瑜，还有在场的所有同学都有点难以置信。刚才林可柔虽然没承认，可她也没否认啊！真是她干的？她居然是这样的人？是她本性如此，还是因为争不过骆明薇一时冲动犯了错？可不管怎么说，她也太狠了吧？

　　骆明薇看着林可柔的背影，心里不是不难过的。可是，她和林可柔终究没有做好朋友的缘分。她不后悔曾经对林可柔真心相待，因为在她走进青藤的第一天，在她被排斥和敌意包围的时候，林可柔确实给过她真诚的善意。

　　她选择要走的这条路尽管光鲜，却也充斥着更多的背叛、更残酷的算计。前面的路还很长，以后她可能还会遇到更多个对她心怀恶意的"林可柔"。可是，这也是她追求梦想的代价。她不怕。

　　而且……

　　骆明薇抬头看向站在她身边的叶晟熙，叶晟熙正目光柔和地看着她。还有周汝嘉、陈昊，他们也都站在她身边。还好，有他们在，前面的路就不孤单。

尾 声

毕业盛典之后，大家都松了一口气。

长久以来，他们的神经都绷得紧紧的，现在终于可以暂时喘口气了。教室里，大家三三两两地散在角落里，开心地刷着微博聊着天。

已经过去好几天了，可毕业盛典的直播视频依然在网络上疯狂流传，甚至被剪成了多个片段，不停地转发。

尤其是《聚光灯下的我们》，更是被热烈地讨论着。热度久久不息，风头盖过了那天晚上的每一个表演，包括原本应该最引人注目的OPS。而每一个参演舞台剧的学生，也都得到了前所未有的关注。

"这才叫演技啊！这才叫美貌啊！舔屏哭。［感动］［感动］［感动］"

"最后的合唱好棒，好燃！"

"我觉得骆明薇在这部剧里美出了新高度，而且演技好像也进步了很多啊……"

"表演是精彩的，而这背后的故事更让人感动。"有人提起了去年这个班的学生集体在医院前为他们的班长向医院抗议的旧事，"太感动了。"

许多年纪稍长的网友纷纷表示，这令他们想起了自己曾经的学生时代。"我忽然想起了自己的学生时代，做不完的题，考不完的试，老师和家长的耳提面命，以及那一群和我一起哭、一起笑、一起痛骂拖课的老师、一起被数学化学物理折磨得哭爹喊娘、一起度过最青葱岁月的他们。"

"还有我们的毕业晚会啊！"

一时间，一个叫作"＃那一年我们的毕业晚会＃"的话题悄然占据了微博的热门话题榜首。

青藤校方的官微也第一时间正式在微博上向广大网友介绍了这一届的毕业生，并且一一＠了他们的微博。于是，他们的微博粉丝每分每秒都在飞速地增长着。

"我这几天涨了好几十万粉丝！"

"我都有粉丝后援会了，感觉还挺奇妙的！"杜灵彬笑着炫耀，"蓝天经纪和TS娱乐都有找我，不过我还是最想签华娱，毕竟他们是圈内一流的，可惜人家看不上我。"

"知足吧你！TS也很不错呀。"简文说，"对了，叶晟熙，骆明薇！你们两个打算签哪家？"

作为舞台剧的男女主角，骆明薇和叶晟熙自然是受到关注最多的，而且他们之前就已经成名走红，叶晟熙的粉丝最近更是逼近了三千万，自然是各大经纪公司竞相争取的对象。

"我可能会选华娱，"骆明薇说，"不过还没有定，还在和罗非谈。"华娱是大公司，签新人的门槛也是特别高，而且进了华娱，有什么艺术上的成就就先不谈了，人气爆棚那是肯定的，没有十个八个全球粉丝后援团的都不好意思说自己是华娱的人。

此话一出，果然引来了一片羡慕："啊啊啊！羡慕嫉妒恨啊！叶晟熙呢？"

"还没想好。"叶晟熙简单地回答。

大家还要追问，周汝嘉不知道从哪儿冒了出来："你们怎么不问我？我签了 TS。"他半靠在课桌上，笑容特别灿烂。

"TS 娱乐？是戴安娜吗？"大家的注意力一下子被转移过去，戴安娜是 TS 娱乐的王牌经纪人，实力超群，捧谁谁红那种。

叶晟熙和骆明薇终于从"八卦圈"的中心成功解脱。叶晟熙朝周汝嘉投去一个感激的眼神，拉着骆明薇出了教室。

5 月盛夏，青藤学院里爬满了绿色的藤蔓，眼前一片郁郁葱葱的景象。此时漫步在校园里，心情也还不错，终于发现 5 月的青藤美得别有一番滋味。

"你真要去华娱？"叶晟熙问。

骆明薇点头："差不多吧。"说到这里，她扬起下巴，露出骆大小姐标志性的狂妄笑容，"我骆明薇要进的公司，必须是最好的！"

叶晟熙被逗笑了，忍不住捏了骆明薇脸一下。这一幕正好被路过的两个小师妹看见了，两个小姑娘马上挤眉弄眼地笑起来。

"哇，捏脸杀，好甜啊！"

"叶学兄，骆学姐的脚还没好吧？你抱着她走呗。"

骆明薇大窘，拉着叶晟熙就往前跑。当然，跑起来还是一瘸一拐的。

叶晟熙不乐意了，手一用力，把骆明薇拉到了怀里，半搂着她慢慢向前走。

"你跑什么？脚还没好呢！想当瘸子？"

骆明薇既甜又窘："你别——这么多人呢！"

叶晟熙冷眼看着骆明薇："你怕看？"

"不是，大庭广众之下……"

"想当初，你也是在大庭广众之下压断了我的手腕。那时候你怎么不害羞啊？"

骆明薇心里的小荡漾、小羞涩马上就跑了，怒视叶晟熙："你……"

不等骆明薇发作，叶晟熙就来了个温柔的摸头杀，笑眯眯地说："好了，再跑我就抱着你走。你不是想快点养好伤口吗？"

骆明薇再次被迅速地顺好了毛，瞪了叶晟熙一眼，却还是听话地放慢了脚步。

叶晟熙对此很满意。

"让你一打岔，差点就忘了。你呢？"骆明薇又想起了刚才的话题，"你想选哪家公司？"

"还在考虑。华娱财大气粗，而且承诺给我很好的资源。他们答应我，如果我肯和他们签约，今年年底之前一定帮我出第一张专辑，明年就可以开全国的巡回演唱会……"

"那很好啊！"骆明薇知道叶晟熙最爱的是音乐，可以出自己的个人创作大碟是他的梦想。开巡回演唱会，也是他奋斗的目标吧？

叶晟熙摇摇头："可我始终觉得华娱的作风太功利太商业，不符合我的风格。"

也对。

"所以，你更想选见鹿音乐？"她问道。

见鹿音乐是国内正在成长的一家音乐公司，专长就是做音乐。其名字取自李白的"树深时见鹿"。

叶晟熙点点头。

"树深时见鹿"，意思是不骄不躁、顺其自然走进树林深处，自然而然就能见到麋鹿。其意在告诫旗下的艺人不要急于求成，顺其自然地走进音乐世界的深处，自然能够得到他们所期望的。

他很喜欢。

"不过，我觉得华娱老总对你好像志在必得。"骆明薇回想起毕业盛典结束之后的那个晚上，华娱老总亲自到后台找到叶晟熙，把他好一通夸赞，那神情仿佛笃定了叶晟熙是他的人。

说着说着，两人走到了青藤的主干道上。一个很眼熟的记者迎面走过来，像是来学校有事。

骆明薇下意识地想松开叶晟熙的手，叶晟熙却不放，更紧地抓住了她的手。

记者也没想到运气这么好，来找朋友谈事，竟碰上了眼下的大热人物。更重要的是，两人还手牵着手。这算是实锤吧？他手一痒，下意识地摸出了手机。

骆明薇更紧张了："喂，他是……"

叶晟熙却笑了，转过身来看着骆明薇："我知道。"

骆明薇不明所以地看着他，知道还不快闪？再磨叽下去，明天一早，您老人家的尊容就出现在各大网站的娱乐版了！

叶晟熙看着骆明薇瞪大的眼，心里涌上了一股莫名的冲动，那是一种想要告诉全世界"她是我爱的人"的冲动。

此时此刻，他不想压抑这种冲动。

叶晟熙微微向前，俯身亲在了骆明薇额头上。

咔嚓一声，记者的手机也拍下了这一幕。

骆明薇先是一愣，继而就闭上了眼睛。

骆明薇先是一愣，继而就闭上了眼睛。世人都道她生来便拥有全世界，却不知她毕生所求，不过是一份携手同行的温暖。她并非强大到坚不可摧，却也从不卑微怯懦。若有必要，她亦有遇神杀神、遇佛杀佛的勇气。

只要——

他与她一路携手同行。

这样好的时光，幸好有他在身边。

——the end——

本文所涉及网络词语及其他注解

VW：美国著名华裔服装设计师王薇薇英文名 Vera Wang 的简称，现已成为一时尚品牌，拥趸者无数。首次出现页码 01。

Wuli：网络用语，我们，我们的。首次出现页码 04。

Low：网络用语，低劣，蠢笨。首次出现页码 04。

CP：网络用语，相配，和谐。首次出现页码 08。

硬照：为广告或杂志等专门拍的平面照。首次出现页码 17。

禁欲系：网络用语，多形容颜值高、个性内敛高冷的男性。首次出现页码 19。

OS：网络用语，内心独白。首次出现页码 19。

818：818，网络用语，扒一扒，代指八卦。首次出现页码 20。

直女：网络用语，指任何情况下都只喜欢男性的女性，即异性恋女性。首次出现页码 22。

大 BOSS：这里指最强反派。首次出现页码 26。

KO：网络用语，击倒、出局。首次出现页码 26。

白展堂：电视剧《武林外传》中的角色。首次出现页码 27。

葛优躺：演员葛优在情景喜剧《我爱我家》里的剧照姿势，这里指颓废。首次出现页码 27。

草泥马：中国网民恶搞的十大神兽之一，以羊驼为原型，意为"操你妈"。首次出现页码 29。

VCR：这里指视频短片。首次出现页码 30。

BV：葆蝶家，意大利奢侈品牌。首次出现页码 45。

流量小生：网络用语，名气较大，搜索度比较高的年轻男演员。首次出现页码 59。

咖位：有地位的明星称为大咖，明星的排名称为咖位。首次出现页码 59。

怼：网络用语，有攻击意。首次出现页码 59。

人设：网络用语，即人物设定。首次出现页码 65。

戚风：一种蓬松柔软的蛋糕。首次出现页码 78。

霉霉：中国粉丝对美国创作型女歌手泰勒·斯威夫特的爱称。因美和"霉"读音相同，又因她每次有强势单曲冲击 Billboard Hot100（公告牌单曲榜）时，都会因各种原因非常倒霉地屈居亚军，所以被中国粉丝亲切地唤作"霉霉"。首次出现页码84。

神经大条：网络用语，指大大咧咧，没心机。首次出现页码92。

蓝纸：报刊社出报刊时先用蓝纸打样，供校对用。首次出现页码108。

中二少女：网络用语，又称初二少女，比喻青春期少女自以为是。首次出现页码119。

月经帖：网络用语，指内容重复，像女性生理周期一样每个月都会出现的帖子。首次出现页码122。

私服：网络用语，平时穿的便服，这里指便服照。首次出现页码122。

黑转路：网络用语，由讨厌某人到不讨厌。首次出现页码122。

招黑：网络用语，指招至别人的论坛抹黑。首次出现页码123。

WT：what the fuck 的缩写，意指什么玩意儿！搞什么呀！首次出现页码125。

又当又立：网络用语，既想当婊子，又要立牌坊的简称。首次出现页码125。

截胡：麻将术语，现引申为抢走别人的胜利果实。首次出现页码127。

洗版：网络用语，又叫刷屏，指短时间内发送大量信息，以充满整个版面。首次出现页码131。

让赛：指本来有能力赢得比赛，却因故掩藏实力，主动让对手获胜。首次出现页码151。

anti 粉：网络用语，指那些为反对特定艺人进行攻击的粉丝。首次出现页码163。

公主抱：网络用语，男子双手横抱女子的姿势，因动漫中王子总是用这种姿势抱起公主而得名。首次出现页码163。

小强：网络用语，最初源于周星驰电影《唐伯虎点秋香》中那只被踩死的称作"小强"的蟑螂，后用来形容生命力顽强、倔强、不屈服等。首次出现页码165。

实锤：网络用语，指有图有视频有证据。首次出现页码168。

路人黑：网络用语，指跟风嘲讽、攻击。首次出现页码183。

BGM：Background music，即背景音乐。首次出现页码183。

白莲花：网络用语，指人外表装纯洁，内心阴暗。首次出现页码 183。

脱饭：网络用语，指脱离某明星的粉丝圈。首次出现页码 194。

钛合金狗眼：网络用语，用于形容某物或某事的视觉冲击力，暗示其雷人，费解，经常适用于嘲讽、开玩笑的场合。首次出现页码 196。

活久见：网络用语，这里指活得这么久了，第一次看见。首次出现页码 197。

瀑布汗：网络用语，指汗流得很多，很密集。表惊讶、惭愧、尴尬等。首次出现页码 197。

PO：网络用语，英文单词 post 的简读，指上传、发布。首次出现页码 202。

扎戏：同一档期需要演不同剧组的戏。首次出现页码 222。

TM 的：网络用语，即"他妈的"的简称，属不雅用语。首次出现页码 222。

冒黑线：网络用语，指尴尬无奈。首次出现页码 229。

小巨蛋：这里指台北小巨蛋体育馆，可满足多项运动竞技、展览、艺术表演、演唱会等大型活动使用需求。首次出现页码 234。

夏雨荷：电视剧《还珠格格》中的人物，十八年前乾隆东巡时与其有一段露水姻缘，并生下一个女儿夏紫薇。十八年后夏雨荷病逝，临终前将紫薇的身世告诉她，并嘱咐她带着乾隆留下的信物去京城与父亲相认。首次出现页码 237。

JM：英国知名香水品牌祖玛珑的英文简称。首次出现页码 239。

撒狗粮：网络用语，指秀恩爱秀幸福。首次出现页码 240。

铲屎官：网络用语，意指给猫、狗等宠物铲屎的人类。首次出现页码 241。

刷脸：网络用语，指厚脸皮。首次出现页码 263。

爱豆：网络用语，英文 idol 的音译，意为偶像。首次出现页码 277。

bling bling：网络用语，泛指一切璀璨闪亮的东西。首次出现页码 295。

绿茶婊：网络用语，特指表面清纯，其实心机比谁都厉害的女人。首次出现页码 304。

@：微博的一种功能，即"对他说"功能，用来呼叫某人，以引起关注。首次出现页码 308。

捏脸杀：网络用语，指捏对方的脸，瞬间将其秒杀。首次出现页码 309。